U0445657

独角兽书系

超能复仇者·VENGEFUL

[美] V.E.舒瓦 / 著

露可小溪 / 译

重庆出版集团
重庆出版社

VENGEFUL

Copyright: © 2018 VICTORIA SCHWAB

Published by agreement with Baror International, Inc., Armonk, New York, U.S.A. through The Grayhawk Agency Ltd..

Simplified Chinese edition copyright: © 2024 Chongqing Publishing House Co., Ltd. All rights reserved.

版贸核渝字（2023）第118号

图书在版编目（CIP）数据

超能复仇者 /（美）维多利亚·舒瓦著 ；露可小溪译. -- 重庆 : 重庆出版社, 2024. 8. -- ISBN 978-7-229-18734-7

Ⅰ. I712.45

中国国家版本馆CIP数据核字第2024D6984C号

超能复仇者
CHAONENG FUCHOUZHE

［美］V.E.舒瓦 著 露可小溪 译

责任编辑：唐弋淄 唐 凌 王靓婷
责任校对：廖应碧
封面插图：飞行猴 CF
装帧设计：抹 茶
排版设计：池胜祥

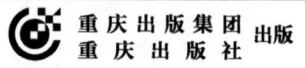

重庆出版集团 出版
重庆出版社

重庆市南岸区南滨路162号1幢 邮政编码：400061 http://www.cqph.com
重庆出版集团艺术设计有限公司 制版
重庆市鹏程印务有限公司 印刷
重庆出版集团图书发行有限责任公司 发行
邮购电话：023-61520646
全国新华书店经销

开本：890mm×1230mm 1/32 印张：15.5 字数：420千
2024年8月第1版 2024年8月第1次印刷
ISBN：978-7-229-18734-7
定价：74.80元

如有印装质量问题，请向本集团图书发行有限公司调换：023-61520678

版权所有　侵权必究

维多利亚·舒瓦
V. E. SCHWA B/VICTORIA SCHWAB

"恶棍"系列

《超能生死门》

《超能复仇者》

"伦敦魔法师"系列

《卷一：暗黑魔法》

《卷二：暗影重重》

《卷三：光之召唤》

献给妈妈、霍莉和米里亚姆,她们是我认识的最强大的女性。

复仇时,挖两个墓穴——一个留给自己。

——道格拉斯·霍顿

起　源

六周前
梅里特市郊

玛塞拉死的那天晚上,为丈夫做了一顿可口的晚饭。

不是因为当天有什么特别的,反而正是因为**没什么特别的**——人们常说,即兴而发才是爱情的奥妙所在。至于自己信不信这套说法,玛塞拉说不清,但她乐意亲手烹饪。饭菜倒也谈不上丰盛——一块品质不错的牛排,外皮焦脆,撒了黑胡椒,配上慢烤而成的红薯,还有一瓶梅洛葡萄酒。

然而,眼看六点到了又过了,马库斯仍未回家。

玛塞拉把食物放进烤箱里保温,然后对着餐厅里的镜子检查口红。她解开松散盘起的乌黑长发,随即再次盘起,挑出几绺发丝,又抚了抚身上的A字裙。人们都说她天生丽质,但天生的也仅限于此。事实上,玛塞拉每周六天,每天在健身房锻炼两个小时,雕琢、塑造和拉伸她那副五英尺十英寸[①]的苗条身材上的每一块肌肉,而且,她不化好完美的妆容

---

① 即152.4厘米。

绝不出卧室。这种生活当然不轻松,不过,嫁给马库斯·安德沃·里金斯——人称鲨鱼马克,托尼·哈奇的左膀右臂——同样不轻松。

不轻松——但值得。

母亲常说她意在钓几条小鱼,却意外收获了一头大白鲨。其实**母亲不知道的是**,玛塞拉抛出鱼饵时早有目标。她钓到了**称心如意的郎君**。

她脚蹬樱桃红高跟鞋,"咔哒咔哒"走过木地板,踩上丝织地毯便没了声音,在此期间,她摆好了餐桌,依次点亮二十四根小蜡烛,它们被安置于环绕在门边的一对铁制烛台上。

马库斯讨厌这对烛台,但唯独在这件事情上玛塞拉不听他的。她很喜欢大烛台的长柄和分枝——很像法式庄园里的物件。它们使家里有了奢华感。使暴发户有了老贵族的气派。

她看了看时间——现在是七点钟——但还是忍着没去打电话。捂在手里的火苗最容易熄灭。况且,要是马库斯在干活儿,那么活儿永远排在第一位。

玛塞拉斟上一杯酒,背靠吧台,想象着他强壮的双手扼着某人的喉咙。脑袋被按进水里,腮帮子变了形。等他回家时手上都是血,她就当场跟他在中岛上做爱,他的枪管还塞在套子里,硬邦邦地顶着她的肋骨。

人们以为玛塞拉太爱她的丈夫了,以至于不计较他干脏活。事实上,正是因为他干脏活,她才那么爱他。

然而,等到七点钟变成八点钟,又等到过了八点钟逼近九点钟,玛塞拉的兴奋逐渐冷却为烦躁,等到门终于打开的时候,烦躁已经转化为愤怒。

"抱歉,亲爱的。"

他每次酗酒后的嗓音都有变化,变得慢吞吞、懒洋洋的。那也是他喝了酒的唯一证明。他的脚步从不蹒跚,身子从不晃悠,双手从不打颤。当然了,马库斯·里金斯的身板可不是寻常材料打造的——但他并非毫无瑕疵。

"没事。"玛塞拉讨厌自己刻薄的语气。她转身准备走向厨房,却被马库斯抓住手腕,拽得她失去了平衡。他抱着她,她抬头望着他的脸庞。

她的腰身越发纤细,而丈夫的日渐粗壮,堪比游泳运动员的完美身材每年都微微发福,但夏棕色的头发不曾稀薄,石蓝色的眸子依然如故,犹如一潭深水。马库斯的形象确实赏心悦目,但她不确定有多少成分来自量身定做的西服,抑或举手投足的姿态,她恨不得他剥去那些外在。她也常常如愿。

"你真漂亮。"他轻声叹道,玛塞拉能感觉到他的压迫,紧抵胯部的饥渴。可惜玛塞拉早就没了心情。

她伸出手,指甲自上而下地刮擦他脸颊上的胡楂。"你饿不饿,宝贝儿?"

"饿了好久。"他贴着她的脖子低吼。

"好,"玛塞拉说着退开了,抚平裙子上的褶皱,"晚饭准备好了。"

· · ✝ · ·

一滴红葡萄酒,犹如一颗汗珠,顺着举起的玻璃杯侧边滑下来,落在洁白的桌布上。玛塞拉把酒斟得太满了,因为心情糟糕,她变得笨手笨脚的。马库斯似乎没有注意到污渍。他似乎什么都注意不到。

"敬我美丽的妻子。"

马库斯吃饭前从不祈祷,但自从他们相遇那晚开始,他总会举杯祝酒。无论当着二十个观众的面,还是他们两人独处,他都照祝不误。第一次约会时,她觉得这个举动很讨人喜欢,但近来带给她的感觉却是敷衍塞责。逢场作戏,而非真心实意。不过他从未忘记说那些漂亮话,也许是爱情的一种表现吧。也许马库斯只是按惯例行事。

玛塞拉端起了酒杯。

"敬我风雅的丈夫。"她机械地回应。

酒杯尚未送到唇边,她忽然发现马库斯的袖口上有一团污渍。乍一看,她以为是血迹,可是颜色太鲜、太粉。

是口红。

她跟别的主妇们聊过的话一瞬间涌回脑海。

他的视线是不是游开了?

伺候好他的棒棒了吗?

男人全都烂透了。

马库斯忙着切割面前的牛排,自顾自地聊着保险,但玛塞拉充耳不闻。她眼前浮现的场景是,丈夫的拇指抚过涂了口红的嘴唇,指关节将其上下顶开。

她握紧了酒杯。尽管胃里冰凉凉的,她浑身却在发烫。"真他妈烂俗。"她说。

他依然在咀嚼牛肉。"什么?"

"你的袖子。"

他的目光懒洋洋地飘向那一抹粉红。他甚至懒得假装惊讶。"肯定是你留下的。"他说,仿佛她涂过这种颜色的口红,仿佛她有这种俗不可耐和艳——

"她是谁?"

"说真的,玛塞——"

"她是谁?"玛塞拉咬着一口贝齿,逼问道。

马库斯终于停止进餐,靠着椅背,蓝色的眸子盯着她。"谁都不是。"

"噢,这么说你操了一个鬼?"

他翻了个白眼,显然对这个话题非常厌倦,讽刺的是,他平时就喜欢谈论关于*自己*的话题。"玛塞拉,你嫉妒的样子真的不好看。"

"十二年,马库斯。十二年了。**到现在你管不住自己的裤裆了?**"

看见丈夫脸上掠过一抹讶异,她好像挨了一记闷棍——这不是他第一次出轨。仅仅是他第一次被**发现**。

"多久了?"她冷冰冰地问。

"算了吧,玛塞。"

算了——仿佛他的出轨是她手里的酒杯,是她正好拿起的什么东西,可以随便放下。

玛塞拉介意的并非背叛本身——为了苦心经营的生活,很多事情她都可以原谅——而是那些女人被她误以为嫉妒的眼神,是关于原配妻子被打入冷宫的警醒,是她们微笑时嘴角的抽动,更是迟来的醒悟——她们全都**知道**了,早就知道了,天晓得什么时候就知道了,而她一无所知。

算了。

玛塞拉放下红酒杯,拿起牛排刀。她这样做的时候,丈夫居然面带嘲讽。仿佛她不知道拿餐刀能做什么。仿佛她不曾听说他的那些故事,不曾追问其中的细节。仿佛他喝醉了酒不曾没完没了地唠叨自己干的活儿。仿佛她不曾在枕头、面粉和牛排上小试身手。

马库斯眉毛一扬。"你现在要干什么?"他的语气充斥着不可一世的傲慢。

修剪得完美无瑕的指甲配上雕花刀柄,在马库斯眼里,她一定很傻。

"娃娃脸。"他轻声念了一个词,让玛塞拉热血沸腾。

娃娃脸。**宝贝儿**。**亲爱的**。一直以来,她在他眼中就是这样子的吗?无能、脆弱、易碎,就是一种**摆件**,一尊漂漂亮亮搁在架子上的玻璃雕塑?

发现她没有算了的意思,马库斯面色一沉。

"别拿它冲着我,除非你要用来……"

也许她**就是**玻璃。

不过玻璃仅在碎裂的时候才是脆弱的。

然后会变得锋利无比。

"玛塞拉——"

她猛扑过去，兴奋地发现丈夫的眼睛因为吃惊而睁大了些，威士忌随着他的退缩从杯子里洒了出来。可惜，玛塞拉的餐刀堪堪擦过他的丝绸领带，马库斯便狠狠地扇了她一耳光。玛塞拉尝到了血味，泪水模糊了视线，与此同时，她向后跌去，撞上橡木餐桌，桌上的瓷盘哗啦直响。

餐刀还在她手中，但马库斯钳住了她的手腕，重重地压在桌上，骨头都快被压碎了。

他以前也对她动过粗，但那是在激情澎湃的时候，以提前商量好的方式暗示对方，而发出暗示的人永远是她。

这次不一样。

马库斯体重两百磅，孔武有力，搞破坏是他讨生活的本事。包括破坏人。此时，他打了个响舌，仿佛她的行为太过荒唐。小题大做。仿佛是她把他逼到这一步的。逼他上了别的女人。逼他毁掉她辛苦经营的生活。

"啊，玛塞，你永远知道怎么惹恼我。"

"放开我。"她嘶声说。

马库斯凑近了，一手捋过她的发丝，捧起她的脸蛋。"只要你乖乖的。"

他在笑。笑。仿佛他们在玩某种游戏。

玛塞拉一口血啐在他脸上。

丈夫发出忍无可忍的叹息。随后，他抓着玛塞拉的脑袋撞向桌子。

玛塞拉眼前一片雪白。她不记得是怎么摔下去的，等视力恢复正常，她已经躺在自己椅子边的丝织地毯上，脑袋一阵阵抽痛。她企图爬起来，却感觉天旋地转。胆汁涌上喉头,她翻了个身,开始呕吐。

"你真的应该算了。"马库斯说。

血流进她的一只眼睛,她看见餐厅变成红色,丈夫伸手抓住附近的大烛台。"我一直很讨厌这些玩意。"他用力一拽,烛台摇摇坠落。

坠落途中,烛火燎燃了丝帘,然后烛台砸到地上。

玛塞拉吃力地跪了起来,双手撑地。她仿佛浸没在水中。行动迟缓,极其迟缓。

马库斯在门廊观望。无动于衷。

一把牛排刀在硬木地板上闪闪发亮。滞涩的空气中,玛塞拉挣扎着起身。她差点就成功了,不料后背又挨了一下。马库斯推翻了另一个烛台。大烛台轰然坠落,铁制的长柄把她压在地板上。

火势蔓延的速度快得惊人。它从窗帘上跳进一摊泼洒出来的波本威士忌,然后引燃了桌布和地毯。到处都是火。

马库斯的声音透过浓烟传来。"我们有过一段好日子,玛塞。"

真他妈的无耻。仿佛其中有他的主意,有他的功劳。"没有我,你一无是处,"她说话已含混不清,"是我成就了你,马库斯。"她使劲地推,大烛台却纹丝不动。"我要让你原形毕露。"

"人在死前会说很多话,亲爱的。我什么样的都听过。"

热浪充满整间屋子,充满她的肺、她的头。玛塞拉咳嗽着,喘不过气。"我要毁了你。"

无人应答。

"你听见了吗,马库斯?"

无声无息,唯有寂静。

"我要毁了你!"

她声嘶力竭地尖叫,直到喉咙灼热,直到浓烟遮蔽了视线,她的喊声依然在脑子里回荡,她最后的信念随之下沉、下沉,沉入黑暗。

起 源

我要毁了你。

我要毁了。

我要。

我——

· · ✝ · ·

佩里·卡森警官在《烈火突袭》的第二十七关卡了大半个钟头,忽然听见引擎发动的响声。他抬头一看,发现马库斯·里金斯那辆时髦的黑色轿车加速驶离宅邸的半圆形石板车道。轿车冲上路面,足足超了郊区限速三十迈,然而佩里开的不是巡逻车,就算是,他也不会为了区区交通违章行为抓捕里金斯,三周以来他都守着这个烂摊子,靠油腻的外卖食品过活,可不能因小失大。

绝对不行,梅里特警局需要的是**实打实**的东西——而且不仅仅针对鲨鱼马克。针对的是他们偌大的犯罪团伙。

佩里靠回陈旧的皮椅背接着玩游戏,正在鏖战第二十七关时,他闻到了烟味。

毫无疑问,某个混蛋未经许可在游泳池边点了篝火。他眯起眼睛望向车窗外——现在十点半钟,夜已深,远离梅里特的天空漆黑一片,浓烟在夜色中并不显眼。

火焰正好相反。

警官下了车,过了街,此时里金斯宅邸正面的窗户已被火焰照亮。他抵达之前就报了警。前门未锁——谢天谢地——他推开门的同时在酝酿如何写报告。他就说前门虚掩,说听见了呼救声,其实他没听见**任何声音**,除了木头燃烧的噼啪声,火焰在门廊处攀爬的呼啦声。

"警察!"他冲着浓烟高喊,"有人吗?"

他亲眼看见玛塞拉·里金斯回家。但不曾看见她出门。驶离宅邸的轿车速度很快，但也不至于快到看不清——副驾驶上没有人。

佩里抵着衣袖咳嗽。远处传来警笛的尖啸。他知道自己应该去外面等着，外面空气清新，凉爽而又安全。

然而，当他转过拐角时，看见一个人被压在乱糟糟的铁架底下，铁架的大小与衣帽架相当。虽然上头的蜡烛全都烧化了，但佩里认得那是大烛台。谁家还安装大烛台？

佩里伸手去抓铁制的长柄，随即缩了回来——烫得不能碰。他暗自咒骂。铁柄贴在玛塞拉身上，衣服已经被烧透了，皮肤溃烂红肿，但她一声不吭，更没有叫唤。

她纹丝不动。她的眼睛紧闭着，脑袋一侧鲜血淋漓，浸湿的黑发贴在头皮上。

他摸了摸她的脉搏，发现还在隐隐跳动，似乎逐渐微弱。火势越来越猛。烟越来越浓。

"见鬼见鬼见鬼。"佩里扫视着房间，在刺耳的警笛声中喃喃自语。一罐打翻的水泼在餐巾上，使其免于着火。他把餐巾裹在手上，然后抓住烛台。潮湿的布料嘶嘶作响，手指立刻感知到了热度，与此同时，他拼尽全力拉拽铁柄。烛台应声而起，从玛塞拉身上翻离，这时候门廊处也有了响动。消防员们冲进屋内。

"这儿！"浓烟呛人，他说话相当吃力。

两个消防员刚刚穿过浓烟而来，天花板吱吱嘎嘎地呻吟着，一盏吊灯随之倾斜掉落。它砸在餐桌上，四分五裂，火花四溅，接下来佩里只记得自己被拖出了餐厅和失火的宅邸，回到冰凉的夜色之中。

另一个消防员跟在后面，肩上扛着绵软无力的玛塞拉。

宅邸外面，几辆消防车在修剪整齐的草坪上一字排开，救护车的车灯一闪一闪地照亮了石板车道。

宅邸已是一片火海，佩里的手隐隐作痛，肺部有灼烧感，但他不在乎。此时此刻他唯一在乎的是挽救玛塞拉·里金斯的性命。无论何时被跟踪，玛塞拉永远面带淡淡的微笑，大胆地冲着警察挥手。玛塞拉绝无可能告发丈夫的罪行。

但考虑到她头上的伤、房屋失火、丈夫迅速离开现场的情况，她的立场可能发生改变。佩里不愿意放过这个大好的机会。

一股股水柱扎进大火，佩里不停地咳嗽、吐口水，看见两个医生用担架抬走玛塞拉，他立刻扯开氧气面罩。

"她的呼吸停止了。"一个医生剪开她的衣服，说道。

佩里慢悠悠地跑过去。

"脉搏也没了。"另一个医生一边说，一边开始做胸外按压。

"那就抢回来！"佩里大喊着，爬上了救护车。他没办法让死人站上证人席。

"血氧饱和度持续降低。"第一个医生说着，把一副氧气面罩固定在玛塞拉的口鼻上。她的体温太高了，医生拿出一摞冰袋，拆开包装，依次贴在她的太阳穴、脖子和手腕处。他把最后一个冰袋递给佩里，警官感激地接了过来。

玛塞拉的心跳显示在一小块屏幕上，呈平直的线状，毫无起伏。

救护车上路了，燃烧的宅邸在车窗外迅速缩小。佩里在那一带守了三周之久。他想方设法调查托尼·哈奇的手下已有三年之久。命运拱手送来完美的证人，他若是不搏上一把就将她交还命运，那真是罪该万死。

第三个医生准备处理佩里烧伤的手，被他推开了。"专心救她。"他吩咐道。

伴随着划破夜空的警笛声，医生们忙得不可开交，迫使她的双肺恢复呼吸、心脏恢复跳动。他们竭力从尘埃里挽救她的生命。

遗憾的是全都不起作用。

玛塞拉软绵绵地躺在那里，死气沉沉，佩里的希望之光忽明忽暗，终于熄灭。

然后,就在两次按压之间,那条可怕的、代表脉搏的直线突然跳了一下,继而停顿,终于"哔哔哔"地响了起来。

Part One

复 活

I
四周前
哈洛韦

"我绝不问你第二遍。"维克托·维尔说话的同时,修理工慌里慌张地在车库地板上退了几步。他一直在后退——仿佛躲远一点儿就没事。维克托缓步逼近,看着对方退进了一处角落。

杰克·林登四十三岁,胡子拉碴的,他的指甲缝塞满油污,拥有修复物品的能力。

"我已经告诉你了,"林登的后背撞到一台组装了一半的发动机,吓得跳了起来,"我做不到——"

"别对我撒谎。"维克托警告。

他握着枪的手指张开又收拢,空气中充盈的能量噼啪作响。

林登抖如筛糠,差点尖叫出声。

"我没有撒谎!"修理工哭喊道,"我修理汽车。我让发动机恢复原样。对人不行。修理汽车很容易。就是螺母、螺栓和燃油管。人的零件多太多了。"

Part One · 复 活

维克托不相信这番托辞。他从来都不信。人体也许更复杂、更精妙,但归根结底还是机械。运行,运行不了,损坏,修复。它是可以被修复的。

他闭上眼睛,感受体内的电流。它已经钻进肌肉,渗透骨骼,充盈胸腔。很难受,但远远比不上电流到达顶峰时那么痛苦。

"我发誓,"林登说,"如果我做得到,我一定帮你。"然而维克托听到了他的动静。听到他的手在摸索散落一地的工具。"你要相信我……"他说着,握住了某件金属制品。

"我信。"维克托猛地睁开眼睛,只见林登手握扳手,扑上前来。但修理工冲到半路,忽然放慢速度,似乎被一把拽住了,与此同时,维克托枪口一抬,对准林登的脑袋开了火。

枪声响彻车库,在水泥和钢铁上久久回荡,修理工应声倒地。

太遗憾了,维克托心想。地板上的一摊血泊开始扩散。

他收枪入套,转身走开,结果仅仅迈了三步,第一波痛感便袭来了,既突然又剧烈。他摇摇晃晃地靠在一副汽车外壳上,感到胸腔在炸裂。

五年前,他可以轻而易举地调节体内的开关,遏止神经传导,逃避任何感觉。

但此时此刻,他无处可逃。

他的神经在崩坏,痛感犹如转动的刻度盘逐渐增强。空气中能量嗡鸣,头顶的灯光闪烁不定,维克托吃力地迈开步子,离开那具尸体,走向车库宽大的铁门。他企图专心对付身上的异常反应,将其分解为细节、信息、量化的数字,以及——

电弧将他击穿。他颤抖着从外套里掏出一副黑色牙托,用力塞进齿间,随即单膝瘫软,整个人缩成一团。

维克托还在挣扎——他每次都挣扎——然而几秒过后就躺倒在地,当电流到达顶峰的时候,他肌肉僵硬,心跳停顿,失去了节奏——

他死了。

II
五年前
梅里特墓园

维克托睁开眼,面前是凉爽的空气,墓穴的泥巴,还有希德妮的金发,月光笼罩发丝,形成一圈晕影。

他的第一次死亡过程极其激烈,世界缩成一张冰冷的金属台面,生命化作电流和不断调高的仪表盘,他的每一根神经都被烧断,最终崩溃,破碎,坠入凝滞的、液态的虚无之中。濒死似乎持续了很久,但死亡来得极快,不过屏息之间,他肺里所有的空气和活力都被挤压殆尽,然后他再次冲破黑水,浑身的零部件都在哀嚎。

维克托的第二次死亡体验陌生得多。没有电流的激涌,没有难忍的剧痛——他在死前切换了开关。唯有维克托膝下扩散的血泊,以及伊莱一刀插进肋部带来的压力,世界变得漆黑,他失去了掌控,温柔地滑入死亡的怀抱,仿佛睡着了一样。

接下来——**什么都没有**。时间延展为持久不断的一秒钟。一段全然寂静的和弦。无穷无尽。然后,这一切被打乱了。正如一颗鹅卵石搅乱

Part One · 复 活

了水塘。

于是他成了现在的样子。呼吸。活着。

维克托坐起来，希德妮张开细瘦的胳膊抱着他，一具死而复生的尸体和一个跪在棺材上的女孩就这样坐了许久。

"还行吗？"她低声问道。他知道她问的不是复活这件事。希德妮复活的超能者全都有后遗症。他们回来了，却是带着谬误回来的，他们的能力遭到扭曲和异化。维克托小心翼翼地感受自身力量的线条，探寻破损和断裂的部分，但竟然——没发现什么变化。完好无损。完整无缺。

他不知所措。

"是的，"他说，"还行。"

米奇出现在墓穴边，剃光的脑袋蒙了一层亮晶晶的汗水，因为埋头挖土，前臂上的文身脏兮兮的。"嗨。"他将一把铁锹插进草地，扶起希德妮，然后把维克托拽出了墓穴。

多尔使劲地蹭着他以示问候，硕大的黑色狗头顶着他的手掌，沉默地表达热情。

团队的最后一名成员靠着一块墓碑，瘫坐在地上。多米尼克抖抖索索得像个瘾君子，他瞳孔扩张，不知吃了什么药以缓解慢性疼痛。维克托感觉到此人的神经犹如短路的电线，严重磨损，火花四溅。

他们有过约定——这位退役军人出力帮忙，维克托替他消除疼痛。维克托不在的时候，多米尼克当然无力执行约定。这时，维克托出手了，就像关灯一样，关闭了他的痛感。转眼间，那人浑身松软，满脸的紧张犹如汗水滑落。

维克托拔起铁锹，递给大兵。"起来。"

多米尼克服从了指令，晃了晃脖子便爬起身来，四个人开始动手填埋维克托的墓穴。

..✝..

两天。

维克托死亡的时长。

久得令人害怕。久到可以开始腐烂了。他们一直躲在多米尼克的住处，两个男人、一个女孩和一条狗，等待他的尸体下葬。

"条件不怎么样。"多米打开前门，说道。确实不怎么样——卧室狭小而又凌乱，沙发破旧，外加水泥阳台和堆了一摞脏盘子的厨房——但毕竟是他们面对困窘生活的临时落脚点，而且维克托尚未调整好状态，尤其是长裤上还沾着墓穴的泥巴，死亡的气息还在嘴里历久不散。

他需要冲个澡。

多米带他穿过卧室——逼仄，昏暗，一架子书，勋章平放，相框反扣，窗台上的空酒瓶多得数不清。

大兵翻出一件干净的长袖衬衫，带有标识。维克托扬起眉毛。"黑色的我就这一件。"他解释道。

他打开浴室的灯，退了出去，留下维克托一个人。

维克托开始脱衣服，把下葬时身上的衣服统统扒了下来——他没见过，都不是他买的——然后站在浴室的镜子前，检视赤裸的胸膛和双臂。

他身上并非没有伤疤——而且不少——但都不是那晚在福尔肯·普赖斯工地上造成的。枪声在他脑子里回荡，在失修的墙壁上回响，水泥地因鲜血泼洒而变得湿滑。有他的血。大部分是伊莱的。他记得那晚所受的每一处伤——肚子上浅浅的割伤，锋利的电线勒着手腕，伊莱的刀插进他的肋部——但完全不见它们的痕迹。

希德妮的天赋能力确实非同凡响。

维克托打开淋浴阀门，走到滚烫的热水底下，冲洗皮肤上沾染的死亡气息。他感受着力量的线条，观察内在，正如很多年前他第一次进监狱时所做的。单独关押的那段时间,维克托不能在别人身上试验他刚刚获得的能力,于是转而研究自身,熟悉痛苦的极限,以及错综复杂的神经网络。此刻,他稳住心神,拨动脑子里的刻度盘,先是调低,直到什么都感觉不到,然后调高,直到每一滴水打到皮肤上都痛如刀割。他紧咬牙关,忍着疼痛,把刻度盘拨回初始位置。

他闭上眼睛,仰头抵着瓷砖墙面,忍俊不禁,伊莱的声音在脑子里回荡。

你赢不了我。

可他赢了。

..✝..

公寓相当安静。多米尼克站在狭窄的阳台上吸烟。希德妮蜷缩在沙发上,小心翼翼的,就像折起的一张纸,大狗多尔趴在地上,下巴搁在她手边。米奇坐在桌前,反复洗着一摞纸牌。

是维克托收容了他们。

他还在收容流浪儿。

"接下来呢?"米奇问。

简单一句话。

区区几个字,从未如此沉重。十年来,维克托一心复仇。他从未真正计划过如何面对事情的另一面,但如今,他达成了目标——伊莱要把牢底坐穿——而维克托还在。还活着。复仇占据了他的全部心神。它的缺失令维克托惴惴不安,意犹未尽。

接下来呢?

他可以一走了之。消失不见。这是最明智的做法——无论怎么看,一个团队都很招摇,尤其是这种奇怪的组合,而孤家寡人则不太引人注意。话说回来,维克托的超能力可以转移周围人群的注意力,让他们的神经产生厌恶反应,听着很微妙,很抽象,但确实有效。而且对斯戴尔来说,维克托·维尔已经下葬。

他认识米奇六年。

认识希德妮六天。

认识多米尼克六个小时。

他们都是拖累维克托的脚镣。他最好是摆脱枷锁,抛下他们。

那就走吧,他心想。但他迈不动步子。

多米尼克不是问题。他们只是萍水相逢——因为需求和境况而联手。

希德妮不一样。维克托对她负有责任。他杀死塞雷娜,**造成了**她如今的境遇。无关感情——就是一个转移方程式。系数之间的因子传递。

米奇呢?米奇受了诅咒,他亲口说的。没有维克托,大块头回去蹲监狱是迟早的事。也许他跟维克托在一起,已经破除了诅咒。因为维克托。还有,尽管认识希德妮不到一周时间,维克托确信米奇不会抛弃她。而希德妮,似乎也相当依赖米奇。

当然了,还有伊莱的问题。

伊莱被捕了,但还活着。维克托拿**他**没办法,毕竟他拥有自愈能力。一旦他出狱——

"维克托?"米奇喊他,似乎看见他的想法在转变,以及转变的方向。

"我们得离开。"

米奇点点头,企图掩饰如释重负的心态,但失败了。他永远像一本打开的书,即便是坐牢的时候。希德妮的身体在沙发上伸展开来。她翻了个身,冰蓝色的眼睛在黑暗中与维克托对视。她一直没睡着,他看得出来。

"我们去哪里?"她问。

"我不知道,"维克托回答,"但我们不能留在这里。"

多米尼克溜了进来,挟着一股凉气和烟味。"你要走了?"他问道,脸上掠过一丝恐慌,"我们的约定呢?"

"距离不是问题。"维克托说。此话并不完全准确——要是多米尼克与他的距离超出了一定范围,维克托就不能**调节**他设定的阈值了。但他的影响**能够**持续。"我们的约定依然有效,"他说,"只要你继续为我干活儿。"

多米飞快地点头。"有事你尽管招呼。"

维克托转而面对米奇。"找辆新车来,"他说,"我想在天亮前离开梅里特。"

于是他们出发了。

两个钟头后,当第一缕曙光划破天空,米奇驾驶着一辆黑色轿车来了。多米站在自家门口,抄着胳膊,看着希德妮爬进后座,多尔也上了车。维克托钻进副驾驶。

"你真的还好吗?"米奇问。

维克托低头打量自己的双手,屈伸手指,感受皮肤底下能量奔涌带来的刺痛。说实话,他觉得自己更强大了。他的力量焕然一新,汇聚一处。

"前所未有地好。"

Ⅲ
四周前
哈洛韦

维克托躺在冰冷的水泥地上,颤抖着活了过来。

他经历了极度痛苦的几秒钟,意识空白,思绪纷乱。就像某种强效药失去了药效。他绝望地搜寻逻辑和秩序,收拾四分五裂的感知——血腥味,汽油味,破窗子外面的暗淡街灯——直到周遭的一切终于清晰起来。

修理工的车库。

杰克·林登的尸体,黑影周围是散落一地的工具。

维克托从齿间取出牙托,坐起身来,有气无力地从外套口袋里掏出手机。米奇在这部手机里安装了一个简易的过载保护器。小小的装置已经烧毁,但手机安然无恙。他重新开机。

只有一条短信,多米尼克发来的。

3分,49秒。

他死亡的时长。

Part One · 复 活

维克托轻声咒骂。

太长了。实在是太长了。

死亡是极其危险的。缺氧、血液停滞的状态下，每过一秒，伤害都是成指数级别增加的。脏器可以坚持几个钟头，但大脑非常脆弱。鉴于个体差异和创伤轻重，大多数医生认为大脑损坏的极限时间是四分钟，也有人认为是五分钟，极少数认为达到六分钟。维克托对挑战极限毫无兴趣。

但他不能忽视这条残酷的曲线。

维克托的死亡越来越频繁。死亡持续的时间越来越长。还有伤害……他低头一看，水泥地上有电流烧焦的痕迹，屋顶的电灯破碎后掉落的玻璃渣。

维克托站了起来，倚着身边的汽车，等待世界恢复平稳。好在，嗡嗡声消失了，取而代之的是令人欣慰的寂静——但随即被一阵短促而清脆的手机铃声打破。

是米奇。

维克托咽了口唾沫，尝到了血味。"我就来。"

"你找到林登了吗？"

"找到了。"维克托看了一眼后方的尸体。"不过，没戏。开始追踪下一个线索。"

IV
五年前
珀欣

他复活两周后,嗡鸣声出现了。

最初,声音微乎其微——仅仅在他耳中轻轻鸣响,几不可闻,维克托以为它来自老化的灯泡、汽车的引擎、隔了几间房的电视机。但它无休无止。

将近一个月后,维克托在酒店大堂里东张西望,竭力寻找噪声的来源。

"怎么回事?"希德妮问。

"你也能听见?"

希德妮茫然地皱着眉头。"听见什么?"

维克托意识到她问的不是噪声,而是他为何心不在焉。他摇摇头。"没什么。"他说完便转头面对前台。

"斯托克布里奇先生,"女人对维克托说,"您要入住三晚。欢迎光临广场酒店!"

Part One · 复 活

他们从不长住某地,而是辗转于不同的城市,有时选择酒店,有时租房。他们从不直来直去,驻留的地点毫无规律可言,也不存在特别的顺序。

"您怎么支付?"

维克托从兜里掏出钱夹。"现金。"

钱不是问题——按照米奇的说法,钱就是一堆零和壹的组合,虚拟银行里的数字代码。他最近的爱好是大量盗刷小金额款项,一分一毫地累积,转入上百个账户。他并非做得不留痕迹,反而因为痕迹太多而难以追踪。所以他们能享受大房和软床,宽敞明亮的空间,这些都是维克托在监狱里求之不得的。

噪声逐渐增大。

"你没事吧?"希德妮端详着他,问道。自从离开墓地之后,她就总是打量他,每时每刻地审视他的举止和步伐,仿佛他有可能突然崩溃,化为齑粉。

"没事。"维克托撒谎。

然而,噪声跟随他进了电梯,跟随他上到客房——豪华套房包含两间卧室和一张沙发。噪声跟随他上床又起床,微妙地发生变化,一开始只有声音,后来既有声音又有感觉。他的手脚轻微刺痛。准确地说,不疼,但非常不适。持续不断。它顽固得要命,越来越响,越来越强,直到维克托不胜其烦,关闭了神经回路,他把刻度盘调至最低,无知无觉的状态。刺痛感消失了,但嗡鸣声仅仅降低为微弱的、遥远的静电杂音。几乎可以忽略不计。

几乎而已。

他坐在床沿处,感到发热、难受。上次生病是什么时候?他想不起来了。随着一分一秒的流逝,维克托感觉越来越糟糕,最后他站起来,走到客厅,拿起自己的外套。

"你去哪儿?"窝在沙发里读书的希德妮问。

"透透气。"他说话间已经出了房门。

他去电梯的半路上遭受了袭击。

疼痛。

它突如其来,犹如一把锋利的刀子插进胸膛。维克托猛吸一口气,靠在墙上,极力保持站姿,同时又有一波痛感袭来,凶猛,剧烈,简直不可思议。刻度盘已经调到最低,他的神经仍然处于麻木状态,但似乎一点用都没有。它凌驾于他的神经回路、他的力量和意志之上。

灯光笼罩在他头顶,热烈地照耀着,他的视线已经模糊。廊道在摇晃。维克托勉强走过电梯,来到消防通道。他刚刚进门,又一波强烈的痛感席卷全身,他膝盖一软,重重地摔在水泥地上。他企图爬起来,但他肌肉痉挛,心跳停顿,于是只能趴在平台上。

他紧咬牙关,强忍剧痛,好多年不曾有过这样的感受。十年。在实验室里,咬在齿间的皮带,冰冷的金属台面,电流烧灼神经的剧痛,肌肉被撕裂,心跳被停止。

维克托必须动起来。

然而他根本起不来。说不了话,不能呼吸。一只无形的手把刻度盘调高、调高、再调高,直到最后,不幸中的万幸,一切归于黑暗。

··✝··

维克托在消防通道的平台上醒了过来。

他第一个感觉是轻松——世界终于安静了,可恶的嗡鸣声消失了。第二个感觉是米奇在推他的肩膀。维克托翻了个身,吐了一地的胆汁和血,也把噩梦般的记忆吐了一地。

通道里黑漆漆的,天花板上的灯因为短路熄灭了,他勉强看清米奇如释重负的表情。

Part One · 复　活

"老天啊，"他跌坐在地，"你没有呼吸了。没有脉搏。我以为你死了。"

"我想我确实死了。"维克托擦着嘴说道。

"你什么意思?"米奇问，"出什么事了?"

维克托缓缓摇头。"我不知道。"找不到原因是维克托的痛点，但他自然不愿意承认。他撑着消防通道的墙壁站起身来。他真不该关闭神经回路。他应该仔细观察症状如何发展。应该研究它的恶化程度。他应该知道希德妮可能早有察觉：即使他没有坏掉，也有了裂纹。

"维克托。"米奇张嘴说道。

"你怎么找到我的?"

米奇举起手机。"多米尼克。他打电话给我，相当激动，说你毁约了，就像以前一样，你死的时候。我给你打电话，但你不接。我往电梯走，然后看到消防通道里的灯烧坏了。"他摇摇头。"我感觉不对——"

手机铃声再次响起。维克托从米奇手里拿过来接听。"多米尼克。"

"你不能这样对我，"退役军人厉声说，"我们有过约定。"

"不是故意的。"维克托慢悠悠地回复，但多米尼克自顾自地讲了下去。

"本来我好好的，突然就趴在地上了，差点晕过去。毫无预兆，我身上的疼痛完全不能缓解，你不知道这种感觉就像——"

"我向你保证，我知道，"维克托仰头靠着水泥墙说道，"不过你现在好了吧?"

一阵抖抖索索的呼吸声。"是，我又恢复了。"

"持续了多久?"

"什么? 我不知道。我当时没那个心思。"

维克托叹息着，慢慢闭上眼睛。"下次，留个心眼。"

"下次?"

维克托挂断了电话。他睁开眼睛,发现米奇盯着他。"这事儿以前发生过吗?"

以前。维克托清楚他的意思。他的人生被实验室里的那个夜晚一分为二。以前,他是普通人。之后,他是超能者。如今,复活再一次分割了他的人生。之前,他是超能者。之后,就是现在这样。是希德妮造成的结果。他变成现在**这样**,是她使用超能力不可避免的副作用,是他身上产生的裂纹。维克托终究逃不开。他只是忽略了。

米奇狠狠地骂了句脏话,摸着他的头。"我们得告诉她。"

"不。"

"她会发现的。"

"不,"维克托重复道,"暂时别说。"

"那什么时候说?"

等维克托搞清楚情况,以及如何修复之后。等他有了计划,不光有问题,还有解决方案之后。"等严重到瞒不住的时候。"他说。

米奇肩背松垮,垂头丧气。

"也许没有下次了。"维克托说。

"也许吧。"米奇说。

他俩都不信。

V
四年半前
富尔顿

噩梦重来。

再而三。

不到半年时间,他发作了三次,间隔的时间略有缩短,死亡的时间略有增长。米奇坚持让他去看医生。米奇找了亚当·波特医生,此人个头矮壮,五官硬朗,是当地最富声望的神经科专家之一。

维克托一向不喜欢医生。

即使在他梦想**成为**医生时也不例外,救死扶伤不是他的兴趣所在。他对医学的兴趣在于知识、权力和掌控。他希望成为刀俎,而非鱼肉。

此刻,维克托坐在波特的诊室里,几个钟头后,他脑袋里的嗡鸣开始侵袭到手脚。等待发作太危险了,他心里清楚,不过准确的诊断有赖于症状的表露。

维克托低头看着就诊表单。他可以描述症状,但不能说细节。他没有动笔,直接把表单推了回去。

医生叹了口气。"马丁先生，你付给我一笔不菲的诊疗费。我建议你善加利用。"

"我付高价是为了保密。"

波特摇摇头。"很好，"他说着，双手交握，"那么，你哪儿不舒服呢？"

"我不是很确定，"维克托说，"我发作过几次。"

"什么样的发作？"

"神经性发作，"他在遗漏和谎言之间斟酌字句，"一开始是声音，在我脑子里嗡嗡作响。它越来越大，后来我能感觉到那种嗡鸣声渗进了骨头。就像电流。"

"然后呢？"

我死了，维克托心想。

"我晕厥了。"他说。

医生眉头一皱。"这种情况有多久了？"

"五个月。"

"你受过什么创伤吗？"

受过。

"据我所知没有。"

"生活方式有没有改变呢？"

"没有。"

"手脚无力吗？"

"没有。"

"过敏？"

"没有。"

"你有没有注意到什么特殊的诱因？偏头痛可能由咖啡因诱发，癫痫是因为光亮、压力，以及缺乏——"

"我不在乎诱因,"维克托失去了耐心,"我只要知道发生了什么,怎么治好。"

医生凑近了些。"那好吧,"他说,"我们来做一些检查。"

..✠..

维克托盯着屏幕上起伏不定的线条,犹如地震发生前的战栗。波特在他头皮上贴了十几个电极,此时正在他身边研究脑电图,眉头拧成一团。

"怎么了?"维克托问。

医生摇摇头。"这种活跃程度很反常,但又不是癫痫的图式。这些线条隔得多近啊,看见了吗?"他点着屏幕,"这种程度的神经刺激,说明神经传导极其频繁……电脉冲过量。"

维克托仔细观察线条。可能是错觉,但屏幕上线条的起落似乎与他脑子里的节奏相吻合,随着他皮肤底下嗡鸣声的增强,峰值也越来越高。

波特关掉仪器。"我需要更完整的图,"他说着,取下贴在维克托头皮上的电极,"我们来做一个核磁共振成像。"

检查室别无他物,唯独中央摆着一台核磁共振仪——一张可滑动的悬浮操作台,正对门洞大开的仪器。维克托慢吞吞地躺在台面上,头枕薄薄的支撑物。一副架子从他眼前滑过,波特将其扣好,把维克托固定在里面。伴随着机械运转的呼呼声,台面移动,他的心率随之飙升,检查室也消失不见,维克托面前只有低矮的仪器内壁。

他听见医生离开,房门关闭,随后传来医生的声音,在对讲机里显得单薄。"不要动。"

整整一分钟时间,什么都没有发生。突然,浑厚的撞击声在仪器中产生了共振,低沉的重音淹没了他脑子里的嗡鸣。淹没了一切。

仪器轰隆一声,嗡嗡作响,维克托试着数秒,计算时间,但很快便力不从心。随着一分一秒的流逝,他的掌控力越来越弱。嗡鸣声已进入他的骨头,第一波针扎似的刺痛——他关闭不了的痛感——在他身上爆发了。

"停止检查。"他的声音被机器的噪声吞没。

波特在对讲机里回应:"就快好了。"

维克托拼命调整呼吸,但毫无效果。他心脏狂跳,眼前出现重影。可怕的电流嗡鸣声更响了。

"停下——"

令人目眩的电流击穿了维克托。他紧抓操作台两侧的边沿,第一波发作时,浑身的肌肉都在抗议。他眼前浮现了安吉的人影,她站在刻度盘边。

"我想告诉你,"她说着,把传感器挨个儿固定在他胸前,"我这辈子都不会原谅你。"

警报声大作。

核磁共振仪呻吟着,颤抖着,停止了运转。

波特在仪器对面急切地说着什么,嗓音低沉。操作台开始滑出。维克托扒拉着固定头部的绑带。它们松开了。他必须爬起来。他必须——

电流再次袭来,凶猛异常,检查室化作万千碎片——他嘴里有血,心律失常。波特拿着的小手电筒照得世界一片雪白,随着一声沉闷的惊呼,一切都被剧痛抹得干干净净。

..✟..

维克托在操作台上醒来。

核磁共振仪上的指示灯都灭了,洞口有一道道烧焦的痕迹。他坐起来,头晕目眩,视野逐渐清晰。波特躺在数英尺开外,姿态扭曲,仿佛正在痉挛。维克托不用摸他的脉搏,也不用感受神经有无反射,就知道他死了。

回忆涌现,在另一个时间,另一个实验室,安吉的尸体同样不自然地扭曲着。

见鬼。

维克托双脚落地,扫视周围。尸体。破坏。

此时他已经恢复正常,内心平静,头脑清醒。犹如暴风雨过后的间歇。暴雨再临之前的平静。卷土重来是迟早的事——所以每一个安宁的时刻都很重要。

波特手边的地上有一个注射器,尚未拆盖。维克托将其塞进兜里,来到走廊上,那儿有他的外套。他掏出手机,收到一条多米尼克发来的短信。

1分,32秒。

维克托深吸一口气,环顾空荡荡的诊所。

他又沿路返回检查室,收起波特做检查时打印的每一张扫描单。在医生的诊疗室里,他删除了预约的数据,撕掉了医生做记录的那页纸,以防万一,底下的一页纸也没有放过,然后有条不紊地清理了他留下的每一处痕迹。

除了尸体。

他处理不了尸体,除非将诊所付之一炬——他考虑过这个选项,随即打消了念头。火这种东西性情无常,变化莫测。最好是保持原样——心脏病犯了,突发事故。

维克托披上外套,离开了。

酒店套房里,希德妮和米奇四仰八叉地躺在沙发上,正在看一部老电影,多尔横在他们脚边。维克托进去时,米奇的目光迎了上来,眉毛一扬,维克托以极难察觉的幅度微微摇头。

希德妮翻身坐起。"你去哪里了?"

"活动活动腿脚。"维克托说。

希德妮皱起眉头。几周以来,她的眼里除了担忧,还添了疑虑。"你出去了好几个钟头。"

"我被关了好几年,"维克托反唇相讥,同时斟了一杯酒,"待着不动就难受。"

"我也难受,"希德妮说,"所以米奇说我们可以抽牌。"她转而对米奇说:"为什么维克托不用抽牌?"

维克托扬起眉毛,喝了一口酒。"怎么抽?"

希德妮从桌上拿起一叠扑克。"如果你抽的牌是数字,你就得待在家里学点什么,如果抽到了人头,你就可以出去。主要是公园或者电影院,但比关在屋子里强多了。"

维克托瞟了一眼米奇,大块头耸耸肩,起身走向浴室。

"你来试试。"希德妮说着递来扑克。维克托端详她片刻,抬起手来。但他没有抽牌,而是把扑克从希德妮手上拨拉下去,散落一地。

"喂,"维克托跪在地上扫视牌面,希德妮喊道,"你作弊。"

"你又没说我必须遵守规则。"他捡起黑桃K,翻转牌面。"给,"他说着把扑克递给她,"藏在袖子里。"

希德妮盯着纸牌看了好久,在米奇回来前将其覆在掌底。他的视线在两人之间来回流转。"怎么了?"

"没什么,"希德妮毫不犹豫地说,"维克托拿我开心呢。"

她张口就能撒谎,真令人不安。

希德妮回到沙发上,多尔爬到她身边,维克托走到阳台上。

几分钟后,背后的门开了,米奇来到身边。

"怎么样?"米奇问,"波特怎么说?"

"他给不出答案。"维克托说。

"那我们再找别人。"米奇说。

Part One · 复 活

维克托点点头。"告诉希德妮，我们天亮出发。"米奇进去了，维克托把酒杯搁在栏杆上。他从兜里掏出注射器，读着标签上的文字。**劳拉西泮**。一种抗癫痫药物。一直以来，他希望得到诊断，得到治疗，不过现在，他要寻找抑制症状的对策。

· · ✠ · ·

"我通常下班后不接诊。"

维克托坐在年轻医生对面。她身材苗条，肤色黝黑，眼镜后面的眸子目光锐利。无论她有何兴趣或者怀疑，她的诊所位于卡普斯通，这座城市管理制度严格，极为重视个人隐私，可强制实施自由裁量权。口风不紧有可能结束职业生涯，甚至生命。

维克托把现钞推过桌面。"谢谢你为我破例。"

她接过钱，看着他在就诊单上填写的几行字。"有什么我可以帮忙的，嗯……拉斯特尔先生？"

维克托脑子里的噪声越来越嘈杂，他竭力集中精神，面对老生常谈的问题，抛出老生常谈的答复。他列举症状——噪声，疼痛，抽搐，晕厥——该省略的省略，该撒谎的撒谎。医生一边听，一边若有所思地在纸上写写画画。"可能是癫痫、重度肌无力、肌张力障碍——神经系统疾病有时候很难诊断，特别是在症状重合的情况下。我会安排你做检查——"

"不。"维克托说。

她抬起头来。"如果不知道确切的——"

"我做过检查，"他说，"都……没有结果。我来这里是想知道你怎么开处方。"

克莱顿医生直起身子。"不做诊断我不能开处方，缺少有力的证据我做不了诊断。无意冒犯，拉斯特尔先生，光是你的自述远远不够。"

维克托吁了口气。他上身前倾,与此同时,他接触到了医生。接触医生的不是他的手,而是他的感知,仅次于痛感的一种压力。一种微妙的不适感,正是它迫使陌生人退避三舍,而维克托如入无人之境。但是,克莱顿不能轻易退避,于是这种不适感就变成了——威胁。激发面对危险的生理反应,它是原始的,兽性的,是捕食者对猎物的压迫。

　　"城里有不少地下医生,"维克托说,"不过他们开处方药的意愿与他们的医术成反比。所以我找到这儿。找到你。"

　　克莱顿咽了口唾沫。"错误的诊断,"她沉声说道,"和药物,弊大于利。"

　　"是有这样的风险,"维克托说,"我愿意承受。"

　　医生颤颤巍巍地吐了口气。她摇着头,似乎脑子不大清醒。"我给你开抗癫痫药和β-受体阻滞剂[①]。"她在纸上龙飞凤舞地写着。"至于更强效的药,"她撕下那张纸,"你必须接受检查才行。"

　　维克托接过纸,站起身来。"谢谢你,医生。"

　　两个钟头后,他把药片倒在掌心,吞了下去。

　　很快,他感到心跳放缓,嗡鸣平息,心想他可能找到了答案。两周以来,他第一次感觉良好。

　　然后,他又死了。

[①] 译者注:用于治疗高血压和冠心病。

Ⅵ
四周前
哈洛韦

维克托迟到了，他心里清楚。

寻找林登所耗的时间比预计的长——他必须等到修理厂空了，等到只剩他们两人。当然，他还要等到死亡降临，然后从头到尾地经历完，以免回到他们住了九天的屋子再发作。屋子是租来的，同样是短租房，租一天、一周或者一个月都行。

这次是希德妮选的，她说因为看起来有家的感觉。

维克托走进屋子时，闻到了奶酪融化的香味，听见了从大屏幕电视里传来的爆炸声。希德妮坐在沙发扶手上，喂爆米花给多尔吃，橱柜前的米奇正在一块巧克力蛋糕上插蜡烛。

这样的场面格外……正常。

大狗最早发现他，尾巴在硬木地板上来回摇动。

米奇盯着他的眼睛，关切地皱着眉头，但维克托冲他摆了摆手。

希德妮扭头看他。"嗨。"

五年了，希德妮·克拉克几乎没什么变化。她依然又矮又瘦，圆脸大眼，跟他们在路边相遇的那天一样。变化大都是外在的——她把七彩紧身裤换成了点缀白色小星星的黑裤子，她的波波头金发时常被各种假发掩盖，发色和她的情绪一样多变。今晚是淡蓝色的，与她的瞳色相同。

不过在其他方面，希德妮和他们一样变化很大。她的语调、毫不退让的凝视，以及翻白眼的样子——显然是她为了强调自己的年龄而故意装腔作势，因为年龄不容易表现出来。她的外在还是个孩子。但她已经有了一颗少女心。

这时候她看了一眼维克托空空的双手，疑问全都写在眼里——她怀疑他忘了。

"生日快乐，希德妮。"他说。

很奇怪，希德妮的生日和她闯入维克托的生活是同一天。每年的生日不仅代表她长了一岁，还代表着她和维克托共同生活的时间。还有米奇。

"可以帮我点蜡烛吗？"米奇问。

维克托摇摇头。"等我一会儿，换衣服。"他说着转向走廊。

他关上门，也不开灯，径直进了卧室。房间的布置实在不合他的口味——蓝白色的靠垫，一面墙纸是田园风光，书架上的书以装饰为主，内容是其次。最后他还是用上了它们。一本造型美观的历史书摊开着，一支黑色记号笔搁在当中。左边的页面已经全部涂黑，右边则涂到了最末一行，维克托似乎在寻找一个词，但尚未如愿。

他脱掉外套，走进浴室挽起袖子，打开水龙头，把水浇到脸上，水流的白噪声与脑子里再次活跃的静电杂音相呼应。近来，清静的时间已经不能以天计算，只能是分钟。

维克托抬手捋了捋金色的短发，打量着镜中的自己，蓝眼睛嵌在那张憔悴的面孔上，犹如豺狼。

他瘦了。

他一直很瘦，但如今他扬起下巴，灯光被他的眉头和颧骨阻挡，在两颊和喉咙的凹处留下层层阴影。

水槽后方摆着一排药瓶。他拿起距离最近的一瓶，倒了一片安定在掌心。

维克托一向不喜欢吃药。

确实，想到可以逃避一时，他多少有些心动，但丧失**自控力**永远是他的心结。他第一次买毒品是在洛克兰的时候，却不是要体验快感。他仅仅是要结束生命，为的是以**更强大**的状态回归。

多么讽刺啊，维克托心里想着，把药片硬吞下去。

Ⅶ
四年前
德累斯顿

维克托没怎么来过脱衣舞俱乐部。

他难以理解其中的魅力——他对那些油光锃亮、扭来扭去的半裸身子兴趣索然——不过,他到琉璃塔不是为了看表演的。

他是来找人的。

他扫视着烟雾弥漫的俱乐部,尽量不吸入香水、香烟和汗水的气味,忽然有一只手从他的肩胛骨摸上来,指甲是精心修剪过的。

"你好啊,宝贝儿。"声音如糖似蜜。维克托瞥了一眼,看见乌黑的眸子和鲜艳的红唇。"我打赌,我们可以让你的脸蛋笑开花儿。"

维克托不觉得。他渴求的东西不在少数——能力、复仇、掌控——但性爱从来不在其中。哪怕是跟安吉……没错,对她有过**渴望**,渴望得到她的关注、忠诚,乃至爱情。他对她动过心思,千方百计地取悦她——或许他自己也从中获得了快乐——但对他而言,一切都与性无关。

舞女上下打量维克托,误将他的冷淡当成了谨慎,或许以为他的兴趣不在女人身上。

他扒开她的手指。"我找马尔科姆·琼斯。"此人自称企业家,经营各种不正当的生意。武器、性、毒品。

舞女叹了口气,指着俱乐部后方的一扇红门。"楼下。"

于是他走向红门,快到时跟一个身材娇小的金发女人撞了个满怀,他伸手搀扶,对方则连连道歉,嗓音尖细悦耳。他们四目相对的瞬间,她面色微变,盎然的兴味一掠而过——这是一种遇见熟人的眼神,但他确实从未与对方谋面。维克托和她各自退开,他来到红门前,她则挤进人群之中。

他身后的红门关闭了,完全隔绝了门外的俱乐部。他活动了一番手指,顺着水泥台阶向建筑的深处前进。底部的廊道格外狭窄,墙壁刷的是黑漆,空气中弥漫着陈腐的烟味儿。廊道尽头的房间传来笑声,但维克托很快被一个黑衫裹身的魁梧壮汉挡住了去路。

"有地方要去?"

"是。"维克托说。

大汉打量着他。"你看着像缉毒警。"

"有人说过。"维克托张开双臂,请对方搜身。

大汉从上到下拍了他一遍,然后带他进去了。

马尔科姆·琼斯身着价格不菲的西装,坐在宽大的桌子后面,肘边堆着一摞账单,一把银光闪闪的手枪压在上面。另有三个人坐在不同的地方:一个看着安装在墙上的平板电视,一个玩着手机,还有一个旁观琼斯在桌上切分可卡因。

似乎谁都不太在意维克托的到来。

唯独琼斯抬起了头。他年纪不轻,但那股近乎贪婪的饥渴劲儿,是初露峥嵘的小伙子才有的。"你是谁?"

"新来的客户。"维克托简单地说。

"你怎么知道我的?"

"听说的。"

琼斯一副得意扬扬的样子,恶名崭露,显然令他颇为受用。他抬手示意桌对面的空椅子。"你要什么?"

维克托蹲身就座。"药。"

琼斯扫了他一眼。"哦,我以为你要武器呢。你说的是海洛因,还是可卡因?"

维克托摇摇头。"处方药。"

"啊,这样……"琼斯招招手,一个手下起身打开一个柜子,里面有一大堆塑料药瓶。

"我们有羟考酮、芬太尼、苯二氮平、阿德拉……"琼斯逐一列举,那人把瓶子放到桌上排开。

维克托扫视着眼前的选项,思考从哪种药物开始尝试。

发作已经越来越频繁,他采取的各种措施全部无效。他试过避免使用超能力,因为超能力可能是某种电池,耗了电就要充电。发现没有效果,维克托改变策略,尝试**大量**使用超能力,因为电量可能过载,他需要**放电**。结果殊途同归——嗡鸣声还是逐渐增强,还是实打实地反应在身体上,维克托仍一命呜呼。

维克托俯视着一长排药瓶。

他可以追踪电流的波形,但他就是改变不了。

从科学的角度看,太操蛋了。

从心理学的角度来看,何止操蛋。

他可以干预痛感,干预到某个程度,但痛感仅仅是神经系统的一个方面而已。也是大多数阿片类止痛药所针对的方向之一。它们都是抑制剂,不光能抑制痛感,还可以影响知觉、心率,意识——如果一种药不够,他需要来个混搭。

"我都要了。"他说。

"哪个?"

"全部。"

琼斯淡淡一笑。"别着急,陌生人。我这儿的规矩是限购一瓶——我不能把所有存货都给了你。我知道接下来的事儿,它们会以三倍的价格出现在某个犄角旮旯……"

"我不会卖的。"维克托说。

"那你就要不了那么多,"琼斯的笑容变得生硬,"好了,至于价钱……"

"我说的是我都**要**了。"维克托倾过身子,"我没说过给钱。"

琼斯笑了,笑声冷漠而凶狠,他的手下也跟着笑。"如果你打算抢劫我,好歹也要带把枪。"

"噢,我还真带了。"维克托伸出手来。他的三根手指屈向掌心,大拇指竖起,食指伸直,整个动作十分缓慢,似在表演魔术。

"看到没?"他说着,食指对准了琼斯。

琼斯笑不出来了。"难不成你有点……"

"砰。"

不是枪响——没有震耳欲聋的回声,没有空弹壳,也没有冒烟——但琼斯从喉咙里发出一声惨叫,仿佛吃了一颗子弹,翻身倒地。

另外三人立刻掏枪,但因为猝不及防,反应不够快,维克托不等对方开火就解决了他们。无关刻度。也不是微调。是蛮力。在那个超越痛感的地方,神经突遭重创,保险丝瞬间熔断。

他们摔倒在地,犹如割断提线的木偶,而琼斯还是清醒的。他抓着胸口,疯狂地寻找中弹和失血的部位,他的神经分明告诉他身体受到了伤害。

"该死……该死……"他嘴里咕哝着,眼珠子狂野地转动。

维克托早就知道，痛苦可以把人变成野兽。

他收拢药瓶，统统扫进一个此前靠在桌边的黑色皮革公文包。琼斯躺在地上发抖，随后积蓄力气，目光锁定着桌上那把锃亮的铁玩意儿。琼斯扑了过去，然而维克托动动手指，他就浑身瘫软，靠在对面的墙壁上，不省人事。

维克托拿起琼斯企图抢夺的手枪，在掌中掂了掂。他对枪支谈不上特别喜爱——对于他的超能力来说，它们基本派不上用场。但考虑到他目前的处境，带上某些……身外之物，或许多少有点帮助。再说了，拥有看得见的威慑力从来不是坏事。

维克托把枪塞进外套的兜里，合上公文包。

"很高兴跟你做生意。"他对着寂静的房间说道，然后转身离开。

..✝..

与此同时……

琼整了整马尾辫，穿过绒布帘子，进了舞厅包厢。哈罗德·谢尔顿已经等在里面，粉红色的手迫不及待地搓着大腿。

"我想你，珍妮。"

珍妮在家里，因为食物中毒。

琼只是借了她的身体。

"你有**多**想我？"她尽可能轻柔地问道。嗓音不够完美，从来不够完美。毕竟，嗓音受先天**和**后天、生理和修养共同影响。琼可以学个八九不离十——借用的身体自带效果——但她真正的嗓音，那种轻快悦耳的调子，总会不经意地泄露。但哈罗德未必注意到了。他透过蓝白相间的拉拉队服，贪婪地盯着珍妮的胸脯。

琼不太喜欢这种衣服，但那不重要。

Part One · 复 活

他喜欢就行。

她慢悠悠地绕着他转圈，粉红色的指甲扫过他的肩膀。当她的手指与他的皮肤摩擦时，她看见了他的人生——并非全部生活，只是留痕的片段。她在脑子里过目即忘。她知道自己绝无可能借用他的身体，所以不需要太了解对方。

哈罗德抓住她的手腕，拉着她坐到自己腿上。

"你知道规矩，哈罗德。"琼说着，从他怀里挣脱。

俱乐部的规矩很简单：许看不许摸。手夹在两腿间。放在膝盖上。压在屁股底下。怎么都行，只要不碰姑娘们。

"你他妈的真逗。"他低声吼道，既恼怒又亢奋。他仰着头，两眼亮晶晶的，嘴里喷吐着酸臭的气息。"那我花钱是为啥？"

琼绕到他背后，揽着他的肩膀。"你不能碰我，"她俯下身子，嘴唇摩擦着他的耳朵，悄声说道，"但我可以碰你。"

他一直没有发现琼手中的细线，直到他的喉咙被缠上。

哈罗德立刻开始挣扎，然而布帘太厚实，音乐声太嘈杂，而挣扎得越厉害，空气消耗得越快。

琼喜欢绞喉。迅速，高效，触感丰富。

哈罗德不去挠她的脸，却在绞索上浪费了太多力气。当然，无论怎样做都没有差别。

"不是私人恩怨，哈罗德。"琼说话的时候，他拼命跺着脚，企图挣脱。

这是事实——他不在她的名单上。生意而已。

他软绵绵地向前栽倒，气息全无，嘴唇张开，吊着一条细细的涎液。

琼挺直腰身，吐了口气，松开绞索。她观察自己的手掌——不是她自己的——绞索卡进肉里，留下了几道既细又深的勒痕。琼没有感觉，但她知道等真正的珍妮醒来时，勒痕还在，疼痛也在。

对不起了，珍妮。她钻出布帘，将其扯回原位。哈罗德花钱相当大方。他为珍妮的青春美貌买了整整一个钟头，所以琼有五十分钟的逃跑时间。

她揉着掌心的红色勒痕，从走廊上离开。反正珍妮的好几个室友在家——她有不在场证明。谁都没有看到琼去了哈罗德的包厢，也没有看到她离开，那么她需要做的就是——

"珍妮，"身后有人喊道，距离非常近，"你不是开工了吗？"

珍妮暗自咒骂，转过身来。就在她转过来的时候，样貌变了——四年来被她碰过的人为她提供了无数形象，好比庞大的衣橱，不过眨眼的工夫，珍妮不见了，变成了别人，另一个金发女人，有着同样的肤色、同样的体形，但是胸脯较小，脸蛋圆圆的，身着蓝色短裙。

她的转变恰到好处，堪称艺术，保镖眨着眼睛，一脸茫然，但以琼的经验，当人们看见不能理解的事物时，他们不会固执己见。从*我看见*变成*我以为我看见*，又变成*我不可能看见*，最后变成*我没看见*。视觉变化莫测。意识脆弱易变。

"这里仅限舞者和客人进来，女士。"

"不是要偷看，"琼尽可能放大她的口音，"就是找洗手间。"

马克斯点头示意右边的一扇门。"原路返回，穿过俱乐部。"

"多谢。"她送上秋波。

琼在俱乐部里穿行，一路上保持着沉稳而自然的步伐。现在她只想冲个澡。脱衣舞俱乐部就是这样。欲望和汗水，廉价的酒水和肮脏的金钱交易，厚厚一层，裹在身上，跟着你回家。当然那是心理作用——琼感觉不到，闻不到，尝不到。借来的身体终究是借来的。

她半路上撞到了一个男人，消瘦，金发，一身黑衣。没什么特别的，这种地方充斥着好色的生意人和单身汉，但两人的接触令琼大惊失色——她碰到了他的胳膊，看见的却是……**空白**。没有场景，没有记忆。

Part One·复活

那人不怎么搭理她，自顾自地走开了。他消失在俱乐部后方的一扇红门内，琼强作镇定，继续前行，其实内心已是翻江倒海。

有多大可能性呢？

很小，她知道——但并非绝无可能。几年前有过类似的经验，那是一个夏夜，她偶遇的一个年轻人。两人结结实实地撞到一起——撞得她脑袋后仰，撞得他低下了头。两人接触时，她感觉到了同样的寒意，同样的黑暗，而那里应该有记忆才对。她通过触碰捕捉样貌和形体已有好几个月，这次信息的缺失委实令人惊讶和不安。琼当时并不知道这意味着什么——是对方有问题，还是她有问题，是一种特质，还是一次故障——直到她跟在那人后面，亲眼看见他抚过一辆汽车的引擎盖。听见汽车引擎在他掌底轰隆作响，她意识到此人与众不同。

与众不同的方式和她不一样，但绝不是普通人。

从此以后，她开始寻找这种人。

琼以前不喜欢有意无意接触别人，尤其是毫无必要的接触，后来却千方百计地摸手、亲脸，寻找那些难以捉摸的黑暗领域。然而，她再没能如愿。

直到现在。

琼溜到一根柱子后面，卸下金发美女的伪装，换成一个普通到过目即忘的男人形象。她坐到吧台前，点了一杯酒，等待陌生人再次露面。

十分钟后，他出现了，手提一个黑色公文包。他闪进了暗处。

琼跟了上去。

··✟··

街上虽然有人，但数量不多，难以提供掩护。她每次离开街灯的光照范围就改变样貌。

如果黑衣人发现了琼，该怎么办？

如果他没有发现呢？

琼自己都不知道**为何**跟踪他，也不知道等他停步时怎么做。吸引她一路尾随的，到底是直觉，还是好奇心？她并非随时都能区分两者。从前……

但琼不喜欢回忆从前。不愿意，也不需要。垂死的噩梦不曾困扰她，但死亡极其真实。何必撬开自己的棺材板。

当然，琼不是她的真名。她埋葬了真名和那段人生。

她唯一保留的是口音。**保留**是一个强有力的词语——拒不改变，顽固不化。身处陌生国度的一缕乡愁。一段记忆，绿色的，灰色的，关于悬崖和大海……她或许可以摆脱它，连同成就**她**的一切统统消除。但它是绝无仅有的了。最后的痕迹。

真是多愁善感。她暗暗责备自己，加快了步伐。

终于，琼不再变化样貌，只是跟在陌生人后面。

奇怪的是，人们在他面前纷纷避让，绕道的姿态十分微妙。

他们**看**得到他，她观察到了他们避让的方式，都是侧跨一步。但他们并未真正**注意到**他。

就像磁铁，琼心想。人人都以为磁铁是相互牵扯和吸引的，实际上换个方向，它们就会相互排斥。你可以耗费九牛二虎之力强迫它们靠拢，你成功了，貌似成功了，但到最后它们仍会错开。

她不禁好奇，如果那就是他的一部分超能力，那他是否能影响周围的世界。

不管是什么超能力，她都感觉不到。

话说回来，她什么都感觉不到。

你到底是什么人？那人的神秘莫测搅得她心神不宁。她太习惯自身的超能力，轻而易举即可无所不知。不是说她洞悉一切——那是直达疯狂的捷径——但她知道的太多了。名字。年龄。还有记忆，那些留痕的片段。

一个人，被提炼为无数碎片。

这令人不安，现在，她更心慌意乱了。

前方，那人在一栋公寓大楼前止步。他进了大厅的旋转门，琼躲在楼檐底下的阴影处，目送他进了电梯，楼层的数字停在了九。

她咬着嘴唇，思考。

时辰已晚。

但也不是**特别**晚。

琼翻找着脑子里的衣橱。送外卖恐怕太晚了，但送快递不算晚。她挑了一个年轻女人的形象——容易让人放松警惕，尤其在晚上——以及一身深蓝色骑行装，又从大厅拿了一封待送的信件，按下电梯的按钮。

九楼有四间房。

四次机会。

她把耳朵贴在第一扇门上，听到的是闲置公寓死一般的寂静。

第二间房也一样。

她听见第三间房里有脚步声，于是敲了敲门，但门开后，面前却不是黑衣人，而是一个女孩，身边跟着一条大狗。

女孩身材娇小，白金色的头发，冰蓝色的眼睛。看到她的样子，琼放下了戒备心。她大约十二岁，也可能十三岁。正是玛德琳的年龄。玛德琳属于从前——从前，琼还有家人，有父母和兄弟姐妹，一个比她大，三个比她小，最小的妹妹有着同样的草莓色卷发——

"有什么事吗？"女孩问。

琼立刻断定自己找错了地方。她摇着头退后。

"什么人？"问话的人嗓音温和，那是一个大块头，双臂有文身，笑容亲切。

"送快递的。"女孩说。她伸手接包裹，就在手指快要碰到琼的时候，他出现了。

"希德妮,"黑衣人说,"我告诉过你,不要应门。"

女孩退回去了,大狗跟在她身后,那人走上前来,同样冰蓝色的眸子更冰冷,更深沉。他低头看了一眼琼手里的包裹。

"地址错了。"他说完就关上了门。

琼站在走廊里,脑筋飞转。

她以为他是独自一人。

他们这种人应该独来独往才对。

另外两个人,大块头和小女孩,是普通人吗?或者,他们也有超能力?

翌日,琼又来了,耳朵贴在门上——什么声音都没有。她跪在锁孔前,几秒钟后,打开了门。公寓空荡荡的。没有女孩的踪影,没有狗,没有大块头,也没有陌生人。

他们走了。

VIII
三年前
首府

又发作了。一而再。再而三。

维克托重重地倚着碗柜,从马尔科姆·琼斯那里搞来的药在面前摆成一排,无休止的嗡鸣在他脑子里化作尖厉的呻吟。他又看了一遍标签,寻找尚未试过的药——羟考酮、吗啡、芬太尼——但他确实全都试过了。各种排列组合都不起作用。无一有效。

他强忍着没有发出挫败的怒吼,把打开盖子的药瓶统统扫下台面。药片如雨点落地,维克托匆匆出门。他必须在电流到达顶峰之前离开。

"你去哪儿?"维克托经过的时候,希德妮问道。

"出去。"他紧咬牙关。

"可你刚回来。还有,今晚是电影夜。你说了要跟我们一起看的。"

米奇按着她的胳膊。"我相信他很快就会回来。"

希德妮的目光停留在两人之间,仿佛看到了其中的缺漏、谎言,以及真相被挖走后遗留的空洞。"什么情况?"

维克托从钩子上取下外套。"我要透透气。"此刻电荷已经满载,充斥在周围的空气中,能量噼里啪啦地贯通全身。多尔低声呜咽。米奇挤眉弄眼。但希德妮不肯让步。

"下雨了。"她不满地说。

"我又不会融化。"

而希德妮已经伸手取下了自己的外套。"好吧,"她说,"我跟你一起去。"

"希德妮——"

她竟抢先一步到了门口。

"别挡我的路。"他从牙缝里挤出一句话。

"不。"她公然顶嘴,手脚张开,小小的身躯挡着木头门框。

"**让开**。"维克托的命令带着孤注一掷的怪异语调。

但希德妮不为所动。"除非你告诉我发生了什么事。我知道你有事瞒着我。我知道你在撒谎,这不公平,我有权——"

"**让开**。"维克托喝道。继而,他不假思索地——除了激涌的电流、流逝的时间、逃离的渴望,他没什么思考的空间——控制了希德妮,**狠狠一推**,不是对她的神经,而是整个身体。她不啻于挨了一拳,跌向一侧,维克托借机抢到门口。

突然间,痉挛发作了。

维克托跌跌撞撞地撑着墙壁,紧咬牙关,低低地呻吟了一声。

希德妮双手撑地,跪在不远处,但见他脚步踉跄,她收敛了怒火,满脸惊恐之色。"什么情况?出什么事了?"

维克托低着头,拼命喘气。"带她——走——"

米奇终于来了,把希德妮从维克托身边拽了回去。

"**他怎么了?**"她哭喊着,在米奇怀里挣扎。

维克托打开门,仅仅迈了一步,痛感便如潮水般淹没了他,他一头栽倒。

他眼中的最后一幕是希德妮挣脱了米奇，狂奔而来。

然后，死亡消除了一切。

··✠··

"希德妮？"

维克托浅浅地吸了口气。

"希德妮，能听见吗？"

是米奇的声音，低沉，充满恳求的意味。

维克托坐起来，看见他跪在地上，一个小小的身躯蜷缩在他面前。希德妮。她一动不动地躺在地上，手脚大张，淡色的金发铺在脑袋周围，肤色白如陶瓷。米奇摇晃她的肩膀，耳朵贴在她的胸口。

维克托爬了起来，顿时天旋地转。他的脑袋昏沉沉的，思维迟缓，每次发作后清醒过来都是这样的情况，他调高了刻度盘，强化神经对疼痛的感受，以便清醒头脑。

"让开。"他说着，单膝跪在她身边。

"救救她。"米奇哀求道。

希德妮的皮肤是冰凉的——但她的皮肤一直都是冰凉的。维克托探寻她的脉搏，令人提心吊胆的几秒钟过去了，忽然摸到了微弱的心跳。那种幅度很难说是心跳。他发现，她的呼吸也同样缓慢。

维克托按着她的胸脯，感知抵达了神经，然后尽可能轻柔地转动刻度盘。不多，仅仅到激发反应的程度。

"醒醒。"他说。

没有反应。

他又调高了一点点刻度。

醒醒。

依然没有反应。她浑身冰冷，纹丝不动。

维克托抓着她的肩膀。

"希德妮，*醒醒*。"他喝道，同时释放一股电流，涌进她娇小的身躯。

她喘着气，突然睁眼，继而翻了个身，咳嗽起来。米奇冲上前安抚她，维克托则瘫坐在地，靠着门，心脏在胸腔里怦怦狂跳。

但当希德妮吃力地坐起来，她的目光从米奇移向维克托，双眼圆睁，不见恼怒，唯有悲伤。他看到了写在她脸上的疑问。与他脑子里冒出来的疑问一模一样。

我做了什么？

· · † · ·

维克托坐在阳台上望着纷飞的雪花，夜幕上密密麻麻的白点。

他冻得不行。他可以穿上外套，可以关闭神经回路，消除寒冷，消除一切感觉。但他品味着寒冷，观察呼出的雾气，抓紧时间享受短暂的安宁。

屋子里的灯光亮了起来，但维克托不愿进去，他受不了希德妮的表情。还有米奇的。

他可以离开。

应该离开。

分开了他未必能活，但可以保护他们。

他背后的阳台门滑开了，他听见希德妮轻手轻脚地走过来。她坐在身边的椅子上，把膝盖抱到胸前。好一会儿，两人都没有说话。

曾几何时，维克托对希德妮承诺，他不允许任何人伤害她——他一定会先伤害他们。

他违背了承诺。

他盯着自己的双手，想起片刻*之前*——他逼迫希德妮让开。他当时不曾触及她的神经，也没有转动刻度盘。但他还是**动**了她。维克托起身离开椅子，仔细思考其中的意味。不等他走到阳台门那里，希德妮打破了沉默。

"疼吗？"她问。

"现在不疼。"他不正面回答。

"发作的时候，"她追问，"疼吗？"

维克托吐了口气，在空中形成白雾。"疼。"

"疼多久？"她问，"疼到什么程度？你有什么感觉，在你——"

"希德妮。"

"我想知道，"她动情地说，"我**需要**知道。"

"为什么？"

"因为是我的错。是我害你变成这样的。"维克托开始摇头，但被她打断了，"告诉我。告诉我实话。你这段时间一直对我撒谎，至少你可以告诉我你的感觉。"

"感觉就像快死了。"

希德妮仿佛挨了一拳，喘不过气来。维克托叹息着，走到阳台边沿。结了冰的栏杆又湿又滑，他将其握住，寒冷刺痛了手指。"我有没有告诉过你，我是如何获得超能力的？"

希德妮摇摇头，金色波波头甩来甩去。他知道自己没有提过。他说过自己最后时刻的想法，但仅此而已。这不是信不信任的问题，而在于一个很简单的事实——被他们抛诸脑后的那些过往之中，没什么值得回忆的，又有太多不愿意想起。

"超能者的诞生大多是事故造成的结果，"他望着雪花说道，"但我和伊莱不一样。我们主动寻找办法，达成这样的变化。顺便说一句，真的太难了。濒死是蓄意为之，复活也尽在掌握中。你要找到一个结束生命的方法，又要有保全生命的把握，而且绝对不能毁坏身体。最重要的是，你要想办法削弱对象的掌控力,使其害怕,因为必须有恐惧产生的化学物质和肾上腺素,才能引发根本性的变化。"

维克托仰着脖子,观望夜空。

"那不是我第一次尝试,"他轻声说,"我死的那天晚上。我试过一次,失败了。事实证明过量服药不行,掌控过头,恐惧不足。所以我打算再试一次。伊莱已经成功了,我决心不输给他。我创造了一个我不能掌控的环境。无论谁身处其中,都只能感受到恐惧。还有疼痛。"

"怎么做的?"希德妮悄声问道。

维克托闭上眼,又看到了安吉,她的手搭在刻度盘上。

"我说服了一个人折磨我。"

身后的希德妮急促地吸了口气。维克托接着讲下去。

"我被绑在一张钢制的桌子上,身上通了电。有一个刻度盘,专人负责调节,转动刻度盘,则疼痛加剧,我叫他们中途不要停手,直到我的心脏停跳为止。"维克托的手掌压着冰冷的栏杆。"人对疼痛是有概念的,"他说,"他们自以为知道什么是疼痛,疼痛是一种什么样的感觉,但那仅仅是概念罢了。真实的疼痛和概念完全不一样。"他转身面对她。"所以你问我发作是什么感觉——感觉就像重新体验了一次濒死状态。就像有人调高了我体内的刻度盘,直到我崩溃。"

希德妮面色煞白。"是我,"她轻声叹道,双手紧抓膝盖,"是我害了你。"

维克托走向希德妮的椅子,跪在她面前。

"希德妮,我活着都是因为你。"他斩钉截铁地说。泪水从希德妮的脸颊上滑落。维克托把手搭在她肩上。"是你救了我的命。"

于是他们四目相对,她冰蓝色的眸子布满血丝。"可我破坏了你。"

"不。"他欲言又止。一个念头闪过脑海。灵感的火花瞬间迸发,明亮而又微薄。他护着摇曳的火花,让它生长得更加壮大,等它终于燃烧起来,他发现——

他一直找错了方向。他找的是寻常的解决办法。

但维克托不是普通人。他身上发生的事情绝不寻常。

一个超能者破坏了他的超能力。

他需要一个超能者来修复。

IX
两年前
布劳顿南部

这种玩意儿叫音乐,简直是侮辱智商。

维克托靠着吧台,从舞台上传来的声音聒噪刺耳,一帮家伙在那里演奏各自的乐器。往好的一面说,他心想,他们制造的噪声盖过了他脑子里越来越响亮的嗡鸣。不好的是,痛感正在袭来。

"嗨!"酒保喊道,"来杯喝的?"

维克托拧身面对吧台。面对吧台里的人。

威尔·康奈利六英尺三英寸高,方下巴,一头浓密的黑发,带有潜在超能者的一切标签。

维克托做过功课,他指导米奇重新设计了一个搜索算法,以搜寻超能者。同样的算法伊莱用过,警察用过,维克托找到多米尼克也是靠它。

追查第一条线索花了两个月——南边的一个女人,可以逆转年龄,但不能逆转伤害——追查第二条线索花了三个月——那人可以分解物品并将其恢复原状,遗憾的是,他的能力对活物不起作用。

Part One · 复 活

寻找超能者已经很难了。

寻找特定的、拥有复原能力的,更是难如登天。

他们最新的线索是威尔·康奈利,此人未经许可,从医院的病床上跑了,仅仅在他发生意外的两天后。医生们全都震惊了。

说明他可能有治疗能力。

问题是他能否治疗维克托。

到目前为止,谁都做不到。

"嗯?"康奈利的声音盖过了音乐。

"格伦·阿多克威士忌。"维克托喊道,冲着后墙上的一瓶酒点点头。酒瓶是空的。

"得去补点货了。"康奈利说完,招手示意另一个酒保,自己从吧台底下钻了出来。维克托等了一会儿便跟上去,一路尾随对方。库房的门是敞开的,就在康奈利把手放上去时,维克托登场了。

"我改主意了。"

酒保转过身来,维克托猛地推了他一把,康奈利从台阶上摔了下去。

台阶不长,但底下有一排铁桶,酒保撞上去发出一声巨响,要是没有上头乐队的鬼哭狼嚎作掩护,很可能会引起注意。

维克托从容地走下台阶。那人抱着胳膊肘爬起来。"你他妈弄断了我的胳膊。"

"那么,"维克托说,"我建议你这就治好它。"

康奈利神色大变。"什么?你在说什——"

维克托轻轻一弹指,酒保立刻晃了晃,惨叫声吞回了喉咙。

不需要让他闭嘴。上方俱乐部里的重低音足以掩盖一桩谋杀案。

"好吧!"康奈利喘着粗气,"好吧。"

维克托收回力道,酒保很快直起腰背。他做了几次深呼吸,然后浑身发颤,幅度极小而速度极快,更像是在振动。他仿佛在**倒带**。转瞬之间,他受伤的胳膊自然而然地垂到身边,痛苦的神色彻底消失。

"好了,"维克托说,"现在,把我治好。"

康奈利一脸茫然,五官纠集成一团。"我做不到。"

维克托动手了,酒保跟跄退后,撞上板条箱和铁桶。"我——做不到——"他气喘吁吁地说,"难道你以为——要是我能替其他人治疗——我会不愿意吗?妈的——我可以成为——该死的救世主啊。而不是在——这个破酒吧里打工。"

合情合理。

"我只能——治疗自己。"

该死,维克托心想。手机突然响了起来。他从兜里掏出一看,屏幕上是多米尼克的名字。

多米仅仅在遇到麻烦时才给维克托打电话。

他接了。"什么事?"

"坏消息。"退役军人说。

库房里,康奈利早已从身后的架子上抓过一个酒瓶,此时趁机冲向维克托。准确地说,是企图冲向维克托。然而他一抬手,康奈利便猛然止步,神经被牢牢地掌控,硬生生钉在原地。自从那晚动了希德妮之后,他一直在练习。他已经知道了,疼痛和动作都是可以操纵的。伤害对方很简单;停止对方的行动可就难多了——但维克托逐渐掌握了诀窍。

"继续讲。"他对多米说。

"好,你知道有很多从军队退役的家伙去了私企。安保公司。特别工作组。为雇主卖力的那种活儿。有的摆得上台面。有的不行。只要你愿意,又有能力,总有派得上用场的地方。"

康奈利还在维克托的掌控中挣扎,使出浑身力气反抗,仿佛他们在扳手腕。仿佛他们在比拼谁的力气大,而不是意念的较劲。

"我跟一个老战友喝了酒,"多米接着说,"嗯,他喝的是波本威士

Part One·复　活

忌，我喝的是苏打水——"

"说重点。"维克托一边催促他，一边逼迫酒保跪下。

"好的，抱歉。他告诉我说有一份新的工作正在招人。是私下的——没有公开发布，报纸和网上都没有招聘广告，就是口耳相传。没有细节。只有一个名字。准确地说，只有字母。EON。"

维克托眉头一皱。"EON？"

康奈利企图呼叫，但被维克托死死地钳住了颌骨。

"是的。EON，"多米说，"全称是超能力观察与消解。"

维克托呆住了。"那是监狱。"

"反正是类似的地方。他们在招募看守，还训练人员专门抓捕我们这样的人。"

维克托反复咀嚼这个消息。"你朋友还对你说了什么？"

"没什么了。但他给了我一张名片。设计得神秘兮兮的。正面就是那三个字母，背面是一个名字和电话号码。别的没了。"

"谁的名字？"维克托问，其实他内心已经有了答案。

"他们的主管约瑟夫·斯戴尔。"

斯戴尔。这个名字令维克托起了一身鸡皮疙瘩。那个警察第一次来找他时是在洛克兰大学，调查安吉的死亡；正是他，害维克托遭受单独监禁四年[①]外加常规监禁六年的牢狱之灾；也是他，十年后追踪伊莱到了梅里特，结果被塞雷娜·克拉克的咒语所控制。斯戴尔就是一条追咬骨头的狗——一旦咬上，绝不松口。如今，他又来了。一个专门猎捕超能者的组织。

"我觉得你应该对这事儿有兴趣。"多米尼克说。

"你想得没错。"维克托挂了电话。

[①] 译者注：《超能生死门》中提到的是单独监禁五年。

真是糟糕透顶，他摇着头，心想。维克托·维尔死了，埋在梅里特墓园，但一个直觉就可以揭露事实——该死，挖坟的理由多的是。而他留了一个空棺材在那儿。此番行踪的起点。不至于顺藤摸瓜，但绝对能惹来麻烦。从那里着手，EON需要多久可以查清真相？多久可以找到他？

"**放开我**。"康奈利的咆哮声透过了紧咬的牙关。

"好吧。"维克托应道，松开了对他的掌控。酒保的身子晃了晃，因为突然恢复自由而失去平衡，不等他站稳，维克托拔枪射中了他的脑袋。

头顶的音乐仍在喧嚣，没有片刻停歇，没受到丝毫的干扰。

··✝··

"五个棉花糖。"希德妮坐在厨房的案台上说。今晚她顶着一大把紫色的头发。

"太多了。"火炉边的米奇说。

"好吧，三个。"希德妮说。

"不如四个？"

"我不喜欢偶数——嗨，维克托。"希德妮心不在焉地摇晃双腿。"米奇在做热巧克力。"

"好有家的味道。"他脱掉外套，说道。他们没有问他晚上做了什么，也不提康奈利的事，但维克托察觉到紧张的气氛，犹如一根紧绷的弦。他只字不提，仅仅应了一声。

他迎上米奇的目光。"我需要你尽一切努力调查EON的相关信息。"

"什么东西？"米奇问。

"麻烦事儿。"维克托转述了多米尼克的消息，看到希德妮面色苍白，米奇脸上的惊讶变成了忧虑。等讲完了，他转身面对自己的卧室。"开始打包。"

"我们去哪里？"希德妮问。

Part One · 复 活

"富尔顿。卡普斯通。德累斯顿。首府……"

米奇皱起眉头。"都是我们去过的地方。"

"我知道,"维克托说,"我们走回头路。我们得打扫干净。"

希德妮脸上飘过一朵阴云。"你打算杀死他们,"她说,"你遇到的所有人……"

"我别无选择。"他说。

"不,你有选择,"希德妮抱着胳膊说,"你为什么非得——"

"有些人知道我的身份。有些人知道我的超能力。而且,他们全都知道我长什么样。从现在开始,我们绝不能暴露踪迹,所以我们先得折回去,再往前走。"

一长串尸体,或者一长串目击者——这就是他们不得不面对的选择。怎么选都不好,但至少尸体不会说话。维克托的解决方案合乎逻辑,而希德妮不接受。

"如果你杀了遇到过的所有超能者,"她说,"你跟伊莱又有什么区别呢?"

维克托紧咬牙关。"我对杀人没有兴趣,希德妮,可是如果EON找到他们,那就很容易找到*我们*了。你希望这种事情发生吗?"

"不,可是——"

"你知道他们会做什么吗?首先,他们会杀死多尔,然后他们会逮捕你,还有我,还有米奇,我们将再也见不到天日,更别说互相见面了,**永远都不可能。**"希德妮睁大眼睛,维克托接着说,"如果你运气好,他们会把你锁在笼子里。单独关押。如果运气不好,他们拿你做实验——"

"维克托。"米奇上前一步,提醒他。希德妮抬头盯着他的眼睛,双拳紧握。他跪了下来,于是两人平视对方。

"你认为我的行为跟伊莱一样?你认为我在扮演上帝的角色?好,你来吧,希德妮。你来做决定,现在,谁该活下去。是我们,还是他们。"

泪珠挂在她的睫毛上。她不与维克托对视,而是盯着他胸前的衬衫,嘴唇张了张,轻若无声。

"什么?"他问。

这一次,他听见了。

"我们。"

X
四周前
哈洛韦

  维克托靠着水槽,等待药物产生作用,他怀疑此时此刻感受到的是安慰剂效应。不是药效,而是绝望中的希望。为了保持冷静。为了争取时间。为了掌控一切。

  他用力一推水槽,然后回到卧室的柜子前,那里有薄薄一摞纸。最上方是杰克·林登的肖像。资料上画满了黑线,涂抹了一行又一行语句,最后剩下几个字。它们散落在纸面的不同位置。

  治　好　我

  维克托久久地盯着它们,然后把资料揉皱,扔到一边。

  他们的线索即将断绝。

  他的时间也即将耗尽。

  3分,49秒。

  "维克托!"希德妮不耐烦地喊道。

  他直起身子。

"来了。"他应道，然后从最上层的抽屉里取出一个浅蓝色的盒子。

客厅里漆黑一片。

希德妮跪在咖啡桌前，那里有蛋糕和一小堆礼物。插在蛋糕上的十八支蜡烛已经点燃，绽放着五颜六色的火花。米奇抄着双臂，喜笑颜开。

"许愿。"他说。

希德妮的视线从蛋糕移向米奇，最后落在维克托身上。

她面色微变，然后吹熄了蜡烛。

・・✝・・

十八支蜡烛——希德妮对这个数字深感惊讶，她把蜡烛排列在吃了一半的蛋糕旁边。十八岁。多尔企图舔一口掉在桌上的巧克力脆，被维克托轻轻推开，与此同时，米奇把第一份礼物给了希德妮。她接过盒子，笑嘻嘻地摇了摇，然后撕掉包装纸，取出一件红色飞行夹克。

那是她在路过某个城市的商店橱窗时见过的，当时她停下来欣赏这件夹克，欣赏瘦高的模特酷酷的样子，S形的腰身，双手插进兜底，贴到臀部。

希德妮当时没说的是，她对那个模特身材的渴望，不亚于模特身上的衣服。夹克在她身上太大了——袖子比她的胳膊足足长了六英寸。

"抱歉，"米奇说，"这是店里最小的尺码了。"

她勉强笑笑。"没关系，"她说，"等我长高就合适了。"

她认为自己还能长高。总要长高的。

米奇递给她第二个盒子，包裹的退货标签上写着梅里特。多米尼克。她想念他——维克托经常和那个退役军人通电话，但自从他们离开梅里特后就再也没有见过他。那是他们永远不会回去的地方。

太多不可告人的秘密了，她心想。

多米尼克的礼物很沉，希德妮吃了一惊。盒子里面是一双铁头军靴，靴底厚三英寸。希德妮把靴子扔到地上，绑上鞋带。等她穿好了站起来，她让米奇跟自己面对面站着，以便衡量现在的高度。她的个头以前只到米奇的肚子，如今可及胸部，米奇调皮地揉乱了她的假发。

最后，维克托递来了浅蓝色的盒子。

"不许摇。"他警告。

希德妮跪在桌子前，屏着呼吸，揭开盖子。

盒子的天鹅绒内衬里，躺着一只小鸟的骨架。没有羽毛，没有皮，没有肉——只有几十根细长的骨头，完美地拼接在一起，搁在窄窄的蓝色衬垫上。

米奇惊得不知所措，希德妮却站了起来，把盒子抱在怀里，仿佛是心里的某个小秘密。

"谢谢，"她微笑着说，"太完美了。"

XI
五年前
梅里特

维克托死的那晚，希德妮睡不着觉。

多米尼克吃了一把药片，以威士忌送服，然后倒在沙发上。过不了多久，远处遍体鳞伤、浑身是血的米奇，也断断续续地打起了瞌睡。

唯独希德妮坐起身来，发现多尔趴在脚边。她想到了停尸间里的维克托，想到了福尔肯·普赖斯工地上塞雷娜烧焦的尸体，最后她决定放弃睡眠，穿上靴子，悄悄地溜了出去。

希德妮抵达福尔肯·普赖斯工地时，天色已近破晓。黎明前是夜最黑的时候，塞雷娜常说有怪物和鬼魂出没。

建筑工地周围拉起了保护犯罪现场的警示带。

希德妮缩起身子，溜到木板墙后面，进了碎石地。警察已经撤了，噪声休止，灯光熄灭，当夜的混乱场面变成编了序号的各种标记，以及逐渐干涸的血迹和一个白色塑料帐篷。

帐篷里面是塞雷娜的尸体。残骸。火的温度很高——把她姐姐的皮

Part One · 复　活

肤烧得焦黑，骨头也碎裂了。希德妮知道火早已熄灭，但她伸手摸向烧焦的遗骸时，依然担心被灼伤。不过，手感不烫，一点儿热度都没有，毫无生命的气息。一半骨骼已然碎裂，另外一半如果直接触碰也有可能变形，唯有几块骨头还是坚硬的。

希德妮开始摸索。

她想要一件信物，纪念姐姐，寄托心意。直到胳膊肘都没在遗骸里，她才明白自己到底在做什么。

她在想办法复活塞雷娜。

· · ✝ · ·

希德妮开始体验死亡，但仅仅在梦中。

噩梦始于他们离开梅里特之后。每天晚上，她闭上眼睛，就发现自己回到了结冰的湖，三年前冰面裂开吞没她和姐姐的那片湖。

在她梦里，塞雷娜是远处岸边的人影，抄着胳膊，等待，观察，不过冰面上的希德妮并非孤身一人。一开始不是。多尔在身边舔着冰面，多米、米奇和维克托围绕着她。

远处，有人在湖面行走，迎着他们而来。那人肩膀宽阔，一头暖色棕发，步伐从容，面带友善的微笑。

伊莱，永不衰老，永不改变，永生不死。

伊莱，令她脖子上的汗毛根根倒竖，威力更甚严寒。

"没事的，孩子。"多米说。

"有我们在。"米奇说。

"我不会让他伤害你的。"维克托说。

最后证明，他们都在撒谎。

并非他们有意为之，而是他们无法实践诺言。

湖面发出了类似森林里树枝断裂的响声。他们脚下的冰层开始破裂。

"回来！"她喊道，不清楚喊话对象是他们还是伊莱，但那不重要。

谁都不听她的话。

伊莱走过湖面，冲着他们来了，冲着她来了。他脚下的冰面始终光滑而坚硬，但他每走一步，就有一个人消失。

一步。

多米尼克脚下的冰面碎裂了。

一步。

米奇像石头一样沉进湖中。

一步。

多尔趴下去，再也没起来。

一步。

维克托落水了。

一步。

他们一个接一个被淹没。

一步。

然后，只有她一个人了。

还有*伊莱*。

"你好啊，希德妮。"他说。

有时候他带着一把刀。

有时候他带着一把枪。

有时候他带着一截绳子。

不过希德妮永远手无寸铁。

她希望反抗，不肯退缩，试图面对怪物，但身体总是背叛她的意志。她的双脚总是带她转身跑向岸边，一边跑，一边脚底打滑。

有时候她快要跑到了。

有时候她离得还远。

不过无论如何，噩梦总是以同样的结局收场。

XII
四年前
德累斯顿

希德妮喘着粗气坐起来。

冰面裂开的响动惊醒了她,嘶嘶声夹杂着噼啪声的湖水消失不见。她坐了好一会儿,才明白那种声音不是梦里的,是从厨房传来的。

敲蛋壳的声音。

嘶嘶声和噼啪声来自在平底锅里加热的培根。

希德妮的父母从不做早餐。家里永远有吃的——或者说,永远有钱买吃的,就放在水槽边的罐子里——但家人聚餐是不存在的——那需要他们全都同时在家——与电影里演的不一样,她从来没有被早餐的香味唤醒,不论圣诞节的早晨还是生日当天,更别提一个寻常的星期二了。

每次希德妮醒来时听见煎培根的嗞嗞声,或者代表面包烤好的"嘭"的一声,她就知道塞雷娜在家。塞雷娜总是做早餐,如假包换的丰盛,多到她们吃不完。

"饿吗,小懒虫?"塞雷娜总是这样问她,然后递来一杯果汁。

迷糊一阵子之后，视野清晰了，希德妮便一跃而起，跑到厨房去偷袭姐姐。

希德妮心跳加速。不过她看到的是公寓里陌生的墙壁，不熟悉的床头柜上摆着红色铁罐，里面装着塞雷娜·克拉克的遗骨，现实汹涌回归。

多尔在床边轻轻呜咽，在对希德妮的忠诚和对食物的热爱之间挣扎。

"饿吗，小懒虫？"她轻声问着，抓挠小狗的头顶。它安心地呼了口气，转身用鼻子顶开房门。希德妮跟着它进去了。公寓是租来的，是他们住过的第十一个公寓，位于他们走过的第十五座城市。这个地方不错——他们挑的地方都不错。他们一直在路上——在逃跑——差不多有半年了，她走路时依然大气都不敢喘，因为她害怕被维克托驱赶。毕竟，他从未说过希德妮可以留下来。他仅仅是从未叫她离开，她也从未提过离开的要求。

米奇在厨房里做早餐。

"嘿，小姑娘。"他说。米奇是唯一一个这样叫她的。"你要吃点吗？"

他已经把鸡蛋分装到两个盘子里，三个鸡蛋给自己，一个给她（不过她总是能分到一半培根）。

她从餐盘里拿起一条培根，与多尔分享，然后环顾租来的公寓。

她不想家，一点儿也不。

希德妮不想念父母。她知道这样不好，但事实是，她感觉自己在失踪之前就已经失去他们了——她最早的记忆是打包完毕的衣箱和签了长约的保姆，她最后的记忆是两个父母模样的人在那场意外之后把她落在了医院。

如今她拥有的，比父母所拥有的更像一个家庭。

"维克托呢？"

"噢……"米奇的表情很特别，小心翼翼地做茫然状，是一种成年人试图说服你一切都好时流露的表情。他们总是以为如果什么都不**告诉**你，你就什么都不知道。但那是不可能的。

塞雷娜常说她能发现别人在撒谎，因为被掩盖的真相都悬在半空中，沉甸甸的，犹如暴风雨降临之前的低气压。

希德妮也许不能识别维克托的谎言的全貌，但就是觉得不对劲，胸口堵得慌。

"他刚刚出去散步了，"米奇说，"我相信他很快就会回来。"

希德妮知道米奇也在说谎。

他推开空盘子。

"好，"他取出一副纸牌，说，"来抽。"

他们离开梅里特几天后，每当他们有了外出的冲动但又必须保持低调时，他们就玩这个游戏，而维克托经常不在，意味着希德妮和米奇相处的时间很长（这位坐过牢的老好人显然不知道如何与一个能复活死人的十三岁小女孩相处）。

"你会做什么，"有一次他问道，"如果你在……"他打住了话头。

希德妮知道他说的是家，嘴上却接道："在布赖顿？我可能在学校读书。"

"你喜欢学校吗？"

希德妮耸耸肩。"我喜欢学习。"

米奇听了，精神为之一振。"我也是。不过我老是换地方。寄养什么的。所以我对*学校*没什么感觉……但你不需要非得去学校学习。我可以教你……"

"真的吗？"

米奇面色微红。"嗯，有很多东西我不知道。但也许我们可以一起学习。"就在那个时候，他从兜里摸出一摞纸牌。"这样如何——红桃代表文学。梅花是科学。方块是历史。黑桃是数学。这样的话，我们可以开个好头。"

"人头呢?"希德妮问。

米奇心照不宣地笑笑。"抽到人头,我们就出去。"

于是,希德妮屏着呼吸,抽了一张,希望是K或者Q。

她抽到一张梅花六。

"希望下次好运,"米奇说着,把笔记本电脑拉了过来,"好了,我们看看有什么样的实验可以在厨房里做……"

他们的自制熔岩灯做到一半,门开了,维克托走进来。他形容疲惫,面色铁青,似在忍受疼痛。她感到空气变得凝重。

"你饿吗?"米奇问,但维克托摆摆手,一屁股坐在餐桌边的椅子上。他拿过平板电脑,心不在焉地滑动屏幕。米奇在他肘边放了一杯黑咖啡。

希德妮坐在案台上打量维克托。

无论何时她复活一只动物,或者一个人,都是通过一根摸得着的线来实现的,悬浮于黑暗的一根线。她想象自己抓着那根线拉过来,拉回光明。等事情结束了,她也不会放开那根线。说实话,她不知道是怎么做到的。所以维克托在家的当下,她能感觉到,他外出到城里浪荡的时候,她也能感觉到,无论他走多远,他的能量和压力似乎都顺着无形的线传导而来,令她感受到震颤。

因此,即使抛开凝重的空气不谈,仅凭着米奇观察维克托而维克托避而不看她的样子,她就知道没什么好事。

"怎么了,希德妮?"他头也不抬地问。

告诉我真相,她心想。*直接告诉我就好*。

"你真的还好吗?"她问。

维克托冰蓝色的眸子抬了起来,与她四目相对。

他嘴角一拧,强颜欢笑,正是他说谎时的样子。"好得不能再好了。"

XIII
三年前
首府

希德妮绕着树的根部转圈，太阳的光斑洒在身上。

她抽到了一张人头——方块Q——不过，当时的天气非常好，为了走出公寓，她也愿意使用维克托塞给她的那张黑桃。

维克托。

希德妮仿佛看见他靠着大门，腰身弯折，看见他在地上缩成一团，强忍尖叫。她也很痛苦，一波战栗透胸而过，继而眼前一片黑暗，但困扰她的不是这些。

是**维克托**令她心神不宁。是他的痛苦令她牵肠挂肚。是他的垂死挣扎令她难以释怀。

因为都是希德妮的错。

她一度承担着他的期望，却又辜负了他。

他的复活出了差池。

有了瑕疵。

这就是秘密。谎言。

"感觉就像快死了。"

希德妮一边踱步,一边盯着苔藓覆盖的地面。如果有人看到她这样子,或许会以为她在找什么花儿,但眼下是暮春,是雏鸟离巢、渴望飞翔的时节。不是所有雏鸟都能如愿。希德妮一直在寻找复活的对象。练习的对象。

希德妮已经知道如何探进一具尸体,挽回消逝的生命。可是,如果死亡的时间很长呢?如果尸体不完整呢?必须完整到什么程度,她才能找到那根线?最少又是什么程度?

多尔在附近的草地上嗅来嗅去,草地另一边的米奇靠在坡上,膝间摊着一本破旧的平装书,鼻梁架着一副太阳镜。

他们身处首府,摩天大楼和街心公园不计其数,绵延起伏的地势与平坦的富尔顿形成鲜明对比。

她喜欢这里。希望他们能停下脚步。但也清楚那是不可能的。

他们之所以来,仅仅是因为维克托要寻人。另一个超能者。可以修复她一手造成的瑕疵。

希德妮踩到了某个嘎吱作响的东西。

她低头看到一只雏雀皱巴巴的尸身。小鸟不是刚死不久的,幼小的身体已经陷在苔藓里。它的羽毛剥落了,翅膀也掉了一边,希德妮脚底的骨骼犹如蛋壳一样碎裂。

希德妮跪下来,伏在小小的尸身上。

她早已明白,挽回生命是一回事,重塑肉身完全是另一回事。你仅有一次机会——希德妮学到过深刻的教训,在她手中,线头散开,骨骼化为齑粉——但是,变强的唯一方式就是练习。希德妮渴望变强——她**需要**变强——所以她轻轻地把小鸟的残骸拢在掌中,闭上眼睛,向深处探寻。

Part One · 复 活

寒意涌动,她在黑暗中寻找一根线,一截细丝,一缕光芒。它就在某处,但是太微弱了,她一时间发现不了。她必须依靠感觉寻找。她的肺部疼得厉害,但仍在搜寻,她知道快了,就快了——

希德妮感觉到小鸟在掌下抽搐。

震颤,犹如脉搏。

继而——

希德妮突然睁开双眼,隐约有一股凉风拂过她的嘴唇,小鸟抖动翅膀飞了起来。它拼命地拍打着,冲上枝头。

希德妮仰着身子,颤悠悠地吁了口气。

"哇,这把戏真不赖。"

她猛地抬头,一瞬间——仅仅一瞬间而已——以为大白天见鬼了。淡金色的头发,冰蓝色的眼睛,脸蛋是心形的,带着摄人心魄的微笑。

但对方不是塞雷娜。

仔细一看,女孩的颧骨比姐姐的高,下巴略宽,眸子里闪着淘气的光彩。多尔龇牙咧嘴,有所防备,但见陌生人伸出手来,大狗小心翼翼地嗅了嗅,便恢复了正常。

"乖狗狗。"不是塞雷娜的女孩说,语调轻快,好似音乐。她的视线投向希德妮。"我吓到你了吗?"

"不,"她喉咙紧张,说话有些吃力,"只是你的样子——很像我认识的人。"

陌生的女孩黯然一笑。"但愿是个好人。"她指着上面的树枝说:"我看到你刚才做了什么,对那只小鸟。"

希德妮心里一沉。"我什么都没做。"

女孩笑了,笑声轻浅而快活。然后她绕到树干后面。绕出来的时候,她变成了另一个人。仅仅过了一秒钟,迈了一步而已,金发女孩不见了,希德妮眼前是熟悉的米奇。

"这个世界很大,小姑娘,""他"说,"不止你一个人拥有天赋。"

她知道对方不是米奇。不光是因为真正的米奇还在草地那边读书,还因为他说话带有口音,一直都在。

陌生的女孩朝着希德妮走了一步,与此同时,她的身体又发生了变化。米奇不见了,取而代之的是一个瘦瘦的、身着宽摆裙的年轻女人,蓬松的金色卷发随随便便地绾成发髻。

女孩低头看着自己。"这是我最喜欢的。"她既像是在介绍,又像是自言自语。

"你是怎么做到的?"希德妮问。

陌生的女孩扬起眉毛。"我什么都没做。"她重复了一遍希德妮的回答,然后笑了。"瞧?我们明明知道真相却要撒谎,是不是很蠢呢?"

希德妮咽了口唾沫。"你是超能者。"

"超能者?"

"超常能力者。他们就是这样称呼——我们的。"

女孩若有所思。"超常能力者。我喜欢这个称呼。"她低下头,高兴地咂了咂嘴。"给。"她从草地上捡起一个特别小的鸟类头骨。"你见过我的把戏了。再让我看看你的吧。"

希德妮接过不比一枚戒指大的头骨。它完好无损,没什么可挑剔的——但不够。

"我做不到,"她还给对方,"缺失的部分太多了。"

"希德妮?"米奇喊她。

陌生的女孩从屁股兜里掏出一张折起来的书签,又从发卷里摸出一支笔。她在纸上匆匆写了几个字,递了过来。

"如果你需要朋友,"她凑近了说,"我们这样的女孩子可以做伴。"她说完眨了眨眼。

米奇又喊了一次希德妮。

"快走吧,"陌生的女孩说,"别让那个大块头担心。"她摸了摸多尔的鼻子。"你要照顾好我们的姑娘。"她对大狗说。

"再见。"希德妮说。

"当然。"

米奇等她走过草地。"你在跟谁说话?"他问。

希德妮耸耸肩。"一个女孩。"她忽然发现自己忘了问对方的名字。她扭头一看,陌生的女孩依然背靠树干,迎着光,举起小小的白色头骨。

当晚,希德妮把电话号码存入手机。

接下来,她给女孩发了一条短信。

我忘了告诉你。我的名字是希德妮。

她屏着呼吸,等待。

不一会儿,有了回复。

很高兴见到你,希德妮,短信说。

我是琼。

XIV
四周前
哈洛韦

希德妮在帮米奇清理蛋糕时,感到屁股兜里的手机嗡嗡振动。她找了个借口离开,溜回自己房间里,关上门,打开手机看短信。

琼:生日快乐,希德妮xoxo[①]

她情不自禁地笑了。

琼:收到什么好礼物了吗?

希德妮给她发了一张飞行夹克的照片。

---

① 译者注:网络用语,表示亲亲抱抱。

Part One · 复 活

希德妮：不合身。

琼：复古的经典样式永不过时;）

希德妮面对衣橱的镜子，打量着镜中的自己。

十八岁。

正式成人了，虽说看起来不像。

她看着靴子。蓝色的头发。飞行夹克——对她而言真的太大了。还要多久才能合身呢？十年？二十年？

维克托认为希德妮的成长问题——不成长的问题——与她的死亡方式有关，冰水冻僵了她的肢体，停止了她的脉搏。一直以来，她的器官工作缓慢，皮肤还是冰冷的。其他人都有变化——维克托越来越精瘦结实，米奇眼角的皱纹和多尔口鼻周围的白毛越来越多。

唯独希德妮仍是原样。

还有伊莱，她心想，一股寒意涌遍全身。但他早已不在。她必须停止召唤他，停止邀约他的身影钻到自己脑子里。

希德妮一屁股坐到床边。

希德妮：你在哪里？

琼：刚到梅里特。

希德妮心跳加速。

希德妮：真的吗？你要待多久？

琼：公干。路过而已。

希德妮：真希望可以跟你一起去那里。

琼：来嘛;）

但她俩心里清楚,事情没那么简单。

希德妮不会离开维克托,只要维克托还在意梅里特的过往——及其所有不可告人的秘密。

XV
两年前
布劳顿南部

一只死耗子瘫在希德妮的桌上，蜷缩的身子底下垫着一块印花洗碗布。

凶手显然是猫——这只啮齿动物残缺不齐，虽然大半部位都在，但远远谈不上完整。正值夏末，希德妮打开窗户换气。

多尔的下巴搁在窗台上，在她干活时嗅着消防通道里的空气。她不止一次成功复活一只小动物，结果小动物从她指间溜掉，窜进公寓里，躲在沙发底下或是碗柜后面。她也不止一次找米奇帮忙，把小动物弄出来。维克托早就发现她在练习，甚至鼓励她，但要求她遵守一个规矩：她不能收养自己复活的任何动物。要么当场放生，要么处理掉。（当然，多尔是唯一的例外。）

客厅那边传来开门的响动，然后又关上了，大狗的耳朵竖了起来。

维克托回来了。

希德妮屏着呼吸，仔细聆听，希望从他说话的语气，或者米奇的反应来判断消息好坏。几秒钟后她便知道了——又是死胡同。

她胸口堵得慌,注意力回到死耗子身上,双手罩着毛皮覆盖的小小尸体。她的背包搁在桌边的床上,红色的小罐子放在包上。希德妮扫了它一眼,这种做法无异于迷信——类似肩头撒盐或者敲木头——然后她闭上眼睛,释放感知。她的感知探进肉身,深入黑暗,搜寻线头。随着时间一分一秒地逝去,寒意攀上她的指尖,从手腕蔓延到胳膊肘。

终于,线头擦过她的手指,掌底传来一阵抽搐。

希德妮喘了口气,眨了眨眼,耗子完整无缺地复活了,飞快地溜出她的掌底,在桌子上乱窜。

她扑过去,抓住了小小的啮齿动物,放进消防通道,不等耗子溜回来就关上窗户。她激动地走向客厅,准备告诉维克托和米奇刚才的成就,虽然不是什么很大的成就。

然而,希德妮走到半路就放慢脚步,停了下来,米奇的语气令她止步不前。

"……真的有必要吗?"

"我是经过深思熟虑的。"维克托冷冷地回答。然后他半晌无言。接着她听见了冰块落在玻璃杯里的声音。"你以为我喜欢杀人?"

"不……我不知道……我觉得有时候你选择的是最轻松的做法,而不是正确的做法。"

维克托报以嘲弄的低声冷哼。"如果你揪着塞雷娜的事不放……"

听到这个名字,希德妮几乎停止呼吸。将近有三年没人提起过她了。

"本来有别的办法。"米奇说。

"没有,"维克托吼道,"你明明知道,可你就想假装不知道。"

希德妮捂着嘴。

"你就当我是那天晚上的恶人吧,米奇。你自己清白得谁都不能指责。但是不要说得好像塞雷娜·克拉克是个受害人,甚至是牺牲品。她是敌人,是对付我们的武器,杀她不仅仅是耍聪明或者图方便——那是正确的选择。"

维克托走过来了,脚步声在客厅的硬木地板上响起。

希德妮慌忙回到自己的房间。她跑到窗前,推开窗户,钻进消防通道。她把胳膊肘撑在铁栏杆上,假装正在心不在焉地眺望外面的城市,其实她用力地握着拳头,手指生疼。

不过,维克托经过希德妮的房门时,脚步都不曾放慢。

等他走了,希德妮双手撑地,跪了下去,低头抵着铁栅。

那个夜晚的回忆淹没了她。塞雷娜的声音在她耳边响荡,叫她不要跑,在姐姐的命令之下,她的念头打消了,手脚服从了。冰冷的停车场,枪抵着她的脑袋。长时间的停顿之后,是姐姐的命令——走。找个安全的地方。说是**地方**,那时候是人。是维克托。

可是维克托——

她内心深处是知道的。

不可能不知道。

希德妮恨不得尖叫。但她没有尖叫,她离开了。她三步并作两步地跨过消防通道的台阶,下了一层又一层,甚至不顾自己的脚步声是多么响亮。

她冲到街上,继续向前冲去。

一个街区,三个街区,五个——希德妮不知道自己要去哪里,只是她不能回头。不能直视维克托的眼睛。

她从屁股兜里掏出手机,拨打琼的电话。她俩互通短信差不多有一年了,交流一些想法、各自所在地的奇闻异事、最近在做什么,但希德妮从未**打过电话**。

电话接通了,铃声响啊响。

但无人接听。

希德妮放慢步子，最初的震惊转化为某种压在心底的重物。她环顾四周。她走在一条狭窄的街道上，不是小巷，但也不是主路。据说城市不会沉睡，但会变得安静、黑暗。

回头，脑子里的一个声音说，但听起来像是维克托说的，于是希德妮继续往前走。

这是个错误。

错误的问题在于，它们不一定很巨大，也不一定很明显。有时候它们是简单的，微小的。继续往前走的决定。转向左边，而不是右边。朝着错误的方向多走了几步。

希德妮准备再次拨打琼的电话，忽然看到了他们——两个男人。一个身着黑色皮夹克，另一个脖子上系着方巾。

她停下脚步，进退两难，回头则背对前方的男人，继续前进则意味着经过他们时，双方仅仅相隔一臂之遥。一开始他们没有注意到她，或者装作没有看见，但现在他们的目光转了过来，面带微笑。

两人看样貌不算危险，不像希德妮和米奇看的电影里的坏角色，但她明白这说明不了任何问题——所有伤害过她的人，**外表都是人畜无害的**。她停留的时间越长，就越能感觉到他们身上散发的恶意，犹如廉价的古龙水。有些东西她闻得到，尝得到。

"嗨，小丫头，"一个人说着，迎面而来，"你迷路了吗？"

"没有，"希德妮说，"还有，我不是小丫头。"

"我们生活在不同的时间，"另一个人说，"有些人长得就是快。"

希德妮不知道他们是如何靠近的，太快了，正当她退后几步、转身想走时，她的领子被揪住了。身着皮夹克的男人把她拽到怀里，一把箍着她的肩膀。"啊，好了，别这么无礼。"

"放开我。"她吼道，但他箍得太紧了，她喘不过气，无法思考。她感觉有硬东西顶在肋部，应该是一把枪。她扭转身子，企图抓到枪。

Part One·复 活

"当心点，"另一个说话间也靠近了，"她犟得很。"

希德妮试图踹他，但他跳开了，摇着手指。她摸到了枪，但抓不住。

身后那人呼出的酸臭热气喷到她脸上。"行了，来吧，我们找点乐子。"

希德妮猛地一扬脑袋，撞向他的鼻子——事与愿违，她只能撞到下巴。不过，她毕竟撞到了骨头，随着一颗牙齿碎裂的声响，她获得了自由，跪在地上，而那人一时恍惚，枪也从腰带上掉落。希德妮冲上去，死死地握着枪把，随即被另一个人抓到脚踝，狠狠地拽向后方。

她不顾手肘和小腿被磨得血肉模糊，翻身举枪，瞄准那人的心脏。"放手。"她大吼。

"噢，该死。"系着方巾的男人骂道，另一个人却冲她冷笑，嘴里流着血。

"对这么个小丫头来说，这把枪实在是太大了。"

"放手。"

"你真的知道怎么用吗？"

"当然。"希德妮边说边扣动扳机，同时浑身紧绷，准备承受后坐力和随之而来的巨响。

结果什么都没有发生。

那人哈哈大笑，是癫狂而短促的笑声，随即打掉了她手中的枪。枪滑到一边。

"小贱货。"他说着抬起靴子，仿佛希德妮是一只虫子，可以一脚踩碎。他重重地蹬向她。应该说，他打算蹬向她，但那条腿似乎被钉在半空中，然后他仰面跌了一跤，紧咬的牙关里挤出一声惊叫。不过眨眼的工夫，另一个家伙也倒在地上，手脚动弹不得，与此同时，维克托走向他们。为了御寒，他的衣领竖了起来。

她如释重负，同时也极为震惊。"你怎么来了？"

地上的两人默不作声，痛苦地挣扎着，他们的鼻子在流血，眼睛里的血管也破裂了。

维克托俯身捡起那把枪。"稍微感谢一下我就好。"

她晃晃悠悠地爬起来，怒火随之点燃。"你跟踪我。"

"休想占领道德高地，希德妮。是你溜出门了。"

"我想出来就出来。我又不是囚犯。"

"你是**孩子**，还有，我答应过要保护——"

"你实践不了的承诺只不过是又一个**谎言**。"她咬牙切齿地说。她厌倦了所有人都对她撒谎。

米奇说维克托没事，是谎言。伊莱说不会伤害她，是谎言。塞雷娜说永远不会离开，也是谎言。自从维克托复活后，他每天都在撒谎。

"我不想要你救我，"希德妮说，"我想自己救自己。"

维克托掂了掂手里的武器。"好，"他说着，把枪递给她，"第一步，打开保险。"

希德妮接过武器，惊讶于它的重量。比她想象的重，也比她想象的轻。她的拇指滑开了侧边的保险。

"如果你想学，"维克托说着，转身面对路口，"我可以教你射击。"

希德妮没料到他就这样走了。

"维克托，"她握着手枪喊道，"是你干的吗？"

维克托闻声停步。转身。"我干了什么？"

希德妮与他四目相对。"是你杀了塞雷娜吗？"

维克托只是叹息。这个问题似乎并未出乎他的意料，但他也没有回答。希德妮举起枪，对准他的胸膛。"是你干的吗？"

"你觉得呢？"

希德妮握得更用力了。"我要你说出来。"

维克托迎面走来，步伐缓慢而沉稳。"我们初次见面的时候我就警告过你,我不是好人。"

"说啊。"希德妮喝令道。

维克托止步于一臂之外,胸膛顶着枪口。他低头看着她。"是的。我杀了塞雷娜。"

字字剜心,痛苦却是迟钝的。不是刀伤,不是坠入冰水,而是因为恐惧成真、怀疑落地带来的深切剧痛。

"为什么?你为什么杀她?"

"她是难以估量的不稳定因素,对任何与她打交道的人来说都是危险。"

他谈到塞雷娜,谈到任何事情,似乎都当成等式的因子。

但塞雷娜不是因子。不是有待解决的问题。

"她是我姐姐。"

"她本来会杀死你。"

"不。"希德妮低声说。

"如果我不杀死她,警察就一直受她的控制。伊莱就不可能被逮捕,他会逍遥法外。"

希德妮打了个寒战,枪在她手里颤抖。"你为什么烧她的尸体?"

"我不能冒险,让你有复活她的机会。"维克托抬起手来,握着枪管。他握得很松,仅仅将其稳住,万一她扣动扳机,他是无力阻止的。"你想要复仇吗?杀了我,你也复活不了她。如果我死了你觉得更安全吗?仔细想想,希德妮。我们的生活都得做出选择。"

希德妮浑身颤抖。

然后她丢掉了枪。

维克托在半空中接住枪。他卸下弹夹,单膝跪下,平视希德妮的眼睛。

"看着我,"他冷冷地说,手捏着希德妮的下巴,"下次你再拿枪对着别人,记得做好扣下扳机的准备。"

他起身把武器放在旁边的板条箱上,走开了。

希德妮双臂搂在胸前,跪了下来。

她不知道坐了多久,手机终于响了。她颤抖着手,从兜里掏出手机接听。

"嘿,小姑娘,"琼的声音上气不接下气,"抱歉,我刚结束工作。怎么了?"

· · ✝ · ·

十分钟后,希德妮坐在一家餐馆里——通宵营业的那种——手里抓着一杯红茶。

这是琼的主意。

希德妮对面的椅子是空的,但只要眼睛盯着茶水,耳朵贴着手机,她就能想象另一个女孩坐在她对面的长椅上。另一座城市的另一家餐馆的响声——取餐的铃声,茶匙在杯子里搅动砂糖的沙沙声——在电话里柔软地交织着。

"你之前说你在工作,"希德妮随口说道,"你是做什么的?"

对方沉默片刻。"你真想知道?"

"是的。"

"我杀人。"

希德妮咽了口唾沫。"坏人吗?"

"当然,大多数时候是的。"

"你喜欢你的工作吗?"

电话里传来的声音很轻,介于呼气和笑声之间。"如果我回答喜欢,你会怎么看我呢?"

希德妮抬头看着空椅子。"我会觉得你至少是个诚实的人。"

Part One · 复 活

"今晚发生了什么？"琼问，"跟我说说。"

于是希德妮说了。竹筒倒豆子。她简直不敢相信，对琼倾吐心声竟是那么轻松，在无数的秘密之中，揭露少许真相，竟是那么愉悦。自从塞雷娜死后，她从未感觉与人相处如此自在。仿佛在水下憋了太久，出水后做了个深呼吸。

跟琼说话使她感到**正常**。

她讲了维克托，还有米奇。讲她的姐姐，讲她们溺水的那天，讲她们如何复活，她很缓慢，而塞雷娜是突如其来的。她讲了塞雷娜的超能力，还有伊莱。

"他跟我们一样吗？"琼说。

"不。"希德妮低声吼道。她深吸一口气。"我是说，他是超能者。但他跟我们不一样。他认为我们是错误的。我们不应该存在。所以他开始猎杀我们。他杀了几十个人之后，被维克托阻止了。"希德妮压低声音，近乎耳语。"我姐姐……她和伊莱……"

但那并非完全是塞雷娜的错。

姐姐迷失了很久很久，然后伊莱找到了她。

希德妮也迷失了，但找到**她**的人是维克托。

那不是塞雷娜的错，希德妮随了猎人，而她随了狼。

"我知道塞雷娜的遭遇。"琼说。

希德妮闻言打了个激灵。"什么？"

一声叹息。"为了获得某个人的样貌，"琼说，"我必须碰到他们。我碰到他们的时候，能看到一些东西。并非一切都能看到——我脑子里存储不了太多没用的记忆——只是一些影响他们人生的片段，至关重要的那部分。爱，恨，重要的时刻。米奇——那天在公园里，我碰到了他的胳膊，就在我们相遇之前——我看到他站在火堆前。火堆里有一个女孩的尸体。我能感觉到他的遗憾。"

希德妮闭上眼睛，使劲吞口水。"杀死塞雷娜的不是米奇，"她说，"是维克托。"

"他为什么杀人？"琼问。

希德妮颤颤巍巍地吐了口气。"我姐姐可以控制别人。她有这种掌控他人的能力。可以让他们做任何事，命令他们就能办到。她非常强大。但……她和伊莱一样。她认为我们这种人迷失了自我。我们是破碎的。"

"也许她是对的。"琼说。

"你怎么——"希德妮刚一开口就被打断。

"听我说完，"琼的语气不容辩驳，"也许我们的确破碎了。但我们重组了自我。我们*活了下来*。所以我们如此强大。至于家人——好吧，有血缘关系的当然是家人，但家人不一定都有血缘关系。"

希德妮感到空虚而疲乏。"你呢？"她问，"你有家人吗？"

长久的停顿。"没有，"琼轻声说，"没了。"

"他们怎么了？死了吗？"

"不，"琼说，"是我死了。"又是长久的停顿。"你懂的，他们再也认不出我了。"

"但你一开始就是*你*。你不能直接……变回去吗？"

"这很复杂。我的超能力，"她慢慢地说，"使我无可匹敌。但仅限于我成为别人的时候，"琼的声音充满犹疑，"我埋葬了那个人。我的家人也一样。没有坟墓，但我确实不在了。必须如此。当我获得第二次生命时，我决心不让任何人再伤害我。我抛弃了一切——所有的人——就为了实现我的愿望。"

希德妮皱着眉头。"值得吗？"

长久的沉默。

然后琼开口了："值得。"电话里传来咖啡杯在桌上挪动的声音。"不过，嘿，如我所说，并非所有的家人都有血缘关系，对吧？有时候我们需要找一个新的家庭。有时候我们很走运，他们找到我们。"

希德妮低头看着手里的红茶。"我很高兴我们能遇见。"

"我也是。"

两人好一会儿都没有说话，她们各自所在餐馆里的噪声模糊了距离感。琼轻轻地哼着小曲儿，希德妮希望她真的在这里，坐在桌子对面。

希德妮闭上眼睛。"嘿，琼？"

"嗯，希德妮？"

她嗓音嘶哑。"我不知道该怎么做。"

"你可以离开。"

她考虑过。她厌倦了搬家，厌倦了带着旅行包的生活，厌倦了追踪一条又一条线索，最终都走进死胡同。厌倦了明知道是自己的错，还得看着维克托遭罪。但那正是她不能一走了之的原因。是的，维克托杀死了塞雷娜，而希德妮正在杀死他。一遍又一遍。她不能抛下他。她**不会**抛下米奇。他们是她的家人。他们是她仅有的一切——是他们收留了她，给了她希望。

"希德妮？"

"我不能。"

"好吧，那么。"琼说。希德妮听见硬币落到桌上，琼推开自己的椅子。"我建议你回家去。"

XVI
一年前
埃奇菲尔德

对万圣节来说，天气太热了。

他们在南方的某个大学城，湿气很重，街上到处是成群结队准备参加派对的年轻人，希德妮决定出门。

她站在卧室的镜子前，整了整深棕色的波波头，擦上能找到的所有口红里颜色最深的，给两只眼睛画上黑色眼线。不过她越是希望走成熟风，就越觉得自己滑稽。希德妮扯掉假发，躺到床上。

她拿出手机，读着琼最近发来的几条短信。

琼：那就出去。

希德妮：不能。

琼：谁规定的？

琼：你十七岁了。

琼：你可以自己做决定。

Part One · 复　活

琼：他们不能阻止你。

希德妮翻身起床，重新开始打扮。

昨天她跟米奇去了一家戏服店，找到一套动画片里的普通女学生装。如果扮成熟行不通，也许企图装嫩的风格值得一试。

希德妮梳好一头金发，穿上百褶裙，调整脖子上的蝴蝶结。她把枪——这些天来她枪不离身——装进小背包，然后出了房间，进入客厅。

维克托坐在餐桌前仔细阅读档案，多尔趴在他脚边睡觉。米奇歪在沙发上看一场大学足球赛。一看到她，他就坐直了。"你打扮上了。"

"是啊，"她说着朝房门走去，"我要出去。"

米奇抄起胳膊。"一个人不成，你不能出去。"他说话间从屁股兜里摸出那副牌。希德妮看了一眼，怒从心头起。

"这不是愚蠢的游戏，"她说，"这是我的生活。"

"希德妮。"米奇的语气带着前所未有的坚决。

"不要把我当小孩子。"

"那就不要表现得像个小孩子。"维克托头也不抬地说。

米奇摇摇头。"你怎么了？"

"没什么，"她厉声说，"我只是受不了这种生活了。"

"让她去吧，"维克托说，"她吵得我头疼。"

米奇转而呵斥他。"你这是帮倒忙。"

"她可以照顾自己。"维克托盯着她的眼睛。"对吧，希德妮？"他挑衅的语气激怒了她。"那么，"他冷哼一声，"你还等什么？"

希德妮冲了出去，重重地带上身后的房门。她一直跑上了街才停下脚步，弓着背坐在台阶上。

你怎么了？

她不知道——但她知道自己没法在那个公寓里多待一分钟。那个牢房。生活的假象。不仅仅是因为压力,或者居无定所,或者目睹维克托的生命如烛火摇曳。希德妮只想要一个**寻常**的晚上。做个普通人。

一辆汽车驶过,一个年轻人探出车窗外,咧嘴大笑,活像骷髅。女孩们穿着超短裙和高跟鞋,走得跌跌绊绊,却在放声大笑。街对面,一群戴着狼面具的家伙仰头号叫。

希德妮起身走向街角,那里的电线杆上贴着许多单子,都是各个俱乐部和兄弟会之家的派对广告。**怪物舞会!**一张单子上写着。**尖叫盛宴**,另一张单子字字滴血地承诺。**英雄和坏蛋**,第三张单子宣称。底下的括号里是声明:**不许带同伴**。

希德妮从电线杆上撕下最后一张传单,然后上路了。

· · ✝ · ·

她在街上就听见了音乐声。

重低音从敞开的正门倾泻而出,一个身披斗篷的家伙正与戴着有角面具的女孩亲热。前面的房子里布满了频闪灯,灯光随着音乐闪耀,使得整栋建筑似乎都在颤动。

这种派对是姐姐会参加的。这里的人也会被她玩弄于股掌之间。塞雷娜就是这样的人。她在获得超能力之前就已经习惯了掌控他人。塞雷娜不为世界折腰。她让世界屈服于她。

不过,当希德妮走上台阶的时候,她动摇了。自从在大学里见过塞雷娜之后,她从未去过聚集那么多人的地方。从那以后,一切都走偏了。

希德妮闭上眼睛,仿佛看到姐姐倚在门口。

你长大了。

仿佛感觉到塞雷娜搂着她。

我想让你见见伊莱。

她手里的苏打水冰凉刺骨。

Part One · 复 活

你可以相信他。

树林里枪声炸响。

"卡哇伊。"①

希德妮扭头一看,一个深色皮肤的女孩穿着角斗士凉鞋,坐在前面的栏杆上抽烟,修长的双腿摇来晃去。

"难道是奇比②?"她点头示意希德妮的衣服,"我总是记不住……"

女孩递来香烟,希德妮接了。她不抽烟,但见过塞雷娜抽。

重点就是把烟含在嘴里,像这样。

烟头闪着红光,塞雷娜掰着手指头数一二三,然后吐出一口完美的白烟。此时此刻,希德妮照葫芦画瓢。

热辣的烟雾充盈她的口腔,刺激着她的鼻子,又钻进喉咙,害她差点咳嗽,于是赶紧吐了出来。

她头脑昏沉,但情绪逐渐稳定。

她递回香烟,踏进派对之中。

房子里挤满了学生。跳舞的,叫喊的,走动的,瘫着的。太多了。多得过分。她不断地被人碰撞,来自胳膊肘、肩膀、披风、翅膀,她陷入肢体的海洋,动感的海洋。

希德妮退了一步,试图避开海浪,却撞到一个戴着黑色眼罩的人。她心里一惊。是伊莱?她摸向背包——但那人不是他。当然不是他。这个男孩太矮,太壮,音调太高了,他从希德妮身边挪开,隔着人群呼喊房间另一头的朋友。

希德妮刚刚松了口气,有人抓住了她的手腕。

她转身看到一个头戴金属盔、身着弹力服的高个子。"你怎么进来的?"他拉起她的胳膊,提高嗓门喊道,"谁带小妹妹进来的?"

---

① 译者注:原文为日语,意为可爱。
② 译者注:原文为日语,意为小家伙。

人们纷纷扭头观望，希德妮脸红了。

"我不是*小孩子*。"她挣脱了对方，吼道。

"是是是，来吧。"他说着，把她推向大门。

那一刻，希德妮愿意付出一切，换取维克托的超能力。

大学男生把她推到门外。"到别处要糖捣蛋去。"

希德妮站在门廊处，脸颊发烫，背后的派对依旧如火如荼，少男少女仍在鱼贯而入。

眼泪即将夺眶而出。她拼命忍着。

"嘿，你还好吗？"一个穿着披风的家伙跪在她身边，问道，"你要不要给谁打电话——"

"滚开。"希德妮气冲冲地走下台阶，脸颊烧得厉害。

她不能回家——现在不行。也没勇气给琼发短信，于是希德妮独自在镇子上又游荡了一个钟头，氤氲的热度终于冷却，奇装异服的人群逐渐散去。她一手拎着背包，拉链拉开，方便随时拿枪，以防有人心怀不轨。

没人企图加害她。

等她终于回到公寓，灯都熄了。

她脱掉鞋子，听到有人在沙发上挪动、翻身的轻微响动，以为是米奇。

结果是维克托，他躺在沙发上，胳膊盖着眼睛，胸脯缓慢地起伏，是熟睡的节奏。

多尔趴在他身边的地板上，醒着，眼睛在黑暗中闪光，摇摆的尾巴沙沙作响，迎接她的到来。

希德妮蹑手蹑脚地走过客厅，大狗起身跟了过来，悄无声息地从走廊上进了她的房间，自作主张地爬上床。希德妮轻轻关上房门，背靠着门，跌坐在地。

过了一会儿,她听到擦碰家具的轻响,是维克托起来了,他悄悄地经过她的房间,关上自己的房门。

他没有睡着,她这才明白。

维克托只是在等希德妮回家。

XVII
四周前
哈洛韦

时间不早了,但希德妮还不累——她的血液里有太多糖分,脑子里有太多想法——还有,她需要送走生日,正如她迎接生日的到来。

这是传统。

一段碎片似的回忆袭来——时针滴答着走向午夜,希德妮努力保持清醒。她每次快打瞌睡的时候,塞雷娜就戳她的肋部。

坚持一下,希德妮。就快到了。睡着了会倒霉的。起来跟我跳舞。

希德妮摇摇头,试图驱散姐姐的声音。她在镜子前慢慢地转了一圈,让蓝色的头发披在脸上,然后她扯下假发,取出里面的夹子。她自己的头发——浅金色的直发——散落下来,几近肩头。

希德妮又一次看到了镜中的自己,但这次是眼角余光瞥见的。

有时候,只要她稍稍眯眼,她可以,几乎可以,在镜子里看到另一个人。

Part One · 复 活

一个颧骨更高、嘴唇更丰满、嘴角提起、笑容狡黠的人。姐姐的形象。幻影。不过，幻象随即摇曳不定，希德妮的瞳孔很快聚焦，眼前只是一个为了好玩而打扮的女孩。

··✟··

希德妮脱掉红色飞行夹克，解开铁头军靴的带子，望向维克托送的礼物。她拿起蓝色盒子，放到房间里的小桌上。在多尔的注视下，她小心地打开盖子，检查里面的东西。鸟儿小巧的骨架干净而完整。看起来像是自然历史博物馆里的展品——基于她对维克托的了解，或许真的来自那里。

希德妮坐下来，若有所思地摸着鸟儿的翅膀，琢磨它死了多久。她知道，一个生命消逝的时间越长，就越难复活。还有，残余的部分越少，生命力就越脆弱。可能粉碎，或者崩裂，等到那时候，它就会永远消失。绝无第二次机会。

再也抓不到任何东西。

希德妮瞥了一眼床边的红色铁罐。然后，她拿起一个小镊子，开始移动骨头，一次取一块，最后鸟儿的尸骨所剩无几。顶上是翅膀残余的长骨。一段脊骨。一根踝骨。

她深吸一口气，闭上眼睛，把手放在残缺的骨架上。

接着，她释放了感知。

一开始，除了掌底的骨头，她什么都感觉不到。但她想象自己探得更远、更深，超越了鸟、盒子和桌子，伸进冰冷的虚空。

她的肺隐隐作痛。寒冷顺着手指蔓延到胳膊，锐利刺骨，而她吐气时，唇边仿佛有一团冷气，如烟似雾。她眼前似有光影流动——缥缈而隐约——指头碰到了什么东西，是线头微弱的触感。希德妮轻轻地、小心翼翼地将其拽住。她始终闭着眼睛，感觉到小小的骨架开始重建，肌肉和皮肤的躁动，羽毛的生发。

就快要——

不过随后她拽得有点用力过猛。

线头消失不见。

她眼里那束若即若离的光熄灭了。

希德妮眨眨眼，收回手，看见了鸟儿的残骸，此时脆弱的骷髅已不可能修复。那些骨头——仔细安置于天鹅绒上的——已经开裂、破损，她拼接的骨架塌缩了，难以承受自身的重量。

她还不够强大。

还没有准备好。

她摸到骨头的瞬间，它们崩裂了，在蓝色天鹅绒内衬里留下一片灰迹，在桌上留下一抔尘土。

毁了，希德妮心里想着，把骨灰倒进了垃圾桶。

XVIII
四周前
梅里特中心医院

我要毁了你。

我要毁了。

我要。

我——

玛塞拉睁开眼睛。

迎接她的是苍白的荧光灯，消毒剂擦拭过的气味，住院被单薄如纸的触感。玛塞拉知道自己不该在这里，活着都是不可能的事情。但她的脉搏，床头机器上那根起伏不定的绿色线条，实实在在地证明了她确实活着。她深吸一口气，痛得龇牙咧嘴。她的肺和喉咙疼得厉害，脑袋如遭重击，尽管已有强效止痛药打进她的血管。

玛塞拉试着动了动手指和脚趾，轻轻地左右转头，姿态稳重精准，而且——她不禁称赞自己——极其镇定。她很久以前就学会了划分不同的感觉，将那些不合适和不得体的反应统统推到角落里，如同把旧裙子塞进衣柜深处。

她的手指顺着床单挪移，试着把自己撑起来，然而哪怕是最轻微的动作，她都承受不了——肋部淤肿骨折，皮肤烧伤起泡。玛塞拉早就习惯了与各种伤痛共处，那些伤痛和驻颜术不可分离。

但那些拉皮整形的零敲碎打、精挑细选的小麻烦，和如今的痛苦比起来，根本算不上什么。

如今的痛苦扎根在她皮肤上、骨头里，犹如流动的火焰在血管和肢体各处涌动。但玛塞拉没有畏缩，反而集中精神。

她曾经有个瑜伽教练，把人的意识比作一栋房子。玛塞拉当时不屑一顾，现在她想象着从一个房间走进另一个房间，关上里面的灯。这里是惧怕，关掉。这里是恐慌，关掉。这里是迷惑，关掉。

这里是疼痛。

这里是愤怒。

这里是她丈夫，那个出轨的渣男。

在这里，他把她的脑袋砸到桌子上。

在这里，他挥臂打翻蜡烛。

在这里，她声嘶力竭，肺里吸满了浓烟。

在这里，他留下一个背影，任她死去。

那个房间的灯，她没有关掉。她惊讶于灯光在脑子里越来越明亮，越来越温暖，在她皮肤上激荡。她用力握着病床的扶手。扶手在她掌中变软，光滑的铁杆逐渐锈蚀，一块红斑扩散开去。当她发现的时候，松开手，一截与前臂等长的扶手已是严重破损，掉在床上。

玛塞拉不可置信地瞪着它。

她看看手掌，又看看铁杆，然后收回目光，感觉皮肤仍在散发热量。她抓起住院被单，结果被单破碎了，一呼一吸之间，布料迅速腐坏，化作铜绿色的灰尘。

玛塞拉举起双手，不是投降的姿势，而是着了迷似的，掌心翻转，对着自己的脸，寻找原因，寻找决定性的变化，但她仅仅发现美甲被毁了，手腕上有一圈熟悉的掌形淤青，正在泛绿，还有一根白色的医院腕带，写错了名字：*梅琳达·皮尔斯*。

玛塞拉皱起眉头。其他的信息完全正确——她看到了自己的年龄和出生日期——但似乎有人故意以假名把她的资料录入系统。也就是说，他们不希望马库斯知道她在这里。或者，知道她还活着。合情合理，她心想，结合晚上发生的事情。是不是已经到了第二天？她没什么时间概念。

伤口依然新鲜。

没了被单，她看见绷带从双腿、肚子和肩膀缠上来，形似那个压在她身上的大烛台——

一个警用对讲机突然发声，刺耳的静电噪声与医院里的各种杂音明显不同。玛塞拉立刻望向房门。门是关着的，但透过玻璃，她瞥见了警察的制服。

慢慢地，玛塞拉从床上爬了起来，不顾自己浑身布满各种连接医疗设备的线缆。她把手伸向输液架，忽然想起锈蚀的扶手和破碎的被单。她犹豫了，但手掌已然冷却，当她握着塑料管的时候，没有发生任何可怕的事。玛塞拉小心翼翼地拔掉塑料管，出于谨慎，她没有直接切断心脏监护仪，而是绕开它，拔掉了电源线。

机器安静了，屏幕黑了。

玛萨拉身上的病号服是松松垮垮的，对她敏感的皮肤来说是好事，却也很不方便：她不能披着一块布就溜出医院。

病房角落有一个颜色苍白的衣橱，她抱着一线荒谬的希望，以为能找到自己的衣服、钱包和钥匙，衣橱里当然是空空如也。

门外传来一个粗嘎的声音。

"……还没醒……不行，不能让媒体知道……我已经致电联邦证人保护计划……"

玛塞拉冷哼一声。联邦证人保护计划。她从未构想过这样的生活，永远隐姓埋名，面对一无所知的未来。而且她决不从丈夫面前消失。玛塞拉转身看了一圈，病房里什么都没有，除了那扇门，还有一扇窗，可以从六楼的高度眺望梅里特。

一间房，一扇门。一扇窗。

加上两面墙。

玛塞拉选择了病床对面的墙，把耳朵贴了上去，什么都听不到——只有医院设备持续不断的嗡鸣。

她抬起手来，轻轻地碰了碰墙皮。

毫无反应。

玛塞拉张开手指，缓缓地把掌心贴在墙上。依然没有反应。她瞪着自己的手，指甲是破裂的，因为她当时在绝望之中抓着丝织地毯，死死地抠着木地板——

她的手开始发光。玛塞拉眼看掌底的墙壁扭曲、腐化，石膏溶解，仿佛受了潮，也可能是重力或时间所致，继而墙上出现了一个大洞，足够一个人钻进去。

玛塞拉震惊不已，对自己的手，对它的破坏力。所以说，重要的不是力道，而是感觉。

不错。

玛塞拉的感觉丰富得很。

她收回了力量，仿佛它是呼出去的一口气。它在那里燃烧，与其说是熔解的保险丝，不如说是长明火。恒久不灭地等待命令。

玛塞拉钻过墙上的大洞，进了隔壁的病房。

Part One · 复 活

房门半开，躺在床上的女人——艾丽丝·托伦斯基，病号牌上是这样标记的——比玛塞拉矮三英寸，重三十磅。

她的衣服挂在医院标配的袖珍衣橱里。

玛塞拉鼻头一皱，犹豫着要不要穿上平底鞋、荷叶领女式花衬衫和松紧牛仔裤。

但现在不是挑三拣四的时候。玛塞拉穿上牛仔裤时，对它的宽松充满感激。而当牛仔布与绷带摩擦时，她不禁屏住呼吸，目光又回到衣橱里。

架子上有一个仿版皮钱夹。玛塞拉翻了翻，找到一百美元现金和一副眼镜。

她穿好衣服，在颈后绾了个发髻，戴上眼镜，进了走廊。守在她病房门口的警察正在折腾手上的绷带。玛塞拉转身离开时他头也不抬。

一排出租车候在医院外面。

她钻进最近的一辆。

"去哪儿？"司机闷声抛来一句。

"高岭。"这是她第一次开口说话，嗓子被烟熏过，变得沙哑低沉，又有几分性感，是无数初涉影坛的演员梦寐以求的。"在格兰德。"

出租车启动了，玛塞拉靠着皮椅背。

她的抗压能力一向不错。

别的女人可以恐慌，但是暴力分子的妻子需要相当厉害的定力。也就是说保持冷静。或者说*假装*冷静。

此时此刻，玛塞拉觉得自己不存在假装什么。她既不恐惧，也不疑虑。她脑袋不晕。她没有迷失感。要说有什么的话，她觉得这条路平整而笔直，路的尽头亮着一盏炫目的灯。

灯下站着的是马库斯·安德沃·里金斯。

Part Two

启 示

I
十四年前
梅里特大学城

每个人都醉醺醺的。

玛塞拉坐在厨房的案台上,鞋跟心不在焉地撞击着橱柜,人们在她眼前晃来晃去,泼洒酒水,大吵大嚷。房间里充斥着音乐、肢体、陈腐的酒气和廉价古龙水的香气,以及大学兄弟会派对上各种愚不可及的装束。朋友劝她过来,用的却是一套苍白无力的说辞:学生们**都喜欢**,啤酒免费,人也性感,绝对**好玩**。

清一色的姑娘们消失在肢体的海洋里。她偶尔产生错觉,以为瞥见了熟悉的金发波波头,高高束起的棕色马尾辫。再一看,那种样貌的两只手都数不过来。一个模子刻出来的年轻大学生。他们更希望混进人群,而不是标新立异。

玛塞拉·勒妮·摩根觉得没意思。

她抱着瓶装啤酒,百无聊赖——音乐无聊,那些男孩子也无聊,他们时不时地跑来调情,被她挫了锐气之后,又面带愠色地离开。她讨厌

Part Two · 启　示

被喊美女，转头被骂贱人。先是惊艳，再是高冷。先是绝美，再是风骚。

玛塞拉从小到大都很漂亮。那种谁也忽视不了的漂亮。明亮的蓝眼睛和乌黑的头发，心形脸蛋，线条如模特般利落的身材。父亲说她永远不用工作。母亲说她必须加倍努力地工作。从某种角度来说，他俩说的都没错。

人们第一眼看到的是她的身体。

对大多数人而言，似乎也不会注意到别的方面。

"你觉得我配不上你？"就在刚才，一个醉醺醺的大四学生口齿不清地对她说。

玛塞拉直直地盯着他，他双眼迷朦，她则目光锐利，淡淡地回了一句："是的。"

"贱人。"他咕哝着，气冲冲地走开了。果不其然。

玛塞拉答应过朋友要留下来喝一杯。于是她举起瓶子，迫不及待地喝完这瓶啤酒。

"你发现了好东西。"一个低沉而浑厚的声音说，隐约带有轻快的南方口音。

她抬头看到一个家伙靠着厨房的中岛。玛塞拉一时不明白他说的是什么，直到他冲着她手里的瓶子和他自己拿着的塑料杯点头示意。她指了指冰箱。于是他走过去，取了两瓶出来。他在案台边打开瓶盖，递了她一瓶。

玛塞拉接了过来，打量着对方。

他的眼睛呈深蓝色，头发是阳光亲吻过的颜色，温暖的色调介于金色和棕色之间。派对上的小伙子大多未能褪去婴儿肥，中学生的形象犹如一件湿衣裳贴在他们身上，而此人体格强健，黑衬衫绷得紧紧的，下颌线条锐利，美人沟相当惹眼。

"马库斯。"他自报家门。她知道他是谁。她在校园里见过他，但艾丽丝告诉她——马库斯·里金斯不好招惹。不是因为他帅气。也不是因为他富有。那些都不值一提。马库斯之所以不好招惹，理由简单而又刺激：他的家人涉黑。听艾丽丝的口气，这是坏事，一票否决，但说实话，唯独这一点激起了她的兴趣。

"玛塞拉。"她说着，跷着的二郎腿换了个边。

他微微一笑。"马库斯和玛塞拉，"他举起啤酒瓶说，"一听就般配。"

有人调高了音乐的声量，淹没了他后面说的话。

"你说什么？"她喊道，他则借机缩短了二人之间的距离。她把双腿挪到一边，他靠近了些，带来了苹果和亚麻布的气息，干净，清新，对比那些慵懒、烂醉的货色，那种黏糊的恶俗劲儿，这个味道令人神清气爽。

他把自己的啤酒瓶放在案台上，几乎贴到了她的胳膊，冰冷的玻璃擦过肘部，她不禁打了个小小的激灵。微笑在他脸上缓缓绽放。

他俯身凑近，仿佛在透露一个秘密。"跟我来。"

他退开了，带走了亚麻布的气味和浑身散发的热量。

他没有拉她下来，但她感觉有种引力，在他转身挤进人群时牵扯着她。她紧跟不舍，离开派对，登上楼梯，一路来到一间卧室的门外。

"还在吗？"他回头看了一眼，问道。

门打开了，里面和兄弟会的其他房间不一样。换洗的衣服堆在洗衣篮里，桌面整洁，床铺也收拾过，唯一乱放的东西是床罩上那摞整齐的书。

玛塞拉在门口停留，等待他接下来的行动。是他主动走到她身边，还是要求她自己进门。

结果，马库斯走到窗前，抬起玻璃窗，跨到天台上。一阵秋风拂过房间，玛塞拉跟着去了，脱掉了高跟鞋。

马库斯伸手扶她上来。城市在他们脚底铺展，漆黑的建筑犹如另一片夜空，灯光仿佛点点繁星。夜晚的梅里特永远比白天更广阔。

马库斯抿了一口啤酒。"好些了？"

玛塞拉微笑。"好些了。"

音乐在楼下时吵得令人恼火，此刻在她的背后只是轻柔的律动。

马库斯倚着木头栏杆。"你是本地人？"

"不远，"她说，"你呢？"

"土生土长，"他说，"你学的什么专业？"

"商科。"她简单地应道。玛塞拉讨厌闲聊，因为很多时候闲聊太琐碎了。就是企图填满空洞的一种噪声，乏善可陈。"你为什么带我来这里？"

"哪有，"他假扮无辜，"是你跟我来的。"

"是你邀请的。"她说完才意识到，他没有邀请。他并未征询她的意思，仅仅是命令。

"你当时想走，"马库斯说，"而我不想你走。"

玛塞拉打量着他。"你是不是总能如愿以偿？"

他脸上似笑非笑。"我有种感觉，我俩都是。"他久久地凝视她。"学商科的玛塞拉。你希望成为什么样的人？"

玛塞拉转动手里的啤酒瓶。"掌权者。"

马库斯笑了。轻柔的气声。

"你以为我开玩笑？"

"不，"他说，"不觉得。"

"你怎么知道？"

"因为，"他说着靠了过来，其实他们本来就隔得近，"我们是天造地设的一对。"一阵凉爽的微风吹过，她打了个寒战。

"我们还是进去吧。"马库斯说着走开了。

他跨进窗户，伸出手来。但这次他没有带路。

"你先请。"他指着卧室的房门说。门依然虚掩着,楼下派对的音乐声和欢笑声从门缝中溜了进来。然而,当玛塞拉把手伸向房门时,她迟疑了,扶着木头静止不动。她似乎看见马库斯站在身后几步外,双手插在兜里,等待着她的反应。

她把门推上了。

锁头发出轻微的"咔嗒"声,马库斯仿佛受了传召,嘴唇擦过她的后颈。他双手游移,轻柔如羽毛,滑过她的肩膀,贴在她的腰际。若即若离的触碰惹得她浑身燥热。

"我不会碎的。"她说完一扭头,正好与马库斯嘴唇相对。他压上前来,把她抵在木头门板上。他解开衬衫纽扣,她的指甲抠进他的胳膊。她脱了衣服,他的牙齿刮过她的肩膀。房间被他们搅得一片凌乱,衣裤乱扔,椅子和台灯被踢翻。马库斯把她压到床上时,那一摞书也被扫到地上。

他们是天造地设的一对。

般配极了。

II
四周前
梅里特市中心

　　出租车停在高岭，即城中央的一座有尖顶白色石砌建筑。玛塞拉用现金付清车费后下了车，每走一步，她浑身都在隐隐作痛。

　　她第一次发现秘密公寓的时候——是在一张该死的银行对账单上——她设想过最坏的情况，但马库斯宣称这个地方有且仅有实用价值。安全屋。他甚至非要带她过来，炫耀他周密的布置——她最喜欢的设计师设计的衣服挂在衣柜里，她爱喝的品牌咖啡放在食品柜里，她的洗发水搁在淋浴间里。

　　玛塞拉当时真的相信了他的说辞。

　　还想方设法使其成为**两人**的秘密而不是他独享的私人空间。她时不时打电话给他，号称有突发事件，然后他沉声命令她去安全屋碰面，等他到了，发现她赤身裸体地等在房间里，身上仅仅披了一条金色缎带，还打了个蝴蝶结。

此刻，艳俗的粉色口红在玛塞拉眼前浮现，刺痛了她。

真傻啊。

前台的管理员起身迎接她。

"里金斯夫人。"安斯利一脸诧异。他迅速扫了一眼那身宽大的衣裤，以及从衣领和袖口露出来的绷带，但高岭的居民花了大钱，除了享受落地长窗，也享有隐私保护权（如今玛塞拉好奇的是，安斯利有多少次收钱保护她丈夫的隐私）。

"您……没事吧？"他试探着问。

她不屑地摆了摆手。"说来话长。"过了一会儿，她问，"马库斯不在吧？"

"不在，夫人。"他一本正经地说。

"好，"玛塞拉说，"我好像忘了带钥匙。"

安斯利匆匆点头，绕出前台，按下电梯按钮。电梯门打开了，他跟着玛塞拉进去。电梯上行时，她假装疲倦地揉着额头，随口询问日期。

管理员回答后，玛塞拉惊呆了。

她在医院里躺了将近**两周**。

但也无关紧要。重要的是，现在是周五晚上。

她非常清楚马库斯在哪里。

电梯停了。安斯利跟着她来到十四楼，打开米色房门，祝愿她度过一个愉快的夜晚。

玛塞拉等他离开，然后进去打开灯。

"亲爱的，我回来了。"她对着空无一人的公寓悄声说道。她本该有所感觉——悲伤，或者遗憾——但仅有皮肤的疼痛和胸中潮涌的怒火，当她伸手去拿台子上的一只玻璃酒杯时，酒杯扭曲变形，化作细砂。成百上千的颗粒从玛塞拉灼热的指间落下，撒在地板上。

她盯着自己的手，以及掌上残余的少许玻璃细砂。怪异的光芒沉入皮下，当她再次伸手，拿起另一只完好的玻璃杯时，酒杯安然无恙。

冰箱里有一瓶冰镇的霞多丽葡萄酒，玛塞拉斟了一杯，打开电视新闻——她急需知道这段时间错过了什么——然后调大音量，走向卧室。

床上有马库斯的一件衬衫……连同她的一件衬衫。手中的玻璃杯随时可能化为灰烬，于是玛塞拉将其放到一边。步入式衣帽间的门敞开着，马库斯的几件黑色西服挂在一面墙上，其他位置满满当当的都是高定裙装、女式衬衫，以及高跟鞋。

玛塞拉转头看着床上纠缠的衣服，犹如相拥的爱人，瞬间怒气上涌。她的手指闪着灼热的光，沿着丈夫的衣橱摸过去，眼看衣服在她的触碰之下褪色、腐烂。无论棉、丝绸还是羊毛，统统枯萎，从挂钩上脱落，落地时粉碎成灰。

地狱的烈火都不及[①]，她一边想，一边拍掉掌上的灰。

等心满意足了——不，不是心满意足，压根不**沾边**，而是一时的缓解——玛塞拉端起酒杯，走进奢华的浴室。她把玻璃杯放在大理石水槽边，一件件地脱掉偷来的土气衣服。最后，她身上只剩绷带。苍白的绷带不如金色的缎带那么性感诱人，但它们以同样的方式包裹着她的腿、肚子和胳膊。

标记她。嘲讽她。

玛塞拉突然双手颤抖，恨不得毁掉什么东西，任何东西都可以。但她依然站在原地，端详镜中的自己，观察每一个角度和每一处瑕疵，并且铭记在心，同时也在等待怒气散去——不是消失，而是收缩，就像猫爪那样。如果新近获得的力量是暂时的，有限制的，她不希望就此错过机会。她的指甲得保持锋利。

[①] 译注：英国谚语，完整的句子为 Hell hath no fury like a woman scorned，意为"地狱的烈火都不及受轻慢的女人可怕"，改编自英国著名剧作家威廉·康格里夫的悲剧《悼亡的新娘》中的台词。

医院注射的止疼药开始失效，玛塞拉的脑袋嗡嗡作响，于是她从水槽后的应急箱里摸出两颗维柯丁止疼片，就着最后一口霞多丽葡萄酒服下，然后去做准备了。

Ⅲ
八年前
富人区

手机铃声响了,响个不停。

"别接。"马库斯踱着步说。一条黑色领带松松垮垮地绕在脖子上,没有打结。

"亲爱的,"坐在床边的玛塞拉说,"你知道他们会打电话。"

这几天,这几周,他始终很紧张,等着手机铃声响起。他俩都知道来电的人是谁:安东尼·爱德华·哈奇,梅里特四大犯罪集团之一的头目,还是**杰克·里金斯**的长期金主。

理所当然,马库斯向她透露了自己父亲是做什么的。以及**家人这个词**,对他们而言,为何不仅关乎血缘——也是职业。他是大学毕业那年坦白的,一副视死如归的样子,饭吃到一半,玛塞拉意识到,他是打算跟她分手。

"类似于做神职人员吗?"当时她喝了口酒,问道,"你发誓保持独身吗?"

"什么？不……"他一脸茫然。

"那我们为什么不一起面对呢？"

马库斯连连摇头。"我想保护你。"

"你不觉得我可以保护自己吗？"

"这跟电影里的可不一样，玛塞拉。我家人的所作所为，非常残忍、血腥。在这个世界里，我的世界里，是真的会受伤。真的会死。"

玛塞拉眨眨眼，放下手里的杯子，凑近了。"不管什么世界都会死人，马库斯。我哪儿也不去。"

两周后，他求婚了。

玛塞拉转动着钻戒，手机铃声停止了。

几秒钟后，又响了起来。

"我不会接的。"

"那就不接。"

"我别无选择。"他咬牙切齿地说道，捋了捋阳光吻过的浅色头发。

玛塞拉起身拉着他的手。"哈，"她将其举到两人之间，"我没看见绳子。"

马库斯抽回了手。"你不明白这种情况，让别人决定你的身份，决定你成为什么人。"

玛塞拉强忍翻白眼的冲动。她当然明白。人们通过她的外表就脑补了一切。漂亮脸蛋意味着脑袋瓜里空无一物，这种姑娘只会追求不劳而获的生活，她必然满足于优裕的生活，而非获得权力——似乎鱼与熊掌真的不能兼得。

母亲告诉她要胸怀大志，永远不要贱卖自己。（实际上，准确的说法是低估。也就是说，不要低估自己。）不过玛塞拉既没有贱卖自己，也没有低估自己。她选择了马库斯·里金斯。而这将是他的选择。

电话铃声响个不停。

"接电话。"

"如果我接了电话,"他说,"我就接受了工作。如果我接受工作,我就算加入了。再也没有回头路。"

玛塞拉抓着他的肩膀,打破了他摇摆不定的状态。他晃了晃,停下脚步,被她揪着丝绸领带,扯到了面前。马库斯的眼神瞬间发生了变化,愤怒,恐惧,还有暴力,玛塞拉清楚他能胜任这份工作,而且可以做得不错。马库斯不是软蛋,也不是孬种。他就是固执而已。所以他需要她。因为在他看来是陷阱,而她看到的是机会。

"你希望成为什么样的人?"玛塞拉问道。在他们邂逅的那个夜晚,马库斯问过她同样的问题。他自己从未回答过。

此时马库斯看着她,眼神阴郁。"我有更远大的目标。"

"那就**实现**你的远大目标。这个,"她把马库斯的脸扳向手机,"只是一扇门。一个入口。"她的指甲刮过他的脸颊。"你有更远大的目标,马库斯?证明自己。接电话,走进那扇该死的门。"

铃声停了,寂静降临,她甚至能听见自己剧烈的脉搏,和他急促的呼吸。这一刻张力十足,继而崩塌。他们碰撞在一起,马库斯亲吻她,凶猛而深切,一手滑进她的双腿之间,一手拉开掐在他脸颊上的指甲。他带着她转了一圈,把她压到床上。

当他倾身向前时,玛塞拉的嗓子里迸出一声愉悦的、**胜利的**喘息,她的手指扭绞着床单,视线移向身边的手机。

等铃声再一次响起,马库斯接了。

IV
四周前
高岭

玛塞拉很想冲个热水澡,可是敏感的肌肤一碰到水就剧痛难忍,她只能换成湿毛巾,在浴室的水槽里蘸些温水擦拭。

她的发尾烧焦了,不可挽救,于是她找来一把锋利的剪刀开始修剪。等剪完了,她的黑色卷发长度齐肩。一抹浓密的卷发搭在眉头,遮挡了左边太阳穴上方的新鲜伤疤,勾勒出她的面庞。

她的脸奇迹般地躲过了打斗和火烧的劫难。她在睫毛上刷了睫毛膏,在嘴唇上涂了口红。任何动作都会引发疼痛——敏感皮肤的每一次拉伸都在提醒她丈夫的名字——然而从始至终,玛塞拉的内心都充满了……静谧。平和。犹如光滑的缎带,而非打结的绳索。

她回到衣柜前,手指轻轻地拂过五颜六色的衣物,她全部行头的一部分。在她内心深处埋着隐隐的恶意,渴望选择一件暴露的衣服,展示她所受到的伤害,但她知道不能这样。脆弱的东西最好别让人看见。最后她挑了一条款式优雅的黑色便裤和一件丝绸衬衫裹身,还有一双黑色高跟鞋，镀铬的细鞋跟犹如弹簧刀。

她刚刚扣好第二只鞋的扣带，隔壁的电视机里传来新闻播音员的声音。

"上周布赖顿高档住宅区发生的严重火灾事故……"

她立刻回到客厅，发现自己的脸出现在屏幕上。

"……导致了玛塞拉·勒妮·里金斯死亡……"

看来她猜得没错。显然，警方希望马库斯相信她已经死了。大概这就是她没有死的唯一原因。玛塞拉拿起遥控器，调高音量，与此同时，画面转向他们的房子，外观焦黑，余火未尽。

"最新进展是，火灾原因目前尚无定论，不过应该是意外所致。"

当镜头切到马库斯双手梳理头发、一脸悲伤的画面时，玛塞拉抓紧了遥控器。

"死者丈夫马库斯·里金斯向警方承认，当晚早些时候夫妻二人有过口角，妻子生性易怒，但他坚决否认是妻子纵火，表示她从不使用暴力，也不会破坏——"

遥控器在她手中粉碎了，随着塑料的扭曲、熔解，电池化成液体。

玛塞拉松开手，任由那团破烂掉到地上，然后去找她的丈夫了。

V
三年前
梅里特市中心

玛塞拉一直很喜欢那栋国家大厦。它是玻璃与钢铁的伟大结合，犹如一根三十层高的棱柱，矗立在城市中央。这里是她梦寐以求的地方，正如有的人对钻石的渴望，而托尼·哈奇拥有整栋建筑，从大理石砌成的大厅到莺歌燕舞的楼顶花园。

他们手挽手走进大门，马库斯身着剪裁得体的黑西装，玛塞拉则是一袭金色长裙。她瞥见一个便衣警察懒洋洋地坐在大厅里，调皮地冲他眨眨眼。梅里特警局的半数人马都被哈奇收买了。另外半数近不了他的身，束手无策。

电梯内部擦拭得光可鉴人，上升时，玛塞拉依偎着马库斯，端详两人的镜像。她爱他们卿卿我我的样子。爱他强健的下巴和粗糙的双手，爱他冷酷的蓝眼睛，爱他呼唤她名字时的呻吟。他们是罪恶搭档。珠联璧合。

"你好啊，帅哥。"她注视着他的眼睛，招呼道。

他微微一笑。"你好啊,美女。"

是的,她爱她的丈夫。

也许爱过头了。

电梯门打开了,他们面前是灯火通明、音乐荡漾、笑声飞扬的屋顶。哈奇是举办派对的老手。透明顶棚和摆满靠垫的沙发,低矮的镶金玻璃桌,服务生端着香槟酒和点心在人群中来回穿梭,不过,最吸引玛塞拉的是底下的城市。这里的视野太棒了,以大厦的高度,几乎能够俯瞰梅里特全景。

马库斯带着她挤进人群。

他们走过去时,她感觉所有男人和半数女人的目光都在自己身上游移。玛塞拉的裙子——有成百上千的淡金色亮片——贴合身体的每一处曲线,随着她的步伐熠熠生辉。她的高跟鞋和指甲也是同样的淡金色,包括编织在黑发上的发网,白金色珠子缀满光滑的高髻。还有一个例外的颜色是她的眼睛,灵动的蓝色被浓黑睫毛包围,还有她的嘴唇,是深红色的。

马库斯早就叮嘱她打扮一番。

"既然你有漂亮东西,"他说,"不拿出来显摆有什么意义呢?"

此刻,他带着玛塞拉来到屋顶的正中央,走上镶嵌大理石星星的地板,老板正在这里亲自主持会议。

安东尼·哈奇。

他不算讨厌——精瘦,强壮,暖棕色头发,晒黑的皮肤,颜色均匀——但不知为何,玛塞拉见了他,浑身起鸡皮疙瘩。

"托尼,你见过我的妻子,玛塞拉。"

哈奇的目光落到她身上,仿佛一只湿漉漉的手摸上赤裸的肌肤。

"老天啊,马克,"他说,"她穿着警告牌就来了吗?"

"她可没有哦。"玛塞拉打趣道。

而哈奇只是微微一笑。"说真的,我怎么可能忘记这样一位美人呢?"

他走近了。"马克对你还好吗?你有任何需要都可以告诉我。"

"为什么?"玛塞拉得意地笑了笑,"你在物色妻子吗?"

哈奇咯咯一笑,摊开双臂。"很遗憾,我喜欢追求姑娘们,但不是与她们厮守终生。"

"那只不过意味着,"玛塞拉说,"你还没有找到真命天女。"

哈奇哈哈大笑,转头面对马库斯。"你找了个会看家的好女人。"

马库斯揽着她的腰,亲了亲她的太阳穴。"难道我不知道吗?"

但他的身体已经离她而去,玛塞拉很快就发现自己被排除在圈外,男人们开始谈生意了。

"我们寻求扩大在南边的控制权。"

"扩张领地总是有危险的。"

"卡普雷塞贪心不足,胃口却小得很。"

"你可以更巧妙地挤占他的地盘,"玛塞拉建议,"蚕食他周围的街区。不需要硬碰硬——不给他报复的理由——但发出的信息是清晰的。"

谈话中断了。男人们默不作声。

尴尬了片刻,马库斯面带微笑。"我妻子,商科专业。"他淡淡地说。

男人们会意地轻笑着,玛塞拉脸颊发烫。哈奇看着她,他的笑声是懒散而空洞的。"玛塞拉,你肯定觉得我们无聊死了。我相信你和夫人们相处更开心。"

玛塞拉正要回答,马库斯抢先开口。"去吧,玛塞,"他说着,亲了亲她的脸颊,"男人们在谈事呢。"

她恨不得抓住他的下巴,用指甲抠出血来。但她只是莞尔一笑,神色恬淡如常。外在表现最重要。

"当然,"她说,"我不打扰你们男人了。"

她转身走开,从路过的服务生手上取了一杯香槟,她用力捏着杯子,

Part Two·启 示

手指隐隐作痛。她感觉到他们一直在目送自己。

"既然你有漂亮东西,不拿出来显摆有什么意义呢?"

她当时没有注意到,马库斯把她比作**东西**。这个评价柔滑如丝质睡袍,漂亮、轻巧,但是——

"玛塞拉!"一个女人喊道,嗓音一如既往的单调乏味。她身着深红色礼服,鞋跟将近六英寸高,恐怕也正是她坐着讲话的原因。礼服的颜色恰到好处——格雷丝是白肤金发,长裙艳红如血,相当惹眼。

"你被赶过来了?"特蕾莎也坐着,端着大酒杯喝了一口,问道。

"当然不是,"玛塞拉说,"他们太无聊了,我真是欲哭无泪。"

"老是谈工作。"贝萨妮甩了甩手,手镯叮当作响。没脑子的花瓶,玛塞拉不是第一次产生这样的想法。

"他们也许自以为是国王,"格雷丝说,"但王座背后的权力属于我们。"

不远处传来一阵清脆的笑声。

还有一群女人,聚在屋顶的另一个角落,鞋跟更高,裙子更短。情人。第二任和第三任妻子。小三。嫩模,格雷丝喜欢说。

"马库斯怎么样?"贝萨妮问,"但愿你一直把他拴好了。"

"噢,"她抿了一口香槟,应道,"他**不会**出轨的。"

"你凭什么如此肯定?"特蕾莎问。

玛塞拉的目光越过屋顶,与马库斯的相遇了。

"因为,"她举起酒杯,说道,"他知道我会先杀了他。"

·· ✝ ··

"今晚过得怎么样?"汽车驶离举办派对的大厦后,玛塞拉问他。

马库斯精神抖擞。"一切顺利。一切托你。"他被自己的笑话逗笑了。玛塞拉没有笑。"他喜欢我。我看得出来。他说明早给我打电话。新鲜的事。大事。"他搂着玛塞拉。"你说得对。"

"我永远是对的,"她望着车窗外,心不在焉地说,"今晚我们就在城里过夜吧。"

"好主意。"马库斯说。他敲了敲隔板,把他们在高岭的地址告诉司机,叫他开快点。然后他坐回来,紧紧贴着她。"他们全都盯着你,挪不开眼睛。我不怪他们。我也一样。"

"这里可不行,"她试图带上一点儿轻松的语气,"你会毁了我的裙子。"

"操心什么裙子,"他咬着耳朵说,"我想要你。"

然而玛塞拉推开他。

"怎么了?"他问。

玛塞拉横了他一眼。"我妻子,**商科专业**?"

他翻了个白眼。"玛塞。"

"男人们在**谈事**呢?"

"嘿,别这样。"

"你让我像个傻瓜。"

他似笑非笑。"你不觉得你反应过度了吗?"

玛塞拉银牙紧咬。"你非常幸运,我没有当时就**反应**。"

马库斯摆出一张臭脸。"你这样子不好看,玛塞。"

汽车停在高岭,玛塞拉恨不得自顾自地拂袖而去。她打开车门,起身离座,一点点抚平裙子上的金色亮片,等着马库斯绕过来。

"晚上好,"管理员说,"今晚过得如何?"

"完美。"玛塞拉说完,快步走进电梯,马库斯跟在身后。等电梯门关闭了,他叹口气,摇摇头。

"你知道那些家伙都是什么人,"他咕哝道,"保守派。富家后代。老观念。是你想要的。是你希望我入行的。"

Part Two · 启 示

"跟我一起,"她厉声说。"我是希望我们一起入行,一起做事。"他试图辩解,但她不给机会,"我不是该死的外套,马库斯。你不能把我挂在门口。"

电梯停了,她大步走进走廊,高跟鞋在大理石地板上咔哒作响。她走到了房间门口,但马库斯拉着她的手,把她抵在木板上。换作平常的夜晚,这种强势爆发的力量感最能刺激她的兴奋点,她也必然弓身迎合。但她此刻没有心情。

男人们在谈事呢。

"玛塞拉。"

笑声。高高在上的微笑。

"**玛塞拉**。"马库斯扭转她的面庞,两人脸对脸。眼睛对眼睛。然后她看到了——也许只是她*希望*看到——就在那里,在深蓝色的镜面深处。她看到了当年那个马库斯的影子,年轻,饥渴,爱她爱得深沉。那个渴望她、*需要*她的马库斯。

他说话时,两人的嘴唇近得能感受到呼吸。

"无论我去哪里,都有你的份,"他说,"我们一起做事。一步一步来。"

玛塞拉愿意相信他,需要相信他,因为她不想放手,不想失去他,以及她苦心经营的一切。

他们好像永远不明白。

王座背后的权力属于我们。

玛塞拉迎上前亲吻他,悠长、缓慢而深情。

"那我就等着瞧了。"她说着,拉他进门。

VI
四周前
梅里特市郊

马库斯·安德沃·里金斯过着一板一眼的生活。

清晨一杯浓缩咖啡,睡前一杯波本威士忌。每周一早餐后,他享受一次按摩,每周三午餐时间,他到泳池里游上几圈,还有每周五晚上,风雨无阻,通宵玩扑克牌。托尼·哈奇的四五个手下每周在萨姆·麦奎尔家里聚会,因为萨姆单身——应该说,他未婚。他换姑娘就像走马灯,每周都有新的妞儿,但个个都不长久。

萨姆家是个不错的地方——他们的家都不错——但他有个不锁后门的坏习惯,从来不给那些长久不了的姑娘一把备用钥匙。玛塞拉告诫过他无数次——可能有人不请自来。萨姆一笑了之,说世上没有一个男人胆敢闯进托尼·哈奇手下的家中。

他说的或许没错,但玛塞拉·里金斯不是男人。

她进去了。

走进后门,玛塞拉看到厨房里有个姑娘弯着腰,撅着屁股,埋头在冰柜里找冰块。奇高的鞋跟导致她重心不稳,手镯在冰柜里撞得叮当作响,不过,玛塞拉最先注意到的是姑娘的衣服。深蓝色丝质衬衫,搭配波纹短裙——同样的衣服,玛塞拉在高岭的衣柜里挂了少说也有一年。

姑娘直起身子,转了过来,她的嘴唇形成一个完美的粉色圆圈。

贝萨妮。

贝萨妮,奶子是脑子的两倍大。

贝萨妮,每次见面都问起马库斯。

贝萨妮,简直就像廉价的山寨版玛塞拉,戴着钻石耳环,穿着偷来的衣服,当然,不是偷的,因为城里的公寓就是为她而存在的。

贝萨妮瞪圆了眼睛。"玛塞拉?"

"你是不是一直都知道,"有一次,她解开马库斯血迹斑斑的衬衫纽扣时问道,"你有杀人的底气?"

"有枪之后才知道,"他当时回答,"我原以为杀人很难,但那一刻,简单得不能再简单了。"

他说得没错。

可是,事实证明,摧毁物品和摧毁人之间存在至关重要的差异。

人会叫。

或者说,他们有叫的企图。贝萨妮当然也会叫,要不是玛塞拉已经抓住了她的喉咙,要不是已经腐蚀了她的声带,唯有一声短促而徒劳的喘息溜了出来。

尽管如此,隔壁的男人们也有可能听见,如果他们笑得不那么大声。

过程很快。

前一秒贝萨妮的嘴还惊讶地做出完美的O形,下一秒她丰满的肌肤就干瘪了,五官变形,龇牙咧嘴,面皮迅速收缩,头骨暴露在外,随即化为灰烬,贝萨妮的残骸撒在厨房地板上。

过程太快——玛塞拉几乎没有时间回味,也没有时间思考她应有的感受，考虑到目前的情况，她甚至没有为自己的无知无觉感到意外。

实在太简单了。

仿佛她的目标**有意**分崩离析。

其中可能存在某种规则。

秩序为混沌让路。

玛塞拉拿起一块抹布，擦掉手指上的灰，与此同时，隔壁传来粗哑的笑声。然后是一个熟悉的声音。

"美人儿，酒呢？"

玛塞拉循着声音，穿过厨房和男人们的棋牌室之间的过道。

"该死的酒呢？"马库斯大吼一声，椅子挪移，在地板上刮擦。她进去的时候，他刚好站起来。

"你们好啊，小伙子们。"

马库斯没必要假装大惊小怪，因为他确实以为她死了。他面无血色——有句俗语怎么说的来着，对了，好像见了鬼。另外四人罩在雪茄的烟云之中，醉眼蒙眬地看过来。

"玛塞？"她的丈夫震惊不已。

哦，她多么**渴望**杀死他啊，但她要亲手做到，而两人之间还隔着一张桌子，马库斯站在那里，眼神充满疑虑和担忧，所以玛塞拉知道应该怎么做。她哭了起来。哭是很简单的——她只消想想自己的生活，想想辛苦经营的一切都在大火中灰飞烟灭。

"我一直都好担心，"她哽咽着说，"我在医院里醒来，你不在身边。警察说发生了火灾，我以为——我害怕——他们不说你有没有受伤。他们**什么**都不告诉我。"

他的神色动摇了，犹疑不定。他上前一步。"我以为你死了。"不自然的口吃，装模作样的情绪。"警察不让我见你的……我以为你……你记得什么，宝贝儿？"

还喊得那么亲昵。

玛塞拉摇摇头。"我记得做晚饭。那之后都很模糊了。"

他眼中闪过一道希望的光——是惊愕的表情，他以为能够侥幸逃脱，可以做到两全其美：杀死妻子*和*重新赢得她。

但他没有走过来，而是一屁股坐回椅子。"我到家的时候，"他说，"消防车已经来了，房子火光冲天。他们不让我进去。"马库斯瘫在椅子上，仿佛再度体验当时的痛苦。当时的悲伤。仿佛十分钟之前他不是在玩牌，以及等待他的情人——她曾经的朋友——送酒过来。

玛塞拉走向丈夫，绕到他椅子背后，双臂搂着他的肩膀。"我真的很高兴……"

他抓住她的手，嘴唇贴在手腕上。"我没事，宝贝儿。"

她的脸颊依偎在他的领口处。她感觉到马库斯确实放松下来，他发现自己没有受到怀疑，肌肉也不再紧张。

"伙计们，"马库斯说，"不玩了。"

其他人挪动椅子，准备起身。

"不，"她以最甜美的嗓音轻声说，"别走。反正也用不了多久。"

马库斯仰起头，眉心多了一道褶皱。

玛塞拉微微一笑。"你这人从不念旧，马库斯。我当初就是爱你这一点，凡事都想得开。"

她从桌上拿起一只空酒杯。

"敬我丈夫。"她说完，伴随着爆发的红光，毁灭之力直冲指尖。玻璃熔解，颗粒如雨，洒在毡面牌桌上。众人大惊失色，马库斯向前一冲，似要起身，但是玛塞拉可不会放手。

"我们有过一段好日子。"她在他耳边轻声说道，愤怒、痛苦和仇恨犹如热浪翻涌。

她将其全数释放。

丈夫告诉过她，人在死前千姿百态。但临死关头，谁都不是一声不吭的。到最后，他们无不哀告、恳求，抽泣、呼号。

马库斯也不例外。

耗时不长——不是因为突发善心，玛塞拉只是缺少收放自如的掌控力。她真心愿意好好享受一番。希望把他惊骇万状的表情铭刻在记忆中，然而，唉——那可是最重要的事情。

她还得处理另外几个男人的震惊和恐惧。

当然，耗时同样不长。

有两个男人——萨姆是其中之一，另一个她不认识——慌忙起身。

玛塞拉叹了口气，放开丈夫的残骸，任其崩塌，然后抓住了萨姆的袖子。

"这就要走了吗？"她问话的同时，指尖释放了毁灭之力。他踉跄着跌倒在地，瞬间四分五裂。另一个人从外套的暗兜里摸出一把小刀，扑向玛塞拉，却被她炙热的手指握住了刀刃。刀刃迅速腐朽，蔓延到刀柄，继而是对方的手臂，不过眨眼的工夫。他惨叫着缩回了手，但腐朽之势犹如野火吞没了他，他企图逃离，却被大卸八块。

最后两人依然坐在牌桌边的椅子上，举着双手，面如死灰。在玛塞拉的一生中，男人永远带着欲望和渴求打量她。而此时此刻，他们的表情变了。

那是恐惧。

感觉不赖。

她坐在丈夫之前的位子上，残骸尚有余温。她用一块手帕擦去他在牌桌上的骨灰。

"怎么样？"半晌，玛塞拉说，"算我一个。"

VII
四周前
梅里特东部

多米尼克·拉舍从小到大都不习惯早起。

不过,军队使他养成了听到声音就爬起来的习惯,而且自从发生了那次意外,睡眠对他来说就成了难题。于是,不等凌晨四点半的闹钟响第三声,多米已经起床了。他冲了个澡,擦去浴室镜子上的雾气,端详镜中的自己。

五年时间,有很多好的变化。持续不断的痛苦所形成的忧虑神色,自我疗愈屡试屡败的憔悴模样,全都荡然无存。眼前的自己是一名士兵,肩宽体阔,肌肉坚实,古铜色的胳膊强壮有力,脊背挺得笔直,顶上的头发向后梳,两侧的头发则剪得很短。

他把自己的那堆破烂也收拾了。

他的勋章挂在墙上,不再是随便绕在空酒瓶上。勋章边上是X光片。一块块钢板、一根根钢条、一颗颗钢钉和螺丝,把多米尼克组装起来,在肌肉和皮肤的背景上映出白色的影子。

房子是干净的。

多米也是干净的。

自从那天晚上他们把维克托挖出来之后,他就再没有喝酒或者吃药了——真希望能说自从那天晚上他们相遇之后,维克托就是在那时平息了他的疼痛,但那个混蛋后来又消失了,死了,留下多米在痛苦的世界里孤立无援。那两个夜晚太黑暗了,不堪回首,不过多米尼克此后再未失控。

哪怕是后来维克托短路、疼痛复苏的时候。多米强忍痛苦,他把发作当成提醒,将间歇当作礼物。

毕竟,情况还不是最糟的。

他体会过更糟的感觉。

多米狼吞虎咽地把一杯滚烫的咖啡和一盘稀烂的鸡蛋送进肚子,然后穿上外套,从门上抓起头盔,走进黎明前灰色的天光中。

他的坐骑停在老地方——一辆样式简单的黑色摩托车,一点儿也不花哨,却是他从小到大一直想要但又买不起的。多米擦去车座上的露水,跨坐上去,踢脚挂挡,在低沉的嗡鸣声中享受了片刻,便出发了。

他骑车驶过空荡荡的街道,梅里特正在慢慢地苏醒。时辰尚早,街灯一路为他照明,多米十分钟后出了城。梅里特逐渐缩小,两边变成了空旷的田野。太阳从他背后升起,发动机在他身下呼啸,大风猛烈地拍打着头盔,他感受了十五分钟的完全的自由。

他拐进岔道,减速行驶,上了一条不见路标的道路。又过了五分钟,多米驶进一扇敞开的大门,看到建筑物时,他放慢了车速。

从外表上看,它什么都不像。也许是医院。或者炼油厂。一堆白色块状物莫名其妙地堆砌在一起。属于那种开车经过绝不会再看一眼的地方,除非你知道它是什么。

如果你知道它是什么,那就更不敢直视它了。

Part Two · 启　示

多米尼克停车，下车，拾阶而上。门内是纯白色的走廊，乏善可陈。左右各有一名工作人员，一人操作X光机，一人操作扫描仪。

"我有些零件。"多米打了个手势，提醒他们。

其中一人点点头，轻轻敲击屏幕，与此同时，多米尼克把他的手机、钥匙、外套和头盔放在托盘里。他走进机器，等待一圈白光扫上来又扫下去，然后走到对面取回自己的物品。他淡定自若地完成了所有检查，俨然习以为常。对他来说，肌肉记忆已经形成，一切都是那么自然。

更衣室位于右手第一间。多米把自己的外套和头盔放到架子上，换上黑色制服，一件高领长袖衬衫。他洗了把脸，捋平头发，拍拍胸前的口袋，确认带好了通行证。

过了走廊，上两层楼，他进了控制室，向一名管理人员展示通行证的正面，通行证上浮现出他的脸的全息图像，图像上方有三个字母：EON。

"多米尼克·拉舍，"他笑得很自然，"前来报到。"

VIII
四周前
梅里特市郊

斯戴尔弯腰钻进标识犯罪现场的黄色胶带。

他没有出示证件——没有必要。现场的每个人都为EON工作。为他工作。

霍尔茨特工守在后门。"长官。"他热情地招呼道，大清早的，他的调子有点欢快过头。

"谁报的警？"斯戴尔问。

"某个好心人报了警。警察通知了我们。"

"那么明显吗？"

"是的。"霍尔茨说着，拉开门。

里奥斯特工已经在厨房里了。她担任斯戴尔主管的副手将近四年，个头高挑，肤色黝黑，目光敏锐。她靠着台子，抄着胳膊，看着一名技术人员拍照，对象是瓷砖地上的一堆……东西。狼藉之中，一大颗钻石闪闪发光。

Part Two · 启　示

"和医院的档案吻合吗?"斯戴尔问。

"看样子是的,"里奥斯说,"玛塞拉·里金斯。三十二岁。在医院里昏迷了十三天,此前她丈夫企图烧掉他们的房子——包括她本人在内。不能完全怪她疯了。"

"疯在情理之中,"斯戴尔说,"谋杀才是问题。"他四处张望。"死了几个?"

里奥斯抬头挺胸。"四个,我们估计的。很难搞清楚。"她指着厨房地板。"一个。"她说道,然后转身带他出了过道,来到摆放着一张牌桌的房间,房间内的场景相当惊悚。"两个。"她点头示意地上的残骸。"三个。"她所指的东西依稀可见人形。"这是第四个。"她又指向堆积在椅子后端的灰烬,毛毡桌面上也撒了一些。"地狱的烈火都不及……"

斯戴尔数了数椅子。"有幸存者吗?"

"就算有,他们也不会报警。房子在萨姆·麦奎尔名下,"里奥斯说,"可以肯定他就在这里……在某处。"

门口的霍尔茨打了声唿哨。"你们以前见过类似的情况吗?"

斯戴尔陷入沉思。他已是见多识广,但第一次知道超能者是在十五年前。维尔,能力是调节痛感;卡代尔,能力是再生;克拉克,能力是控制——那些只是事情的开端。冰山一角。他后来见过的超能者可以扭曲时间、穿墙而过、燃烧自己,甚至把自己变成石头。

可是眼前的情况,斯戴尔承认,与以往不同。

他摸了摸毛毡上的污渍。"这是什么?灰?"

"据我们分析,"里奥斯说,"这是马库斯·里金斯。他的遗骸。也许是这些。或者那些。"

"好吧,"斯戴尔擦掉手掌上的灰,"汇总记录。我需要记录**一切**。医院里的一切。现场的一切。每具尸体、每个房间、每个细节的照片和说明,包括你们认为不重要的。全都记录下来。"

霍尔茨像学生一样举手。谁也不可能忘记他是新来的。"资料给谁?"

"我们的分析师。"斯戴尔说。但他知道特工和技术人员是怎么议论那人的。"你也许听说过'猎犬'。"

"嗯,"霍尔茨环顾四周,"把你的狗带来现场,不是比把现场打包带回去给狗更省事吗?"

"也许吧,"斯戴尔说,"但狗绳子拉不到这么远。"

· · ✝ · ·

EON囚犯区的灯瞬间全亮。

伊莱·伊弗睁开眼睛,抬头看着牢房里光亮可鉴的天花板,看到了——自己。一成不变。干净的皮肤,棕色的头发,强壮的下巴——与他在洛克兰读书时一模一样。医学预科生,成绩顶尖,前途无量。似乎那次冰水浴不仅停止了他的心脏,还冻结了他的时光。

十五年了,虽然伊莱的面貌和身体没有改变,但在其他方面更加成熟了。他的思维更加敏锐,心志更加坚定。他抛弃了一些过于幼稚的想法。关于他自己。关于神。然而,这种改变是镜子照不出来的。

伊莱从床上起来,伸了个懒腰,光着脚,啪嗒啪嗒地走过单人牢房,在将近五年的时间里,这里就是他的全部世界。他走到水槽前,掬起一捧冷水,浇在脸上,然后走向墙边的低矮架子,上面堆放着文件夹。所有文件夹都是普通的米黄色,唯独一个例外——最上面的一个厚文件夹是黑色的,封面印着一个名字。**他的**名字。伊莱从未取阅过——没那个必要——里面的内容他早已熟记在心。此时,他的手指沿着文件夹的书脊弹跳,然后停了下来,这个文件夹比其他的厚重太多,除了一个简单的黑X,别无记号。

有待解决的几桩悬案之一。也是他的兴趣所在。

猎人。

Part Two · 启　示

伊莱坐在牢房中央的桌子边，掀开文件夹的封面，翻阅里面的资料，由远及近地浏览一起起谋杀案。

超能者的名字是杰克·林登。梅里特西边三百英里外的一个修理工。他逃过了 EON 的算法，但是显而易见，没能逃过猎人的追踪。犯罪现场的照片显示，超能者躺在地上，周围散落着一大堆工具。他是近距离被枪杀的。伊莱下意识地摸了摸中枪的位置。

附近传来压力阀的响动，不一会儿，伊莱对面的墙壁变得透明，从厚重的白墙变成了玻璃钢板。外面站着一个两鬓灰白的矮壮男人，手里有一个文件夹，以及，一如既往地端着一杯咖啡。十五年的时光虽然不能改变伊莱，却在斯戴尔身上留下许多痕迹。

那人点头示意伊莱手里的米黄色文件夹。"想到什么了吗？"

伊莱合上文件夹。"没有，"他说着将其放到一边，起身离座，"有什么事吗，主管？"

"有了新案子。"斯戴尔把文件和咖啡杯放在玻璃钢凹槽里。"我需要知道你的看法。"

伊莱走上前，取走了两样东西。

"玛塞拉·里金斯。"他读出声来，回到座位上，慢悠悠地喝了一口咖啡。

伊莱不*需要*咖啡，正如他不需要吃饭和睡觉，但有些习惯纯属心理作用。热气腾腾的杯子是静态世界里的变化。一种许可，一种证明，使他可以假装——哪怕只是片刻——他仍是普通人。

伊莱放下咖啡，开始翻阅档案。材料不全——从来都不全——但他们给的只有这么多。一沓文件，外加斯戴尔的观察。于是他翻了一页又一页，略过证据和影响，最后停留在一张人类遗骸的照片上，一颗钻石在灰烬中闪光。他把文件放下，迎着斯戴尔期待的目光。

"好了，"伊莱说，"我们开始吧？"

IX
五年前
地点不明

伊莱杀死维克托之后，一切都变得恍惚。

一开始是混乱。红蓝色的灯光，警笛，警察冲进福尔肯·普赖斯工地，他惊慌地意识到，他们不是站在他这边的。

然后是手铐，紧紧卡在伊莱的手腕上，还有黑色头套，掩盖了维克托的尸体和鲜血淋漓的水泥地，模糊了话语、命令和关门的响动，消除了一切，只剩伊莱自己的呼吸声，他沉重的心跳，他绝望的哀求。

烧掉尸体。烧掉尸体。烧掉尸体。

然后到了牢房——与其说是房子，不如说是水泥浇筑的箱子——伊莱用拳头一遍又一遍地猛砸牢门，直到手指断裂，然后复原，又断裂，又复原，唯一的证据就是留在铁门上的血迹。

最后，到了实验室。

好几双手按住伊莱，把他压在冰冷的金属上，绑带卡进皮肤里，还有苍白乏味的墙壁、过于明亮的灯光，以及化学消毒剂的气味。

Part Two · 启　示

其间，一个身穿白大褂的男人在伊莱眼前晃来晃去。黑色眼镜后面，是一双凹陷的深色眼睛。他戴上了塑胶手套。

"我是哈弗蒂医生。"那人说。

他说话时挑了一把手术刀。

"欢迎来到我的实验室。"

他俯身靠近。

"我们将会彼此理解。"

然后他开始切割。**解剖**——描述的是实验对象为尸体。**活体解剖**——描述的是实验对象为活人。但如果实验对象死不了呢？

该用什么词？

伊莱的信仰在那里动摇了。

他在那里找到了地狱。

唯一的神迹就是，无论哈弗蒂做了什么，伊莱都安然无恙地活着。

不管他愿不愿意。

. . ✝ . .

在哈弗蒂的实验室里，时间是破碎的。

伊莱以为自己了解疼痛，对他而言，疼痛逐渐变成了一种醒目的、一闪即逝的东西，一种短暂的不适感。而在医生手里，疼痛是固态的。

"你的恢复能力真的超乎寻常，"医生戴着染血的手套，收回手术刀，"我们来寻找极限吧？"

*你不是神佑之人，*维克托说过。*你只是一次科学研究的实验品。*

这些话出现在伊莱脑子里。

同时出现的还有维克托。

伊莱看到他在实验室里，目送他绕过哈弗蒂背后的桌子，在伊莱的视野里进进出出，观察医生的操作。

"也许你真的身在地狱。"

你不相信地狱的存在,伊莱心想。

维克托扯了扯嘴角。"可你相信。"

每天晚上,伊莱瘫软在他的小床上,因为长时间被捆绑在手术台,他浑身颤抖,恶心反胃。

每天早晨,周而复始。

伊莱的超能力有一个瑕疵——十年前维克托第一次发现,如今哈弗蒂也发现了。伊莱的身体虽然可以再生,但不能排斥异物;如果异物体积很小,他体内的组织可以将其包裹,自我疗愈。如果异物体积太大——比如刀子、锯子、钳子,他的身体就无法恢复了。

哈弗蒂医生第一次摘除伊莱的心脏时,以为他终于会死了。医生把心脏取出来,拿给他看,然后彻底摘除,转瞬之间,伊莱的脉搏衰弱了,停止了,设备报警。但当哈弗蒂把心脏放进无菌托盘里的时候,一颗新的心脏已经在伊莱敞开的胸腔里跳动起来。

医生慨叹一声,就一个词。

"神奇。"

·· † ··

最糟糕的莫过于,伊莱心想,哈弗蒂医生喜欢聊天。

他在拉锯、切割、钻孔和敲打的同时,喜欢滔滔不绝地说话。他尤其沉醉于伊莱的伤疤,纵横排布于背部的可怕伤疤。它们是永不消退的记号。

"跟我说说它们吧。"他把一根针插进伊莱的脊柱。

"三十二了。"他在伊莱的骨头上钻孔。

"我在计数呢。"他打开伊莱的胸腔。

Part Two · 启　示

"你可以跟我说话，伊莱。我很愿意听你说。"

但伊莱说不出话，哪怕他愿意。

他拼尽全力不发出尖叫。

X
二十五年前
第一个家

很久以前,伊莱背上这些伤痕还新鲜时,他告诉自己是翅膀在生长。

因为母亲认为伊莱是天使,而父亲说他体内有恶魔。伊莱从未做过任何会让牧师产生这种想法的坏事,但那人却说在男孩的眼睛里看到阴影。每次他看到阴影,他就拽着伊莱,带到他们板房隔壁的私人教堂。

伊莱一度很喜欢那座小教堂——里面有赏心悦目的彩绘玻璃,红色、蓝色和绿色的玻璃窗面朝东边,迎接清晨的阳光。地面是石头——冷冰冰地顶着伊莱的光脚丫,夏天也不例外——教堂中央有一副铁十字架,直直地插进地基。当年伊莱觉得十字架插破地面的形态十分暴力,仿佛是从很高的空中坠落下来的。

父亲第一次看到阴影的时候,他一手按着伊莱的肩膀,一手抓着卷起的皮带,带他上路。伊莱的母亲目送他们走开,手中扭绞着一条毛巾。

"约翰。"她仅仅喊了一声,但伊莱的父亲头也不回,一步未停,径直穿过狭窄的草地,教堂的门在他们身后关闭。

Part Two · 启　示

卡代尔牧师叫伊莱来到十字架前抓着横杆，一开始他不愿意，一边哭一边求饶，为自己做过的事情道歉。无济于事。父亲把伊莱的双手按在指定的地方，伊莱越是反抗，他下手越狠。

伊莱当时九岁。

那天晚上，母亲处理他背后已经发炎的鞭伤，告诉他必须变得强大。神在考验他们，伊莱的父亲也是。当她用冷水浸透的布条擦拭儿子受伤的肩膀时，袖口回缩了寸余，伊莱发现她的手臂背面隐约有陈旧的伤疤，她说没事的，她说一切都会好起来的。

有那么一段时间，确实如她所说。

伊莱愿意做任何事，只要能变成好人，变成有价值的人。只要能避开父亲愤怒的瞪视。

然而平静的日子不会长久。或迟或早，牧师总能瞅见他儿子体内的恶魔，他又带伊莱到小教堂里。鞭打有时候间隔数月，有时候间隔数天。有时候伊莱认为自己活该。甚至，挨鞭子是必要的。他迎面走向十字架，握着冰冷的铁杆，祈祷——最初不是对神，而是对父亲。他祈祷牧师再也看不见那些东西，与此同时，牧师在伊莱背部溃烂的翅膀上雕刻新的羽毛。

伊莱学会了不叫，但他的视线已经被泪水模糊，彩绘玻璃的色彩混成一团，最后他只能看见光。他守着那团光，正如他紧紧握着铁十字架。

伊莱不知道自己被毁坏到何种地步，但他渴望被治愈。

他渴望被拯救。

XI
四年前
EON翼楼实验区

斯戴尔的指节敲打着柜台。

"我要找你们的一个实验对象谈谈,"他说,"伊莱·卡代尔。"

"很遗憾,先生,他正在接受实验。"

斯戴尔眉头一皱。"又在实验?"

这是他第三次来找伊莱,第三次被人敷衍。

第一次,借口还算可信。第二次,说是不便打扰。现在,明显是扯谎。在此之前,他从未主动亮出身份,只是因为他不想为难别人,引来闲言碎语。EON处于草创阶段,是**他的**企业——创始之初,周围的建筑尚未竣工——也是他的**责任**所在,而且斯戴尔有种异样的直觉。不适感如影随形,仿佛久治不愈的溃疡。

"我上次来的时候也得到了同样的说法。"

眼前的女人——斯戴尔不知道她是医生还是科研人员,或者是秘书——抿着嘴唇。"这里是研究实验室,先生。实验是经常——"

Part Two · 启　示

"那么你应该不会介意暂时中断一下。"

女人眉头深锁。"实验对象是伊弗先生那样的——"

"卡代尔。"斯戴尔纠正她的说法。**伊弗**是他自封的姓氏，既夸张又傲慢（还有一点儿泄露天机的味道）。他的真名是伊莱奥特——伊莱——卡代尔。

"实验对象是**卡代尔**先生那样的人，"她更正，"前期准备工作相当繁琐。提前结束实验就是浪费 EON 的资源。"

"而现在，"斯戴尔说，"是在浪费我的时间。"他捏了捏鼻梁。"我要现场旁观，直到实验结束。"

她脸上掠过一道阴影。"您不妨在这里等——"

听到这话，斯戴尔的不适感变成了担忧。

"带我去见他。**快**。"

XII
二十三年前
第一个家

伊莱坐在门廊的台阶上仰望天空。

夜色迷人,闪烁的红光和蓝光照亮了房子、草坪和小教堂。救护车和验尸官的厢式货车停在草地上。一辆派不上用场,另一辆做好了准备。

他怀里抱着一本破旧的圣经,警察和医生在他周围忙活,仿佛在不同的轨道上,相互接近,但永不相交。

"孩子吓坏了。"一个警察说。

伊莱认为他说的不是事实。他没有发抖。除了平静,他什么都感觉不到。也许这*就*是吓坏了。他一直等着平静消退,等着脑子里持续的嗡鸣化作惊骇,化作悲痛。但终究还是没有。

"这能怪他吗?一个月前他失去了母亲。现在又发生这种事。"

失去。这个词好奇怪。**失去**意味着一时找不到,有失而复得的可能。他不是失去了母亲。相反,是他找到了母亲。她漂浮在浴缸里。白裙子被血水染成粉红色,手掌朝上,似在恳求,她的前臂被割开了,从手腕到肘窝。不，他不是失去了她。

是她抛弃了他。

留下伊莱独自一人，与约翰·卡代尔牧师同居一室。

一位女医生把手搭在伊莱的肩膀上，他畏缩了，一方面是吃惊，另一方面是因为衬衫底下新鲜的鞭伤依旧红肿。她说了些什么。他一个字都听不进去。过了一会儿，他们推走了尸体。医生试图挡住伊莱的视线，其实没什么可看的，只是一个黑色尸袋。死得干净。利落。

伊莱闭上眼睛，回想父亲死亡的画面。残破的身体趴在台阶底部，浅浅一摊血泊在牧师脑袋底下扩散，犹如光晕，只不过在昏暗的地下室里，血色发黑。他眼睛湿润，嘴巴机械地一张一合。

父亲打算下去做什么呢？

伊莱无从知晓答案。他睁开眼睛，开始心不在焉地翻书。

"你几岁？"医生问。

伊莱咽了口唾沫。"十二。"

"你知道跟你血缘关系最近的亲戚吗？"

他摇摇头。有个婶婶在某地。可能有个堂哥吧。但伊莱从未见过他们。这里是他的世界。父亲的教堂。教堂的信众。还有个电话网络，他心想，是用来传递消息的，每当举办庆典、庆生——或者追悼的时候。

女人离开他身边，对两个警察说话。她的声音很低，伊莱还是捕捉到了只言片语。"那孩子什么都没有了。"

不过，她又说错了。

伊莱没了母亲、父亲和家庭，但他还有信仰。

不是因为他背后的伤疤，也不是因为卡代尔牧师精神层面的布道。都不是，伊莱拥有信仰，是他把父亲从地窖台阶上推下去时的感受。牧师的头撞上地窖底下的地板时。他不再动弹时。

那一刻，伊莱感到平和。仿佛世界的一道细微裂痕终于弥合。

不知道是什么——什么人——引导着伊莱的手。赋予他勇气，把手掌贴在父亲背上，一推。

牧师跌落的速度太快，好像一个球，弹跳着滚下陈旧的木头楼梯，最后砸在底部。

伊莱慢慢地下楼，每一步都走得小心翼翼，同时从兜里掏出手机。但他没有拨号，没有按下拨打键。

伊莱坐在最底下的台阶上，避开血泊，双手抓着电话，等待着什么。

等到父亲的胸脯不再起伏，等到血泊停止扩散，牧师的双眼神采尽失。

这时，伊莱想起了父亲的一句布道辞。

那些不相信灵魂的人，从未目睹离世的一幕。

他说得对，伊莱心想，然后拨打了911。

确实不一样。

"别担心，"医生回到门廊处，"我们会帮你找个去处。"她跪在他面前，显然希望让他感受到两人是在平等地交流。"我知道这种事很可怕。"她说。其实没什么可怕的。"不过我要告诉你，当我不知所措时我是怎么想的。每一个结束都是新的开始。"她站了起来，"来吧，我们走。"

伊莱爬起来，跟着她走下门廊台阶。

他还在等待平静的感觉消退，但依然等不到。

平静伴随着他离开房子。平静伴随着他坐上毫无用武之地的救护车。平静伴随着他被他们载走。伊莱回头看了一眼，仅仅一眼，看了看房子和教堂，然后他回过头来，面朝前方。

每一个结束都是新的开始。

XIII
四年前
EON翼楼实验区

斯戴尔刚进观察室，正好看到一个身着白色实验服的男人打开卡代尔的胸腔。实验对象被绑在手术台上，医生使用的是锯子形状的工具，以及一些夹钳和铁钉，伊莱不仅活着——还*醒着*。

超能者戴着一副面罩，掩住了口鼻，一根软管连接着脑后的设备，不过无论输送给伊莱的是什么，似乎都没有产生正面的影响。痛苦表现在他的每一块肌肉上，他的整个身体都在束缚之下紧绷，手腕和脚踝的皮肤因为巨大的压力而发白。一根绑带使得伊莱的脑袋以后仰的姿态固定在台面上，以免他看见自己被解剖的场面，不过斯戴尔怀疑他不用看就知道发生了什么。医生扩张胸腔的同时，一颗颗汗珠顺着伊莱的脸颊流进头发。

斯戴尔不知道怎样的场景才符合自己的期待，但**这种**肯定不行。

当医生锯开实验对象的胸骨，用铁钉固定皮肉时，卡代尔的呻吟透过面罩传出，低沉而模糊。鲜血从他敞开的胸腔里涌出，在金属台面上流淌,而边沿很浅,挡不住源源不绝的血水。一条条红色的细流从各处溢漏,落到地板上。

斯戴尔感到反胃。

"太厉害了,不是吗?"

他循声扭头,看见一个相貌寻常的男人扯下一双血淋淋的手套。圆形眼镜后面,是医生深陷的眼窝和明亮的眸子,瞳孔因为探索未知的兴奋而扩张。

"你们到底在干什么?"斯戴尔问。

"学习。"医生说。

"你们在折磨他。"

"我们在研究他。"

"他是*清醒*的。"

"当然了,"医生面带耐心的微笑,"卡代尔先生的再生能力让任何麻醉剂都不起作用。"

"那副面罩是什么?"

"啊,"医生说,"是我灵感迸发的结晶之一。你瞧,我们*麻醉*不了他,但不代表我们无法稍微抑制他的能力。面罩是缺氧装置的一部分,把可供呼吸的空气降到百分之二十五的水平。细胞缺氧所造成的伤害抑制了再生能力,我们就能在他自愈之前争取到一点时间,对他的身体进行研究。"

斯戴尔盯着伊莱剧烈起伏的胸脯。从这个角度,斯戴尔甚至看得到他的心脏。

"卡代尔先生这样的超能者是我们前所未见的,"医生接着说,"他的超能力——如果我们找到驾驭的方法——完全可以带来一次医学革命。"

"超能者的能力是不可能驾驭的,"斯戴尔说,"因为不能转移。"

"目前不能,"医生说,"但如果我们可以搞清楚——"

"够了,"斯戴尔的视线难以脱离伊莱惨不忍睹的肉身,"叫他们停止。"

医生眉头一皱。"如果取掉夹钳,他便会自愈,我们就得从头开始。我非得坚持——"

"你叫什么名字?"

"哈弗蒂。"

"好,哈弗蒂医生。我是斯戴尔主管。我宣布停止实验。让他们停下来,不然炒你的鱿鱼。"

哈弗蒂收敛了病态的笑容。他取下观察室墙上的话筒,按下开关。

"项目终止。"他吩咐实验现场的医生们。

所有人都犹豫不决。

"我说了——终止。"哈弗蒂简短地重复了一遍。

医生们开始有序地从伊莱的胸腔内外取下各种铁钉和夹钳。等他们取完,超能者的身体逐渐松弛。他的背部落回金属台面,紧握的双手终于张开,身体复原的同时,皮肤重现血色。肋骨复位。皮肤接合。他的面部线条变得柔和了。他的呼吸依然吃力(因为面罩未取),但也慢慢地平稳下来。

唯有积在台面和地板上的大量鲜血,证明刚才发生的残酷一幕。

"现在高兴了?"哈弗蒂医生咕哝道。

"我离高兴还早着呢,"斯戴尔说着,气冲冲地走出观察室,"至于你,哈弗蒂医生——你被解雇了。"

· · ✞ · ·

"额头紧贴墙壁,双手伸进凹槽。"

伊莱服从了命令,摸索着玻璃钢板上的缺口。他什么都看不见——自从那天早晨士兵们把头罩套在他头上,押着他离开钢筋水泥的牢房,他的眼前就只有斑驳的黑幕。他知道，在他们来之前就知道，事情不对劲——不，不是不对劲，但肯定有变化。哈弗蒂有惯常的一套流程，况且，虽然伊莱的时间概念已经混乱，但他隐隐有所察觉，上次的实验结束得过于仓促。

他找到了玻璃钢板上的缺口，类似很窄的搁架，于是把手腕放在边沿处。有人将他的双手拽进了管道中，不一会儿，手铐被解开了。

"退后三步。"

伊莱照做了，以为会撞上一堵墙，结果什么都没有。

"抬手，取下头罩。"

伊莱取了，被突如其来的光亮打了个措手不及。不过，与惨白的手术室照明灯不一样，这里的灯光清洌、干净，不那么刺目。他眼前是一面顶天立地的钢化玻璃墙，透气孔遍布其上，狭小的凹槽显得格格不入，正是他刚才把手伸进去的位置。墙外站着三个防暴装备武装到牙齿的士兵，面孔掩在头盔里。其中两人抓着警棍——根据隐隐的嗡鸣和微弱的蓝光判断，应是电棍。另一个人正在收拾取下来的手铐。

"我来干什么？"伊莱问道，但士兵们不理他。他们转身离开，脚步声越来越远。某处传来开门、关门和加压的响声，与此同时，玻璃钢板外面的世界消失了，墙壁刚才还是透明的，现在逐渐隔绝了光线。

伊莱扭头观察周围的环境。

牢房不比大箱子宽敞多少，但几个月来伊莱被绑在各种台面上，被关在墓穴大小的单间里，如今能*活动一下*，他已是感激涕零。他顺着墙根，数着步子，观察这里有什么和没有什么。

他注意到有四个摄像头安装在天花板上。没有窗户，也看不见门（他之前听到身后的玻璃钢板收进地底，又升了起来），只有一张小床、一张桌子和一把椅子，角落里配了马桶、水池和淋浴头。搁板上有一叠灰色棉布衣物。

维克托的影子摸了摸叠好的衣服。

"看来,天使把地狱换成了炼狱。"影子喃喃念叨。

伊莱不清楚这里是什么地方——只知道他没有被捆绑,没有被开膛,已是万幸。他脱了衣服,走到淋浴头底下,享受着开关水流的自由,冲刷掉外用酒精、血渍和消毒剂的气味,希望看到一年来饱受折磨的污垢堆积在脚底。然而,哈弗蒂办事向来一丝不苟。他们每天早上都把伊莱冲得干干净净,每天晚上也一样,所以唯一的痕迹是从未露出的伤疤。

伊莱坐到小床上,背贴着墙,等待。

XIV
二十三年前
第二个家

电话网络派上了用场。

晚上，伊莱背着满满一包衣服到了拉索家里，他知道自己只是临时借宿。他在这里等待当局为他寻找一个在世的、愿意收养他的亲戚。

拉索太太身披睡袍在门口迎接他。时辰不早了，拉索家的孩子们——有五个，最小的六岁，最大的十五岁——都睡了。她接过伊莱的包，带他进去。屋子里暖洋洋的，充满生活气息，器物遍布经年使用的痕迹，棱角被磨得光滑柔顺。

"可怜的孩子。"她轻声咕哝着，把伊莱带进厨房。她示意他坐在餐桌前，然后嘀嘀咕咕地说话，更像是在自言自语。她的声音和伊莱的母亲大不一样，母亲的低语总是带有绝望的意味。*我的天使，我的天使，你要好好的啊，你要轻飘飘的。*

伊莱坐到一把快要散架的餐椅上，低头看着自己的双手，还在等待惊骇的到来，或者消失，无论哪种反应都行。拉索太太把热气腾腾的杯子放在他面前,他伸手握住。杯子很烫——不舒服——但他没有收手。痛感太熟悉了,几近愉悦。

然后呢? 伊莱心想。

每一个结束都是新的开始。

拉索太太坐在他对面。她握着他的手。伊莱猛地一缩,试图抽出手来,但她抓得很用力。

"你一定很痛苦。"她说,他确实痛苦——捂着杯子的双手烫得厉害,但他知道她说的是更深切、更不堪的痛苦,他所缺乏的**那种感受**。其实,伊莱觉得比过去几年轻松多了。

"上帝给予我们的痛苦不会超出我们的承受能力。"她又说。

伊莱盯着她脖子上挂着的、小小的金色十字架。

"但承受痛苦的目的只能由我们自己发现。"

承受痛苦的目的。

"过来,"她拍了拍他的手,"我去把沙发铺一下。"

·· ✝ ··

伊莱的睡眠一向不好。

他每次都要花上半个晚上的时间,聆听父亲在门外的动静,后者好似屋后树林里的一匹狼。一头在咫尺之外打转的猛兽。不过,拉索家里很安静、很祥和,伊莱醒着,惊叹于容纳一家八口的屋子,竟然比两个人的家还要宽敞。

静谧终究被打破了。

不知何时伊莱迷迷糊糊地睡着了,他惊醒时,迎接他的是刺耳的笑声和晨光,还有一双碧绿的大眼睛,在沙发边注视着他。那是拉索家最小的女孩,眼神既好奇又充满疑虑。

四个人影风风火火地闯了进来,手舞足蹈,吵吵闹闹。当天是周六,拉索家的孩子们已经开始撒欢了。伊莱尽可能避免挡着他们的路，但在拥挤的屋子里这很难做到。

"怪胎。"一个男孩在楼梯上碰到他的时候喊了一句。

"他要待多久？"另一个男孩问。

"注意礼貌。"拉索先生警告他们。

"他让我毛骨悚然。"最大的男孩说。

"你怎么了？"最小的女孩问。

"没怎么。"伊莱回答，虽然他不确定是否属实。

"那就正常一点。"她下了一道命令，仿佛这事儿很简单。

"正常是什么样子？"他反问，女孩恼怒地咕哝一声，气冲冲地走开了。

伊莱等着有人来接他，带他离开——虽然他不清楚到底去哪里——但白天过去，黑夜降临，他还在这里。唯独第一晚他是独处。此后他被安排到男孩们的房间，角落里塞了一张闲置的床垫。他躺在那里，聆听他们入睡，既厌恶又嫉妒，因为他的神经过于敏感，在充斥着各种响动的环境里根本睡不着。

最终，他起床下楼，指望能安安静静地在沙发上享受几个钟头。

拉索先生和太太在厨房里，伊莱听见他们在说话。

"那孩子有点不对劲。"

伊莱闻言停步，不敢呼吸。

"他太沉默了。"

拉索太太叹了口气。"他经历了太多苦难，艾伦。他会找到自己的路。"

伊莱返回男孩们的房间，爬回床垫。角落里，黑暗中，几句话反复回荡在耳边。

沉默。怪胎。毛骨悚然。

Part Two · 启 示

他会找到自己的路。

正常一点。

伊莱不知道什么叫正常，甚至不知道正常是什么样子。但他一直在研究父亲的情绪变化和母亲的无声对抗，家里的气氛如何转变，犹如风雨欲来的天空。如今，他观察拉索家的男孩们如何吵闹，探索玩笑和侵犯之间的界限。

他研究最大的孩子——十六岁的男孩——在弟弟妹妹当中是如何自信满满地行动。他研究最小的孩子如何表现得天真无邪，以获得想要的东西。他研究他们如何扭曲面容以表达情绪，比如烦恼、厌恶和愤怒。最重要的是，他研究他们如何表现快乐。他们高兴时眼睛放光的样子，笑声的各种音调，笑容绽放和收敛的数十种方式，随着他们内在喜悦的不同而变化。

伊莱从来不知道快乐有那么多种类，而表达快乐也有那么多方式。

但他的研究中断了，在拉索家生活了两周后，伊莱再次被接走，安置在另一栋房子，与另一个家庭共同生活。

正常一点，拉索家的女孩说。

于是伊莱再次尝试。重新开始。他暂时还不能模仿得无可挑剔。但有所改善。新家庭的孩子们依然变着法儿形容他，只是换了词。

从胆小、沉默、怪胎变成冷淡、好奇、紧张过头。

很快，换到另一个家庭，机会再次降临。

又一个重新开始、改变、调试的机会。

伊莱把不同的家庭当成剧场，把家里的人当成观众，利用他们即时的、不断的反馈，调整自己的表演方式。

慢慢地，从冷淡、好奇、紧张过头变成迷人、专注、聪明。

改变的不止这些。

又一辆车来了，带他离开，但这一次没有把他丢到父亲的教众家里。

这一次，他被带到了家人身边。

..✝..

第五个家

帕特里克·卡代尔不信上帝。

他是约翰的侄子，是伊莱从未谋面、已经过世的婶婶的儿子，与约翰关系疏远。帕特里克是本地一所高校的教授，娶了一位名叫莉萨的画家。两人膝下无子。伊莱失去了模仿对象。失去了正常的家庭生活和各种噪声的掩护。

伊莱坐在他们对面的沙发上。一个全神贯注的观众。一副洗耳恭听的姿态。

"你几岁了？"帕特里克问，"十二？"

"快十三了。"伊莱说。卡代尔牧师的死已经过去了半年多。

"很遗憾，我们拖得太久。"帕特里克说话时双手插在膝间。

莉萨按着他的肩膀。"说实话，对我们来说不是很容易下决心。"

帕特里克挪了挪屁股。"我知道你的成长环境很特殊。我也知道我给不了你那种环境。约翰和我不是同道中人。"

"我们当时也不是。"伊莱说。

他发现他们局促不安，于是微微一笑。笑容不是太夸张，仅仅让帕特里克知道他还好。

"来，"莉萨说着站了起来，"我带你看看你的房间。"

伊莱起身跟着她。

"我们可以为你找一座教堂，"她一边领着伊莱，一边说，"如果对你很重要的话。"

但他不需要教堂。不是因为他放弃了对上帝的信仰——而是因为在教堂里伊莱从未感觉到他的存在。上帝不在那里，上帝和伊莱一起站在地窖的台阶上。为他提供一个又一个学习生活经验的家庭。引导他来到这里，来到这个房子，遇见这对夫妻，得到这个新的机会。

他们来到了他的房间，这里看起来既舒适又干净。一张双人床，一个壁橱，一张桌子。桌边的墙壁上挂着两幅装框的解剖图，一幅是手，一幅是人的心脏图解。伊莱在它们面前停步，仔细观察，为其复杂而流畅的线条所震慑。

"如果你不喜欢的话，可以把它们取下来，"莉萨说，"你的地方你做主。换上海报什么的，你这个年龄的男孩子喜欢的那种东西。"

伊莱望向她。"我可以住多久？"

莉萨惊讶地瞪大眼睛。她的脸是一本打开的书——人们常打这样的比方。在看到莉萨之前，伊莱不太明白这句话的意思。

"只要你愿意，多久都行，"她说，"现在这就是你的家。"

伊莱不知道怎么接话。此前，他生活在一个家庭的时间，是以日、以周计算的，当然了，那时候不是真正的居家生活。如今，未来在他面前延伸，以月、以年计算。

伊莱笑了，这一次，几乎是发自内心的。

XV
四年前
EON

斯戴尔坐进办公室的椅子,等待电话铃响起。

他的办公室与 EON 的其他地方一样,清爽、空旷、简约。三块超薄屏幕呈半圆形摆在办公桌上,墙上还有大屏幕,实时监视每条走廊、每个入口和每间监室的情况。

EON 的监室是高科技打造的玻璃钢箱,置于独立的混凝土库房内。墙上的大多数画面都是黑的,摄像头安装在尚未竣工的翼楼,或是空置的监室,但在最中央的画面上,伊莱正在监室边缘踱步,犹如贴着铁笼走动的狮子。

想象一下,要是没有伊莱奥特·卡代尔,如今的一切都不存在。

伊莱·伊弗。

斯戴尔拿起一张黑色名片,心不在焉地在指间翻转。EON 三个字母是特殊涂料印刷上去的,映着光亮才会显现轮廓。

EON 是斯戴尔的主意,确实不假,但最初仅仅是语焉不详的提议,源自他和维尔、卡代尔的纠葛,他所阻止和未能阻止的那些事情。还有十年前的旧账,斯戴尔把维克托送进监狱,放任伊莱逍遥法外,因为他的选择——缺乏远见,未能看破伪装——葬送了三十九条人命。他一直深受困扰,寝食难安。

应该有什么办法——找到超能者,收容他们。也许,有朝一日,利用他们。超能者确实都是危险人物,有的堪称灾难,但在那些迷失和疯狂的家伙当中,说不定有人可以浪子回头、走上正道、找到自我价值呢?如果死亡改变不了一个人的本性,而是变本加厉呢?

按照这个逻辑,受伤的士兵或许渴望继续服役。

这是斯戴尔关注的焦点和核心。让身怀绝技的超能者们协力阻止犯罪,而非实施犯罪。其他超能者则可以收容起来,让他们干不了坏事。

一阵短促、嘹亮的铃声响起,有电话打进来了。

斯戴尔办公桌上的一圈屏幕亮了。

斯戴尔的手指凌空一扫,接通了电话,几秒钟后,一间会议室出现在他面前,五个面色严肃的人围坐于木头长桌一侧。

董事会。

三男两女,全部身着深色西装——政府部门和类似私人机构的标准制服。他们的模样难分彼此。同样的深发色,同样的眯缝眼,同样面无表情。

"主管,"身着深灰色衣服的男人说,"你是否愿意解释一下,为何把一个很有价值的实验对象从实验室转走,还开除了我们最杰出的——也是最有价值的——科学家?"

"他在**解剖**超能者。"

随之而来的沉默毫无内容,极其空洞。董事会的成员们盯着他,似乎他没有回答提问。似乎他们看不到问题所在。

"据我上次核查,"斯戴尔十指相抵,接着说,"我是这个机构的主管。难道人事调动超越了我的权限?"

"当然不是,**主管**,"身着深蓝色衣服的女人说,"你对当前的需求和挑战有着精准的理解。然而——"

"虽说 EON 是你负责运作,"黑衣男人打断了她的话,"但我们是资方。"

"作为资方,"灰衣男人说,"我们需要知道我们的钱是不是花在了刀刃上。国家安全至上。"

最后一句纯属画蛇添足。仿佛五个衣冠禽兽不是因为利益围坐在这里的。

"哈弗蒂的工作方式或许值得商榷,"蓝衣女人说,"但他的研究很有潜力。至于你的超能者,他的能力决定了他是那项实验的不二人选。如今你害得我们既没了专家,**又**没了实验对象。"

"我们来谈谈那个超能者吧,"另一个声音响起,来自黑衣女人,"伊莱奥特·卡代尔,又名伊莱·伊弗。你现在如何处置他?"

"他被转移到了控制区的监室。"

"为什么?"

"为了**收容**他,"斯戴尔说,"伊莱·卡代尔杀害了将近四十人。"

灰衣男人上身前倾。"不过,受害人几乎全是超能者,不是吗?"

"所以他的罪孽就减轻了吗?"

对方不屑地摆摆手。

"我的意思是,你的实验对象已经证明自己拥有一种技能。"

"杀死超能者。"

"追捕他们。"

"这不正是**你这个**组织的存在价值吗?"蓝衣女人问,"在超能者造成破坏之前,寻找并**收容**他们?"

"正是。"斯戴尔咬牙切齿地回答。

Part Two · 启　示

"那么,"黑衣男人说,"我建议你物尽其用。"

·· ✝ ··

灯光熄灭,灯光亮起,伊莱依然是独自一人。

一夜过去,没人找他。没人把他拽出牢房。他怀疑维克托被捕坐牢时也有同样的感受。无尽的等待。全然的孤独。

伊莱躬下身子,手肘撑在膝盖上。他双手合十,但不是在祈祷,他的目光越过指节,投向对面的墙壁,仔细聆听,调动全部的感官,搜寻任何一点蛛丝马迹。他收获的唯有封闭空间内沉闷的寂静。

"你就这样坐着干等吗?"维克托又来纠缠伊莱了,"好容易满足。"

伊莱起身走向玻璃钢板,用指节敲了敲,然后把手掌贴在上面,感受它的材质。

"我向你保证,"一个熟悉的声音说,"这里看样子不怎样,实际上结实得很。"

墙壁变得透明,仿佛窗前的帘子瞬间被掀开,玻璃的另一边是约瑟夫·斯戴尔。上次两人见面是在福尔肯·普赖斯工地,这个警察站在维克托的尸体旁,一队特警把伊莱带走。

"警官。"他说。

"我现在是**主管**。"

"恭喜,"伊莱淡淡地说,"主管什么?"

斯戴尔摊开双手。"这个地方。你的新家。超能力观察与消解组织。"他走近玻璃。"我想你应该承认,相比你之前的环境,这里的条件好多了。"

"那么作为**主管**,你恐怕也要为那些事情负责吧?"

斯戴尔面色一沉。"我对实验室采取的研究方法了解不够。如果我知情,绝对不会允许那种事情发生。我找到你时就解救了你,而且终止了实验项目。还炒了哈弗蒂的鱿鱼,不知道你听了是否感到宽慰。"

"宽慰……"伊莱重复道,贴在玻璃钢板上的手指张开了。

"我得提醒你,"斯戴尔说,"如果你企图破坏墙壁,就会引发警报,墙面会通电。如果你敢尝试第二次,好吧,我们都知道你死不了,但是痛苦难以避免。"

伊莱的手垂了下来。"考虑得很周到。"

"我低估过你,卡代尔先生。我不打算重蹈覆辙。"

"我对你从来不构成危险,斯戴尔主管。你把精力和资源花在那些威胁到公共安全的超能者身上不是更好吗?"

斯戴尔扯动嘴角,笑容冷酷。"你杀了三十九个人。据我们所知。你是杀人狂。"

真实的数字将近五十,但伊莱并不接茬。他转过身,扫视着牢房。"我需要做点什么,才配得上这样的待遇?"

斯戴尔拿出一份打印在马尼拉纸上的文件,塞进玻璃钢板的凹槽。伊莱回头接过,飞快地翻动页面。是情况说明,类似于梅里特警察局在伊莱的帮助下做的报告。

"事实证明,你拥有一种独特的技能,"斯戴尔说,"你来是为了协助我们追踪和抓捕其他——"

伊莱哈哈一笑,干巴巴的。"如果你希望我帮你抓捕超能者,"他冷哼一声,把文件扔到桌上,"你就不该把我关起来。"

"跟你不一样,处死是我们的底牌。"

"那就是半生不熟的做法。"

"人道主义做法。"

"虚伪的作风。"伊莱摇着头,"你所做的事,EON 所做的事,不过是我那些行为的弱化版。那为什么是我被关起来?"伊莱靠近玻璃钢板,近到不能更近。"你可以否认我的行事方式,斯戴尔。可以质疑我的动机。

但是，如果你真以为你和我不一样，那你就太傻了。我们**唯一**的区别在于，我知道应该摧毁他们，而你天真地非要保留他们。你为抓捕超能者的行动冠上了仁慈之名。有什么意义？你的手上没有沾染他们的血，你就睡得更香吗？或者，你不断地收集超能者，利用他们的存在扮演上帝的角色？因为我扮演过上帝的角色，斯戴尔，结果不太好。"伊莱的重心移到脚后跟上。"我花了十年时间，试图弥补我造成的伤害。是的，我杀了很多超能者，但不是出于残酷、暴力或者怨恨。我这样做是在保护其他人——活着的、无辜的普通人——以免他们被那些暗中潜伏的怪物所伤害。"

"你就那么肯定他们**全**是怪物？"斯戴尔反问。

"是的。"他斩钉截铁。曾几何时，伊莱自以为身上没有这个标签。如今他看得更透彻了。"超能者可能在外表上和普通人一样，斯戴尔，但他们的思维和行为都差得很远。"

要是维克托在场，他能列举很多特征——关键感知的弱化、缺乏同情心、关注度内敛、言行举止过分夸张——但伊莱只说了一句，"他们没有灵魂。"他摇摇头，"你希望挽救超能者，让他们不要堕落？把他们埋到土里，那才是他们的归宿。除非你的计划是这样，不然我没兴趣帮忙。"

作为回答，斯戴尔又把一份文件夹塞进凹槽里，封皮是黑色的。

伊莱瞥了一眼文件。"你没听见我的话吗？"

"这不是另一份档案，"斯戴尔说，"这是你的另一个选项。"

伊莱看见文件夹的封面上印着自己的名字。他没有伸手去接，不需要——他清楚那是什么。意味着什么。

"你有一天时间考虑，"斯戴尔说，"明天我来听你的答案。"

他离开了，墙壁随之变回不透明的状态，牢房变回墓穴。伊莱紧咬牙关。然后他从凹槽里抽出黑色文件夹，放到桌上，刚才那份薄薄的文件早已就位。

伊莱一屁股坐到椅子上，打开封面。第一页是一张 X 光片，黑白的，谈不上多么刺激眼球。他翻过去，看到了一张核磁共振成像，人体呈红蓝绿三色。他又翻了一页，映入眼帘的第一张照片惊得他喉咙紧缩。那是一个人的胸腔——伊莱的胸腔——被金属夹钳拉开，敞露内部的肋骨、双肺和一颗跳动的心脏。

每一个医学预科生都要学习解剖。伊莱在大学一年级实施过十几次解剖，剥开小动物的皮肤，将其固定，检查内部器官。黑色文件夹里的照片让他想起了过去。当然，唯一的区别是伊莱还活着。

痛苦已经平复，但痛苦的记忆刻进了神经，在骨头里反复回响。

伊莱恨不得把文件夹扫到地上，撕成碎片，但他知道有人盯着他——他早就注意到天花板上安装的摄像头，斯戴尔应该就在某间控制室里，一脸自鸣得意。于是伊莱坐着没动，一页一页地翻过可怕的图文记录，研究每张照片、每个图表和每条潦草的注释，折磨过程中枯燥乏味的每一处细节，他尽量记住黑色文件夹里的内容，直到烂熟于心，再也用不着翻看。

你既不是神佑之人，也不是上帝的宠儿，更没有背负什么使命。你只是一次科学研究的实验品。

也许维克托说得没错。

也许伊莱和其他超能者一样，被损坏了，被诅咒了。的确，他杀死维克托的那晚没有感受到超越凡俗的存在。没有体验到任何近似平和的感觉。

但不妨碍他继续自己的使命。

他依然有目标。有责任。拯救世人，哪怕他自身难保。

XVI
二十年前
第五个家

伊莱摸着书的封面。

这是一本大部头，沉甸甸的，每一页都详细地描绘了人体的神奇精妙之处。

"我认为我们应该送你比赛门票，"帕特里克说，"但莉萨非说——"

"太棒了。"伊莱说。

"瞧？"莉萨拿肩膀撞了一下帕特里克，"他想当医生。必须从小就开始培养。"

"从牧师到医生，"帕特里克若有所思地说，"约翰肯定在坟墓里笑得打滚。"

伊莱笑了，轻松而熟练，已臻化境。事实上，他并不觉得两条路是分叉的。伊莱刚来的那天见过上帝，在墙上的画里；此时他在这本书里又一次见到了他，在完美的骨架、庞大而复杂的神经系统，在大脑里——那一簇火花，正如信仰，把一具肉身变成一个真正的人。

帕特里克摇着头。"哪有十五岁男孩更想要一本书——"

"你希望我要一辆车吗?"伊莱露出狡黠的笑意。

帕特里克拍拍他的肩膀。如今,伊莱不会畏缩了。

他的注意力回到解剖教材上。也许他的爱好不是太正常,但这点差异他应付得来。

十五岁时,他精雕细琢的人格趋近完美。他来这里之后,帕特里克和莉萨帮他登记入学,然后伊莱发现,他辛辛苦苦学习了半年的正常表现,对于生存所需仍然显得苍白无力。不过学校很大,伊莱学得很快,没过多久,迷人、专注和聪明的形容不仅得以巩固,还加上了英俊、友善和健壮。他参加田径赛。他名列前茅。他有着光彩照人的笑容和轻松自在的笑声,谁也不知道他背后的伤疤和过去的阴影。谁也不知道那些全是表演,全都不是自然的。

·· ✠ ··

莉萨银铃般的笑声响彻整栋房子。

耳机里放着古典音乐,正在做化学作业的伊莱都听到了。片刻之后,帕特里克敲了敲门框,伊莱按下了暂停键。

"你们要出门?"

"是的,"帕特里克说,"演出七点开始,我们不会回来太晚。别太拼了。"

"听听,这是教授对学生说的话。"

"嘿,研究表明转换思维对记忆力有好处。"

"走了!"莉萨喊道。

"我把钱放在台子上,"帕特里克说,"至少点个披萨。从冰箱里偷一罐啤酒。"

"好。"伊莱敷衍地应了一声,播放键已经按下。

Part Two · 启　示

　　帕特里克还说了什么，但被伊莱耳机里响起的协奏曲淹没了。九点，他完成了作业，在厨房案台上吃了剩饭。十点，他出门慢跑。十一点，他上床睡觉。

　　十五分钟后，他的手机响了，号码陌生，打电话的声音也陌生。

　　"是伊莱奥特·卡代尔吗？"一个男人问。

　　伊莱胸中涌起一股沉静的气息。不是他把父亲推下台阶时感受到的。这种更冰冷，更沉重。是他发现母亲漂在浴缸里时的那种沉重。是他精疲力尽地瘫软在小教堂地板上时的那种沉重。

　　"恐怕是坏消息，"那人接着说，"你家人出了意外。"

· · ✝ · ·

　　伊莱怀疑这就是受惊的表现。他坐在一把不太结实的塑料椅子上，身边有社工陪着，前面是医生，还有一位警察，形影不离。警察到了家里，把他载到医院，虽然没什么可看的，也没可做的。送医时已经死亡。死于**撞击**，根据医生的说法。

　　"我很遗憾，孩子。"警察说。

　　上帝给予我们的痛苦不会超出我们的承受能力。

　　伊莱双手对握，垂着头。

　　承受痛苦的目的只能由我们自己发现。

　　"司机没能活下来，"警察接着说，"毒理报告还没有出来，不过我们认为他是酒驾。"

　　"他们具体是怎么个死法？"

　　伊莱意识到自己提错了问题，但为时已晚。医生脸上掠过阴云。

　　"抱歉，"他赶紧解释，"我不是——只是——我打算当医生，长大以后。我希望**治病救人**。我只是——我需要搞清楚。"他双手握拳，"如果你不告诉我，我会睡不着觉，满脑子胡思乱想。我还是知道的好。"

医生叹息一声。"帕特里克的第二和第三颈椎断裂，"他一边说，一边摸着自己的颈骨，"莉萨受到巨大的撞击，导致颅内出血。两人的情况，可以说都是瞬间死亡。"

他们没有遭罪，伊莱甚是感激。"好的，"他说，"谢谢你。"

"他们生前没有指定监护人，"社工说，"你有没有熟人可以收留你？等我们把事情处理好了再找你？"

"有，"他撒了个谎，掏出自己的手机，"我给朋友打个电话。"

伊莱站起来，走开了几步，但没有拨号。这一次没有电话网络可用。也没必要假装什么。伊莱很受欢迎，人缘极好，但他总是小心翼翼地保持社交距离。关系太密切，可能暴露他的破绽，虽然微小，但他无时无刻不在掩饰。最好是友好相处，且不要成为朋友。

伊莱回到社工和警察身边。医生已经离开。"我需要从家里拿些东西，"他说，"能载我回去吗？"

他进了房子，听着巡逻警车驶远，继而他关上门，在黑暗的走廊里伫立了好一会儿。

然后猛地转身，一拳砸向墙壁。

痛感迸发，从伊莱的手上传递到胳膊，他一次又一次砸墙，直到指节破裂，鲜血顺着手腕滴落，他恢复了呼吸为止。

伊莱双膝一软，瘫坐到地上。

于是，他又归于孤独。

上帝给予我们的痛苦不会超出我们的承受能力。

伊莱告诉自己，一切都在计划之中，尽管他毫无头绪。承受痛苦自有其目的。他低头盯着血淋淋的手。

愚蠢，他心想。

伤口很难瞒过社工，还有学校的上百双眼睛，他的每一个失误，人格面具上的每一条裂缝，势必被他们发现。

Part Two · 启　示

伊莱爬起来，走到卫生间里，冲洗指节的创口，然后稳稳当当、一丝不苟地缠上绷带。他对视着镜子里的自己，强迫面部线条回到正确的位置。

然后伊莱回到自己的房间，开始打包。

✝

十九年前

第六个家，最后一个家

"我们到了。"

伊莱站在门口，抱着一盒子书。房间布置得很简单，只有一扇窗、一张窄床和一张桌子。

"没什么东西，我知道，"房东说，她坚持让伊莱叫她玛吉，"不过窗户是双层玻璃，走廊那边的淋浴有热水。"她投来审视的目光，"你这么小的年纪就一个人生活啊？"

"我独立了。"伊莱解释。[①]

这种方式是最简单易行的。他快十六岁了。没有多少人愿意收养十几岁的少年，伊莱也不愿意进福利机构。他的父母死了。帕特里克和莉萨死了。前者留给他的只有伤疤，而后者留给他一些钱——不多，但可以维持生活开销，供他专心读完高中。考进一所不错的大学。

"谢谢，玛吉。"他说完，走进房间。

"不客气，伊莱奥特。有什么需要就找我。"

她缓步离开时木地板嘎吱作响，他把盒子放在桌上时也一样。他取出书本，把教科书整齐地摆在桌上。

[①] 译者注：未成年人独立可通过法律机制实现，如能满足特定的条件，未成年人可不受其父母或监护人的控制，父母或监护人也免于对其承担责任。

"我们很遗憾，伊莱奥特。"当时校长是这样说的。

"我们有辅导员。"教导主任补充道。

"要是能帮上什么忙，务必告诉我们。"老师们附和道。

"拜托，"伊莱挨个儿请求他们，"不要告诉别人。"

普通人的生活太脆弱了，即使动机是好的，也很容易将其颠覆。

所以，他真心希望把悲伤埋在心底，让他们保守这个秘密。

伊莱取出最后两本书——破旧的圣经和解剖教材。他把钦定版圣经放到一边，坐到椅子上，把教材拖到面前。

承受痛苦的目的，他心想，只能由我们自己发现……

伊莱打开沉重的书本，翻到头部、脖子、大脑皮层和柔软的柱状脊椎的图示。

发现目的。

他开始做笔记。

XVII
四年前
EON

次日,斯戴尔来的时候,伊莱头也不抬。

他低头研究文件,差不多已经花了大半夜的时间。

"我看到你已经决定合作了。"

伊莱把文件收成薄薄一摞。"我需要电脑。"他说。

"绝对不行。"斯戴尔说。

伊莱离开椅子,拿着文件,来到玻璃钢板前。"我花费好几个月研究我的目标。确认他们的能力。追踪他们的行动。"他让文件从指间落下,纸张散在地上。"你指望我仅凭最基础的信息,在一个水泥箱子里做同样的事情。这些,"他指着脚边的纸张说,"远远不够。"

"我们只有这些。"

"那就是你们找得不够努力。"伊莱呵斥道。他的目光投向地上的一张照片。"塔比莎·达尔,"他浏览着文件上的说明,"十九岁。大学运动员,年轻,爱社交,活跃,爱冒险。因为徒步旅行期间的一次过敏反应,心脏严重受损。她的朋友为她做了心脏复苏。她撑到了医院。然后——她消失了。两周前,父母将其登记为失踪人口。"伊莱抬起头,"她会去哪里?怎么去?为什么没有关于她朋友的资料?对于意外导致的直接后果,她有什么想法和感觉?"

"我们如何获得这种信息?"斯戴尔问。

伊莱举起双手。"她十九岁。从社交媒体开始调查。把她发给朋友们的短信黑到手。进入她的生活。进入她的脑子。一个超能者不仅是催化剂的产物。他们是过去的自我的产物。环境,还有心智。我可以帮你们找到塔比莎·达尔。要是能分析到位,我或许可以对她的超能力猜个八九不离十,但就凭这五张纸,我什么都做不到。"

随之而来的是漫长的沉默。伊莱耐心等待斯戴尔打破沉默。

如愿以偿。

"我会给你一台电脑,"他说,"但访问严格受限,系统是双份。你搜索了什么,我都能看到。一旦你越过红线,你失去的不仅仅是使用电脑的权利。清楚了吗?"

"我能做的不止如此,"伊莱跪在地上收拾文件,"如果你放我出去……"

"卡代尔先生,"斯戴尔说,"我还是打开天窗说亮话吧。你在监室里能帮助我们,在实验室里也能,但你永远,**永远**见不到外面的世界。"

伊莱站了起来,但主管已经走开了。

XVIII
十七年前
哈弗福德大学

伊莱走过校园，衣领竖起，抵御秋天的寒凉。

哈弗福德是一所好学校——不是顶尖的，但绝对是他负担得起的最好的大学，而且距离他寄宿的公寓很近。学校规模很大，论人数堪比许多小镇，校园占地面积也大，他入学两个月了，还能发现陌生的建筑。

也许这就是他没有早点看到教堂的原因。

也许，此前它一直掩藏在树林中，红色和金色的树叶遮挡了它特有的线条、简朴的尖顶和白色的斜顶。

一看到教堂，伊莱便放慢了脚步。但他没有转身离开。一股不易察觉却执拗的吸引力让他情不自禁地踏上台阶。

他有好些年不曾涉足教堂了，自从上帝变得更加……私人化之后。

此刻，他跨进大门，首先映入眼帘的是彩色玻璃。红色、蓝色和绿色的光在地板上跳跃。窗前立着一副石头做的十字架。他的手掌隐隐刺痛。伊莱闭上眼睛，压制记忆中那个低沉的嗓音，皮带挥舞的嘶鸣。

"好壮观,不是吗?"一个轻快的声音传入耳中。

伊莱眨眨眼,发现旁边有个女孩。苗条,漂亮,一双棕色的大眼睛,一头蜂蜜色的金发。

"我不信教,"女孩接着说,"但我超爱这种建筑的样式。你呢?"

"我对建筑的兴趣不大,"他面带揶揄的笑容,"但我一直信教。"

她噘着嘴,摇了摇头。"噢不,我俩没戏了。"她假装心痛,随即笑了起来。"抱歉,不是有意打扰你,只是你看样子好难过。"

"是吗?"伊莱竟然暴露了真实面目,刚才肯定走神了。不过他转眼就恢复常态,向女孩施放他全部的活力和久经锤炼的魅力,"你不研究建筑,反倒研究起我了吗?"

女孩眼中光芒闪动。"我一心二用毫无问题。"她伸出手来,"我是夏洛特。"

他微微一笑。"伊莱。"随着钟声环绕在他们身边,伊莱握住她的手,"你吃过午饭了吗?"

··✝··

一周前,玛吉出现在伊莱的房门口,挽着一篮子换洗衣服。"现在是周五的晚上,伊莱奥特。"

"那又如何?"

"你还坐在这儿学微积分。"

"生物。"他纠正道。

玛吉摇着头。"都是作业,毫无乐趣可言,对于你这个年龄的男孩来说,太不正常了。"

这个词戳中了他。**正常**。他校准自我的标尺。

伊莱抬起头来。"我应该做什么呢?"他眉毛一扬,掩盖发自真心的疑问。

"参加派对!"玛吉说,"喝便宜的啤酒!干傻事!约漂亮姑娘出去玩!"

他靠着椅背。"约漂亮姑娘算不算干傻事,或者,两者无关?"

玛吉翻了个白眼,走开了,伊莱的视线回到功课上,但房东的一番话他听进去了。他参加过一两次兄弟会派对,扮出微醺的笑容,时不时喝一口劣质啤酒(老实说那真是傻事)。

不过如今,他有了夏洛特。

伊莱早就学到了一件事,恋爱关系是举世公认的**正常**标签。获得社会的盖章认定。与夏洛特·谢尔顿约会堪称一枚金质印章。她祖业殷实,教养深厚,浑身都散发着非同凡响的气息,她却浑然不觉。

她性格开朗,长相漂亮,娇生惯养——她住校是因为希望体验到**正宗**的大学生活。不过她对那份正宗的渴望并未超越一张单人床和一间公共活动室。

夏洛特来过一次伊莱的公寓,仅仅一次,是她非要来的。她知道他是孤儿(这个名词似乎激发了她强烈的保护欲),但赤裸裸的现实可一点儿也不浪漫。他见过假以同情之名的怜悯。

"我爱你不是因为你的**身外之物**,"她一口咬定,"那些东西我有,够咱俩花销的。"

不过后来,他们没有开启**共同**的生活——夏洛特直接把伊莱拽进了她的生活。

而他听之任之。

轻松。

简单。

她崇拜他。

他则颇为受用。

夏洛特喜欢说他俩特别般配。伊莱心知不是事实,但也只有他能看到两人不合的部分，那些填不满的空隙。

"我怎么样？"她问话的时候，两人正在拾阶而上，到她父母的房子——豪宅——过大二的感恩节。

"漂亮极了。"伊莱不假思索地回答，同时眨了眨眼。夏洛特整好他的领带，梳理他的黑发，他一点儿也不抗拒。他轻轻碰着她的下巴，抬起她的脸蛋，印上一吻。

"别紧张。"她轻声说。

伊莱不紧张。

大门打开了，他抱着几分期待转过头，以为会看见一位管家，一个身着燕尾服、冷若冰霜的老头，但他看见的却是举止优雅、年纪更大的夏洛特。

"你一定是伊莱！"女人喜气洋洋地说，她身后出现了一个神色冷峻的精瘦男人，身着剪裁得体的西服。

"感谢你们的邀请。"伊莱说着，递上一块馅饼。

"是啊，"谢尔顿太太热情地说，"夏洛特说你当天没有安排，我们当然要请你来了。"

"还有，"谢尔顿先生目光灼灼地看了夏洛特一眼，"是时候见见让我们的女儿神魂颠倒的小伙子了。"于是他们进了门，夏洛特挽着母亲的胳膊。

"伊莱，"谢尔顿先生搭着他的肩膀说，"不妨让女士们先走，我带你到处转转。"

不是询问的口气。

"好的。"伊莱应道，然后跟在他身后，穿过一扇双开门，进入一间书房。"这里，"他说，"是我们家唯一重要的地方。"

他打开柜子，斟了一杯酒。

"我看得出来夏洛特为什么喜欢你，"他倚着桌子，说道，"热心慈善

Part Two · 启　示

事业一直都是她的软肋。尤其是对那些长相英俊的家伙。"

伊莱一动不动，故作轻松的姿态略为僵硬。"先生，如果您认为我跟夏洛特在一起是为了她的钱和地位——"

"重要的不是真相，卡代尔先生，而是表象。而表象实在不中看。我打听过你的经历。悲剧一桩接着一桩——你处理得相当淡定。我很欣赏你走到如今这一步，问题在于，你把泥巴带到我家里了。"

伊莱紧咬牙关。"我们改变不了过去，"他说，"只能改变我们的未来。"

夏洛特的父亲微微一笑。"说得好。也正是我对你的提议。一个光明的未来。只要不跟我女儿在一起。我查过你的成绩。你是一个聪明的年轻人，伊莱奥特。而且很上进，是夏洛特告诉我的。你想成为医生。哈弗福德是一所不错的大学，但不是最好的。我知道你可以去别的学校读书。更好的学校。我估计你承担不起费用。"

伊莱目不转睛，惊愕万分。他意在**收买伊莱**。

谢尔顿先生离开桌子。"我知道你喜欢我女儿。见鬼，你可能还以为自己爱她⋯⋯"

其实伊莱不爱。

如果谢尔顿先生的眼光更毒辣一些——或者，如果不是伊莱隐藏得太好——他也许能看到一个简单的事实。劝说伊莱是毫无必要的。一直以来，夏洛特·谢尔顿对他而言就是一块跳板。向上攀爬的阶梯。此时她父亲提供的，*如果他所言不虚的话*，便是能带来重大改变的真正的机会，一本万利的买卖。

不过接下来要讲点策略。

"谢尔顿先生，"伊莱一边说，一边扭曲五官，有节制地表达抗争的意味。"您的女儿和我——"

对方抬手打断他的话。"在你打肿脸充胖子，非说爱情不能收买之前,别忘了,你俩都很年轻,而爱情变化无常,无论你和夏洛特感觉有多么真实,都是不可能长久的。"

伊莱吁了口气,低下头,似乎颇为惭愧。他扮出一副低眉顺眼的样子来。"您要我怎么做,先生?"

"今晚吗?什么都不做。好好吃饭。过几天?一拍两散。挑一所更好的学校。切斯特,或者洛克兰。转学。学费不是问题。"

"小伙子们!"谢尔顿太太在厨房里喊他们,"火鸡烤好了。"

谢尔顿先生拍拍伊莱的肩膀。"走吧,"他快活地说,"我饿了。"

"爸爸,"在餐厅见到夏洛特时,她气呼呼地问道,"你是不是折磨他了?"

"一点点而已。"谢尔顿先生亲吻女儿的脸颊,"凡是你带回家的人,我都有责任把对上帝的敬畏埋在他们心里。"

她温暖的棕色眸子望向伊莱。"但愿他没有对你太凶。"

伊莱轻声笑着,摇摇头。"完全没有。"

他们坐下来,一边传递碗碟,一边在餐桌上闲聊——聊了很多,但没什么内容。

那天晚上,夏洛特挽着伊莱,两人走向停在外面的车。"一切都还好吗?"

伊莱回头看了一眼大门,谢尔顿先生仍在目送他们。"好得很,"他说着,亲了亲她的太阳穴。"一切都很完美。"

XIX
两年前
EON

伊莱依次摸过摆放在架子上的案卷。属于他的黑色文件夹位于最边缘,犹如一块污渍,又似一个可以移动的标点符号,为持续加长的一行文字断句。不到两年,十九个超能者被找到和抓捕。考虑到他办案所受的限制,这个成绩相当不错了。

对于那些已经结案的材料,伊莱也保留下来,他对斯戴尔解释说,过去的成果能启发未来的案件。

此话只是一部分事实——超能者的确存在共同的模式、共同的特征,不同的面容笼罩着同样的阴影。不过,事实的大部分非常简单:伊莱觉得那些完成的记号令人愉悦。愉悦的程度虽然比不上他亲手扼着一个超能者的喉咙,感受对方的脉搏颤抖着停止,但每一本结案的卷宗依然留有那种拨乱反正的满足感,余韵长存。

换个角度看,文件夹的数量暴露了一个严酷的事实。

"我们干了什么啊?"伊莱自言自语。

回答他的却是维克托。

"你为什么觉得是**我们**干的?"

他抬起头,看见那个消瘦的金发幽灵背靠玻璃钢板。

"超能者的数量,"伊莱指着架子说,"十年来突飞猛进。是不是我们造成的呢?是不是我们揭开了世界的另一面?是不是我们开启了什么?"

维克托翻了个白眼。"我们不是神,伊莱。"

"但我们**扮演**了上帝的角色。"

"没准是**上帝**在扮演上帝呢?"维克托离开墙边,"没准超能者在他的计划之内呢?没准那些人,你半辈子都在追杀的人,**本该**那样复活呢?没准你一直在给你所崇拜的伟力拆台呢?"

"你从来不怀疑是我们的错吗?"

维克托歪着头。"告诉我,抢了上帝的活儿,你觉得是亵渎,还是傲慢?"

伊莱摇着头。"你从来都不明白。"

一阵脚步声传来。

墙壁变得透明了。

"你在跟谁说话?"斯戴尔问。

"自言自语。"伊莱喃喃道,挥手驱散维克托如烟似雾的鬼魂,"我最近老在想那个动电小子……"他抬头一看,斯戴尔换上了外勤的行头,高大的体格包裹在黑色强化防护服内。

"开采行动进行得如何?"伊莱问道,尽可能不流露鄙夷的语气。他花了两周时间研究那个超能者——海伦·安德烈亚斯,四十一岁,能力是轻轻一碰即可拆解和重建目标的结构。伊莱在自身所能容许的范围内,给了**EON**的特工不少建议。

"不好,"斯戴尔闷声回答,"我们到的时候安德烈亚斯已经死了。"

伊莱眉头一皱。尽管超能者喜欢搞破坏,但很少有自杀的。他们自我保护的意识太强烈了。"是意外吗？"

"不像。"斯戴尔举起一张照片，贴在玻璃钢板上。照片里的安德烈亚斯躺在一摊血泊中，她的额头有一个小小的圆洞，深及颅内。

"有意思，"伊莱说，"有线索吗？"

"没有……"斯戴尔犹豫片刻。他还有所保留。伊莱等他说出来。过了许久，他终于开口了。"这不是孤立的案件。两个月前，另一个疑似超能者被发现了，情况一样，在一家俱乐部的地下室。"斯戴尔把档案塞进凹槽。"威尔·康奈利。我们当时还在监视他，因为我们手里的数据不足以推断他的能力类型，评估他的优先等级，不过我们怀疑是再生能力。与你的能力类似，但在效率上远不如你。当时我们认为他的死亡纯属偶然，碰上了他的债主，发生口角，最后导致悲剧。现在……"

"一次是意外，两次是巧合，"伊莱说，"有了第三次，你就掌握了一种模式。"他抬起眼睛，"武器呢？"

"未登记。"

"那也要把弹道记录在档案里。如果他——或者她——是在主动狩猎超能者，那么下次出手是迟早的事。话说回来，"伊莱接着说，"符合这种杀人模式的所有案件都要搜集一下，从……"伊莱思索片刻，"三年前开始。"

"三年？居然说得这么明确。"

没错。三年——是伊莱进入 EON 的时间。也是他放下屠刀的时间。如果在他金盆洗手期间出现了另一个猎人，他理应知道对方的存在。

这意味着有人接替了他的位置。

XX
十六年前
洛克兰大学

伊莱于春季学期开始前一周来到了洛克兰大学。

他不是随便选择了一所学校——既然夏洛特的父亲支付账单,伊莱打算最大限度地利用这笔钱。洛克兰是国内最好的大学之一。此时,他在封闭的校园内穿行,享受着静谧的草地。距离开学还有整整一周,校园里没几个人。

不过到了宿舍时,他心里一沉。他本以为是单人套间,结果配置和想象的完全不同:两张桌子,两张床,当中隔着一扇窗户。一张床空着。另一张床上躺着一个精瘦的少年,头枕着胳膊,正在看书。

随着伊莱进门的响动,书放了下来,露出一张瘦削的面庞,一对野狼似的蓝眼睛,一头细长的金发。

"你一定是伊莱奥特了。"

"伊莱。"他纠正道,把背包放在地上。

那个少年双腿一甩,起身离床。他比伊莱高一两英寸,但瘦得棱角分明，仿佛浑身带刺。

"维克托，"他把手插进兜里，"维尔。"

伊莱咧嘴一笑。"有这样的名字，你应该是个超级英雄。"

维克托比画着自己。他身着黑色牛仔裤和黑色马球衫。"你能看到我里面的超人服吗？"那双碧蓝的眼睛掠向伊莱唯一的行李箱，以及上面的盒子。"你是轻装上阵啊。"

伊莱点头示意维克托所在的一侧。"你来得好早。"

维克托耸耸肩。"家人最好是少接触。"

伊莱不知道如何接话，于是什么都没说。沉默滋长，须臾，维克托像狼一样歪着脑袋开口了。"你饿吗？"

· · ✠ · ·

维克托叉了一块西兰花。

"说说，你是学什么的？"

两人坐在校内的大餐厅里，顺着墙壁排开的摊位浓缩了不同的饮食文化。

"医学预科。"伊莱回答。

"你也是？"维克托戳起一条牛肉，"你是因为什么学这个专业？"他飞快地抬眼一看，伊莱感觉……暴露了。对方暗淡的目光直刺体内，令人不安。那种眼神不是好奇，而近似于切割。

伊莱低头看着自己的食物。"跟大多数人一样，"他说，"我觉得有种使命感。你呢？"

"顺理成章吧，"维克托说，"我一向擅长数学和科学，任何食物都可以简化为等式、因果关系、绝对数。"

伊莱用叉子搅着意面。"但医学并不绝对。生活不是等式。人不仅仅是器官的总和。"

"是吗?"维克托反问。他表情沉着,语气淡漠。

真令人恼火——伊莱习惯了消除对方的戒心,引诱他们发出情绪的信号,以便他对症下药。

但维克托似乎不吃这一套。

"当然是,"伊莱步步紧逼,"那些部位——肌肉、脏器、骨骼和血液——组成了人体,却不足以成为一个人。没有神圣的火花,没有灵魂,它们只能是一堆骨肉。"

维克托"啧啧"两声。"原来你信教。"

"我信上帝。"伊莱不紧不慢地说。

"很好,"维克托推开餐盘,"你可以活在天堂。地球归我了。"

一个女孩出现了,在维克托身边落座。"谈论什么呢?"她揉乱了他漂亮的头发,动作极其自然,早就习以为常。有意思。伊莱不认为维克托是喜欢亲密接触的类型,但他不躲不闪,仅仅报以百无聊赖的微笑。

"安吉,"维克托说,"这位是伊莱。"

她转脸一笑,对伊莱来说犹如镜子朝向太阳,有了可以反射的光芒,他顿时释然了。

"我们刚刚在讨论上帝在医学当中的位置,"维克托说,"想参加吗?"

"我就算了。"她从他的餐盘里拿起一块西兰花。

"偷吃很无礼。"

"你从来都吃不完。你父母没有告诉过你要吃蔬菜吗?"

"没有,"维克托语气温和,"他们告诉我的是发掘心智,认识自我的潜能。蔬菜的事儿一字不提。"

安吉神秘兮兮地看了伊莱一眼。"维克托的父母是心灵导师。"

"维克托的父母,"维克托说,"卖字为生。"

安吉笑了,温柔而轻盈。"你有时候真是个怪胎。"

"只是有时候吗?"维克托问,"那我还得更努力一点。"那对蓝眼睛瞟向伊莱。"正常未必是好事。"

伊莱紧张起来——不算强烈,而且埋在心里,并未表现在脸上。**正常未必是好事**。仿佛说话的人不必费心费力地表现。不需要依赖正常生活在世上。

维克托清了清嗓子。"安吉是我们工程系最闪亮的星星。"

她翻了个白眼。"维克托心气太高,从来不求表扬,但他其实是医学预科班的尖子生。"

"不过你还没听说,"维克托正色说道,"这位伊莱要来跟我一较高下。"

安吉重燃兴味,打量着他。"是吗?"

伊莱微微一笑。"我尽力而为。"

XXI
两年前
EON

"你是对的。"斯戴尔说。

伊莱从床上爬起来。"别说得那么丧气。"

"我们筛选出了处决式凶杀案,然后在我们的数据库中搜索死者的身份,检查他们有无超能者标记。"斯戴尔把一张纸塞进墙上的凹槽。"看看贾斯廷·格拉德韦尔。"

伊莱拿起来,低头看着少得可怜的资料,照片上是一个三十来岁的男人,看面相死了两天。"将近一年前中枪的。能力未知。我们的雷达都没有发现他的存在。"

"他们跑到你前面了。"伊莱说着,把三份档案铺在桌上。贾斯廷·格拉德韦尔。威尔·康奈利。海伦·安德烈亚斯。"恭喜。看来你有了新的猎人。"

"也恭喜你,"斯戴尔说,"看来你有了模仿犯。"

伊莱有点动怒。他不喜欢被人取代。"不,"他打量着那些尸体,"如果是我,我会量身定制他们的死法。让他们死得……纯天然。这个家伙……"他的手指敲着桌子,"有别的心思。"

"什么意思?"

"我的意思是,"伊莱说,"杀手似乎一心置受害人于死地,但我怀疑那不是唯一目的。"

"我们必须尽快找到这个人。"斯戴尔说。

"你要我猎捕一个猎人。"

斯戴尔眉毛一扬。"有问题吗?"

"正好相反,"伊莱说,"我一直期待挑战。"他抱着双臂,研究照片。"有一件事几乎可以确定。"

"什么?"

"你的猎人是超能者。"

斯戴尔闻言一凛。"你怎么知道?"

"说实话,我不**知道**,"伊莱说,"我只能假设。话说回来,一个普通人成功杀死三个显而易见的超能者,且受害人毫无反抗的迹象,这种情况有多大的概率?"伊莱拿起格拉德韦尔的照片,对着玻璃钢板。"三个案子都是一枪致命,位置不变,都是近距离射击头部。这种级别的精确度意味着两件事——要么枪手是专业的,要么受害人没有反抗。血液喷溅的形态说明受害人遭受枪击时处于意识清醒的直立姿势。也就是说,他们站在原地束手待毙。你知道有多少**普通**人有本事说服或者强迫对方欣然赴死?"

伊莱无意听对方回答。他摇着头,盯着照片,动起脑筋。一周。两个月。九个月。

"这几起凶杀案的现场相距很远,"他若有所思地说,"这说明你的猎人要么不擅长寻找超能者,**要么他们不是在寻找所有的超能者**。"

"你认为他们在寻找特殊的人?"

"或者特殊的能力。"伊莱说。

"有什么想法?"

伊莱合拢双手。

判断一个已死的超能者拥有何种能力,是不可能完成的任务。能力是高度特性化的,不仅决定于超能者死亡的方式,还有他们求生的理由。伊莱可以推测——但他讨厌推测。既危险,又低效。有根据的推测依然是推测,不能取代第一手资料。纸上的线索价值有限——瞧瞧希德妮·克拉克和塞雷娜·克拉克。同样的濒死经历——掉进冰湖的水底——却触发了两种截然不同的能力。人是差异化的。他们的心理状态是特性化的。关键在于,聚焦大致的形态。专注于外在的表现和共同的条件,收集到一定的数量,他就能发现模式,描绘图景。

"把这三个人的所有资料都给我,"他的手拂过那些照片,"虽然他们死了,但不代表他们没有秘密可吐露。"

伊莱指着斯戴尔脚边的盒子。"那是什么?"

斯戴尔踢了踢盒子。"这些,"他说,"是所有符合猎人作案手法的处决式凶杀案,但受害人不是超能者。"

普通人。确实。他不曾设想猎人的作案目标也许不止超能者。那是因为他自己的作案范围仅限于超能者。太粗心了。"我能看看那些案子吗?"

盒子太大,放不进玻璃钢板的凹槽,于是斯戴尔只能把文件塞进去,一次塞一叠。"你有什么想法?"当伊莱把一大摞文件放到桌上时,斯戴尔问道。

他满脑子都是移动的点,而他试图找到点与点之间的线。"它们有共同的模式,"伊莱说,"我还没发现,但总能把它找出来。"

XXII
十五年前
洛克兰大学

"一沙一世界……"

远方雷声滚滚,云朵闪耀蓝光。毕业季之初,他们整理完行李,去楼顶感受风雨欲来。

"……一花一天堂。"伊莱接着念道。

他举起手,让掌心正好位于闪电底下。

"只手握无穷……"

"说真的,伊莱,"简陋的天台上到处都是折叠椅,维克托坐着说,"饶了我,别唱经文了。"

伊莱放下手。"这不是圣经,"他愠怒地说,"是布莱克的诗。学点文化吧。"他从维克托手里夺走那瓶苏格兰威士忌。"另外,我还是那个观点。了解一下天地万物背后的创世主没什么坏处。"

"当你的目标是研究*科学*的时候就有坏处了。"

伊莱摇摇头。维克托不明白——永远也不会明白——宗教信仰和科学不是非此即彼的关系。二者不可分割。

伊莱举起抢来的酒瓶，拘谨地抿了一口，坐到另一把椅子上，暴风雨正在节节逼近。这是他们返校的第一个夜晚，在新的集体公寓度过的第一个夜晚。为了避免与父母相处，维克托拒不参加家庭远途旅行，整个暑假都在预习有机化学。伊莱则留在洛克兰，在莱恩教授手下实习。他瞥了一眼舍友，看见维克托上身前倾，双肘撑在膝上，目不转睛地盯着远方的闪电。

最初，维克托带来的是一种困境。伊莱·卡代尔十年来精心雕琢的伪装，在这位头脑清醒的舍友面前全然不受待见。不需要沉静的笑容、和蔼的态度和从容的举止。不需要装模作样，尤其在维克托表现得毫无兴趣的时候。不，**毫无兴趣**不太准确——维克托始终在敏锐地观察——但伊莱越是展现人设，维克托越是不加理睬。说实话，伊莱的做作似乎令他**恼火**。维克托似乎看透了一切。做作。演戏。不知不觉中，伊莱摒弃了冗余的表达，把他的人设简化到最低程度。

每到这种时候，维克托就有了反应。

面对伊莱，好比照镜子一样。太相似了。被看见，以及看见自己的镜像，伊莱既害怕又兴奋。不是**全部**的他——两人的差异依然很大——相似的是关键部分，犹如石头里埋藏着同样一种贵重金属，隐隐发光。

楼顶上的蓝色闪电形同细密的血管，须臾，周遭的世界强烈地震荡起来。伊莱感受到深入骨髓的战栗。他热爱暴风雨——在它面前，他是那么渺小，犹如沧海之一粟，大雨中的一滴水珠。

不一会儿，雨点落下。

转眼之间，零星的雨点化作倾盆大雨。

"该死。"维克托喃喃道，从椅子上蹦了起来。

他跑向天台的门。

伊莱站了起来，但没有跟去。他很快浑身湿透。

"你来不来？"维克托的喊叫盖过雨声。

"你先去。"伊莱说，大雨淹没了他的声音。他仰起头，沐浴在暴风雨之中。

一小时后，伊莱光着脚走进宿舍，雨水流了一地。

维克托的房门是关着的，灯还亮着。

伊莱回了房间，脱掉湿透的衣服，坐在椅子上，窗外，暴风雨的势头正在减弱。

第二天就要开学，此刻已是凌晨两点，他依然没有睡意。

手机放在桌上，安吉发来了几条短信，但伊莱没心思查看，而且这么晚了，她可能早已进入梦乡。他捋着湿漉漉的头发，向后扒拉，同时唤醒了电脑。

在楼顶的时候，他受到了触动。掌上的闪电。伊莱花了大半个暑假研究人体电磁学。"生命的火花"的字面意思和隐喻。此刻，他的身心飘浮在倦怠的凌晨时分，屋子昏暗，或许他不如白天那么清醒，但笔记本电脑的荧光多少有提神的作用，他的手指在键盘上滑过，开始搜索。

搜索什么，他并不完全清楚。

屏幕、页面、网站，不断地切换，伊莱的目光在各种文章、随笔和论坛之间流连，仿佛迷失在梦境中。但伊莱没有迷失。他是在寻找线索。几周前，另一个失眠的夜晚，他偶然看到了一种理论。一个月以来，它生根发芽，啃噬着他的注意力。

伊莱鬼使神差地点了第一个链接。换成维克托，他也许会归咎于闲极无聊的好奇心，或者身心太过疲劳所致，但对于恍惚中的伊莱而言，有种怪异的熟悉感。有人按着他的手。眷顾。驱使。

伊莱发现的理论是这样的：突然的、极致的创伤可以引发巨大的变化，甚至永久性地改变人体和能力。受到濒死创伤的人，可以重塑和再造自我。

这种理论充其量是伪科学。

但伪科学不能**自动**归为谬误。它只是一套尚未得到充分证明的理论。如果它是正确的呢？毕竟，人在受到威胁时有超常的举动。号称是力量爆发、能力增强的时刻。这样的提升能达到匪夷所思的程度吗？在生与死转化的瞬间，在黑暗与光明之间的门洞里，有没有奇迹发生？相信它，是不是过于疯狂？若不相信，又是不是过于傲慢？

页面加载完成，伊莱盯着横跨屏幕最上方的那个词，心跳加快。

超常能力者。

XXIII
一年半前
EON

伊莱跪在监室的地板上，十几张纸在面前铺开。他把凶杀案的数字缩减到了三十。然后是二十。现在是六个。

马尔科姆·琼斯。西奥多·戈斯林。伊恩·豪斯本德。埃米·陶。艾丽丝·克莱顿。伊桑·巴里莫尔。

三个毒贩，两个医生，一个药剂师。

他把前三份资料塞进凹槽。"对比这三个人和受害超能者的现场弹道。"

斯戴尔翻看资料。"那里面有上百件涉及帮派和犯罪集团的杀人案。为什么非要挑出这三个？"

"魔术师是不会揭晓谜底的。"伊莱温和地说。

"你不是魔术师——你是杀人犯。"

伊莱叹了口气。"我如何忘得了？"他点头示意包括六份资料在内的一大摞文件。"准确地说，这里有一百零七件涉及帮派和犯罪集团的杀人案。其中八十三件我们可以排除，因为不符合我要求的干净利落的处决模式。其余的二十四件里，十四件涉及非法买卖武器，十件涉及非法买卖药物。鉴于你的目标每次处决受害人使用的都是同一把手枪，我认为可以假定与买卖武器无关。我们还能进一步缩小范围，因为琼斯、戈斯林和豪斯本德所受的处决都牵涉了其他受害人，除了进一步证实我的推断，即，你要寻找的人使用超自然手段胁迫他的受害人，还免除了从每一个犯罪现场搜集多重样本的必要，于是，从十件里又挑出了三件。"

"你确定凶手是男人吗？"

"我什么都**确定**不了，"伊莱说，"不过男性凶手的概率更大。女性凶手很少见，她们更喜欢用手解决问题。"

"你认为他在追杀毒贩？"斯戴尔问。

伊莱摇头。"我认为他在追购某种**药物**。"他从地上拿起另外三份资料。"我的推论是，你的凶手要么是瘾君子，要么病得很重。所以我挑出了这几个人。埃米·陶，艾丽丝·克莱顿，还有伊桑·巴里莫尔。前两个是医生，最后一个是药剂师。"

斯戴尔在玻璃钢板外踱步。"那些受害的超能者呢？他们又是怎么回事？"

"我坚持我的推论，我们的猎人一直以来——很可能到现在还是——以特殊能力为目标。安德烈亚斯的能力是破坏，也能恢复。康奈利的是再生。"

"正好支持你对他生病的推断。"

斯戴尔的语气带有尊敬的意味，伊莱心想，尽管相当勉强。

"依然只是推断，"他应道，"我们先从确认弹道开始吧。"

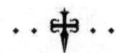

· · ✝ · ·

两天后，结果出来了。

Part Two · 启 示

艾丽丝·克莱顿和马尔科姆·琼斯。

一名医生和一个毒贩，与三个受害的超能者并案了。

伊莱的拼图越来越完整。但依然缺了什么东西。

他不断地想到那把枪。

他们的猎人办事有条不紊，一丝不苟——他必然知道不同的杀人手法能有效掩盖作案痕迹。但他依然采用了同一种手法。人们坚持这样做都是有理由的——有时候作为签名，有时候与舒适度有关，或者完美主义，但在这个案子里，伊莱感觉凶手不愿意弄脏自己的手。开枪杀人冷血、有效且疏离。同时也干净卫生。可以远距离达成目的，不需要冒险在现场留下生物数据。凶手对武器的选择，尽管存在模式化的缺陷，但也说明了其更在意的是不暴露身份，而非掩盖连环杀人的痕迹。反过来说明，凶手的DNA已经存在于系统中。

一个早在当局备案的超能者。

当拼图在脑子里完成的时候，伊莱的心跳加快了。

疯狂。荒谬。感情用事。但伊莱再次察觉到有人轻轻地推着后背，催促他向前，于是他启动电脑，开始搜索医疗相关的离奇或突然死亡。

接下来的四十八个小时，伊莱不眠不休地浏览每一个数据库、每一份讣告、每一条新闻报道。他知道自己正在跳跃式地前进，但道路光滑而又倾斜。所以伊莱不是稳扎稳打，而是顺势而为。

终于，他找到了亚当·波特医生的讣告。这位著名的神经科专家被发现于下班时间死在私人诊室里。根据尸检报告的说法，他死于心脏病发作，但不在办公室，不在取车路上，也不在家。尸体被发现时躺在诊室的油布地板上，接近一台冒烟的核磁共振仪器，电源已经烧坏。

意外事故。

电流过载。

当晚的病人就诊记录消失了，密密麻麻的清单被整齐地剜掉了一块，不过那个残缺的轮廓启发了伊莱。

他认得那个形状。

他见过。

在洛克兰大学的实验室里,安吉的尸体扭曲变形,后背弓起,嘴巴张开,她生命的最后几秒钟被痛苦定格。

他们说是心脏病。

意外事故。

电流过载。

两起事故背后,是一个能追踪、能操纵受害人身体的超能者。此人的名字早就登记在案——因为已经被认定死亡。

"我杀了你。"伊莱喃喃道。

仿佛受到了召唤,维克托再次现身。冰蓝色的眸子,狡黠的笑意。"没错。"

"那是怎么回事?"

"有必要问吗?"

伊莱紧咬牙关。

希德妮·克拉克。

塞雷娜非要亲自干掉自己的妹妹。显然,她的决心动摇了。希德妮还活着。

那个女孩有个恶心的习惯——复活死人。以及复活超能者,活过来的全都出了岔子。伊莱亲眼见过,希德妮复活了一个被他杀死的人,那家伙像是坏掉的玩偶,带了一张维克托写的字条。

我交了个朋友。

此刻,伊莱站起身来,望向距离最近的摄像头。"斯戴尔?"一开始他的声音很轻,然后提高了嗓门。

一个冰冷的声音通过对讲机传来。"主管不在。"

Part Two · 启 示

"他什么时候回来?"他问,但对方没有回答。

伊莱大为光火。非得见斯戴尔不可,非得盯着他的眼睛,问他为何如此愚蠢,问他为何不烧掉尸体。

他环顾周围,寻找称手的工具,希望引起主管的注意。

但所有东西都被固定着。当然,除了他自己。他一拳砸在玻璃钢板上。

随着低沉的响声,墙壁开始通电。

"犯人,"一个空洞的声音喝令,"停止动作。"

伊莱拒不服从。他再次击打玻璃钢板。警报声响起,很快,一股电流窜上伊莱的手臂,他踉跄退后,一时间心律大乱,随即又恢复正常。他第三次接近墙壁,但不等他的拳头打上去,灯光熄灭,伊莱陷入伸手不见五指的黑暗。

视觉突然被剥夺,绝对黑暗统治了一切,伊莱似乎在坠落。他跌跌撞撞地摸索着,好一会儿才摸到那把铁椅子,坐下来等待。

你为什么不烧掉尸体?

你为什么不……

然而当伊莱坐在黑暗中,问题在脑子里一遍又一遍地回响时,他感觉到一直引导自己的那只无形之手,正在把他拽回来。如果伊莱把维克托交给斯戴尔处置,交给 EON 处置,他们必然**活捉他**。把他关进监室。不行。伊莱不会——不能——接受这种不痛不痒的处理方式。维克托太危险了,必须干掉他,而斯戴尔已经失败过一次。

伊莱不会把这个任务第二次托付给他。

灯光亮起,对面的墙壁变得透明,主管闯进视野,一身定制黑西装,领带松散着。

"怎么回事?"斯戴尔问,"闹这么一出,你最好是有什么大发现。"

伊莱犹豫片刻,挺起胸膛,下定了决心。

"说实话,"他冷冷地说,"我钻进了**死胡同**。"

这不是谎言。

斯戴尔半信半疑。"考虑到你上周付出的努力,你这样说实在太意外了。你似乎取得了不小的进展。"

伊莱暗暗咒骂。他对于刚才的发现过于兴奋,对于即将到来的交锋过于热切,对于自己的反悔也措手不及,他从未思考过改变想法的后果。效应。整个模式当中的瑕疵。

"你的理论是从哪里崩塌的?"斯戴尔追问。

"没有崩塌,"伊莱说,"只是我没有任何头绪了。"

"那你**他妈的**叫我来干什么?"主管问。

伊莱犯了个错误。他不容易犯错,除非事关维克托·维尔。维克托总能让伊莱打心底里不舒服,破坏他的注意力。此刻,伊莱必须分散斯戴尔的注意力,想办法转移到别处,将他的怀疑转变为……更容易对付的情绪。愤怒——这种情绪最是激烈。

"我想,"伊莱尽可能以嘲弄的语气回答,"我要看看你会怎么做。现在我知道了。"

斯戴尔看着他,惊讶地张大了嘴。果不其然,愤怒如期而至。"你想被我送回实验室吗?"

"这种威胁我差不多听腻了。"

斯戴尔闻言一怔,仿佛挨了一拳。"是吗?"他阴郁地说,"我来帮你恢复记忆。"

斯戴尔抬起手表凑到嘴边,对着隐藏的对讲机说了几句,声音太轻,听不真切,伊莱有点紧张。

"等等。"伊莱刚刚开口,就被头顶的铿锵声打断了。监室前侧的天花板上出现了四个小花洒。冰水倾泻,瞬间淋湿了伊莱。

他正要后退,被斯戴尔制止了。

"你敢后退。"

伊莱不动了。"好吧。"他低头看着自己的双手,然后面对斯戴尔。"我又不会融化。"

"我知道。"主管冷冷地说。

水声淹没了嗡鸣。等伊莱发现的时候已经太迟了,他刚刚朝着玻璃钢板迈了一步,电流便击中了他。

电流无处不在。撕扯他的双腿,穿透他的胸膛,烧灼每一根神经。伊莱跪在地上,传导于水中的电流在他身上肆虐。电压足够干翻一头幼兽,但伊莱的再生能力使他神志清醒,始终停留在触电濒死的状态。

他紧咬牙关,野兽般低沉的哀鸣在唇齿之间回荡。

斯戴尔转身走开,抬了抬手,姿势几近轻蔑。墙壁变成不透明的白色,又过了地狱般难熬的几秒钟,电流终于消失。伊莱浑身瘫软,侧躺在湿滑的地板上,花洒的水流变慢,最后停止了。

他翻身躺平,胸脯起伏。

然后,伊莱慢慢地爬起来,走向桌子,坐到椅子上,面对电脑。他的电脑捆绑了斯戴尔的系统,主管可以限制访问,可以读取记录,无论他们相隔多远。

伊莱对其他的死者、案件及其线索产生了怀疑。他无法隐藏自己搜索亚当·波特、寻找缺失环节的痕迹,但他可以误导斯戴尔,使其摸不清自己的思维模式。后来的每一次搜索,伊莱都故意打乱思路,沿着此前放弃的路线前进。但愿这种做法可以表现他对失败的沮丧,以及对寻找真相的极度渴求。

然而,当他的手指掠过键盘,编织出一张由错误的线索和条条死路纠缠而成的网,他真正的想法融合为一个单独的、畅通的序列。

伊莱把维克托留给了自己。

XXIV
四周前
EON

伊莱花了大半个钟头,听斯戴尔谈论他的新目标。黑手党成员的妻子,玛塞拉·勒妮·里金斯,变成了杀人犯。主管讲述的同时,他翻阅着资料,略过剪报和EON整理的背景资料,集中观察医院的犯罪现场照片——扶手锈蚀的病床,破烂的床单,还有更惊人的病房墙壁上的窟窿。

"……差点葬身火海,似乎要烧毁一切——烧死每一个人——她可以双手——"

"她不是用火烧他们。"伊莱浏览着照片。

"一堆又一堆的灰烬可不同意你的说法。"

伊莱摸了摸墙上的窟窿,然后翻到厨房地板的特写照片。

他起身把照片贴在玻璃钢板上。"你看到这个了吗?钻石的边缘?"

斯戴尔眯起眼睛。"看起来很脏。它陷在一堆遗骸当中,脏也正常。"

"不是脏,"伊莱说,"这是石墨。"

"我不明白。"

Part Two · 启 示

显而易见。"玛塞拉不是烧东西。是**腐蚀**。如果她的武器是高热,你也许可以用极低的温度对付。但她拥有的是腐蚀能力,你最好杀了她。"

斯戴尔抄起双臂。"你只有这个建议吗?"

"对于本案来说,绝对是**最好**的做法。"伊莱说。他见过类似玛塞拉的力量。强悍,极具破坏力,完全不讲道理。这种力量不能留在世上。她势必闹得天翻地覆,直到被干掉为止。"你知道碳的半衰期吗?"

"让我猜一个?"斯戴尔问。

"将近六千年。你觉得她杀死那个戴钻石的人花了多久?你觉得她腐蚀特工们穿戴的防护装备需要多久?"

"这不是我们的特工第一次对付拥有接触式超能力的人了。"

"那么,假设你抓住她了,你有限制那种力量的监室吗?"

"任何力量都有极限。"

"听我说——"

"不需要,"斯戴尔打断他的话,"在这件事情上,我对你的观点一清二楚。伊莱,如果让你做主,EON 挽救不了任何一个人。"

"从某种程度上说,**因为我**,你们挽救了二十二个超能者。所以当我告诉你这么强大的家伙就该入土为安的时候,听我的没错。"

"你知道我们的规定。"

"我知道你愿意相信所有超能者都值得拯救,然而事实并非如此。"

"我们不能决定谁能活谁该死,"斯戴尔斩钉截铁地说,"我们不能在不面对超能者的情况下就判其死刑。"

"现在是谁被理想影响了判断?"

"玛塞拉将会得到同样的提议,和其他超能者一样——自愿过来。如果她拒绝,如果现场的执行小组不能安全地——"

"**安全**?"伊莱吼道,"这个女人轻轻一碰就可以把人分解成沙粒。她可以让金属和石头都烂掉。你把超能者的命看得比普通人的命更重要吗?

你派自己的特工去执行自杀式的任务,就为了满足你的骄傲——"

"停。"斯戴尔说。

伊莱咬着牙吐了口气。"如果你现在不杀了她,你会后悔的。"

斯戴尔转身走开。"如果你没有别的建议——"

"让我去。"

斯戴尔扭头看了他一眼,扬起浓密的眉毛。"什么意思?"

"你想不想要其他选项?不必连累无辜的普通人送命?"伊莱张开双臂,"我们的能力是相互对应的。她毁灭。我再生。天造地设的搭配,你不觉得吗?"

"如果她的力量快你一步呢?"斯戴尔问。

伊莱双臂垂落。"那我就死了。"他的回答很简单。

曾几何时,他相信自己之所以幸存,是因为上帝的意愿。伊莱坚不可摧,是因为他自有安排。如今,伊莱不知道该相信什么了,但他依然希望,热诚而决绝地希望,命运的考验有其缘由。

斯戴尔冷冷一笑。"感谢你的提议,卡代尔先生。可我不会轻易放你出去。"

墙壁变得不透明了,主管消失在视野中。伊莱叹了口气,走向他的床。他坐在床上,双肘撑着膝盖,十指交握,低着头。仿佛在祈祷。

伊莱当然不指望斯戴尔答应。

但他播下种子,看到了种子在斯戴尔的心里扎根。

如今他只需静待其发芽。

XXV
四年前
EON翼楼实验区

托马斯·哈弗蒂是个有远见的人。

所以，当斯戴尔把他从EON解雇时，他并不完全意外。当保安送他离开实验室，没收他的门禁卡、文件和干净的白大褂时，他也谈不上多么震惊。太多的天才被目光短浅的傻瓜排斥。科学家们总是先被责难再迎称赞。诸神都是被钉上十字架之后才受人顶礼膜拜的。

"这边，哈弗蒂先生。"一名身着黑西服的士兵说。

"**医生**。"他纠正对方的说法，然后走进扫描区域，张开双臂，让他们检查衣裤、皮肤和骨骼，确认他没有从实验室里偷走任何东西。仿佛哈弗蒂会做这么明显、这么愚蠢的事情。

他们陪他来到停车场，搜查过他的车，然后把钥匙还给他，打手势抬起道闸杆，放他出去。大门在他身后冷酷地、永远地关闭了。

哈弗蒂驱车二十四英里，返回城南郊外的一间小公寓。他进门后，把钥匙放进专门的托盘，脱掉外套和鞋子，卷起袖子。

卡代尔先生的几滴血依然沾在他的手腕处,医用手套保护不到的地方。哈弗蒂盯着奇形怪状的血迹,它们好似几颗寥落的星辰,一个等待被人发现的星座。

他抬着手腕走向办公室。那是一个没有窗户的房间,干净,洁白,一排排冷藏架上摆放着各种样本、采血管和装着十几种不同药物的小玻璃罐,还有收纳手抄笔记的文件夹。

哈弗蒂当然不至于愚蠢到走人的时候从EON偷东西。事实上,他每天都在偷。每次从他的研究项目里偷一点东西。一份样本。一块载玻片。一个安瓿瓶。东西都很小,万一被发现就说是意外。一时疏忽。耐心是最有价值的优点。不积跬步,无以至千里。

每天晚上——或者早晨——哈弗蒂回到家里,就取出一个笔记本,逐字逐句重新写一遍他在EON那间密室里的记录。

超越时代的人当然不为时代所容纳。

哈弗蒂也一样。斯戴尔不明白——整个EON都不明白——但他知道,结果将为他正名。他会展示给他们看。他会破解超常能力者的谜题,改变科学的面貌,然后载誉而归。接受他们的崇拜。

他走过实验室,从最上层的抽屉里取出一个小小的载玻片和一把手术刀,仔细地刮下伊莱·卡代尔的棕红色血迹。

他有太多事情要做。

XXVI
四周前
梅里特南部

尼克·福尔赛提坐在储物柜边的长凳上，解开缠在手上的带子。他舔了舔口腔内壁——依然尝得到血味，当时他被对手一拳打在脸颊处。

带子解开后，尼克屈张手指，观察坚硬如石的指关节。当然不是石头，也不是别的什么东西。更像是他丧失了一切柔软。一切脆弱。他再次屈张手指，皮肤忽然恢复血色，软化为肌肉和骨骼。

尼克只能硬化少数几个部位——双手、肋部、小腿和下巴——而且必须有意识地改变。

但这种能力非常厉害。

他听过传闻，有一群当兵的专门寻找他这种人。最初几天，他在网上到处搜索，深挖关于超常能力者的一切资料，随后他意识到这种举动太显眼了，于是改在公用电脑上匿名查询。

EON——他们的名字。他一直把他们想象成电视剧里的角色，对鬼魂、怪物和外星人深信不疑的一帮人。尼克不是一个轻易上当的人，他并不真正相信那些猎人是存在的。

话说回来，六个月前，刚刚出院的尼克打穿了一堵墙，而且**墙壁**是唯一损毁的东西，在此之前，他也不相信自己这样的人是存在的。

赌注经纪人塔维什咬着一根崭新的牙签，在门口吹了声口哨。

"你这么大块头，打拳不是问题。"他冲着走廊、房间和拳台扬起下巴。"去比这儿更大的地方，你懂我的意思。"

"你要我走？"尼克问。

"我可没这么说，"塔维什嘴里的牙签动来动去，"我的意思是，你看样子很有前途，我可以帮你的忙……算你便宜点。"

"我不求更多关注，"尼克说，"赚钱就行。"

"随你便。"信封飞了过来，落在他身边的长凳上。不是很厚，但追查不到来源，还能够他撑到下一次比赛。正是尼克所需要的。

"三天后见。"塔维什说完，消失在走廊里。

尼克清点钞票，然后塞进外套，走了出去。

大门上方的路灯又坏了，巷子里影影绰绰，夜深时分不容易看清东西。

尼克点燃一根香烟，红光在他眼前的黑暗中跳动。

附近的一间仓库热闹得很，来自俱乐部的重低音笼罩了周围的街巷。在震颤的节奏中，尼克听不见自己的心跳声，更别提跟在身后的脚步声了。

直到肋部突然刺痛，他才发现被人袭击了。尼克完全没有防备，还以为挨了一颗子弹，低头一看，只见肋骨之间插着一枚金属注射器。一只空药瓶。

他头晕目眩地转过身，以为对方是警察，或者歹徒，或者 EON 的士兵，但面前的人是个矮子，秃头，戴着圆眼镜，身穿白大褂。

那是尼克视野模糊之前最后看到的景象，继而他双膝一软，眼前一片黑暗。

..✞..

尼克身处一间铁屋子——海运集装箱，也许是仓库储藏柜，他难以判断。他的视野一片模糊，头痛欲裂。记忆恢复了。注射器。药瓶。

他动了动，感觉到手腕和脚踝被限制了，脑袋底下有塑料布沙沙作响。

尼克屈张手指，硬化了手腕，但毫无用处。坚硬不等同于强力。镣铐的韧度足以应付。它们并未断裂。他开始反抗，在台面上玩命地扑腾，直到有人"啧啧"了两声。

"人的转变真是快啊，"声音从他背后传来，"一旦被关进笼子，立刻就变成野兽。"

尼克扭动着，抻长脖子才勉强看见白大褂的边角。

"我为实验室的条件道歉，"那人说，"不太理想，我知道，但科学不会为美观让步。"

"你到底是什么人？"尼克拼命地挣扎着。

白大褂靠近桌子，现出人形。精瘦。秃头。圆眼镜，深陷的蓝眼睛。

"我是，"那人调整着手套，答道，"哈弗蒂医生。"

他手里有东西闪着银光。细薄，锋利，是手术刀。"我保证，接下来发生的事都是为了取得进展。"

那人俯身凑近，手术刀悬在尼克的左眼上。刀尖成了焦点，距离近到擦过他的睫毛，医生化作模糊的白影。

尼克紧咬牙关，企图闪躲，躲开手术刀刺来的路线，但他无处可躲，只能拼尽全力硬化左眼。手术刀接触到眼球时，发出铁器击打冰层的清脆声响。

医生模糊的面孔似在微笑。"精彩绝伦。"

手术刀消失了,医生离开了视野。尼克听见翻动工具的撞击声,然后哈弗蒂又出现了,拿着一根针筒,里面灌满了浓稠的蓝色液体。

"你要干什么?"针头从眼前消失后,尼克哀号着。

很快,他的颅底传来剧烈的痛感。寒意在他体内涌动。

"我要干什么?"哈弗蒂重复了一遍,尼克开始不断地发抖、战栗、痉挛。"所有科学研究者都在干的事情。学习。"

Part Three

飞 升

I
三周前
EON

"你呢，拉舍？"

多米尼克眨了眨眼。他坐在食堂上层的一张餐桌前，一边是霍尔茨，另一边是巴拉。霍尔茨把多米介绍进EON之后，还帮他适应这里的工作，两人走得很近。一个天性快活的金发小子——霍尔茨在多米眼里就是这样，尽管对方还年长一岁——永远有着淘气的笑容和乐观的情绪，他们同期服役，两次外出执行任务，后来多米踩上了土地雷，就此退役。换班后两人清闲片刻实在难得，尽管总有巴拉在场。

里奥斯单独就座，一贯如此，食物边摆着一本打开的书。若有当兵的靠得太近，她就瞪他们一眼，他们便识趣地退开了。

"我什么？"多米问。

"如果你是超能者，"巴拉嚼着满满一口三明治，"你的能力会是什么？"

讨论这种问题并无大碍——考虑到他们所处的环境，甚至可以说不

Part Three · 飞　升

可避免。但多米听了依然口舌发干。"我——不知道。"

"噢，说嘛，"巴拉不依不饶，"别说你没想过。"

"我想要X光视力，"霍尔茨说，"或者飞行能力。或者是看腻了我的车随时把它变个样儿的能力。"

里奥斯抬起头来。"你的脑子，"她说，"真的很灵。"

霍尔茨眉开眼笑，似乎视其为恭维。

"不过，"她接着说，"如果你费心读一读评估材料，你就会知道，超能者的能力基于他们濒死体验的方式，以及发生意外时他们的身心状况。你倒是说说，"她转了个身，问道，"什么样的事故能使你获得改变汽车款式的能力呢？"

霍尔茨夸张地皱起眉头，仿佛当真在思考这个问题，但巴拉明显失去了耐心。

"你呢，里奥斯？"他反问，"你希望*你*有什么能力？"

她低头继续看书。"能创造一个安静的环境，我就满足了。"

霍尔茨生硬地哈哈一笑。

多米尼克扫了他们一眼。

他从未指望事情变得轻松——从未*期望*变得轻松——但确实变了。事情就是这样，人的适应能力强大得不可思议，陌生很快变成寻常，特别变成普通。退伍后，他一直想念战友，想念集体生活。该死，他真的想念那身军装、令行禁止和例行公事的日子。

多米尼克永远适应不来的，是EON的监室。准确地说，是关在其中的人。

大楼里洁白的墙壁对他来说已经很熟悉了——让人分不清东南西北的迷宫，变成了刻在肌肉记忆里的清晰路线——但这里的用途是他永远接受不了的。如果多米什么时候忘了设立这个机构的真实意图，他只需要看看监控，点击三四十间监室的实况影像即可。

217

有时候轮到多米巡视，他会经过那些监室，分发食物，听见玻璃钢板另一边的超能者苦苦哀求，盼望自己放他们出去。有时候轮到他做评估，他得坐在他们对面——关在笼子里的囚犯和伪装成普通人的多米尼克——询问他们的生活，他们的死亡、回忆和想法。当他们谈到临终时刻，那些伴随他们坠入黑暗，又将他们拽出深渊的绝望念头，他得装作不明白他们的意思。

桌子对面，霍尔茨和巴拉还在讨论超能力，里奥斯还在看书，而多米尼克盯着眼前的食物，食欲大减。

II
两年前
多米尼克的公寓

他翻转着手中的名片,等待维克托回电。

光照之下,黑色墨水拼成的三个字母隐隐显形。

EON。

十分钟后,电话终于响了。

"接受工作。"

多米尼克愣住了。"你在开玩笑。"但维克托的沉默给了他否定的答案。"那些家伙追踪我们。抓捕我们。杀害我们。你要我为他们工作?"

"你的资历符合要求——"

"如果他们发现我是超能者了呢?"

一声短促而焦躁的叹息。"你有摆脱时间束缚的能力,多米尼克。如果你躲不开他们的抓捕——"

"我可以摆脱时间的束缚,"多米尼克说,"但我不能穿墙。我也不能开锁。"多米捋了捋头发,"恕我直言——"

"这句话后头通常跟着拒绝。"维克托冷冷地说。

"你请我去做的事——"

"我不是请你去做。"

维克托远在千里之外,但多米尼克听到他威胁的语气,依然心生畏惧。他欠维克托的太多了,他们都知道。

"好吧。"

维克托挂了,多米盯着电话许久,然后翻过名片,拨号。

..✞..

黎明时分,一辆黑色厢式货车来接他了。

多米尼克等在路边,看着一个身着便服的男人下了车,打开后面的车门。多米勉强向前迈步。他步伐缓慢,浑身都在抗拒。

他不愿意做这种事。他体内的负责自我保护的每一根神经都不情愿。他不知道维克托到底在想什么,比他的考虑超前了多少。在多米看来,维克托的行为无异于把世界当成一盘大棋。他一边敲击人头一边说:"你是卒,你是马,你是车。"

想到这里,多米略感不爽,不过,他早在军队里就学会了不去质疑。他信任传达下来的命令,也清楚自己缺乏全局眼光。战争需要两种人——运筹长远的规划者和专注眼前的执行者。

维克托是前者。

多米尼克是后者。

但他不是卒子。

他是一名优秀的士兵。

他勉为其难地走向货车。在他上车前,那人递来一个封口袋。"手机,手表,任何能传送数据且不装在你身上的玩意儿。"

多米尼克一向谨慎——他手机上为数不多的几个号码都没写名字;

Part Three · 飞　升

维克托是**老板**，米奇是**大块头**，希德妮是**小捣蛋**——然而，当封口袋消失在眼前，他被带上车时，他依然深感不安。

车上已经有人了。

有四个人——三男一女——坐在里面，背靠着全封闭的金属车壁。车门关上时，多米坐了下来，货车随之启动。谁也不说话，但他看得出在座的人都是当兵的——或者当过兵——根据他们的坐姿判断的，而且，他们的头发要么剪得很短，要么扎得很严实，个个面无表情。有人装着假臂——胳膊肘以下是精细复杂的生物科技产品——多米看着他心不在焉地在腿上敲着机械手指。

他们中途又接了一个人——一个年轻的黑人女性——然后车轮底下的地面有了变化，厢式货车加速行驶，发动机的轰鸣充塞耳畔。

多米服役期间，有一半时间所干的事情都与之类似，从一个基地转移到另一个基地。

有人习惯性地看表，却发现表已经上交了。多米尼克不介意——他有的是时间。

..✟..

时间的流动对多米而言很是奇妙。

或者说，他在时间里的移动很是奇妙。

理论上他才三十三岁，但他觉得已经活了很久——他猜测，从某种程度上来说，这是事实。多米可以离开时间的河流，进入阴影之中，那里的世界充斥着各种灰度的色彩，黑暗国度，虚无之所，唯独他能够移动。

多米从未计算过时间，但他估计自己在另一边、在**外边**，大概花了数周——也可能是数月——他在现实的时间线因而延长，乃至变形。

曾几何时，他有心测试在阴影之地可以停留多久，于是久去不回。

那种感觉类似于屏住呼吸，实际上并不需要——那里有氧气，也有重力和压力——以前他差点被压垮，每走一步都是痛苦。如今的压力仅仅是拖拽和抗阻，不至于让他透不过气。

后来，多米每天早晚两次脱离时间的束缚。有时候他绕着公寓走上几圈，有时候他去更远的地方，测量路程的长短，而非时间的快慢。

$\cdot\cdot$✟$\cdot\cdot$

货车减速时，多米的注意力回到铁制长凳、昏暗的车壁和等待的同行者身上。

几分钟后，车停了下来。车门打开，他们来到一块平整的柏油路上。多米尼克眯起眼睛，刺目的晨光令他分不清方向。他们面前的建筑应该是 EON 了。

从外表上看，它……一点儿也不可怕。甚至平淡无奇。有围墙，但没有铁丝网，也不见持枪执勤的哨兵。

一行人抵达前门，伴着气阀的响声，门开了。大堂——如果可以称其为大堂的话——光鲜敞亮，不过前门和大堂之间有一处安检。六个人依次被叫到名字，向前走去，听从指示掏空荷包，然后接受扫描。

克林伯格。**马修斯**。**林菲尔德**。

多米尼克心跳加速。

巴拉。**普利奈提**。

维克托说他们对付不了他，但他不知真假，不敢确定。那些家伙专门抓捕他这样的人。他们的技术当然也是具有针对性的。如果他们有办法分辨普通人和超能者怎么办？如果他们能探测到他这种人怎么办？

"拉舍。"一名军官招呼多米尼克上前。他轻吐一口气，走进扫描区域。

报错的声音——清晰的警报声——在大堂里回荡。

Part Three · 飞 升

多米踉跄着退了回去,以为墙壁即将打开,一批黑衣士兵即将蜂拥而出。他准备脱离现实世界,遁入阴影之地,准备舍弃他的身份和秘密,以及整个该死的计划,直面暴怒的维克托——但军官就是翻了个白眼而已。"你身上有零件?"

"什么?"多米尼克摸不着头脑。

"金属。在你的体内。你进去之前要说明情况。"

士兵迅速键入新的命令。"好了。进去吧。"

多米硬着头皮再次进入扫描区域,祈祷内心的恐慌不被扫描出来。

"别动。"

他感觉自己被复印了。一圈白色的光带先上后下,在他身上移动。

"出来。"

多米尼克照做了,同时强作镇定,不让手脚发抖。

同行的士兵之一——巴拉——抓着他的肩膀。"哎呀,老兄,你的伤有多重?"

多米生硬地嗤笑一声。"不至于引发那么大的噪声,"他说,"土地雷坏的事。"

"运气不好,老兄,"对方松开手,"不过他们把你修理得很好。"

多米点头。"确实不错。"

他们被带进一个没有椅子的房间,无处可坐,一点儿也谈不上舒适。唯有光秃秃的墙壁和空荡荡的地板。门在他们身后关闭了。锁上了。

"你们觉得这是考核吗?"三十分钟后,一个女人——普利奈提——问道。

"如果是的,那就太垃圾了,"马修斯四仰八叉地躺在地上,"对付我,就凭这么个大白箱子可不够。"

多米轻轻摇晃,肩膀向后倾斜,抵在墙壁上。

"真想来杯咖啡。"巴拉打着哈欠说。

最后一个男人——克林伯格——开口了。"嘿,"他嘲弄地压低了声音,"你们见过吗?"

"见过什么?"另一个女人说。林菲尔德。

"你们知道的。关在这里的东西。"

他说的是**东西**。不是人。多米恨不得纠正他的说法,这时候,门突然打开,一名女兵走了进来。她既高又瘦,暖棕色皮肤,一头黑发剪得很短。大多数新人条件反射般地立正——这种习惯顽固得很——但躺在地上的家伙爬起来得很慢,近乎慵懒。

"我是特工里奥斯,"女兵说,"我将带你们完成今天的培训。"她大步走到对面。"你们当中有人不明白我们这里是做什么的。EON 分为控制、观察、消解三个方向。控制组致力于定位、追踪和捕获超能者。超能者观察组留守在基地里。"

克林伯格举起手。"哪个组负责干掉他们?"

多米尼克的胸口堵得慌,里奥斯则面不改色。"消解是最后一步,消解组的成员都是在其他部门证明了自己实力的人。可以肯定地说,克林伯格,你在短期内不用考虑干掉超能者。如果这吓到你了,现在就告诉我,我好在你离场之后对其他五名应征者讲解。"

克林伯格识趣地闭上嘴巴。

"开始之前,"里奥斯接着说,"你们要签署保密协议。如果你们违反规定,你们不会被逮捕。不会被起诉。"她冷冷一笑,"你们会直接**消失**。"

一台平板电脑轮流传递,他们挨个儿把拇指按在屏幕上。等平板电脑回到里奥斯手里,她又开口了:"你们大多已经听说过超能者的定义。大多可能抱有怀疑的态度。最快打消你们疑虑的办法,就是眼见为实。"

她身后的门打开了。

"跟我来。"

Part Three · 飞　升

··✝··

"不要把手伸到车窗外。"克林伯格低声说道，与此同时，他们鱼贯进入走廊。

记住这个地方，多米尼克心里想着，跟上了队伍。**记住一切**。但这里简直是白色的迷宫，千篇一律，整齐划一，分不清东南西北。他们穿过好几道门，全是锁闭的，需要里奥斯用门禁卡刷开。

"嘿，"巴拉低声说，"我听说那个杀手关在这里。那家伙结果了差不多一百个超能者。你觉得是真的吗？"

多米不做声。伊莱真的在大楼里的某处吗？

里奥斯特工拍了一下肩上的对讲机。"八号监室，状态如何？"

"**烦躁**。"对方回答。

她唇边掠过一抹冷笑。"完美。"

她带队又进了一道门，多米尼克忽然心脏发颤。他们位于宽敞的机库，正中央有一间孤零零的囚牢，周围空无一物。囚牢是以玻璃钢打造的箱子，犹如罐子里的萤火虫一样被关在里面的，是一个女人。

她跪在箱子中间的地板上，穿着某种连身衣裤，布料光滑，像是镀了膜。

"塔比莎。"里奥斯特工淡淡地说。

"放我出去。"

新人们绕着箱子走动，仿佛她是一件艺术品，或者标本，可以从任意角度观察。

马修斯甚至敲打着玻璃，似在参观动物园。"请勿投喂动物。"他喃喃道。

多米尼克感到反胃。

囚犯爬了起来。"放我出去。"

"好好说话。"里奥斯说。

囚犯浑身发光,光芒来自皮肤底下,是浓艳的橙红色,犹如烧红的铁。"放我出去!"她的喊声似在爆裂。

接着,她燃了。

火焰舔舐着皮肤,把她整个儿吞噬了,头发根根直立,裹在一团蓝白色的光华之中,酷似燃烧的火柴头。

好几个新人受了惊吓。有人捂着嘴。其他人目不转睛。惊叹。害怕。

震惊是多米尼克佯装的,但恐惧是实实在在的。恐惧侵袭了全身,那是一种强烈的警告,一种久远的直觉,叫嚷着**大错特错大错特错**——就像多米的脚踩到土地雷,人生翻天覆地之前的那个瞬间。恐惧的来源与着火的女人关系不大,更多是因为关押她的囚牢,以及那没能渗透一英尺厚的玻璃钢板的热浪。

里奥斯按下墙上的开关,囚牢的花洒当即喷水,随之而来的是火焰熄灭的嘶嘶声。箱子里蒸汽弥漫,等喷水结束,白烟消散,囚犯有气无力地坐在地上,浑身湿透,大口喘气。

"好了,"里奥斯说,"演示到此结束。"她转身面对新人,"还有问题吗?"

· · ✝ · ·

最后等着他们的还是那辆黑色货车。

回城途中,新人们都在闲聊,谈天说地,唯独多米闭着眼睛,专注于呼吸。

"演示"之后是面试,解释培训计划,做精神评估,每一个步骤都安排得那么合理、那么寻常,毫无疑问,这样设计的目的是让应征者忘记 EON 的特异性。

但多米尼克不可能忘记。那个着火的女人依然令他心惊胆战,他觉

Part Three · 飞 升

得带着秘密离开的可能性为零,所以他非常惊讶——以及怀疑——当天的流程走完之后,里奥斯竟然叫他第二天来报到,继续接受培训。

多米闭眼的同时,货车加速飞驰。它一次又一次停车,把他们送到自家门口。他们一个又一个地下车,最后只剩他一人,车门轰然关上,独处的多米再次陷入恐慌。他相信车轮在高速公路上飞旋,相信他即将被带回 EON,被关进属于他的玻璃箱子。

"拉舍。"

多米尼克抬头一看,发现货车的后门敞开着,发动机空转,暮光中他的公寓楼矗立在前方。士兵带来了装有手机的封口袋,多米下了车,但他踏上台阶、走进屋子的同时,受监视的感觉如芒在背。

街头停着一辆陌生的汽车。他打开电视机,回到窗边——汽车还在,没有熄火。多米换上运动衣,深吸一口气,摆脱了现实时间的束缚。

世界变得安静、沉重而灰暗,屋子里的一切声响和动静都被过滤掉了。多米一边抗拒着凝滞时间的阻力,一边走向门外。

想当年,多米每走一步都是痛苦,在这个沉重的阴暗之地待不了多久。但是经过数月的训练,他的手脚和心肺可以对抗阻力——虽然谈不上轻松——稳定地发挥功能。

他悄无声息地走下台阶,全然听不见回来时的脚步声。出门,上街。多米在陌生的汽车边停步,俯身观察车内。驾驶座上的人半举手机,看样子是退役军人,身边的副驾座上放着一份文件,印有多米尼克的名字。

他回头望向公寓,电视机荧幕的光影在窗帘上跳跃。然后他转过身,穿过两个街区,前往最近的地铁站。台阶下了一半,他跨出阴影,进入现实世界,进入光线、色彩和时间,继而消失在下班回家的人潮中。

·· 中 ··

"他们在监视我的住处。"等维克托接了电话,他说。

他在小公园里慢跑，短促而有节奏地呼吸着。

"正如我所料。"维克托不为所动。

多米放慢了脚步。"我为什么非得做这种事？"

"因为，无知唯一的好处，就是满足你被抓的愿望。"

说完，维克托挂了电话。

次日，多米尼克搭乘同一辆黑色货车回到EON，发现最初的六个人只剩五个。克林伯格不在了。第三天，马修斯也不在了。里奥斯带他们经历了一系列培训、操练和考核，多米严格遵照命令。他面无表情，尽可能保持低调。同时，他依然希望自己被刷掉。

渴望被刷掉。

第三天结束，他准备回到货车上时，被里奥斯叫住了。

"斯戴尔主管要见你。"

多米尼克惊呆了。他从未见过斯戴尔，但听说了那人的名声。那人还是警探时，把正在读大学的维克托送进了监狱。那人追踪伊莱到了梅里特。当然了，还知道一件事，那人创立了EON。

快跑，多米的脑子里冒出一个声音。

他的视线从奥斯移向围墙上的入口，滑动门在嘶嘶声中关闭。

在关门之前，快跑出去。

但如果他跑了，那么一切就结束了。他的身份就泄露了，伪装就撕掉了。从此以后，多米只能跑个不停。永无喘息之日。

他勉强表示同意。

里奥斯带他进入一条白色长廊，来到尽头的一间办公室。她在门上敲了一下，随即打开门。

斯戴尔主管坐在一把高背椅子上，面前是一张宽大的金属办公桌。他低头看着平板电脑，黑发已然泛白，面庞消瘦，棱角分明。

"拉舍先生。请坐。"

Part Three · 飞　升

"长官。"多米尼克坐下了。

门在他身后啪嗒一声关闭了。

"有件事我老是记挂着,"斯戴尔头也不抬地说,"你有过忘记了什么事,偏偏想不起来是什么的情况吗?人脑的小把戏真是讨厌。还叫人分心。就像挠不到的痒处。"斯戴尔放下平板电脑,多米尼克看见屏幕上是自己的脸。不是在安检处拍的照片,也不是监控探头抓取的图像。那张照片是几年前的,他还在服役期间。"是你的名字,"斯戴尔接着说,"我相信我听过,可我想不起来是在哪里。"斯戴尔把平板电脑转过来,推过桌面,"你知道是什么吗?"

多米尼克看着屏幕。他的照片旁边是某种简历,包含基本信息——年龄、生日、父母——还有他的生活信息——地址、学校,等等——但有个错误。

资料里多米尼克的中间名是埃利斯顿。

他真正的中间名是亚历山大。

"你听说过伊莱·伊弗吗?"斯戴尔问。

多米闻言一愣,搜寻着合适的回答,掂量着合适的尺度。公开的新闻报道是有的——但有多少,有哪些呢?他仅仅见过伊莱一次,而且是一瞬间,在他进入福尔肯·普赖斯工地,带希德妮——以及她的狗——离开的时候。

"那个连环杀手?"多米试探着问。

斯戴尔点点头。"伊莱奥特·卡代尔——在新闻里叫伊莱·伊弗——已知的最危险的超常能力者之一。他杀了将近四十人,一度使用梅里特警方的数据库——顺便提一句,还有警力——制作了一份目标名单,档案里的人都是他认为的疑似超能者。这,"斯戴尔慢悠悠地说,"是其中一份档案。"

多米尼克有一次在海外执行任务,走进一间屋子,发现了一枚随时可能引爆的炸弹。不是他踩上去的那种土地雷。那样的话他根本没有时间目睹爆炸发生的过程。屋子里的炸弹跟铁桶一样大,周围遍布机关。他记得当时低头一看,发现了引线,就在他左脚前方不到一英寸处。

多米一心想要逃跑,尽可能地跑远,但他不知道别的引线在哪里,也不知道为何自己一路走来都没有触发机关。他不得不小心谨慎地退出去,每一步都是折磨。

此刻,他再次身临险境,如履薄冰——踏错一步,就全完了。

"您问我是不是超能者。"

斯戴尔目光沉静,毫不闪躲。"我们没办法知道伊莱盯上的每一个人是不是——"

多米尼克一捶桌子。"我为这个国家牺牲了血肉。我为这个国家奉献了我的一切。我*差点*为国捐躯。我没有从中获得任何特殊的能力。真希望我有——然而,我浑身装满了杂七杂八的零件,疼得要死,可我还在这里,还在尽我所能,因为我希望保护这个国家的人。现在,如果您不想雇我,那是您的选择。不过麻烦您编个更好的理由,而不是这种借口……**长官**。"

多米尼克坐了回去,屏着呼吸,希望一通慷慨激昂的言辞可以说服对方。

沉默滋长。终于,斯戴尔点了点头,说:"有事再联系。"

获准离开后,多米起身走了。他来到走廊另一头的卫生间,钻进隔间,吐得昏天黑地。

III
三周前
EON

巴拉一巴掌拍在桌子上，顺势起身。

"吃了饭就得出去，真讨厌，"他说，"可我有任务。"

"不会吧，"霍尔茨说，"他们允许你出外勤？"他转向里奥斯，"怎么回事？我一直在申请参加控制组，都好几周了。"

巴拉捋平了身上的制服。"因为我是人才。"

里奥斯哼了一声。"因为你留在这里完全没用。"

巴拉捂着心口，佯装受伤，然后反唇相讥。"你呢？"

"我怎么了？"

"你不出外勤。"

她迎着他的目光，灰色的眸子不带任何感情。"必须有人确保怪物们不会越狱。"

多米吃了一惊。他来这里两年了，见过几次越狱的尝试——一个超能者在玻璃钢板上打了一个洞，还有一个超能者在一次常规的医学检查中挣脱了束缚——但他从未听说有越狱成功的。

"有超能者跑出去过吗？"

里奥斯的嘴角微微抽动。"任何人都不可能从EON跑出去，拉舍。自从他们被关在这里，一次都没有发生过。"

人。里奥斯是唯一这么称呼超能者的士兵。

"你们去抓谁？"霍尔茨问道，显然已经接受了不能出外勤的事实。

"一个发疯的家庭主妇，"巴拉说，"到处烧洞。我们找到了她丈夫的秘密公寓，在高岭。"

霍尔茨——他交过很多女朋友——摇摇头。"永远不要小瞧生气的女人。"

"永远不要小瞧**女人**。"里奥斯纠正他。

巴拉耸耸肩。"是啊，是啊。你们可以下赌注，讲俏皮话。不过等她被关进来了，你们都得给我买酒喝。"

·· ✟ ··

与此同时，在梅里特……

琼闭上眼睛，聆听雨点敲打黑伞的节奏。

她希望自己身处荒郊野外，张开双臂，迎接滚滚惊雷，而不是守在路边，面对光可鉴人的高楼大厦。

她差不多等了十分钟，终于有人走出旋转门，运气不佳，此人大腹便便，身着不合体的西服，外加一脸胡楂和遮挡秃顶的发型。

琼叹了口气。乞丐没资格挑三拣四，她早有觉悟。她迈步迎上前，在拐角处与对方擦肩而过。擦肩的程度极其轻微——类似人们在雨天慌忙之下难以察觉的那种接触——她已经得偿所愿。两人各走各路。她径直前行，进了高岭的大门。

Part Three · 飞 升

一位上了年纪的管理员坐在大堂的前台处。"忘东西了吗，戈斯特里先生？"

琼操着生硬的腔调哼了一声，咕哝道："老是这样。"

电梯门打开了，等它关上的时候，锃亮的金属上映出来的身影又变回了她。好吧，不是她自己。是她当天早上的那个形象。乡村风格的裙子，袖子挽到胳膊肘的皮夹克，淘气的笑容，松散的棕色卷发。这个形象是她在地铁里挑选的，好比姑娘们逛街时挑选的衣服一样。是她最喜欢的形象之一。

电梯上升的时候，她掏出手机给希德妮发短信。

过了好一会儿，没有回复。然后女孩的名字边上出现了三个点，表示她正在输入。

琼目不转睛，焦躁地等待回复。

事关希德妮，她总是急不可耐。

IV
三年前
首府

琼花了整整一年时间再次找到他们，而之所以能找到纯属巧合。几乎算得上命中注定。

问题在于，琼不相信命运。或者说，她**不愿意**相信命运，因为命运意味着一切事情的发生都有缘由，而有太多事情她希望不要有缘由。况且，当你干着杀人的勾当讨生活，是很难相信什么伟力或者宿命的。

不过命运——或者叫运气，诸如此类的东西——终究降临了，把希德妮交给了她。

耗费一年之久寻找黑衣人，一无所获，然后，在距离他们初次邂逅的德累斯顿一千五百英里的地方，琼穿过一个公园，在干活的路上再次看到了那个金发女孩。

一年过去了——难以置信，但无疑就是她。一年前以她的年龄——现在似乎依然处于这种状态——每天都能变个样儿。个头一点点长高，身材变得玲珑有致——但这个女孩看样子没有变化。**完全没有**。同样的

Part Three · 飞　升

金色波波头和冰蓝色眼睛，同样细瘦的体格，同样的大黑狗如影随形。

琼扫视一圈公园——不见黑衣人的影子，但另一个人坐在草地上，前臂满是文身，膝盖上摊着一本书。她瞥见不远处有一抹粉色，是一个被遗落的飞盘。她捡了起来，翻来转去，然后对准那人的脑袋一甩。

伴随着"嘣"的一声轻响，飞盘撞上了目标，琼慢悠悠地跑过去，她的外表是一个快活的深肤色年轻女人，笑容可掬地说着道歉的话。

"没关系，"他揉了揉后脑勺，"被飞盘打一下不算什么。"

他把飞盘递过来，两人的指头碰到一起，他的一生如同电影胶片在她脑海里闪现。他很敞亮，很普通。米奇·特纳。四十三岁。寄养家庭，打架闹事，膝盖破皮，拳头流血。电脑屏幕，尖啸的汽车轮胎。手铐、牢房和餐厅，一个男人握着一把粗劣的刀子，含混不清的威胁，继而——琼看见一张熟悉的脸孔。

因为米奇，她现在知道名字了。

维克托·维尔。

在米奇的记忆中，他消瘦但并不憔悴，身着灰色囚服而非合身的黑衣，神色疲惫。他轻抖手腕，放狠话的人惨叫一声，倒在地上。

那次见面在米奇的意识里是一个转折点——从此以后，他的记忆里全是维克托的蓝眼睛和浅色头发。直到他们发现了**她**。外套大得过分、身上血迹斑斑、被雨水淋透的希德妮。不是普通人的希德妮。让米奇不知如何相处的希德妮。让他有所畏惧的希德妮。

对失去的畏惧。

还有一份记忆藏在其中，犹如书里夹着的一片纸。另一个金发姑娘。一具被火化的遗体。一个充满懊恼的选择。

"抱歉，"琼情不自禁地又说了一遍，尽管对方的记忆仍在奔涌而来，"我老是扔不准。"

"没关系。"米奇说道，饱含善意和热情。

他微微一笑,拿着书坐回草地上。琼也报以微笑,道别后,她的目光转向树下的女孩。

..☦..

未知号码:我忘了告诉你。
未知号码:我的名字是希德妮。

琼捧着手机。她当然已经知道女孩的名字,但对方自报家门更好。琼希望事情能顺其自然地发生,哪怕一开始不是的。

*很高兴认识你,希德妮,*她回复。*我是琼。*

*很好,*她微笑着心想。

现在她们可以正儿八经地做朋友了。

V
三周前
高岭

"叮"的一声，电梯到达十四楼。琼踏上走廊，靠近奶油色的房门。她抱着几分希望，在门框上或地垫下摸索备用钥匙，但未能如愿。无所谓。两根薄铁片加上半分钟，她便进了门。

玛塞拉·里金斯的公寓基本符合她的想象：皮沙发，白色长绒地毯，铜烛台，全是贵货，缺少灵魂。

不过，这里有一些匪夷所思的损毁痕迹。卧室的房门缺了一块，腐烂的边缘犹如烧焦的纸张，保留了整个破坏过程的轨迹。台面和地板上散落着细碎的、亮晶晶的玻璃碴。琼最先检查的是唱机。这种玩意都是有钱人买来当摆件的，不怎么使用。还有一小摞唱片斜置于唱机边上，同样是用来装饰的，琼找到一张风格欢快的唱片，让唱针吱吱嘎嘎地走了起来。

音乐声在公寓里流淌。

琼闭上眼睛，轻轻摇晃。

歌曲让她想起了夏日。欢笑和香槟，池子里清凉的水花，阳台的窗帘、强有力的手和贴着脸颊的石板走道，还有——

琼移开唱针，歌声戛然而止。

过去的都过去了。

已死，已埋葬。

她在卧室里漫步，心不在焉地拂过衣橱里的衣服——其中半数显然成了玛塞拉泄愤的牺牲品。她的手机在振动。

希德妮：我好无聊。

希德妮：我希望能到你那里去。

琼输入回复。

琼：你可以过来。

希德妮：我做不到。

这样的对话属于例行公事，她们都知道不可能有结果。

毕竟，琼可以变成任何人，而希德妮似乎只能做她自己。毫无变化到引人瞩目的程度，希德妮的存在必将抵消琼自身的优势。当然，还涉及其他人——米奇，更重要的是维克托。琼一开始不理解他们的关系，或者说不理解希德妮为何那么依赖，直到希德妮最终情绪崩溃，对她和盘托出。

..✝..

那是去年秋天，她俩的一次深夜通话，两人都坐在屋顶，身处不同的城市，却在同一片天空下。希德妮深感厌倦——厌倦了背包流浪，厌

Part Three · 飞　升

倦了居无定所，厌倦了远离普通人的生活。

琼当然有过好奇，不知道他们为何频繁迁徙——在相当长一段时间里，她猜测他们在逃亡。但她知道不止如此，她一直等待希德妮告诉她答案。

那晚，她实在太厌倦了，于是据实相告。"维克托在找人帮他。"

"帮他什么？"

"他病了。"沉默良久之后，"我害他生病了。"

"你怎么害他生病的？"

"我以为我可以救他。我尽力了。但还是不行。不是正常的样子。"

琼迟疑片刻。她亲眼见过希德妮*救活*小动物，当然知道言外之意。"你*复活*了维克托？"

回答轻如耳语。"是的。我复活过人，后来……"随后，声音依然很轻，"不过复活我们这种人很难。你得在黑暗中够得很远。我以为我抓到了线头，但它散开了，到处都是，我肯定漏了一根，现在……他的超能力出了毛病。"

最后一句话，就像盔甲上的一道缝隙，一个借机发问的机会，自从她与黑衣人擦肩而过的那天开始就困扰她的问题。他的神秘能力——她在米奇的记忆中有那么一点*印象*，却是模糊不清的，反而从大个子的恐惧，从希德妮谨慎的说话方式里，能察觉到更多信息，那便是维克托能做的事情远比发动汽车或闭眼解谜要厉害得多。

"维克托的超能力*是*什么？"她问道，电话那头的女孩响亮地咽了口唾沫。

"他让人痛苦。"

声音微微颤抖。"希德妮，"琼缓缓地问道，"他有没有让你痛苦过？"

"没有，"她顿了顿，"不是故意的。"

琼顿时怒从心头起。除了愤怒，还有把希德妮从维克托手中救出来的决心。

她尚未成功。

但不妨碍她继续努力。

"如果你想离开……"

不等对方开口,回答已在琼的心里。

··✝··

琼叹了口气。希德妮还在为维克托的事情自责,在琼找到办法让女孩从桎梏中解脱出来之前,希德妮的回答是不会变化的。

琼收起手机,注意力回到手头的任务上,即玛塞拉·里金斯的问题。她从梳妆台上拿起一个相框。毫无疑问,这个女人绝对是尤物。黑发,白肤,长腿。漂亮到其他的都不重要了。琼也有过那么漂亮的时候。

美貌的价值被高估了。

琼把照片扔到床上,走向窗户,打算守着玛塞拉回来。

结果,她瞥见一辆黑色厢式货车停在巷子口,引擎没有熄火。

这可不行。

她再次换上戈斯特里先生的形象下楼。她从旋转门出来之后,换了一副更不体面的模样——熬夜过多、形容憔悴的中年男人。这个无家可归的家伙脚步踉跄,像是喝醉了,扶着厢式货车的引擎盖。然后,他头也不抬地解开破烂的皮带,对着货车撒尿。

车门打开,又猛地关上。

"喂!"有人喊了一声,一把揪住她的后背。

琼转过身,跌向面前的士兵,仿佛失去平衡,与此同时,随着轻微而清脆的"唰啦"一声,她手里多了一把折叠刀。她向上刺去,插进士兵的喉咙,然后扶着对方的尸体,使其靠着墙壁瘫软下去。

干掉了一个。

Part Three · 飞　升

还有几个？

..✝..

与此同时，城市的另一头……

玛塞拉坐在太阳咖啡馆的露台里喝着拿铁咖啡，雨水顺着雨棚滴落，上百个陌生人打着黑伞路过。

她摆脱不掉被人盯住的感觉。当然，她习惯了引人瞩目，但这种感觉不一样。如芒在背。而且不知道来自何方。

虽然有所顾虑，但玛塞拉没有乔装打扮——低调一向不是她的风格。但她在审美趣味上进行了微调，黑发束成高高的马尾，标志性的细高跟鞋换成更实用的黑色高跟靴。她张望着街对面的地铁站，刚刚涂成金色的指甲敲击着杯身。玛塞拉在脑子里勾画着地铁站的构造，想象自己从自动扶梯下到一层，然后二层，终点是沿着白色瓷砖墙壁排列的银行保险柜。

除了她正在考虑的这个保险柜以外，还有四个，分散在梅里特各处。这是玛塞拉的主意，分散资金，以防万一。诚然，她从未设想过眼下这种情况。

警笛拉响，玛塞拉抓着咖啡杯的手指变得僵硬，只见巡逻车绕过附近的街角呼啸而来。但它毫不减速地疾驰而过，玛塞拉吁了口气，把咖啡送到唇边。

这种感觉很奇怪——自从与马库斯交锋之后，她始终绷着一根弦，等待随时可能冒出来的警察。她不是傻瓜。她知道是他们保守着她大难不死的秘密。知道她离开医院的方式过于大张旗鼓。然而直到目前都没人出现，既没人来杀她，也没人来抓她。

她不知道如果警察真的来了，她该怎么做。

"还需要什么吗?"侍者问。

玛塞拉戴着太阳镜冲他微笑。"结账。"

她付了钱,站起身来,眉头微微皱起——烧伤正在恢复,但她的皮肤依然柔软而敏感,做任何动作都会引发疼痛。这是对马库斯所犯罪孽的提醒,如果她有需要的话,也是召唤超级力量的捷径。

玛塞拉过了街,进入车站。

她走向保险柜,找到编号——他们相遇那天的日期——转动密码锁,输入马库斯的常用密码。

打不开。

她又试了一次,摇头叹息。

丈夫还在令她失望。

玛塞拉抓着锁头,看着它被腐蚀,在掌中崩裂。柜门开了,她从格子里取出一个样式时髦的黑金色手包。她拉开拉链,清点了五万元钞票。

钱当然不够,但好歹能开个头。

开什么头?她自问。

事实上,玛塞拉都不知道接下来做什么。去哪里。成为什么人。马库斯从靠山变成了囚笼和障碍。

玛塞拉拿着钱包,回到街上,拦下一辆出租车。

"去哪里?"她钻进后座,司机问道。

玛塞拉靠着椅背,跷起二郎腿。

"高岭。"

掠过车窗外的城市并无异样,但十分钟后,玛塞拉刚下出租车,又有了那种感觉,仿佛有人盯着她的后颈。

"里金斯太太。"高岭的管理员安斯利招呼道。他嗓音沉稳,但目光追随着她走过大厅,刻意地控制着表情。他的站姿过于僵硬和死板,竭力表现得若无其事。

Part Three · 飞　升

该死，玛塞拉暗暗骂道，步态如常地进了电梯。电梯上升时，她拉开黑金色手包的拉链，手指掠过钞票，握住熟悉的枪柄。

玛塞拉拿出手枪，一边欣赏光洁如新的镀铬层，一边弹出弹夹，检查子弹，拉开保险，每一个动作都那么从容不迫。

就像穿高跟鞋，她一边想，一边拉动套筒。

熟能生巧。

VI
两年前
梅里特射击场

当天是她的生日,他们包场了。

玛塞拉可以挑一家餐馆,或者博物馆,或者电影院——无论哪里都行——马库斯一定能让那个地方单独为她开放一晚上。出乎他意料的是,她选择了打枪。

她一直渴望学习射击。

她的鞋跟在油布地板上踩得咚咚作响,明亮的荧光灯照耀着一箱又一箱武器。

马库斯在柜台上摆了十几把手枪,玛塞拉抚摸着不同型号的武器。她想起了塔罗牌。玛塞拉年轻时参加过一次嘉年华,她钻进一顶小帐篷里算命,一个老女人——完全符合神话故事里干瘪老太婆的形象——摊开一叠纸牌,叫她不要思考,抽一张最动心的。

她抽到了星币王后。

占卜师告诉她,这张牌代表野心。

Part Three · 飞　升

"力量,"女人说,"属于**夺取**它的人。"

玛塞拉握住一把镀铬伯莱塔手枪。

"就它了。"她微笑着说。

马库斯拿着一盒子弹,带她进入靶场。

他提起靶子——从头到脚都是完整的人形,带有圆环标记——挂到绳子上。他按下按钮,靶子滑开了五米、十米,到十五米的时候停了下来,悬在那里。

马库斯为她展示如何安装弹夹——她需要练习好几个月才能不夹断指甲——然后把枪递给她。枪在手里沉甸甸的。杀气腾腾。

"你手里的,"他说,"是武器。武器的用途只有一个,就是杀人。"

马库斯带着玛塞拉转向靶子,整个人像一件外套包裹着她,他们的身体曲线完全贴合。他的胸膛挨着她的肩膀。他的手臂顺着她的胳膊伸长,他的双手引着她的双手握枪。她能感觉到他兴致高昂,但射击不仅仅是为生日当天的夜生活助兴。夜生活可以晚点再说,有的是时间,首先,她想学会打枪。

她仰头靠着丈夫的肩膀。"亲爱的,"她轻声说,"给我一点空间。"

他退开了,玛塞拉把注意力集中在靶子上,瞄准,开枪。

枪声在整个靶场里回荡。她激动得心跳加速。后坐力震得她虎口发麻。

纸做的靶子上,右肩处多了一个边缘整齐的洞。

"不错,"马库斯说,"如果你打的是个外行的话。"

他从她手里拿走手枪。"真正的麻烦在于,"他熟练地弹出弹夹,"穿防弹背心的专业人士。"他检查子弹。"你要是击中他们的胸部,你就死了。"他装回弹夹,动作迅猛有力。他对待枪的手法,如同平时对待她一样,简洁,高效。长久的训练带来的游刃有余。

马库斯抬起枪,观察片刻,然后连开两枪。他的手几乎纹丝不动,但两颗子弹的间距不以英寸计,而是英尺。第一枪打中了靶子的腿部。第二枪在靶子的两眼之间开了一个洞。

"既然你有第二枪的准头,"她问,"为什么还要打第一枪?"

丈夫微微一笑。"因为在我的行当里,亲爱的,靶子不会一动不动。大多数时候,他们手里有武器。打准的难度很大。第一枪解除防御。第二枪才是杀招。"

玛塞拉抿着嘴唇。"听起来好脏。"

"死本来就不干净。"

她拿回手枪,面对目标摆正姿势,再次开枪。子弹打在靶子头部右侧几英寸处。

"你失手了。"马库斯说,仿佛她看不出来。

玛塞拉晃了晃脖子,吐了口气,把剩余的子弹一口气打光。有些偏离太远,有些洞穿了纸靶的脑袋、胸部、肚子和腹股沟。

"瞧,"她放下枪,说道,"他死了。"

须臾,马库斯吻了上去,把她推到后面的墙上,两人细碎的脚步踢散了地上的弹壳。那次欢爱仓促而粗暴,玛塞拉的指甲在他衬衣里抠抓,留下一道道划痕,但她的目光始终不在丈夫身上,一直在打烂的靶子上,纸靶犹如他身后的影子。

那晚玛塞拉再未射击。但她后来独自去了靶场,每周都去,直到练得枪法娴熟。

Ⅶ
三周前
高岭

电梯门打开，玛塞拉走出去，手在包里握着枪柄。她眼角的余光瞥见一个男人若无其事地迎面而来。他身着套头衫和休闲裤，似乎不具威胁，但裤脚底下是黑色军靴。

"玛塞拉·里金斯?"他一边缓步前进，一边发问。

她迎上前去。"我认识你吗?"

"不，太太，"他笑着说，"但我希望我们可以谈谈。"

"谈什么?"她问。

他的笑容僵硬了，冷却了。"关于那晚发生的事情。"

"发生的事情……"她重复道，仿佛经历着回忆带来的痛苦，"你是指我的丈夫想把我连房子一起烧掉?还是我赤手空拳熔解他的脸呢?"

男人面不改色，平静如常。他放慢了脚步，但没有停，两人之间的距离不断缩短。

"我认为你应该站着别动……"玛塞拉从包里掏枪，但仅仅暴露了一部分，正好让对方看见枪管后部的镀铬层。

"别这样，"他举起双手，似乎把她当成一头可以随意驱赶的野兽，"闹大了对你没好处。"

玛塞拉歪着头。"你凭什么这样想？"

她举枪射击。

第一枪打中了对方的膝盖。

他猛吸一口气，弯下腰来，不等对方摸到脚踝处的枪套，她又冲着脑袋开了一枪。

他应声倒地，鲜血溅在走道上。

她听见身后的脚步声时已经迟了，转身的刹那，一个黑色影子扑了过来，对方是一名士兵，全身装配黑色战术服。伴随着电流的嘶嘶声，他手中的棍子画过一道电光闪耀的弧线，砸向玛塞拉的肩膀，被她及时抓住。疼痛撕裂了神经，突如其来，极为强烈，但玛塞拉手上用力，指头泛着红光。诡异的光芒笼罩着她的手腕，电棍的变化完美诠释了何为腐蚀，继而连累了持有者。

对方松了手，大叫一声，抓着胳膊踉跄后退，玛塞拉随即一脚蹬上士兵的胸膛，将其踹翻在地。她的膝盖压在士兵身上，伸手抓着头盔的面部。

"来吧，亲爱的，"她说，"让我看看你的脸。"

头盔弯折、脆化，面板被她一把扯掉。

一个女人抬头瞪着她，痛苦扭曲了她的面部线条。

玛塞拉发出"啧啧"两声。"不好看。"说完她便捏住对方暴露在外的喉咙，扼杀了她的惨叫，与此同时，肉身迅速枯萎。

枪栓拉动的刺耳响声突然传来。玛塞拉抬头一看，第三个士兵已经举枪对准她的脑袋。她的武器还在数英尺外——抓电棍的时候被她扔掉了。

Part Three · 飞 升

"站起来。"士兵喝令。

玛塞拉看着他。

他的注意力完全在她身上,全然不知身后有人靠近,直到被一只手臂扼住咽喉。

那个男人——体格堪比重量级拳击手——猛地把士兵一拽,手枪随即开火,一枚子弹擦过玛塞拉的脸颊,钻进她后面的墙壁。

士兵失去了再次开枪的机会。男人抓着士兵的头盔面板,反手扯掉,然后在响亮的咔嚓声中扭断了士兵的脖子。他松开手,士兵瘫软在地。

玛塞拉没有浪费时间。她爬了起来,举枪对准男人,然而后者似乎一点儿也不担心。

"当心,"他的嗓音浑厚悦耳,"开枪打我,你杀死的就是一个住在郊区、爱自己妈妈的二十三岁小伙子。"

"你是谁?"她问。

"这个嘛,有点复杂。"

然后,当着玛塞拉的面,男人变了。他的模样微微波动,消失不见,取而代之的是一个披散着一头棕色卷发的年轻女人。"你可以叫我琼。"玛塞拉眯起眼睛,惊讶溢于言表,女人不禁笑了。"觉得自己没有**那么**特别了,对吧?"她说完,低头打量三具尸体,抄起双臂。"你不能留着他们,迟早会被人发现的。"她单膝跪下,故技重施,变回了拳击手,然后她把手伸进一具尸体的腋下。

玛塞拉惊得目瞪口呆。

琼望向她,神色焦躁。"搭把手?"

· · ✟ · ·

玛塞拉把一块擦手巾按在脸颊上,手枪悬在水池边沿。细细的伤口还在渗血。她照着浴室的镜子,气不打一处来。

249

伤口能愈合,但这件漂亮的衣服算是毁了。

"你是谁?"玛塞拉扭头问道,变形者正在客厅里搜士兵们的身。

"我说了。"琼的声音轻快悦耳。

"没有,"玛塞拉回道,"你没说真话。"

她把衣服扔到一边,拿着手枪,回到客厅。三具尸体并排躺在地上,靠边的家伙——缺失半边头骨的——弄脏了她家光滑的木地板。

死本来就不干净。

"别装模作样的,"琼观察着她的表情,"我不觉得你现在还有心思闲逛。"

"该死的警察。"玛塞拉嘀咕道。

"他们不是警察,"琼说,"他们很难缠。"她从其中一件制服的肩膀处撕下一小块黑布,递给玛塞拉看。"更准确地说,他们是EON。"

玛塞拉扬起眉毛。黑布上没有徽章,只有一个简单的黑色大叉若隐若现。"这玩意儿对我来说有什么意义吗?"

琼站了起来。"应该有,"她伸了个懒腰,"这几个字母是超常能力者观察与消解的缩写。超常能力者——超能者——就是我们。那么他们就是负责消解的。"她用脚尖踢了踢一具尸体,"你扑腾的时候,鲨鱼就会游过来。我找到你算你走运,里金斯太太。"

玛塞拉拿起破损的头盔,翻转过来,抖掉余烬。"你是**怎么找到我的?**"

"啊。贝萨妮。"

玛塞拉想起曾经的朋友,怒从心头起。亡夫曾经的情人。"贝萨妮。"

"年纪轻轻,神气得很,胸有这么大。"

"我知道她是谁。"

"她喜欢说话。滔滔不绝。关于马库斯,还有他为她准备的金屋。"

玛塞拉抓着头盔而不自知,直到它在灼热的手中四分五裂。"你呢?"

Part Three · 飞　升

她拍掉手里的灰，问道，"你在找我丈夫？"

"噢，他死透了。是你解决的。"琼打了声唿哨，"你的天赋太厉害了。"

"你知道得不多。"

"我知道你走进一个房间，有五个男人围着打牌，等你离开的时候，其中两人化成了灰，一人脑袋里有一颗子弹，还有两人讲了很多奇怪的话。"琼心照不宣地微笑着，"下一次，你也许应该杀死所有人。留了活口让他们乱说话，可不好。听我说，玛塞拉，"她迎上前来，"问题在于，他们当中有一个人，那晚被你杀死的——他本来是我的。"

"节哀。"玛塞拉干巴巴地说。

琼摆摆手。"是我要杀的人。干我们这一行的，抢人家的赏金可不好。"

玛塞拉扬起眉毛。"你是职业杀手？"

"嘿，没必要性别歧视。人上一百，形形色色。是的，没错。从我的角度来说，你欠我一条人命。"

玛塞拉抄着胳膊。"是吗？"

"是的。"

"你要谁的？"

"事实上，你认识他。安东尼·哈奇。"

一听到这个名字玛塞拉就生气。她想起了天台上的派对，哈奇那到处游移、湿漉漉的目光，高高在上的傲慢笑容。

琼还在说话。"我和他有未完成的交易，私人性质的。他的老虎尾巴不好抓。不过，我听说他在找你。"

玛塞拉不觉得意外。毕竟，她干掉了他的几个爪牙。"你要我杀死安东尼·哈奇？"

琼面色一沉。"不。我只要你带我过去，跟他打招呼。然后，依我看，我们就扯平了。你觉得如何？"

"我可以带你去见他，"玛塞拉拿着手枪轻拍大腿，"我也可以杀了你。"

"你是可以，"琼揶揄地笑道，"不过你杀死的人不是我。"

玛塞拉眉头紧锁。"怎么会？"

"很难解释，"琼说，"不如让你亲眼见证。我这个变装的把戏是雕虫小技，不值一提。等你带我与托尼·哈奇共处一室，你就能知道我*真正的本事*。"

玛塞拉来了兴致。"成交。"

"很好。"琼粲然一笑。她走到窗前。"现在，我们应该走了。他们派人过来只是时间问题。"

"我认为你是对的……"玛塞拉打量着地上的尸体，"但不留张字条就走太无礼了。"

··✝··

"真他妈的见鬼。"斯戴尔喃喃道。

他早已看过大厅，那儿的管理员——名叫理查德·安斯利的老人——趴坐在椅子上，喉咙被割开。

十四楼的犯罪现场则是另一番景象。

走道上遍布灰尘，一大团血雾喷洒在地板和墙壁上。斯戴尔从隔壁的房门取下一颗子弹。到处都是搏斗的痕迹，却不见尸体。

"长官，"霍尔茨喊道，"您过来看看这个。"

斯戴尔绕过血污，从敞开的房门进入玛塞拉的公寓。

两个技术人员正在勘察现场，保留证据并作记录，就在他们让路的同时，斯戴尔明白了为何霍尔茨喊他进来。

如果你现在不杀了她，你会后悔的。

Part Three · 飞 升

玛塞拉·里金斯毫无掩盖罪行的企图。相反，她展现得明明白白。三名特工的尸体——残骸——躺在地上，而且被摆放成令人不安的姿态。

他眼前是一幅可怖的画面：非礼勿视，非礼勿听，非礼勿言。

第一个士兵缺失了部分头骨，双手捂着耳朵。第二个被折断了脖子，手套未摘，捂着眼睛。第三个身着战斗服，尸骨不全，头颅不知所终。

一顶损毁的头盔搁在玻璃咖啡桌上，犹如一件艺术品。

你觉得她腐蚀特工们穿戴的防护装备需要多久？

斯戴尔翻看头盔，发现底下压着一张叠好的纸条。

纸条上的字迹优雅圆润，只有一行。

好狗不挡道。

斯戴尔捏了捏鼻梁。"其他的特工呢？"

他派了六个人执行这个任务。六名特工对付一个超能者。理论上应该够了。绰绰有余。

"我们在运输车附近找到一个，"霍尔茨说，"还有两个在巷子里。"他不需要明说他们都死了。接下来的沉默足以说明一切。

"死因？"斯戴尔淡淡地问道。

"他们都没有被熔解，如果您要问的是这个的话。其中一人脖子被扭断了。另外两人死于刀伤，咽喉和肚子。有没有可能，"年轻的特工试探着问，"玛塞拉不是单独行动？"

"任何情况都有可能。"斯戴尔说。但确实说得通。到目前为止，玛塞拉·里金斯似乎喜欢赤手空拳或是用枪，但他派的四名士兵死于另一种杀人手法。

斯戴尔环顾四周。"务必告诉我大楼有监控。"

"公共区域设有闭路电视，"一个技术人员说，"文件被删了，但他们当时肯定很匆忙。我们应该能从大厅和走廊提取录像。"

"好,"斯戴尔说,"到手了立刻发过去。"

"现在怎么办?"霍尔茨问。

斯戴尔紧咬牙关,走开了。

VIII
三周前
EON

伊莱翻看着玛塞拉的档案。监室的另一边是维克托,双手插兜,靠墙站着。

长久以来,他都以为维克托是阴魂不散——如今伊莱知道那家伙还**活着**,那么所谓的幽灵不过是他的幻觉罢了。有点儿神经质。他尽量不细想。

墙外传来脚步声。伊莱一听就知道来者是斯戴尔。他还知道EON的主管心情不好。

墙壁变得透明,但伊莱头也不抬地继续工作。

"我猜,"他干巴巴地说,"这次开采功德圆满。"

"你明知道不是。"

"死了几个?"

沉默来得长久而凝重。"全部。"

"太可惜了,"伊莱在他面前合上文件夹,喃喃道,"都是因为所谓的规定。"

"你当然得意了。"

伊莱起身离座。"不管你信不信,主管,他们平白无故地丧命,我可高兴不起来。"他从凹槽里取出斯戴尔塞进去的一叠照片。"我只是希望你准备好做正确的事了。"

伊莱翻看着高岭的现场图片。"她可真不低调,对吧?"

斯戴尔哼了一声。

伊莱仔细研究照片和说明,在脑子里重现当时的情景。

他旋即发现了两件事。其一,玛塞拉很有戏剧天分。

其二,她不是单独行动。

毫无疑问,值得关注的是杀人的时机和手法——不过在伊莱看来,最惊悚的画面更耐人寻味——它们关系到姿态和审美。十四楼的现场极尽壮烈、恐怖和艺术;而货车附近的杀戮非常简单、残忍而高效。

一个爱出风头。

另一个是训练有素的杀手。

玛塞拉当然是前者,那么,第二个人是谁?同盟?同事?或者是某个既得利益者?

"她不是一个人在行动。"他若有所思地说。

"你也这样想。"斯戴尔说。

这当然只是假设,但很快被来自高岭的安保录像证实了。伊莱从电脑里调取了文件,斯戴尔也在他的平板电脑上操作,他们一同沉默地观看玛塞拉杀死两个特工的过程。当伊莱看到第二个人,一个大汉突然出现,扭断了特工的脖子时,一种另类的满足感油然而生。

然后,在伊莱的注视下,大汉变成了女人。

改变发生在几帧画面之间,突如其来,像是视频信号失常。当然不是。*是超能者。*

看样子是变形者。一种狡猾透顶的超能力,最难找到的一类超能者。

"婊子养的。"斯戴尔咕哝道。

"我希望你不会因为规定,非要饶过这个冒出来的新人。"

"当然不会,"斯戴尔冷冷地回答,"我认为我们已经确认,两人**都不**愿意配合。我们必须有应对的计划。"

"不管一个还是两个,没有区别,"伊莱说,"他们不是普通人,但他们还是凡胎。找到他们。杀死他们。一劳永逸。"

"你说得轻巧。"

伊莱耸耸肩。理论上不难。任务本身当然具有很强的挑战性。伊莱极力克制内心的冲动,没有再一次毛遂自荐。种子刚刚埋下,扎根不深。而且,他知道斯戴尔下一步怎么做——还是他的建议。在安全距离之外安置狙击手,一击必杀。如果进展顺利,不会再有无辜之人丧生。当然,如果进展顺利,也就不需要放*她*出去了。

伊莱顿感紧张。那只手,隐隐把他向前推、向后拽的力量——长久以来,他都视其为上帝,但怀疑在不知不觉中缓慢滋生,磨灭坚定的信仰。伊莱依然想要相信——强烈到无以复加;获得证据,获得神迹,他知道两者不是一回事——但他依然有所需求。

于是他告诉自己,如果是上帝的意志……如果任务失败……是否意味着——

如果不是呢?如果伊莱从头到尾都是独自一人呢?

不——他看到了自己的机会,他也抓住了。如今他必须等待。

要有信心。

"你知道你必须采取措施。"伊莱说。

斯戴尔点点头。"我们必须先找到他们。"

"那应该不难,"伊莱说,"玛塞拉给我的感觉是,她不是那种临阵脱逃的人。"

IX
三周前
市中心

玛塞拉的高跟鞋在国家大厦的大堂里踩得咚咚作响。

琼落后一步,她的平底凉鞋声音沉闷。她换了新的面子——那是她对不同形象的说法——这次是一个瘦高的姑娘,一头齐肩黑发,深色的大眼睛,白色短裤底下露出细长的双腿。看样子差不多十六岁,玛塞拉问过原因,琼当时回答:"我听说他喜欢年纪轻的。"

"有什么我能帮忙的吗?"前台那人问道。

玛塞拉把太阳镜推到头发上,蓝眼睛和长睫毛展露在外。"我当然需要你帮忙啦。"她轻言细语。

她早就清楚如何把男人变成木偶。

轻而易举,用不着什么超能力。

她微微一笑,前台的男人也一样。

她向前倾身,他也凑拢过来。

"我们找托尼。"

Part Three · 飞　升

玛塞拉没有预约，但正如琼所说：哈奇一直在找她——打牌那晚过后，他发来了十几条语音信息。半分钟后，她们上楼了。

琼无力地靠着电梯厢壁。她安静得出奇，死死地闭着嘴巴。她没了早先的幽默劲儿，视线在操作面板、自己的镜像和电梯顶部的金边之间紧张地来回跳跃。

电梯发出"叮"的一声，门外是陈设高雅的厅廊，两边各守着一个黑衣男人，他们的制服剪裁得体，枪套清晰可见。最前面是一扇磨砂玻璃门。

"先生们。"玛塞拉迈步向前。

以她的着装不可能藏匿武器，但一个黑衣男人非要搜她的身，双手在她臀部和胸部下方磨蹭良久。另一个家伙准备对琼动手，后者冷笑一声，然后玛塞拉清了清嗓子。"我敢肯定你们这样做是违法的。"

黑衣男人瞪她一眼，收了手，应该是觉得为这种事争执不划算。他在墙上的操作面板里输入一串密码，磨砂玻璃门打开了。里面与其说是办公室，不如说是会客厅。宽大的白色沙发，低矮的玻璃咖啡桌，醒酒瓶排列在酒柜上。

托尼·哈奇坐在一张光滑的黑色办公桌后面看文件，他背后是一整面落地玻璃窗，远处的城市灯火璀璨。窗外，石板砌成的露台连着波光粼粼的蓝色水池，温热的水面遇上春日寒凉的空气，白雾蒸腾。

托尼面带微笑地抬起头来。

据说有些人能在你身上生根，似乎在理，因为每次玛塞拉见到托尼，都恨不得搓掉一层皮才能摆脱他。

他起身绕过桌子，张开双臂。

"玛塞拉，如果美貌是一种罪过……"他一边说，一边伸手。

"那我就代替你管理这座城市。"她干巴巴地接道。

托尼哈哈一笑，目光已经闪到一边。"这位是？"

"我侄女——"

"杰西卡。"琼抢道,同时伸出手去,她的口音压得极为轻柔。

托尼拉着她的手,上下打量。"看来美貌是家族遗传。"他说着,指节在嘴唇上磨蹭。他始终低着头,没有看见琼的眼睛眯成了缝。玛塞拉再次感到好奇,琼所谓的*私事*到底是什么?

两个黑衣男人手按枪套,在玻璃门前晃荡,却被托尼挥手驱散。"退下吧,小伙子们。"他使了个眼色,"我认为我应付得来。"

服了,玛塞拉心想。哈奇绝对在玩牌的现场见识过她的手段,事到如今还把她当成道具,当成虚有其表的漂亮花瓶。

她要把多少人化成灰,才有人认真对待她呢?

保安退下去了,托尼转身走向酒柜。

"坐,坐,"他示意办公桌前的两把椅子,"姑娘们,给你们来点喝的吧?"

不等回答,他舀起冰块,装进水晶酒杯。

玛塞拉落座了,但琼焦虑不安地挪动脚步,张望办公室里的装饰。玛塞拉的目光投向哈奇。"你知道贝萨妮的事?"

托尼"啧啧"两声。"噢,她啊,"他摆摆手说道,"听着,我早就叫马克甩了她,可男人嘛,你懂的。如果心和下体都在同一个地方——我是说,我有多少次引诱你离开你丈夫——不过,你不是因为这事儿来的。"

"我是因为什么来的呢,托尼?"

他坐回椅子上。"你是因为我打了电话,你知道要来我这儿。你是来帮我搞清楚到底发生了什么事的,因为我听到的全是胡言乱语,玛塞,我只知道我最好的三个手下死了,还有两个非说是*你*杀了他们。"

"因为事实如此。"

托尼笑了,但毫无幽默感。"我没兴趣开玩笑,玛塞。我知道你和马

Part Three · 飞 升

库斯吵过架——"

"吵架?"玛塞拉打断了他的话,"他把我的脑袋砸在桌子上。他把我的身体压在五十磅重的铁架子下,连我一起,把我们的房子烧了。"

"可你现在活得好好的,而我的头号打工仔在萨姆·麦奎尔家的地板上化成了灰。所以,你要帮我搞清楚到底发生了什么事。"他靠着椅背,省略了*不然*以及后面的话。"听着,我不是不讲道理的人。你帮我,我也帮你。"

她的嘴角微微抽动。"你怎么帮我?"

"你真的太优秀了,马库斯配不上你。我可以给你应得的生活。充分体现你的价值……"他假惺惺地笑道,"只要你乖乖地请求我。"

乖乖请求。

乖乖表现。

玛塞拉对乖乖二字已经*厌倦透顶*。

房间另一边的琼突然发笑,饱含嘲弄的意味。

托尼收敛了笑意。"有什么好笑的吗,孩子?"

琼转身面对他们。"我乖乖地请求过你,托尼,"她淡淡地说,"结果没有任何区别。"

托尼眯起眼睛。"我们见过吗?"

琼上身前倾,手肘撑着椅背,噘起嘴巴。"噢,托尼。"这次说话的时候,她毫不掩饰自己甜美而有力的口音。"你不认识我了吗?"

他脸上血色尽失。"不……"玛塞拉不知道他是过度震惊还是矢口否认,无论如何,他伸手摸向办公桌最上层的抽屉。

"是吗?"琼直起身子,与此同时,少女消失不见,取而代之的是托尼·哈奇的完美复制品。"现在呢?"

玛塞拉看着桌子*后面*的托尼·哈奇从抽屉里取出一把枪,对准琼的胸口连开三枪。

琼的衬衫上血花绽放，猩红刺目，她面带微笑地低头看着，既不哭喊，也没有应声倒地。桌子后面，**真正的**哈奇抓着胸口，喘着粗气，三个血洞出现在那里，前襟已是鲜血淋漓。

"你当时对我说了什么？"琼俯身问道，"啊，想起来了……别挣扎，宝贝儿。你就喜欢粗暴的方式。"

他的肺部猛地抽搐了一次，又一次，继而抖如筛糠，最后不动了。

人死的瞬间，琼似乎失去了对超能力的控制。

托尼的形象犹如一件不合身的衣服，突然掉落，刹那间，玛塞拉看见了**另一个人**——有着赭色卷发、淡褐色眼睛的一个女孩，鼻子上布满星星般的雀斑——但不过眨眼的工夫，琼恢复了原样，变回走进办公室的那个骨瘦如柴的黑发少女。

目睹琼真正的力量，玛塞拉叹为观止。

这个女孩岂止是一面魔镜，或者说模仿者。

她是**活生生的巫毒娃娃**。

玛塞拉不禁咧嘴一笑，与此同时，磨砂玻璃门打开了，两个保安持枪闯了进来。

琼猛地转身，形象已不是少女，与此前企图搜她身的男人一模一样。对方举枪对准自己的刹那动摇了，就在他犹豫的瞬间，琼抄起桌上的一把开信刀，插进自己手里。实际上是**他的**手。

对方吸了口气，扔掉手枪，指间汨汨流血。另一个保安不知所措——看到哈奇死了，同伴突然出现在两个不同的位置，他一时恍惚——玛塞拉趁机从桌上拿起托尼的手枪，打中那人的脑袋。

他像铅球一样落地。幸存的家伙慌忙去捡他掉落的武器，但玛塞拉抢先一步，用鞋跟把他受伤的手踩在地上。

"你这个疯婊子。"他低声骂道，她随即弯腰捂住他的嘴。

"不许这样对女士说话。"她说着，指甲抠了进去。与她手掌接触的

Part Three · 飞　升

皮肤萎缩了，皮肉剥落，暴露出骨头，骨头随即变得又细又脆，稍一用力就散架了。

玛塞拉直起身子，拍掉手掌上的灰。她轻声骂了句脏话。漂亮的指甲上有了一道裂痕。

琼低低地打了个唿哨以表赞许。"很有趣。"她坐在沙发上，淘气地摇着双腿。她突然一跃而起，走向血迹斑斑的玻璃门。

"来吧，"她经过托尼的酒柜，说道，"我要喝杯像样的。"

X
三周前
梅里特东部

玛塞拉也曾是酒吧的常客,如今的酒吧大多都有闪亮的彩色玻璃和皮革卡座——至少,菜单是有的。

帕利塞兹酒吧则有开裂的窗户、木头板凳和脏兮兮的黑板。

不是玛塞拉不知道这个世界的存在——充斥着难以下咽的劣质酒水和药丸,价钱也便宜得可怜——她只是视而不见罢了。而琼,却像回到了自家屋里,双肘撑在黏糊糊的吧台上。她又恢复了原样——不是玛塞拉在哈奇的办公室里惊鸿一瞥的女孩,也不是她们进去的时候琼的打扮,而是在高岭遇见的那个样子,松散的棕色卷发,乡村风格的长裙。

琼点了双份威士忌,给玛塞拉点了一杯马提尼,其实是一杯伏特加,纯的,什么都没添加。不过,这种时候,她也无所谓了。她站在吧台前吮吸着饮料。

"得了吧,坐下,"琼旋过身来,说道,"还有,不要皱鼻子。"女孩举起酒杯,"为干了一整天的活儿干杯。"

Part Three · 飞　升

玛塞拉勉为其难地坐到凳子上，目光越过杯子，审视着琼。

她满脑子疑问。两周前，玛塞拉还是一个花容月貌、野心勃勃，但又略感无聊的家庭主妇，完全不知道琼，还有**她**这种人的存在。如今，她成了寡妇，拥有仅凭触碰就能毁灭一切的能力，而她也不是唯一拥有超常力量的人。

"你可以变成任何人吗？"她问琼。

"我碰过的都可以，"女孩说，"只要他们是活人。还有，**普通人**。"

"什么原理？"

"不知道，"琼说，"你是怎么把人活活烧死的？"

"其实，"玛塞拉说，"我不是烧他们。更像是……"她盯着手中的酒杯，"破坏。木头腐烂。钢铁锈蚀。玻璃粉碎。人，就是崩溃。"

"**感觉像什么？**"

像火焰，玛塞拉心想，但这种说法不太确切。她想起马库斯在怀里崩裂的感觉。他以极其简单、近乎优雅的方式被瓦解。她的超能力有种**野蛮**的意味。无边无界的蛮横。她这样回答。

"万物都有边界，"琼说，"你应该找到它。"

女孩面色阴沉，玛塞拉想起了在两种形象之间一闪而过的那个模样。"你有感觉吗？"她问，"他开枪打你的时候？"

琼扬起眉毛。"我什么都感觉不到。"

"肯定很爽。"

琼若有所思地"唔"了一声，然后提了个截然不同的问题。"你记得自己最后时刻的想法吗？"

奇怪的是，玛塞拉记得。

玛塞拉——她从来记不住自己的梦，也很难记住电话号码和各种标语，若在气头上，她什么话都说得出来，过后却忘得一干二净——似乎忘不了那句话，如今仍在她脑子里回荡。

"我要毁了你。"她柔声背诵。几近虔诚。

不知为何,她做到了。

仿佛她凭借强大的意志锻造超能力,再以痛苦、愤怒和恶毒的渴望——要她的丈夫付出代价——使其回火,终于淬炼成型。

于是她理所当然地好奇:是怎样的生活——怎样的死亡——造就了琼的超能力?玛塞拉问了,女孩沉默不语,在那份安静之中,玛塞拉感到女孩凝视着内心的火焰。

"我最后时刻的想法?"琼终于开口,"就是我要活下来。再也没有人能伤害我。"

玛塞拉举起酒杯。"现在没有人能伤害你了。最重要的是,你可以随心所欲地成为任何人。"

"除了我自己。"琼的语气不是自怨自艾,只是揶揄,"讽刺真是一个可恶的词。"

"因果报应也是。"玛塞拉转动酒杯。"你知道了我的故事,"她说,"你的呢?"

"保密。"琼直截了当。

"说嘛。"她不依不饶。

琼眉毛一扬。"噢。抱歉,如果你以为咱们这是夜不归宿酒后吐真言的女生聚会,我可不买账。"

玛塞拉环顾四周。"那我们来这儿做什么?"

"庆祝。"琼说完,仰头喝干了酒,示意再来一杯,然后从兜里掏出一张卷起来的纸片。一开始,玛塞拉以为是一根香烟,但等琼展开之后,她发现是一份名单。

有四个名字,笔画生硬潦草。

其中三个已经被画掉了。

最底下的是——安东尼·哈奇。

Part Three · 飞　升

在玛塞拉的注视下,琼从吧台边上拿来一支笔,画掉了名字。"好了,大功告成。"她似是自言自语。于是,琼恢复原状,转过身来,抱着胳膊趴在吧台上,眼里闪着狂热的神采。"你接下来有什么打算?"

玛塞拉看着面前的空酒杯。"我想,"她悠悠地说,"我要接管黑帮。"

琼冲着酒杯哼了一声。"棒极了。"

但玛塞拉不是开玩笑。

她安心辅佐丈夫,仅仅是因为桌边没有她的一席之地。

但她受够了当配角。

根据马库斯的说法,谁的火力猛,谁就能掌权。玛塞拉想起托尼·哈奇的尸身,染红了他的白色地毯。

"你觉得像我们这样的人有多少?"

"超能者?"琼犹豫片刻,"谁知道呢?比你想象的多。我们又不会到处打广告。"

"但你找得到他们。"

琼手里的酒杯刚刚端起来,就停在半空中。"什么?"

"你的超能力,"玛塞拉说,"你说过,你碰到别人,就能获得他们的形象,除非他们不是普通人。是不是说明你能发现那些不普通的人?"

琼脸上的笑意一闪而过,随即灿烂回归。"你好聪明。"

"我不是第一次听到这样的评价。"

琼伸了个懒腰。"当然,我看得出来。为什么?你希望找到更多我们这样的人吗?"

"也许吧。"

"为什么?"琼斜睨了她一眼,"铲除竞争对手?"

"当然不是。"她喝干酒杯,放在吧台上,一根嵌着金色指甲的手指绕着杯沿转动。"拥有力量的人在男人眼里都是威胁,都是他们的绊脚石。他们看不到力量的本质。"

"本质是什么?"琼问。

"**潜能**,"玛塞拉用力捏着杯身,"我的本事,"她的手闪耀红光,"是一种武器。"说话的同时,玻璃化作沙子,从她指间滑落。"可是,当你能拥有武器库时,为何满足于仅仅拥有一件武器呢?"

"因为武器库太惹眼了。"琼说。

玛塞拉的嘴唇抖了抖。"惹眼未必不是好事。像我们这样拥有超能力的人为什么要躲躲藏藏的?我失去了曾经的生活。一切已经不可能挽回。我要创造新的生活。更好的生活。我不需要为生存而**示弱**。"

琼咬着嘴唇陷入沉思。然后,无论内心的疑问得到了何种解答,琼纵身跳到地上。

"走吧。"

玛塞拉不知道是因为女孩突如其来的感染力,还是因为自己无处可去,反正她离开凳子,站了起来。

"我们去哪里?"玛塞拉问。

琼扭头看她,眼里闪着淘气的光彩。

"去听音乐,我来了兴致。"

・・✝・・

如果说帕利塞兹是垃圾场,那么玛丽娜还不如垃圾场。这间地下仓库一半是酒吧,一半是破烂不堪的爵士乐俱乐部,到处都是黏糊糊的。小圆桌周围的椅子随时可能散架,而且半数都空着。后墙处设有低矮的舞台,可怜兮兮地摆着几样乐器和一架立式麦克风。

琼随便找了个座位,示意玛塞拉在对面就座。

"我们来这里做什么?"玛塞拉疑虑重重地打量着整个环境。

"亲爱的,"琼用夸张的腔调说,"你要学会入乡随俗。"她说话时变了样,从深肤色的波西米亚女人变成年长的男性黑人,身着褪色的扣角

Part Three · 飞　升

领衬衫，袖子卷到胳膊时。

　　玛塞拉打了个激灵。这里光线暗淡，但不至于**那么**暗淡。她扫视一圈。"你不够谨慎。"

　　琼吃吃一笑，她的声音在老男人的喉咙里略带沙哑。"我以为你厌倦了躲躲藏藏。"她不屑地冲着半满的俱乐部摆摆手，"他们亲眼看见的多了去了，但一样都不信。"老男人向后一仰，双腿离地，面庞隐藏在俱乐部的深重阴影里。等椅子荡回来的时候，琼换回了日常选用的形象之一，松散的棕色卷发在眼前跳跃。"你不坐吗？"

　　等玛塞拉坐到木头椅子上，琼接着说："老实讲，我不是带你来听音乐的。不是主要目的。如果你对其他超能者感兴趣，我可以让你开开眼。"

　　她从兜里掏出手机，翻阅短信，然后亮给玛塞拉。

　　一个名字出现在屏幕上：**乔纳森·理查德·罗伊斯**。

　　"他是谁？"她问。

　　"一个萨克斯管演奏者，"琼说，"水平相当不错。至少以前不错，后来他吸海洛因上瘾。欠了杰克·卡普雷塞一屁股债。"

　　卡普雷塞，玛塞拉心想。她知道这个名字。梅里特被四个人瓜分：哈奇、科尔霍夫、梅利斯和卡普雷塞。

　　哈奇的地盘最大，但卡普雷塞近来贪心不足，吃相也凶。胃口大得像无底洞。

　　"他戒不掉毒瘾，"琼接着说，"可也负担不起。所以卡普雷塞派人上门收债。折断了几根手指。不过，乔纳森的老婆也在家。她掏枪开火，全都打偏了。老婆死了。根据医疗记录，罗伊斯也死了。死了一会儿吧。反正他最后挺过来了。于是卡普雷塞又派人来，结果都死了。如今谁也不愿意落得杀人未遂的臭名声，谁也不愿意让任务搞砸了的丑闻尽人皆知，但他们依然需要罗伊斯入土为安。于是他们请了外包。"

"他们找了你。"

琼微微一笑。"是的,他们找了我。但我杀不了他。"

玛塞拉眉毛一扬。"难道你良心发现了?"

"当然不是,"琼说,"我的意思是我试过杀他。我做不到。"

XI
三周前
梅里特外围

乔纳森·罗伊斯拥有一套上好的西装,但不合身。

以前是合身的——那时候他比现在重三十磅——但如今,衣服既垮又松,随时可能滑落。正如他的婚戒,之所以还戴着,是因为那根断过两次的指节。乔纳森的块头从来不算大,但近来他简直是瘦骨嶙峋,似乎睡眠不足,营养不良。讽刺的是——乔纳森的外表酷似瘾君子,但其实自从克莱尔死后他就戒了。

他认识的所有人都涉毒——毒品和音乐息息相关,爵士乐也不例外。

但是,海洛因真的太嗨了。

不是可卡因那种过山车式的冲顶,不是优质大麻那种柔滑的*随波逐流*①,而是梦幻般的浪头,带你幸福地逃离现实生活,逃离你的自我意识,在夏日午夜赤身裸体地畅游于大海——起初是这样的。乔纳森体验

---

① 译注:原文为法语。

过随之而来的上瘾，看它如潮汐汹涌，而他已经湿透，无力回到岸边。

犹如潮起潮落，带走了一切。

金钱。快乐。安全。清醒。

潮汐日渐高涨。水深日渐增加。距离岸边日渐遥远。容易漂离。你所要做的就是不游不动。

乔纳森把领带绕在脖子上，笨手笨脚地打结，手指很疼。

将近一年了，关节还是每天疼。

那晚卡普雷塞的人找上门，他一点儿也不吃惊。他当时处于兴奋状态。克莱尔跟朋友出门了，乔纳森还不起钱，他知道，他们也知道，于是锤子和他的双手亲密接触——但是随后她进来了，克莱尔尖叫着，克莱尔掏出枪——她从哪儿搞到的枪？——然后是吵闹、疼痛和黑暗。

事情发生后，乔纳森本该离开梅里特。

在他带着一双断手、射进腹部和胸膛的三颗子弹进了医院病房时，他就该脱身而去。但克莱尔的血和他的血依然残留在他们家厨房的地板上，他实在没有勇气离开。太不公平了，她死了，而他还活着——克莱尔命不该绝，不该是这样的下场，变成过去式，变成别人故事里的脚注——乔纳森有一种怪异而顽固的想法，其实他也死了。他是幽灵，被困在惨剧发生的地方不能离开，除非完成某件残酷的事。于是他留下来了，穿上那身好西装出席她的葬礼，后来在廉价的酒店房间里不停地抽烟，一截又一截烟灰落在衣服上。他等着卡普雷塞的人找上门来，完成那件事。

好笑的是，在卡普雷塞的人出现的那晚之前，乔纳森从未杀过人。

他以为杀人很难。

理应很难，考虑到上门的人数和开枪的次数，他根本不可能杀谁，但那天发生了太多不可能的事。蓝白色的闪光犹如盾牌，子弹纷纷弹飞。喊叫声和打斗声混成一团，等一切结束，乔纳森独自伫立在横七竖八的

Part Three · 飞　升

尸体之间。

毫发未损。

安然无恙。

偶有灵光闪耀时,乔纳森都认为是克莱尔护佑着他。但更多时候,他都在自我拷问,知道那是一种惩罚,是宇宙在嘲弄他的失败。

时钟敲响七点,乔纳森打好了破旧的领带。他穿上外套,拿起萨克斯盒子,去上班了。

他走路时呼气成雾,这片城区永远漆黑一团,仿佛不能被路灯所惊扰。距离玛丽娜有半英里之遥,在梅里特的地图上标示的地名是绿道,讽刺的是无论往哪个方向看,都只有石头和柏油马路。

绿道幽灵。

就是他。不死之人。

他已经——

"嘿,"有人吼道,"把钱交出来。"

乔纳森没有听见接近的脚步声,也没有认真听对方说话。但他感觉到枪管抵在后背,用力一戳,他转身看到一个少年,十六岁左右,双手抓着枪,就像握着球拍一样。

"回家去吧。"

"你是聋子还是傻子?"年轻人大吼,"你没看到这把枪吗?我说了,快把钱交出来。"

"不然呢?"

"不然我他妈的就开枪了。"

乔纳森仰头望着天空。"那就开枪吧。"

一般来说,他们没胆子开枪。这家伙却有。但无论有没有,都不存在任何区别。枪响了,乔纳森周围的空气应声闪烁,犹如燧石击打的火花,光芒耀眼,克莱尔似乎搂着他,告诉他时辰未到,还轮不到他离开人世。子弹被弹飞，遁入黑暗。

"什么情况?"年轻人说。

"适可而止吧。"乔纳森告诫他。话音未落，年轻人对着乔纳森的脑袋打空了弹夹。七发子弹，其中六发被弹进了夜色，打在砖块和柏油路上，还打碎了一扇窗户。但最后一发子弹打中年轻人的膝盖，他惨叫着倒在地上。

乔纳森叹了口气，跨过疼得打滚的年轻人，抬腕看表。

他上班迟到了。

··✝··

玛丽娜有一半座位是空着的。

半满是常态。来了的人，乔纳森大多认识，但感觉不大对劲。他进门的时候就知道了，仿佛满屋子雪花飘飞。坐在后面的两个女人，一个堪比海报女郎，嘴唇鲜红，一头富有光泽的黑发，另一个年轻些，一头棕色卷发，笑容邪性。

她俩一直盯着他。

也许在过去，他还能吸引这样的目光。但当年他的手更灵活，西装也合身，笑得更多，主要是因为他嗑嗨了。

乔纳森退场了——他依靠习惯而非热情应付差事，完成了表演，在一阵稀稀拉拉的掌声和强烈的自我厌恶中走向吧台。

"苏打水。"他说完，屁股挪上了高凳。他依然感觉有人盯着自己。卡普雷塞时不时地派人对付他，但没有一次成功过。两个女人不像卡普雷塞惯常雇佣的杀手，但也许他玩的就是出其不意。他听见高跟鞋落地的清脆响声，紧接着那位绝代佳人出现在身边。

"罗伊斯先生。"她热情圆润的嗓音略带沙哑。

Part Three · 飞 升

深肤色的女人轻轻一跃,坐上高凳。"小约翰尼[①]。"她的口音有点耳熟,似乎以前认识,但他敢肯定从未见过那张面孔。

"如果是卡普雷塞派你们来的……"他咕哝道。

"卡普雷塞,"黑发女人咂摸着这个名字,"就是他杀了你妻子,对吧?"

乔纳森没有回答。

"不过,"她接着说,"杰克·卡普雷塞还活着。生龙活虎。据我听说。而你在这个稀烂的俱乐部里虚度残生。"

"喂,"另一个女人抗议,"我喜欢这个地方。"

"你们是谁?"乔纳森问。

"琼。"深肤色的女人说。

"玛塞拉,"黑发美人说,"不过提到我们这种人,不该问谁,对吧?应该问**什么**。"

女人伸出一根嵌着金色指甲的手指,按在吧台上,在乔纳森的注视下,她的手指洋溢红光,木头逐渐扭曲、腐朽,竟然开了一个洞。深肤色的女人——琼——把一个托盘推过来,盖在洞口上,但她已不是刚才的女人。她是酒保克里斯,尽管克里斯还在吧台里面,背对着他们擦一个高脚酒杯。他转回身的同时,她变回原样。

乔纳森口干舌燥。

她们有超级力量,正如他身上的闪光。但闪光是馈赠。闪光是诅咒。都是给**他**的。不应该还有别人跟他一起,身处这样的地狱。

"你们想要什么?"他的声音低得几近耳语。

"这个问题,"漂亮女人说,"正是我要问你的。"

乔纳森低头盯着那杯苏打水。他想要回自己的生活。但他早已失去,

[①] 译者注:约翰尼是乔纳森的昵称。

再也没有了。他想死,但死的权利也被剥夺了。

那晚,卡普雷塞的人全都死了,乔纳森没有死,房间静谧又黑暗,一片虚空,他拿枪抵着自己的脑袋,扣动扳机,一切理应结束,却事与愿违,因为闪光再度出现,无论他喜欢与否,令他想到了愤怒的克莱尔,然后又开了第二枪。想到克莱尔,他有了复吸海洛因、漂浮于海上的渴望。

但闪光阻止了他。

乔纳森告诉过自己,再也不要堕落了。

他绝不辜负克莱尔。

然而,闪光犹如一种截然不同的毒品。残酷地提醒他尚在人间。

琼眉头紧锁,仿佛参透了乔纳森的想法。玛塞拉却在微笑。

"明明可以报复那些伤害你的人,"她说,"何必坐在这儿喝闷酒?"

但他已经报复了——他干掉了那些杀死克莱尔的人,以及追杀他的人,包括卡普雷塞派来的每一个人。一个都没有漏过——除了——

"卡普雷塞。"乔纳森喃喃道。

所以闪光不准他安息?

不准他去找克莱尔?

"我可以帮你接近他。"玛塞拉说。她凑近了些,近到他能闻到香水味。"你的才能我有所耳闻,但我希望加深了解。"她把手伸过来,按在他胳膊上。这种姿势毫无恶意,甚至可以说友善,直到她的手掌发红。闪光在他的皮肤上乍现,然后她收回手掌,观察了片刻。"唔,"她的语气轻松自然,似乎刚才没有毁灭对方的打算。"你是怎么做到的?"

"我什么都没做,"乔纳森愤愤地说,"就那么发生了。有人企图伤害我——见鬼,哪怕是我企图伤害自己——它就出现了。把我保护得严严实实。"

"噢,你太厉害了。"琼倚着吧台说。

Part Three · 飞　升

玛塞拉不悦地轻哼一声。"我看不出对我有什么帮助。"

乔纳森盯着酒杯。"我可以与人分享。"

玛塞拉眯起蓝色的眼睛。"什么意思?"

乔纳森摇摇头。闪光便是这样戏弄他的。所以他知道闪光不是什么馈赠,而是诅咒,一道浅浅的割伤,不致命,但伤害很深。他一心希望保护克莱尔,却失败了。如今,他终于有了保护他人的能力,然而为时已晚。她已经不在人世。

"乔纳森。"玛塞拉追问。

"我可以保护别人,"他坦诚相告,"只要我看得见他们。"

玛塞拉笑了。笑容灿烂,是富有感染力、令人忍俊不禁的那种笑容,哪怕没什么可笑的。

"既然如此,"她说,"我们来谈谈复仇的事情吧。"

XII
三周前
布伦特港外某处

维克托的脚步在灌木丛中沙沙作响。

时值黄昏，他在林间跋涉，周遭的天色热烈而斑驳。时而有远处的枪声打破寂静，保护区的另一边，猎人们趁着天光尚未敛尽，追捕着他们的猎物。

维克托也在打猎。他跟踪的是一个身着橙色背心的大汉，鲜亮的颜色在周围混杂的绿色和灰色之中相当惹眼。林中树木稀少，四面都是田野。向南边走几英里有一间小屋，便是此人足迹所至之处。

尽管行头那么惹眼，伊恩·坎贝尔一直很难被找到。

他出事之后就不见了，几乎人间蒸发。

几乎。

但在如今这个时代，雁过无痕是不可能的。

为了追踪这个超能者，米奇耗时数月之久。他做到了。因为他知道，正如维克托知道，他们别无选择。厚厚一沓纸缩减为区区几张，线索日

Part Three · 飞 升

渐稀疏，维克托的死亡时间越来越久，一秒一秒地增加，逼近医学意义上的生死极限。

一声微弱的哀鸣传来，维克托循声望向坎贝尔此行的疑似目标。

一头受伤的鹿躺在灌木丛里，一发散射的铅弹在它腰身处撕开了血口。维克托放慢脚步，躲在不远处的树荫底下观察，坎贝尔蹲在受伤的鹿身边，一边温柔地念念有词，一边把手按在它的伤口上。

然后，维克托亲眼看见，铅弹脱离了肌肉和皮肤，从动物身上滚落，消失在草丛中。

维克托屏住了呼吸。

他慢慢地习惯了失望——他不间断地追踪超能者，却发现他们的能力不匹配，甚至完全关联不上——所以坎贝尔表现出来的能力令他猝不及防。他或许终于找到了能帮他的人。

鹿颤颤悠悠地爬起来，蹦蹦跳跳地远去，安然无恙。

坎贝尔目送它离开。维克托则目光不离坎贝尔。

"你把猎物放回去，"维克托开口打破了寂静，"再挨一次枪子，算做好事吗？"

坎贝尔竟然没有吓得跳起来，很不简单。他站起身，在牛仔裤上擦了擦手。"我管不了猎人，"他说，"但绝不会不管一个遭受痛苦的生命。"

维克托笑了，笑声空洞，缺乏幽默感。"那么帮助我对你来说也就不存在顾虑了。"

坎贝尔拉长了脸。"动物都是无辜的，"他说，"人就另当别论了。我发现，大多数人不值得帮助。"

维克托大为恼火——听上去很像伊莱说的话。他动了动手指，空气开始嗡鸣，但令人意外的是，坎贝尔并未躲闪，反而迎上前来。

"你受了什么伤？"他问。

维克托迟疑了，面对这样简单的问题，他的答案太过复杂。最后他说:"致命伤。"

坎贝尔久久地打量着他。

"好吧,"他说,"我尽力而为。"

维克托的心脏猛地一顿,不是因为发作,而是因为希望。这种情况太罕见,他都快忘记了是什么感觉。他早就做好了动武的准备。

"我的能力有极限,"坎贝尔接着说,"我不能干涉自然衰老。改变不了进程。我不能逆转死亡,但我**可以**消除暴力伤害。"

"那么,"维克托说道,他的死亡正是鲜血和痛苦铸就的,"你非常适合我。"

坎贝尔抬起手来,维克托从来不习惯与人接触,只能咬着牙不动弹,让超能者把手放在肩上。

坎贝尔闭上眼睛,维克托等待着。等脑子里的嗡鸣消失,等神经的爆裂平息,等计时器彻底停止——

然而什么都没有发生。

漫长而虚无的一秒钟过去,坎贝尔收回手,维克托知道自己又钻进了死胡同。但他明明看见坎贝尔施展超能力了。应该有用。必须有用。

"很遗憾,"那人摇着头说,"我帮不了你。"

"为什么?"维克托吼道。

坎贝尔终于后退了。"我刚才说可以,意思是,我能治疗**其他人**造成的暴力伤害。但无论你身上发生了什么,无论你受到的是什么伤害,都是你自己造成的。"

维克托的愤怒来得猝不及防,深深地刺痛了他的内心。他握手成拳,坎贝尔趔趄着,退进灌木丛,喉咙里发出痛苦的呜咽声。

"起来。"维克托喝道。他说话的同时抬手,强迫坎贝尔挺直腰背。"**治好我。**"

"我做不到!"坎贝尔气喘吁吁地说,"我说过了,我只能治疗**无辜的**

Part Three · 飞　升

人。你不是受害者。"

"你凭什么评判我?"维克托咆哮。

"不凭什么,"坎贝尔说,"力量自有判断。我很遗憾,我——"

维克托怒吼一声,推开坎贝尔。死亡的情景在他眼前浮现——不是最近的那次,也不是伊莱杀死他的那次,而是最初的死亡,在洛克兰大学实验室里,他爬上操作台,赤裸的背部贴着冰冷的金属,一声令下,召唤死亡的降临,犹如使唤恶魔,或者奴隶。

树林里,坎贝尔挣扎着爬起来。

维克托暗暗期待对方逃跑,但他一动不动。

暮色四合,即便是在光线惨淡的林子里,维克托依然在超能者眼中看到了发自内心的悲哀。

维克托考虑过放此人一条生路。但既然他能找到坎贝尔,EON迟早也能找到。他们的手段似乎越来越高效了。

"我很遗憾。"坎贝尔又说了一遍。

"我也是。"维克托说着,拔枪了。

枪声在树林里回荡。

对方应声栽倒,维克托叹息一声,颓然靠着一棵树,脑子里的嗡鸣声前所未有地激烈。他闭上眼睛,无以复加的倦怠感突然袭来。

如果你杀死你遇到的所有超能者,你跟伊莱又有什么区别呢?

无论你身上发生了什么,无论你受到的是什么伤害,都是你自己造成的。

他的手机铃声突然响起。维克托睁开眼接听,双脚站定。"多米尼克。"他判断背景的杂音来自酒吧,"有消息?"

"有一个新的超能者,"多米说,"胆儿很肥。名叫玛塞拉·里金斯。"

"她是有价值的线索?"维克托开始原路返回。

"不,"多米说,"她的能力绝对属于破坏型。"

维克托叹了口气。"那对我有什么用?"

"我就是觉得你可能希望了解一下情况。她现在吸引了大量关注。"

"好,"维克托应了一声,"那么EON会浪费时间去抓捕她,而不是对付我。"

当然,有多米尼克通风报信,他知道他们已经在追捕他。准确地说,追捕疑犯。而且他很清楚是谁在带队。

听说斯戴尔是怎么利用伊莱·伊弗时,维克托觉得恶心,但并不意外。他重操旧业了。伊莱总有办法站到舞台中央,斯戴尔一度被他迷得晕头转向。维克托怀疑EON尚未逼近的原因在他身上。不是因为他们豢养的宠物没能在一桩桩凶杀案背后发现维克托的影子,而正是因为他发现了。

太像伊莱的风格了,自以为是,固执己见,凡事都要亲手处理。

套索一天不收紧,维克托的疑虑一天不消除。

至于玛塞拉·里金斯,让她暴露在聚光灯下吧,只要她有那个本事。对于超能者来说,有一种选择是天性使然。大部分超能者情愿躲在暗处,而当获得关注的需求超过了自我保护的理性,天平必然失衡。

玛塞拉那样的人不可能蹦跶太久。

XIII
三周前
梅里特城外

雨水渗透仓库的天花板,持续不断的滴水声掩盖了玛塞拉的高跟鞋踩在水泥地上的脚步声。老罐头厂坐落在城郊,厂房极其简陋,只有立柱、钢梁和破损的屋顶,属于城里指定的中立地点之一。

他们的交谈声在仓库里飘荡。

"……在他自己的办公室里……"

"……不能忍……"

"……谁去处理……"

"……就一个女人……"

"……她绝不是单独行动……"

"男人们在这种地方干什么呢?"当三颗脑袋进入视野时,玛塞拉自言自语,声音却传了过去,"我敢说,你们每次见面挑的都是最偏僻的角落。"

男人们转头看她。乔·科尔霍夫。鲍勃·梅利斯。杰克·卡普雷塞。

她隐隐期待这帮自诩为梅里特骑士的家伙围着一张圆桌,结果发现他们躲在一个乏味的、漏雨的地方。

难以置信,玛塞拉心想。她的丈夫化成了沙子,托尼死在办公室里,他们**依然不肯拔枪**。中立地点的规矩之一就是老大不能带枪,但可以肯定的是,参加类似的会面,他们不可能真的**手无寸铁**。

"因为氛围?"玛塞拉一边走向他们,一边问道,"还是同类相吸?废弃。过时。陈旧。城里的老建筑太多了,"她说着,指甲刮过一根水泥柱子,"花钱修葺和翻新简直有病。有时候直接推倒重来更好,你们不觉得吗?"

"该死不死的玛塞拉·里金斯,"科尔霍夫冷笑着说,"你胆子不小——"

"噢,我认为我胆子很大,乔。"

"如果你还有一点点**理智**,"梅利斯说,"你就应该跑掉。"

"穿这双鞋子跑吗?"她低头看了一眼高跟鞋,调笑道,"还要错过这次愉快的会面?"

"谁也没有邀请你。"科尔霍夫说。

"怎么说呢?我听到有人背后谈论我。"

"你是怎么找来的?"卡普雷塞问。

玛塞拉在柱子之间徘徊,指甲刮蹭着水泥。"我丈夫生前有句口头禅。**知识也许是力量,但金钱两样都能买到。**"她的手落了下来。"看来哈奇手下的某些人非常乐意换边站,获得地位上的提升。"

"胡说,"卡普雷塞嘶声说道,"自家人不可能背叛。"

玛塞拉翻了个白眼。"最有意思的是,你们所谓的**自家人**,"她一边说,一边摸过另一根柱子,"仅仅是对顶层的少数派而言的。要是顺着家族树往下看,你就会发现好多人真的不在乎谁管事,只要有钱拿就行。"她的目光投向仓库的墙壁和墙外的人,好几辆黑色轿车停在那里。"我很

Part Three · 飞 升

好奇,你们手下会有多少人抢着为我干活,等你们死后。"

科尔霍夫怒不可遏。梅利斯从屁股兜里摸了一把折刀,不紧不慢地打开。最后,卡普雷塞掏出一把枪。"我一直认为你是厚颜无耻的婊子,"他举枪对准玛塞拉,"原来你还挺蠢的,一个人到这儿来。"

玛塞拉仍在柱子之间游移,对他们手中的武器视而不见。"谁说我是一个人来的?"

乔纳森的皮鞋颇有节奏地踩着水泥地,走进众人的视野。他仿佛在梦游,深沉的眸子盯着卡普雷塞,迎面走去。黑帮老大开枪了,子弹撞上乔纳森前面的空气,随着蓝白色的光芒一闪,流弹在水泥地上擦得火花直冒。

"他妈的这是……"卡普雷塞咆哮着,一次又一次开枪,乔纳森越来越近,终于有一颗流弹飞回去,击中卡普雷塞的膝盖。他猛吸一口气,弯下腰来,抓着伤腿。

乔纳森一言未发。他仅仅拔出自带的枪,对准跪在地上的那人的额头,扣动扳机。

科尔霍夫和梅利斯惊呆了,他们瞪大眼睛,看着卡普雷塞浑身瘫软,毫无生气地躺在冰冷的地面。

玛塞拉打了个响舌,手掌按在最后一根柱子上。"如果你们还有一点点理智,"说话间,她的手掌泛着红光,"你们就应该跑掉。"

她掌底的水泥柱子坍塌了,其他柱子也随之开始战栗、倾斜,每一根被她碰过的柱子都变得脆弱不堪。随着一声刺耳的啸叫,柱子崩裂,屋顶弯曲,继而折断。

梅利斯和科尔霍夫拼命逃跑,但无济于事。琼已经锁上了门。一块巨石落了下来,砸向玛塞拉所在的位置。

她着了魔似的盯着落下来的巨石,兴奋和恐惧令她热血沸腾。

"乔纳森。"她提醒道,不过对方已经看见她了,她周围的空气闪着蓝白色的光芒，紧接着巨石轰然撞上。在强大的力场面前，石头化为碎片，犹如骤雨纷飞，在她周围滑落，秋毫无犯。

玛塞拉想起第一次目睹拆楼的情景。最令她震惊的是引爆之后摄人心魄的宁静，庞然大物懒洋洋地垮塌下来，不像砖石和钢铁的混合物，而像一块做失败的蛋奶酥。诚然，从这个角度欣赏，不太安稳，更谈不上宁静。

但玛塞拉同样颇为享受。

享受男人们的惨叫、扭曲的钢筋和破碎的石头，以及天摇地动，仓库垮塌，掩埋了科尔霍夫、梅利斯和卡普雷塞。又解决了三个碍事的男人。

在玛塞拉和乔纳森周围形成一个圆圈，碎石堆在圈外，他们毫发无伤，但被堵在了里面。重重包围。不过，如今什么都约束不了她。玛塞拉按住身边的水泥块，整个手掌闪耀着深红色的光芒，强烈得如同火焰，顺着她的手臂蔓延。

水泥块脆化、开裂、破碎，障碍不复存在，出路畅通无阻。

玛塞拉尚未测试自身力量的极限。或者说，她尚未**找到**。毁灭来得轻而易举。

她大步离开化作废墟的仓库，乔纳森如影随形。

琼瞪圆了眼睛，在碎石堆边上等他们。"太不谨慎了。"

玛塞拉一笑了之。"谨慎的价值有时候被高估了。"

琼伸手示意那些从黑色轿车上蜂拥而来的武装保安。"我们对骑士团说什么呢？"

玛塞拉注视着他们。

"我们就告诉他们，"她说，"梅里特的黑帮改朝换代了。"

Part Three · 飞　升

· · ✟ · ·

玛塞拉瘫在奶油色的皮沙发上，唇间笑声不断。"你真该看看他们的表情，琼……"

落地玻璃窗外是广阔的城市，在将尽的天光中闪着微光。

玛塞拉早就想在国家大厦里生活了。

如今她终于来了，哈奇的顶层公寓好比光明大道上的临时站点。话说回来，确实很光鲜。尤其是血迹已经擦掉了。还剩几处顽固的污渍，但玛塞拉不介意。它们时刻提醒着她做过什么。以及她能做到什么。把敌人变成污渍，踩在脚下。

至于那帮下属了解到的情况是，托尼·哈奇去度假了。这是他常干的事。

他依然恶贯满盈，习惯暗自行动。

乔纳森幽灵似的溜走了，但琼留了下来，坐在沙发边上。

"你知道，"她说，"一具尸体吸引不了多少注意。麻烦在于尸体越来越多。黑帮的小伙子不会每次出事都给联邦调查局的人打电话，但你在考验他们的心脏。你忘了我说过的吗，关于 EON 的事情？"

"反而都是高调现身的理由。"

琼抄起胳膊。"你是怎么考虑的？"

玛塞拉心不在焉地伸出一根手指，扭绞着一绺黑发。"躲在暗处的人，更容易被悄无声息地解决掉。"她坐起身来。"我刚刚搞垮了一整栋建筑。你可以随心所欲地改变形象。还有乔纳森，能够让谁都伤不了我们分毫。我们不是厉害，我们是无敌。我们*应该*高调现身。"

琼摇着头。"如果你希望生存——"

"可我要的不是**生存**，"玛塞拉冷笑着说，"我要的是**发达**。我向你保证，好戏才刚刚开场。"

女孩翻了个白眼。"然后呢?你打算举办一个该死的派对不成?"

玛塞拉的唇边缓慢地漾起笑意。这个主意不错。

"不,"琼说,"不,我是开玩笑——"

隔壁房间响起枪声。

"见鬼。"玛塞拉嘶声说着,站了起来。

琼跟上去,她们发现乔纳森站在一间卧室里,手枪晃晃悠悠地钩在指头上,对面的墙壁有个洞,是流弹击中的位置。

"你在做什么?"玛塞拉问。

"还是不行,"他喃喃自语,"我还以为可以。既然卡普雷塞已经死了……"

"很遗憾,小约翰尼,"琼说,"显然你还有事情没有办完。"

他跌坐在床上,深深地埋着头。

"我就想……"他双手抓着枪,"去陪克莱尔……"

玛塞拉叹着气,拿走了他手中的武器。他的悲伤抵消了她的欢愉。

"来吧,"她转身说道,"我们都需要喝一杯。"

她没有回头,但听见乔纳森勉强从床上起身,跟着她们进了大房间。

琼焦躁不安,每走一步都换一个面子。戴着文身袖套的老妇人。身着考究西服的年轻黑人男子。穿着白色超短连衣裙年方二十的美女。

"你害我头晕。"玛塞拉厉声喝道。

琼一屁股坐在沙发上,换了一个新的面子。她不是玛塞拉——变不成——但她显然希望在形象上接近后者。她保留了好几天白瓷般的肌肤、乌黑的秀发和修长的双腿。脸太宽,眼睛是绿色不是蓝色。他们跟着玛塞拉来到墙边的酒柜前,里面尽是稀有而昂贵的波本威士忌。

她把枪放在玻璃柜面上,给乔纳森斟了一杯几指高的深色烈酒。没有加冰。

"你错过了一场精彩的演讲,"琼说,"我们的姑娘有相当远大的

Part Three · 飞 升

计划。"

玛塞拉不接茬。她把酒递给乔纳森。"没错,"她说,"你当然是要参与进来的。"玛塞拉转身面对琼,递去一个酒杯。"你呢,琼?"

她问的不仅仅是酒,彼此心知肚明。

对面的超能者摇了摇头,却面带微笑,眼里闪烁着顽皮的、几近危险的光芒。"我说过了。你高兴就好。毕竟,即使 EON 找来了也抓不到我。"

琼接过酒杯,玛塞拉随即举起自己的酒杯。"干杯,敬更伟大、更美好的——"

他们身后的窗户突然破碎。

子弹本应击中玛塞拉的后背,如果乔纳森没有一直盯着她的话。光芒一闪,它被弹飞,随即又有三发子弹呼啸着接踵而至。

其中一发打中了琼。她踉跄着倒在地上,形象随之脱落。眨眼的功夫,不到一秒钟,玛塞拉再次看见女孩的真面目——赭色头发,一道雀斑——然后不见了,取而代之的是一个陌生人,飞快地避开弹道。

"我早说了——"琼开口道。

"现在不是时候。"玛塞拉厉声打断她的话,与此同时,旁边的一个醒酒瓶炸成碎片。"盯着我别动。"她命令乔纳森,然后转身放下威士忌,拿起了枪。

枪声继续,一波弹雨掠过,全部被乔纳森的力场弹飞,到处闪耀着蓝白色的光芒。玛塞拉以小心翼翼的优雅步态向前移动,说服自己不要畏惧攻击。太刺激了,她明知自己的生命此刻不在自己的掌握之中。明知万一乔纳森移开视线,护盾便会消失,而她必定千疮百孔。

不过有的时候,你必须抱有信心。

玛塞拉走过整个房间,走向破碎的落地玻璃窗,锯齿状的大洞犹如张开的嘴巴。在她的触碰之下,残余的玻璃也碎裂了,玻璃碴被一阵寒凉的夜风吹起，扫荡得干干净净，玛塞拉跨过空洞的窗框，高跟鞋踩在玻璃碴、沙子和残片上。

所以，她走到露台上，心想，你不要躲起来。

所以，她抬起枪口，心想，你要让他们见识到你的实力。

玛塞拉眯着眼睛，透过乔纳森带来的闪光和火花，在黑暗中寻找标识狙击步枪的火光，然后她一次又一次开枪，对着夜色打空了弹夹。

XIV
两周前
惠顿市中心

希德妮抚摸着细小的骨头。

当天早些时候，多尔在排水沟里找到了这只小鸟，如果还能叫做小鸟的话——只剩一团乱七八糟的肌腱和羽毛，半边残破的翅膀。它本来就惹人同情，更惨的是后来被希德妮从大狗嘴里夺过来，此刻正可怜兮兮地躺在她借宿的床上，底下垫着一块旧洗碗布。作为旁观者，多尔把头搁在被子上。

门外，米奇哼着一首老歌，正在做晚饭。他们各有各的办法应对压力、恐惧和希望。她的注意力回到小鸟身上。

"你在想什么？"她问多尔。

大狗呜咽一声，还在为战利品被抢走而生气。她挠了挠狗耳朵——它靠得越近，她越能感觉到束缚彼此的丝线，也更容易想起自己在黑暗中摸索过的东西。

希德妮深吸一口气，瞥了一眼床边的红色铁罐，然后闭上眼睛。她向前探寻,双手放在小鸟的遗骸上,伸了进去。

犹如一次漫长的坠落。

虚无而冰冷。

似乎永远到不了尽头——然后希德妮察觉到微弱的红光,是一根弯曲的线。不,不是一根。十几根成捆的细丝,在她黑暗的脑海中四散漂移。它们犹如鱼儿游来游去,轻轻一碰便迅速游走,希德妮的肺开始疼痛,但她没有放弃。她慢慢地、吃力地收拢细丝,想象着把散开的线头归拢到一起。打结。

细致的工夫需要花费好几个钟头。好几天。好几年。

同时也是转瞬之间。

当她打好了结,线头闪起微光,开始搏动,她感到掌下的羽毛在震颤。

希德妮猛地睁开眼睛,小鸟动了。

她情不自禁地发出了一种声音,既像笑声,又像哭声,混杂着狂喜和震惊,然后被激烈的振翅声和尖利的鸟叫声盖过,受惊的鸟儿企图逃离她的掌心。

鸟儿啄着希德妮的指关节,她便放手了——低级错误,于是鸟儿在狭窄的房间里起飞,寻找重获自由的机会,不断地撞上灯具和窗户,多尔的脑袋上下摇晃,像是准备咬住扔来的苹果。

希德妮冲过去,打开窗户,鸟儿慌张地拍打着灰色羽翼,逃入夜色。

她目送它飞走,惊叹不已。

她成功了。

那是鸟儿,不是人,但希德妮确实把严重损毁、所剩无几的骨骸还原成完整的生命。让它死而复生。

很快,她走过房间,打开红色铁罐的盖子。里面是唯一的——仅有的——塞雷娜·克拉克的遗骸,裹在一块碎布里。希德妮伸手去拿,心

Part Three · 飞　升

跳加速——然后停止动作。

她的手悬在遗骨上。

万一不够呢？

鸟儿可不是姑娘。万一她试了一把，失败了，她将再无重来的机会。

万一她试了一把，失败了——可她还能做什么？塞雷娜其余的遗骸化成了灰，散落在几百英里外的城市。

有什么区别吗？

希德妮从未想过**地点**是否与**对象**同样重要，但此时此刻，当她扣上铁罐的盖子，她心想，*鬼魂都困在他们逝去的地方*。她不相信鬼魂的存在，但总得相信一点什么——闪光的线，便是她能找到的最接近灵魂的东西。如果塞雷娜还有什么遗留下来的，除了这个铁罐里的遗骨，便都在那里了。

希德妮所要做的就是等待。

XV
两周前
卡普斯通

斯戴尔的飞机于拂晓时分降落。他不清楚为何不能举行视频会议，董事会非要他亲自出席，除非断然拒绝，否则斯戴尔只能跑一趟。

他已经严令里奥斯遵守指示。他在外期间，不得执行任何程序。不准下达命令，也不准执行命令，除非命令是他直接下达的。

斯戴尔最不希望看见的就是发生暴乱。

此刻，在毫无特征的会议桌前，他盯着五张毫无特征的面孔，及其毫无特征的西服。斯戴尔怀疑等他离开这个房间，他就不能从一群人当中认出他们了，更别提把他们放进茫茫人海。

"先是抓捕超能者行动失败，"黑衣女人说，"现在消灭目标也做不到。"

"你的烂摊子可不好收拾。"灰衣男人说。

"我们对付过更棘手的超能者，"斯戴尔说，"只是时间问题——"

"EON及其业务暴露在公众面前，"黑衣男人打断他的话，"只是时间问题。"

"我的团队正在竭尽全力。"斯戴尔说。

"此话并不属实,"黑衣男人说,"我们找你过来,是因为我们相信,你的个人偏见阻碍了你利用一切资源达成目的。"

"偏见?"斯戴尔反问。

"我们不否认,"身着深蓝色衣服的女人补充道,"你对本机构的发展**不可或缺——**"

"发展?EON是我创立的。第一份情报是我给你们的,危险等级是我解释的——见鬼,我还就超能者存在的合理性说服了你们当中的几个人。"

身着炭黑色衣服的男人清了清嗓子。"我们没有质疑你的贡献。"

灰衣男人倾身向前。"我们清楚你对本机构的早期理念有着强烈的私人情感。"

"正因为如此,"黑衣女人说,"你无法客观评判当前的需求。"

"我的主观判断才是价值所在,"斯戴尔说,"你们似乎认为我们对付的是自动武器。似乎只有我认为我们是在跟人打交道。"

"可以这样说,"身着炭黑色衣服的男人回应,"他们*两者皆是*。"

斯戴尔摇摇头。他们永远会绕回这个话题——金钱和权力,董事会两样都要。如果董事会有办法,他们会把抓到的每个超能者都变成武器。最好是一次性的。

"玛塞拉·里金斯嘲弄了EON,也嘲弄了你,"蓝衣女人说,"你声称正在竭尽全力,不惜一切达成目的,可你在拥有执行任务的完美人选的同时,始终坚持使用低等级武器。"

他终于听懂了对方的意思,坦白到令人不快。

伊莱。

"至少低等级武器有保险装置。伊莱·卡代尔不行。我不会批准他参加行动。"

身着炭黑色衣服的男人凑近了。"你自己也赞同这种用途。"

"不一样,"斯戴尔说,"伊莱不是退役军人。他是连环杀手。"

"他已经跟我们合作四年有余。"

斯戴尔摇摇头。"你们不如我了解他。"

"那么我们又回到了客观性的问题。"蓝衣女人说。

"洞察力不是偏见,"斯戴尔厉声说,"你们认为我们手里的是烂摊子。即便如此,与我们放他自由之后可能造成的局面也不可同日而语。"

"谁提到**自由**了?"黑衣男人问,"我们**有**对策。根据我们的记录,追踪装置已经植入——"

"这不是**失去**伊莱的问题,"斯戴尔说,"是我们再次找到他之前他会做什么的问题。我们约束不了他。"

话音未落,灰衣男人拿出一个公文箱。"我们考虑到了,"他把箱子推了过来,"这里有一个非常牢靠的解决方案。"

卡扣打开,里面是一个光滑的铁环,装在黑色底座上。斯戴尔摸了摸,发现是两个铁环,相互嵌套。铁环上有接缝,便于这个组合项圈打开和关闭。

"哈弗蒂的研究方法当然存在问题,"黑衣女人说,"但在目前的情况下是派得上用场的。他最初的实验目的是摸清卡代尔的基础自愈能力。第二阶段的目标则是自愈的范围——及其局限。"

一个小型遥控器威风凛凛地躺在铁环底下的垫布上,半张信用卡大小,厚薄也相似,光滑的黑色表面只有一个按钮。

"哈弗蒂发现了临界值的存在。任何小于临界值的东西,比如一粒药片,就会被卡代尔的身体吸收。而大于临界值的,就会被他的身体排斥。但是,如果他排不出异物,身体就无法自愈。"

斯戴尔想起了神志清醒、躺在手术台上的伊莱,敞露的胸膛被钉在

Part Three · 飞　升

两边，哈弗蒂正忙着做实验。

"我们对这个项目已经研发了好几个月。来吧，试试看。"

斯戴尔按下凹面按钮，项圈的内环突然收缩，在接缝处叠加，变成一根锋利的长钉。

"这个设计旨在，"黑衣男人解释，"切断人的第四和第五脊椎。对于普通人，这种伤害将造成永久性瘫痪。鉴于卡代尔的身体条件，影响当然是暂时的，但效果应该存在。"

"当然，我们只是建议。"身着深蓝色衣服的女人淡淡一笑。

"毕竟，你还是EON的主管。"

斯戴尔把项圈放回箱子里，董事会的说法与他沉重的心情正在激烈交锋。

"不过，我们强烈建议你处理掉这个超能者，尽快解决她。不择手段。"

..✝..

梅里特那边

斯戴尔家的钥匙总是卡在锁孔里。

他知道应该早点修好，但他在家的时间不多。隔两天才在自家床上过夜。吃饭基本都在EON的食堂。他不知道自己为何从机场直接开车进城，而不是返回EON，他开了半路都没有发现自己在干什么。去董事会那里开会之后，斯戴尔的脑子一直很乱，在飞机上喝了两杯威士忌也无济于事，他意识到在搞清楚下一步的打算之前不愿意踏足那里。

关于玛塞拉。

关于伊莱。

斯戴尔脱掉外套，先点了一根香烟，然后把金属公文箱放到厨房的餐桌上。打开卡扣。

光滑的金属项圈放在天鹅绒凹槽里。

你没有利用你手里的资源。

董事会的说法对吗？

让我去。

斯戴尔坐到椅子上。

你永远见不到外面的世界。

他是否被往事蒙蔽，导致判断失误？

他是否完全依靠直觉行事？

他揉了揉眼睛，深吸一口香烟，让浓烟充盈肺部。项圈在箱子里闪闪发亮。EON的解决方案——不是斯戴尔的。至少目前还不是他的。

手机响了。斯戴尔看都不看就接听了。

"喂？"

他以为是里奥斯，或者理事会的成员，但对方的声音圆润而性感。

"约瑟夫。"语气里洋溢着老友相见的热情。

他皱起眉头，掐灭香烟。"哪位？"

"你还需要问吗？"

"我认识你吗？"

"我希望是的。毕竟，你的手下开枪打我的时间相当长呢。"

斯戴尔下意识地握紧了手机。

玛塞拉·里金斯。

"要是我不了解情况，我都以为我们之间有私人恩怨了。"

"你是怎么搞到这个号码的？"

他从对方的声音里听到了笑意。"我杀你的特工都杀腻味了。你埋葬他们不觉得腻味吗？"她根本不等回答。"也许，"她接着说，"我们可以找到一个更好的解决方案……"

Part Three · 飞 升

"大多数超能者只有一次机会，"斯戴尔说，"我给了你两次。现在就投降，然后——"

一阵轻柔的笑声传来。"约瑟夫啊，"她嗔怪道，"我有什么必要做那种事呢？"

"那么你打过来就是逗口舌之快。"

"完全不是。"

"那是为什么？"

"我觉得，"她快活地说，"也许我们可以喝一杯。"

这个回答令斯戴尔始料不及。"为什么？"他问，"方便你杀了我吗？"

"杀你没有意义。如果我要你死，你绝对活不了。你以为我只知道你的手机号码？我不得不说，你的装修品位太差劲了。"

斯戴尔猛地抬头。

"当然，"她接着说，"你经常不在家，对吧？"

斯戴尔一言未发，转身背对墙壁，目光投向窗外。

"几张照片而已，"她又说，"依我推测，姐妹俩，通过她们看你的眼神——"

"你表达得很清楚了。"他咬牙切齿地说。

"那么，既然如此，我七点左右到弹珠餐厅。不要让我一个人喝闷酒。"

不等他回答，玛塞拉挂了电话。

斯戴尔无力地靠着墙壁，脑袋犯晕。他不能赴约。他**不该**赴约。玛塞拉是他的目标，是需要解决的敌人，而不是谈判对象。

但他必须采取对策。

他的视线从金属公文箱移向自己的手机。

斯戴尔暗暗咒骂着，一把抓起外套。

XVI
两周前
梅里特市中心

有些女人为婚礼筹划很多年。

玛塞拉为接手黑帮筹划了十年。

当然,她一直假设马库斯在场,但目前的状况更令人满意。

随着梅里特黑帮的四个老大被干脆利落地解决掉,各派系陷入混乱——因为谣言和目击者的证词,混乱更难以平息——大多数人忙着寻求庇护。愿意效劳的人不在少数,而且心甘情愿。

当然,冲突在所难免,玛塞拉做好了准备,镇压那些喜欢争权夺利的家伙,买通那些可能碍事的官员。

还有 EON 的问题有待解决,但玛塞拉也拟好了剧本。

她背对窗户,扫视着房间。乔纳森在椅子上擦拭他的萨克斯管,琼坐在沙发靠背上玩手机。因为哈奇在国家大厦的套间毁得面目全非,他们搬进了顶白大厦的奢华公寓。这里的窗户装的是反光玻璃。

有本事再来啊,玛塞拉心想,随即听见有人敲门。

Part Three · 飞　升

乔纳森去应门，然后让到一边，门外是一个清瘦的男人，一身真丝衣裤。

"奥利弗！"看见他的瞬间，玛塞拉笑容满面——看见挤在门厅里的衣架，她的笑容愈加灿烂。经历了火灾和高岭的事故，玛塞拉对衣橱的需求格外急迫。

"该死，玛塞，"奥利弗说，"你楼下的安保太严格了。上上下下地摸，中间也不放过。"

"抱歉，"她说，"本周事情太多了。"

"原谅我目前比较警惕，"琼说，"来的是什么人啊？"

"这位是奥利弗，"玛塞拉欢快地说，"我的私人采购师。"

琼突然发出刺耳的笑声。"那么多人企图杀死你——杀死我们——你还有功夫操心该死的衣橱？"

奥利弗不以为然地笑笑。"说这种话的人根本不懂得外在美的力量。"

"是吗？"琼从沙发靠背上跳下来。她走向奥利弗，一步换一个样子。"不如你给我解释解释？"

奥利弗呆若木鸡。

"这位，"玛塞拉干巴巴地介绍，"就是琼了。"

奥利弗犹疑的目光回到她身上。"我，呃，听说了……马库斯的事。见鬼，我听说了*你的事*。很多奇怪的说法。"

"你听说的，"琼说，"很可能都是真的。"

玛塞拉指了指一身旧西装的乔纳森。"奥利，我要的东西你带来了吗？"

作为回答，奥利弗从衣架上取下一个衣袋，打开拉链，里面是一套纯黑西装。玛塞拉从奥利弗手里接过来。

"送你的。"她说着，把袋子递给乔纳森。

"没有送我的吗？"琼问。

"你已经有一整个衣橱了。"玛塞拉说着,转身面对卧室,"来吧。我们看看你买了什么。"

等到拆解衣袋的时候,奥利弗的面色已经恢复如常。"不得不说,接到你的电话我有那么一点意外,"他急忙补充了一句,"当然也很高兴。你一直是我最喜欢的模特。"

奥利弗把裙子一条条地铺在床上,与此同时,她从衣架上取下几件女式衬衫。忽然,她眼前浮现了另一幅场景,床单凌乱,衣物堆在上面。

玛塞拉放下衬衫,免得无端毁在她手里。

"你的眼光大有长进。"她的视线在衣物上游移。一件黑皮勒边的绕颈式露背装。一件尖肩锥袖的深红色夹克。一件带束腰绸带的黑色斜领礼服。一排造型完美的细跟鞋。

她拿起一只鞋子。鞋面锃亮,玛塞拉依稀能照见自己。她的形象随着鞋面扭曲,红唇黑发映照其上,仿佛着了火。

奥利弗背过身去,玛塞拉脱了衣服,换上一条红色短裙,在她的肩胛骨上勾勒出鲜明的线条。她对着卧室的全身穿衣镜打量自己,品评的目光从左边的锁骨移向右手前臂的内侧,然后是肤色苍白的大腿。

烧伤正在愈合,皮肤从粉红色逐渐转变为银色。

"这件衣服在你身上的效果太赞了。"奥利弗在玛塞拉背后说。她的目光从镜子里移开,正好看见他从包里取了一把便携弹簧刀。玛塞拉面不改色。

"帮我拉上拉链好吗?"她若无其事地说道。

"当然。"奥利弗走了过来,玛塞拉等他来到一臂之外,突然转身。他挥刀就砍,刀身却被她徒手抓住,手掌早已发红。弹簧刀在划开她的皮肤之前便化为齑粉。

"真可惜,"她的另一只手扼住奥利弗的喉咙,"你的品位那么好。"

他的惨叫声刚刚开了个头,皮肤和肌肉就消失了,森森白骨暴露在外，继而化成灰烬，最后什么都不剩。

"老天啊。"琼出现在门口。她目睹了刚才的一幕。"瞧啊，这就是拥有一个私人采购师的结果。"她点头示意奥利弗的遗骸。"有没有不想杀你的人？"

"看样子，在这个位置上避免不了。"玛塞拉说。

"可能是的，"琼说，"你觉得再过多久，咱们在EON的朋友还会来碰碰运气？"

玛塞拉转身面对镜子，掸掉了裙裾上的一点灰。她看着镜中的自己，微微一笑。

"这件事交给我操心吧。"

XVII
两周前
弹珠餐厅

一盏长长的吊灯在天花板上发光,柔和的灯光洒落于玻璃、大理石和干净的亚麻布上。

斯戴尔整了整领带,庆幸自己依然穿着去卡普斯通开会的行头。

"您有预约吗,先生?"侍者领班问他。

"我约了人,"斯戴尔谨慎地回答,"我来早了,但是——"

"您可以在吧台等。"侍者领班点头示意弧线形的玻璃和橡木台子。

斯戴尔要了一杯威士忌,比他平时喝的牌子高档许多,然后打量这里的客人——有好几个梅里特当地的权贵。地方检察官。市长夫人。公司高管,政要,不止一个体育明星。

她一进来,他就看到了。

很难不看她,哪怕在弹珠餐厅昏暗的光线下。

她一袭红衣——不太低调,但她浑身上下无一处是低调的。她乌黑的发卷松散地垂落。她的嘴唇和裙子是同一颜色,眼睛则是湛蓝色的。

Part Three · 飞 升

斯戴尔当然看过照片。

任何一张照片都不能准确呈现玛塞拉·里金斯的原貌。

当她走向餐厅中央的一张桌子,斯戴尔能感觉到所有客人都在行注目礼。他从吧台上端起酒杯,跟了上去。

见他来了,她轻启红唇,粲然一笑。

"约瑟夫,"她喊着他的名字,像是挥舞一件武器,"很高兴你决定赴约。"

她的声音很热情,带点儿烟嗓。

"里金斯女士。"斯戴尔坐进对面的椅子。

"摩根,"她纠正道,一杯红酒送来了,搁在肘边,"考虑到之前发生的事,我不太想冠夫姓了。不过,还是叫我玛塞拉吧。"

她说话颇有底气,金色的指甲在杯茎上摩挲,斯戴尔意识到照片呈现不了的不是玛塞拉的美貌。是别的东西。

他见过的东西。

在维克托·维尔身上。在伊莱·伊弗身上。

某种罕见的力量感。极具危险性的意志。

这么强大的家伙就该入土为安。

他忽然理解了伊莱的立场,义正词严背后的决心。斯戴尔摸向枪套。

如果你现在不杀了她,你会后悔的。

他的手指擦过枪栓。

然而,玛塞拉哈哈一笑。"行了,约瑟夫,"她说,"我相信你早就注意到了,武器对我没用。"

斯戴尔当然看过监控视频——玛塞拉站在破烂的露台上,狙击手的子弹全部隔空偏离。他也看到视频里有个身着黑色西服的瘦削男人。而且他注意到,那人就坐在几张桌子外,还戴着墨镜,而餐厅里本来就昏暗。从肩膀的姿态和脸面的朝向来看,那人正在直勾勾地盯着他们。

另一个超能者,斯戴尔敢打赌。

"别管乔纳森,"玛塞拉开口道,"不是我不相信你,约瑟夫,"她以推心置腹的口气说,"不过,怎么说呢,彼此还需要加深了解。"

又一杯威士忌送了上来。斯戴尔不记得是什么时候喝完的,但杯子确实空了。他拿起第二杯喝了一口,突然停止动作,因为这个味道很熟悉。

是斯戴尔存放在家里的牌子。有特别值得庆祝的事情,他才会动那瓶酒。

玛塞拉心照不宣地笑了。她那双长腿换了个边儿跷着,高跟鞋在他的余光里闪闪发亮,犹如匕首。

"告诉我,"她一边说,一边把玩杯茎,"你派人把这里包围了吗?"

"没有,"斯戴尔说,"不管你信不信,我没兴趣让任何人知道我跟恐怖分子坐在一起。"

玛塞拉紧抿嘴唇。"若要伤害我,一两句冷嘲热讽可不够,约瑟夫。"

她念他名字的方式,仿佛他是指间的酒杯,可以随意玩弄。"是你要见面的,"他开门见山,"告诉我原因。"

"EON。"她说。

"怎么了?"

"你之所以针对我们,似乎因为我们是**东西**,而不是**人**。不夸张地说,进行这种无差别攻击是目光短浅的表现。"玛塞拉靠着椅背。"本来可以结盟,何必要树敌呢?"

"结盟,"斯戴尔重复了一遍,"你能给我什么?"

鲜红的笑容缓慢绽放。"你**想要**什么?暴力事件减少?街道更安全?最近有组织的犯罪行为确实失控了。"

斯戴尔扬起眉毛。"你觉得你可以改变**黑帮**的做法?"

玛塞拉的笑容愈加灿烂。"你没听说吗?我现在**就是**黑帮。"她的指

Part Three · 飞 升

甲叩了叩亚麻桌布。"不,你想要实物交易,不是吗?更有实用价值的东西,对吧?你想要……超能者。"

"你愿意把你的交给我?"

"我的什么?"玛塞拉嗤笑一声,"他们对我来说算什么?"斯戴尔的目光又一次越过她,投向一身黑色西装的男人。玛塞拉读懂了他的表情。"恐怕琼和乔纳森不在交易之列。他们属于我。但应该还有其他人,有你抓不到的目标吧?"

斯戴尔犹豫了。当然,有些超能者的确很难抓捕,但目前只有一个,几无擒获的可能。

"有一个超能者,"他缓缓地说,"似乎盯上了同类。"他省略了细节,也没有和盘托出伊莱推断的动机,"到目前为止,七个超能者被杀害。"

玛塞拉故作惊讶地瞪大眼睛。"那不是*你的*工作吗?"

"我不赞成无谓的死亡,"斯戴尔说,"无论受害者是不是普通人。"

"啊,道德感。"

"我的*道德感*是我答应这次见面的唯一原因。因为我不想再埋葬那些好样的士兵——"

"因为你没有办法阻止我。"玛塞拉说。斯戴尔咽了口唾沫,她不屑一顾地摆摆手。"这是你的最后一招。不然你为什么跟恐怖分子坐下来谈呢?"

"你到底想不想停战?"斯戴尔逼问。

玛塞拉盯着酒杯。"这个超能者——是让我自己调查,还是你给我一条线索呢?"

斯戴尔从兜里掏出一个笔记本,飞快地列了一份清单。他撕下那页纸。"杀手最近作案的五个城市。"他说着,把纸条推了过去。

玛塞拉看也不看,直接塞进钱包。"我尽力而为。"

"你有两周时间。"斯戴尔施压。

两周足够出结果，又不至于被玛塞拉耽误。她说得对——也不对——这不是最后一招。斯戴尔**真有**办法阻止她。但他不愿意动用。他有两周时间思考和计划，如果找不到别的选项，那么他将在两周之内判断两害孰轻孰重——放玛塞拉自由，还是放伊莱自由。

"两周。"玛塞拉若有所思。

"就是你这次为我们效力的时限，"斯戴尔说，"如果你成功找到杀手，那么我们或许可以继续寻求共识。如果你失败了，那么恐怕你对EON的价值与你的自由之身是不对等的。"

"一个知道自己要什么的男人。"玛塞拉狡猾地笑了笑。

"还有一个条件——你不要再吸引大量的关注了。"

"**那**可不容易。"她笑道。

"那就不要让你的**超能力**引发关注，"斯戴尔挑明了说，"不要暴露在众目睽睽之下。不要搞大动作。城市陷入崩溃对谁都没有好处。"

"我们当然不希望那样，"玛塞拉羞涩地回应，"我会帮你找到杀手，约瑟夫。作为交换，你不能坏我的事，也不要挡我的道。"她举起酒杯。"我们成交了吗？"

XVIII
两周前
EON

伊莱一遍又一遍地研究监控视频。

在国家大厦执行的任务本来是挺简单的。

但事关玛塞拉·里金斯，那就不简单了。

"你应该高兴才对，"维克托的鬼魂说，"这不正是你希望的吗？"

伊莱没有回答。他专注地看着屏幕上的监控视频，一帧一帧地观察，玻璃破碎，子弹——理应击中玛塞拉的后脑勺——被弹飞，火花四溅，似有一面无形的盾牌护身。

伊莱暂停了视频，若有所思地敲打着桌子。

一个超能者拥有多种超能力的概率无限趋近于零。不对，他推测，更可能的情况是，这种特殊的能力属于第三个人，迄今为止身份不明的超能者，影子一样潜伏在角落里。

三个超能者，携手合作——本身就非同寻常。超能者绝大多数都是独狼，不是形势所需，就是主动选择。很少有人寻找同类，更别说共处了。

"我们就是。"维克托说。

没错。伊莱和维克托都得出了同样的结论——人多力量大,搭配起来可能形成优势互补。

毫无疑问,如今的玛塞拉也有一样的想法。

伊莱继续播放视频,观察她冒着枪林弹雨走过露台。观察每一发子弹如何被弹开。观察她举枪对准狙击手所在的方位。

她的姿态有一种无所顾忌的意味……

超能者会逃跑。

超能者会躲藏。

面对压力,超能者也许会反击。

但他们不会做这种事。

不会*表演*。

不会显而易见地沉浸于超能力带来的快感。

超能者当然不是完整的人,因为缺失、虚无和对生命已经结束的认知,他们做事不计后果,从而偷窃、堕落、自暴自弃。

玛塞拉不是自暴自弃。

她是在炫耀。在诱惑他们。在怂恿他们接着来,来得更猛烈些。

她干掉了自己的丈夫——可以理解,有仇必报。有怨必了。不过,她随后又干掉了他的*对手*。这种举动说明她不是走投无路。而是*贪得无厌*。是*野心*。野心加上能力,是非常危险的组合。

如果不受约束,她会做出什么事情来?

他当初得到的暗示是正确的——他曾经寻求一个证据,证明他的价值,证明他的正确。

不能再放任玛塞拉这样下去了。

即使斯戴尔以前不明白,他也很快就会明白,伊莱是唯一能对付她

Part Three · 飞 升

的人。

玻璃钢板外传来脚步声,他从电脑上抬头,斯戴尔出现在墙外。

"你来了,"伊莱起身说道,"我已经仔细看过处刑失败的所有相关视频,毫无疑问,我们需要一个更有针对性的解决办法,尤其是考虑到有⋯⋯"当斯戴尔把一份新的案卷放进凹槽的时候,伊莱止住话头。

"这是什么?"

"我们得到情报,梅里特南边两小时车程外有疑似超能者出现。"

伊莱皱起眉头。"玛塞拉呢?"

"我们要追踪的目标不止她一个。"

"但她最危险,"伊莱说,"她三天就召集了两个帮手。我们要——"

"我们什么都不做,"斯戴尔断然说道,"你的工作就是分析我交给你的文件。难道你忘了你是仰仗 EON 的慈悲才苟活到现在的?"

伊莱紧咬牙关。"三个超能者在梅里特联手犯案,而你打算视而不见?"

"我没有对**任何事情**视而不见,"斯戴尔应道,"但我们的行动不能再失败了。必须谨慎处理玛塞拉和她的同伙。你有两周时间设计你刚刚提到的**更有针对性的解决办法**。"

伊莱闻言一怔。"为什么是两周?"

斯戴尔迟疑了。"因为,"他缓缓地说,"那是我让她证明自身价值的时间。"

伊莱大惊失色。"**你做了交易?跟一个超能者?**"

"这个世界不是非黑即白,"斯戴尔说,"有时候还有别的选项。"

"那**我的**呢?"伊莱厉声说,"实验室或者牢房——就是我面前的全部选项。"

"你杀了四十个人。"

"她现在杀了多少人?等你认为是时候拿下她的时候,她又会杀死多少人呢?"斯戴尔没有回答。"你怎么如此愚蠢?"

"你别忘了自己的位置。"斯戴尔警告他。

"为什么?"伊莱问,"告诉我,你跟她做交易的原因。"

其实伊莱心里清楚。他当然清楚。原因关系到斯戴尔把他关在这个笼子里,拘禁他、控制他的意愿有多么强烈。

"你什么意思?"他咬牙切齿地说,"说让她证明自身价值?"

斯戴尔清了清嗓子。"我交给她一个任务。在你失败的地方,她有可能成功。"

伊莱愣住了。不。那份文件。悬而未决的案子。维克托。

"猎人是我的。"他吼道。

"我已经给了你两年时间,"斯戴尔说,"也许是时候换个人看看了。"

伊莱情不自禁地走向玻璃钢板,一拳打上去。

这一次,他不是刻意为之。而是怒不可遏的后果,极端情绪瞬间转化为极端行为。疼痛猛然袭来,墙壁发出警示的嗡鸣声,但伊莱已经收手。

斯戴尔嘴角抽动,露出冷酷的笑容。"我不打扰你工作了。"

伊莱目送主管离开,直到墙壁变白,然后他转过身,无力地靠着墙,滑落在地。

他所有的耐心,他处心积虑的施压。此刻的他如履薄冰,冰面随时可能开裂。踏错一步,便会粉碎,而他将同时失去维克托和玛塞拉,随之失去的,还有公正、解脱,以及获得自由的希望。或许已经太迟了。

他观察自己的手背,指节上沾着一抹血迹。

"多少人会因为他的骄傲而丧命呢?"维克托幽幽地说。

伊莱抬头一看,鬼魂再次出现在面前。

他摇了摇头。"斯戴尔宁愿毁了这个城市,也不愿意承认我们是同一阵营。"

Part Three · 飞 升

维克托盯着墙壁,仿佛那里仍是透明的玻璃。"他不知道你有多大的耐心,"他说,"不像我这样了解你。"

伊莱擦掉手上的血。

"不,"他轻声说,"没人了解我。"

XIX
两周前
顶白大厦

琼轻轻吹着口哨,冲洗手上的血。

玛塞拉身着红裙离开了公寓,乔纳森如影随形。她没说去哪儿,没说何时回来,也不邀请琼同去。无所谓,乔纳森可以当哈巴狗,琼更喜欢单干。

注意,单干和**独处**不是一回事。过于静默,过于疏离。闲得发慌——所以琼总要找个目标,双手浸血。

她超过一周没有接活儿了。不需要。哈奇是私人名单上的最后一个名字,而玛塞拉正在整理一本花名册,她称之为**绊脚石**——有男有女,对她的飞黄腾达或有微词——所以每当琼闲极无聊,就出去干掉花名册上的几个名字。

玛塞拉似乎不介意。

有的人是火柴,微光闪闪但不发热。有的人是熔炉,热浪滚滚但不发光。除此之外,篝火是最为罕见的,光芒耀眼,而又热得可怕,靠得

Part Three · 飞　升

太近势必引火烧身。

如果真有篝火，玛塞拉就是。

当然，即便是篝火，最终也会熄灭，埋葬在自身的灰烬之中。但与此同时，琼不得不称羡那个女人的勃勃野心，承认她是真心享受其中的乐趣。

唯一想念的是希德妮轻柔的笑声、明媚的笑容……

琼甩掉水珠，擦干双手，与镜子里的自己对视。

不。不是她自己。不是她淡褐色的眸子。不是她的红发。不是她的雀斑。

但她发现这个面孔——棕色卷发，绿眼睛，尖下巴——出现的频率越来越高。这种感觉很奇怪，长时间戴着一张面具，直到其他人都铭刻在心。

值得吗？ 那天晚上，当她坦承放弃了原有的面貌、生活和自我的时候，希德妮问过她。值得，真的**值得**，但不妨碍琼渴望在他人眼里发现熟识的眼神。渴望被看见、被认识带来的慰藉。

她如今可以成为任何人，数不清的形象供她挑选，但她尽量不过分依恋任何一个形象。毕竟，人终有一死，当他们死了，他们的形象就会从她的衣橱里消失。（有时候她甚至不知道他们死了，除非主动搜寻。）

唯有一个形象永远在那里，她也永远不会换上。

琼听见门开了，玛塞拉标志性的脚步声在大理石地板上响起。琼过去找她，路上碰见乔纳森叼着一根香烟往阳台的方向去了。玛塞拉脱了白色风衣。

"你去忙什么了？"琼倚着墙壁问。

"建立关系网，"玛塞拉说着，从钱包里取出一张折叠的纸条，"既然你有找人的本事——"

"我有杀人的本事，"琼纠正她的说法，"找他们只是第一步。"

"那好，我有个活儿给你。"玛塞拉递来一张纸条，"你知道有人专杀超能者吗？"

"知道，"琼接了过来，"叫EON。"

玛塞拉自顾自地说下去："我说的是一个超能者。类似我们的人，也跟我们一样杀人。真叫人心烦意乱。"

琼展开纸条，目光一扫。

富尔顿。

德累斯顿。

南布劳顿。

布伦特港。

哈洛韦。

她怔住了，熟悉感接踵而至，犹如胸腔里的心跳。"这是什么？"

"地点，"玛塞拉说，"超能者最近犯事的五个地点。"

琼没有翻看手机，但她心里清楚，如果看了，如果打开希德妮发来的短信，她会看到同样的地点，每次都是回答琼同样的问题。

最近你在哪里？

琼之所以发问，是因为世界很大，是因为她希望保护希德妮。她又看了一遍地名。

所以说，这就是维克托干的事情。他们住居无定所的原因所在。但琼不觉得他是一个纯粹的刽子手。她怀疑事情没那么简单。

我们在找人帮他。

也许是真的。也许维克托行事周密。事后不留痕。考虑到他应该是个死人，这种做法合情合理。

"让我理一下，"琼把纸条塞进兜里，"有个超能者不断地杀害其他超能者。你希望找到他。"

"EON希望找到他,"玛塞拉说,"他们求我帮忙。"

琼哈哈一笑,笑声空洞。"这就是你所谓的**建立关系网**?"

"正是,"玛塞拉说,"我说过我会对付他们的。但我得给那帮小子送一份见面礼,不是你就是乔纳森,或者把这事儿办了。"玛塞拉靠着大理石柜子,"他们给我两周时间寻找这个超能者杀手。"

"接下来会怎么样?"

"噢,"玛塞拉若有所思地抚摸着大理石的纹路,"我猜,斯戴尔主管会发现,相比我的价值,我带来的麻烦更大。"

"你好像一点儿也不担心。"琼说。

玛塞拉站直了。"他低估了我,两周时间,我能大有作为。与此同时,我认为我们应该找到那个超能者。"

琼的脑筋在转动,但语气依然轻快、恬淡。"你打算拿他怎么办?"

"怎么说呢,"玛塞拉说,"我还没有想好。"

XX
一周半前
惠顿市中心

琼在取车的路上给希德妮发了短信,她坐在车里等,终于等到了表示对方正在回复的三个圆点。

希德妮:惠顿。

琼把地点输入GPS,在屏幕上出现地图的同时换挡。

这样一来便很容易找到他们。

景色如何?她问。说说你能看到什么。

问得很随意,多年以来,她们习惯了在入住酒店后提这种无关紧要,也无伤大雅的问题,作为拉近距离的方式。琼很快就得知,希德妮、维克托和米奇住在一栋平平无奇的公寓楼里,褐色石块堆砌的十层建筑,外面的街道也一样乏善可陈,唯一可说的是街角的小公园,以及对街酒店上的鲜亮旗帜。

Part Three · 飞 升

次日，琼入住了那家酒店，静静地等待。等待确认维克托是超能者杀手，是斯戴尔要找的、玛塞拉答应找到的人。

她等了三天。

维克托来来去去，犹如一股焦躁而持久的能量，在不大的城市里缓慢地绕着圈子，琼每次远远地尾随他，用手机拍照。但目前他还没有采取行动。琼有点不耐烦了。

不过，也并非**完全**是浪费时间。她可以看见希德妮——当然不会让女孩看见她，以后有的是时间见面——有一次，她尾随米奇和希德妮去了一家电影院，坐在他们正后方，假装他们在一起，就像家人。

很美好。

但大多数时间，琼都在等待。

她讨厌等待。

此刻，她在酒店外的马路边踱步，披着老男人的形象，指间夹着一根香烟。

她时不时抬头观望，等待五楼的第二个阳台打开门，等待希德妮出现在午后的阳光中。

过了一会儿，她来了。

她走上露台，熟悉的金色波波头映着阳光。琼面露微笑——尽管希德妮老是抱怨，但她**正在**成长。确实，改变微乎其微，但琼善于察言观色，能辨别细微之处，哪怕与身高和体重关系不大，更多在于体态和举止。

希德妮解释过她的成长问题，在她十六岁生日前后的某天。因为寒冷——维克托是这样认为的——导致她体温过低，延缓了身体的**一切**变化。希德妮抱怨过，照这样发展下去，她的青春期简直无穷无尽。但琼随即指出，青年期也一样，以她的经验，那是人生最美好的阶段。希德妮便不再说话了，沉默在两个城市之间滋长。

"等到我三十岁的时候,"她说,"我认识的人都死了。除了伊莱。"

伊莱。希德妮说出这个名字时,仿佛害怕声音太大会把他召唤出来。

"你呢?"她突然好奇地问琼,"你会变老吗?"

琼被问住了。她窥见过挂在衣橱最深处、从未穿戴过的形象。它纹丝不动,尘封日久,但不能说毫无变化。

"我会。"

此刻,琼看见希德妮坐在阳台的椅子上,低头看手机,双脚跷在大黑狗身上,后者完全不以为意。

几秒钟后,琼的手机发出轻轻的信息提示音。

希德妮:你还在梅里特?

她仰头望向暖意融融的蓝天,撒了个谎。

琼:是啊。正在下雨。但愿你那里有好天气。

对街的门打开了,一个幽灵般的男人走出来,抬手遮挡阳光。琼上次见到维克托·维尔已是三年前了。他的状况不太好。面部犹如一块凹陷的石头。他行为举止十分谨慎,好似一截扯得太紧的绳子,稍一用力都可能被扯断。

他让人痛苦,希德妮如是说。

不过琼已经观察了好几天,除了路上的陌生人遇到他会绕道之外,他从未使用过超能力。他看样子没有那么强大。

他病了。是我害的。

维克托迈步走开。琼掐灭烟头,跟了上去,混在路过的几个行人当中。每到一个十字路口,都有陌生人离开,也有新人同行,维克托始终

Part Three · 飞 升

在琼的视线之内。他悄无声息地在城市里穿行,从敞亮的市中心来到陈旧的老城区,最后到达砖瓦铺。

砖瓦铺有四间仓库,都是方形的砖砌建筑,犹如四根柱子,又像罗盘的四个角,其间有酒吧、赌马店、脱衣舞俱乐部和不可告人的店铺。

你不需要一条线或一道篱笆为好街区和坏街区划清界限。琼在两种地方都生活过很长时间,仅凭感觉即可区分。从崭新的钢铁到老旧的石头。从双层玻璃到布满裂纹的窗户。油漆剥落,从未刷新。路边的玻璃瓶残渣闪着细碎的光。

砖瓦铺一点儿也不讲体面。

很少有地方能在大白天滋生那么多麻烦事,考虑到违法生意的数量,琼推测当地的警察能从中分一杯羹,所以睁一只眼闭一只眼。在她跨越公认的边界时,她变成一个上了年纪的摩托骑手,大花臂,枯瘦如柴。

维克托晃悠到这个偏僻的角落——带着琼——已经不是第一次了。他显然在寻找某个人。然而,布局毫无章法的建筑和光天化日的环境使得琼不敢靠得太近。她落在后头,等维克托浅色的脑袋钻进一家酒吧的后门,她改变策略,从街上绕了一大圈,最后在一个接近散架的消防出口处找到了一架半锈不新的梯子。

琼爬上附近的仓库,靴子踩在柏油屋顶上,听见一扇门突然被撞开。她轻手轻脚地靠近屋顶边缘,正好看见一个人退了几步,摔进一堆空荡荡的板条箱,嘴里骂骂咧咧。

维克托很快进入视野。那人爬了起来,迎面走向维克托,却又猛地弯腰,像是挨了一记重拳。

维克托冷酷的声音飘了上来,如烟似雾。

"我问你最后一次……"

那人说了什么,嗓音低沉,从琼所在的屋顶上听不真切。但维克托听得很明白。他一抬手,那人被迫起身,然后维克托一枪打中他的脑袋。

消音器减弱了激烈的枪声,但画面的冲击力丝毫不减。鲜血溅在砖头上,那人瘫软在地,一命呜呼。须臾,维克托似乎也遭受了打击。他紧张的姿态松弛下来,步履不稳,然后无力地靠着对面的墙壁。他捋了捋浅色的头发,仰头抵着砖墙,视线上移。

琼急忙闪避,屏着呼吸,等待对方发现她之后的举动。不过维克托双目无神。他缓慢而稳健的脚步声传来,等她再次冒险从屋檐上张望的时候,他已经消失在街角。

·· ✞ ··

在砖瓦铺的边上,琼又一次找到了他,与其相隔半个街区。这时候,她输入了玛塞拉的手机号码。

按下拨打键之前,她迟疑了片刻,并非没有把握,而是因为消息本身会产生影响,带来后果,而且不限于维克托。若要把他送进 EON,势必波及希德妮。

但琼不会袖手旁观。她会保护女孩。

铃声响了一次,玛塞拉就接听了。"怎么样?"

琼盯着黑衣人。"他的名字是维克托·维尔。"

"好快,"玛塞拉说,"你能肯定是他们要找的人?"

"能。"琼说。

"他的超能力呢?"

"疼痛。"琼说。

她似乎听见玛塞拉在笑。"**有意思。他一个人吗?**"

"是的,"琼说,"就我所见。"

应答如流。撒谎是一种技能,习惯了就很简单。

而且,希德妮是属于**她的**,琼不确定是否让别人知道。是否能把女孩带去梅里特。玛塞拉是否能成功,超能者们是否有无须躲藏、不必逃

Part Three · 飞　升

亡的一天。琼知道希德妮厌倦了东奔西走的生活。同时，到目前为止，还不需要让玛塞拉知道这个女孩的存在。

"我就守在这里，"琼接着说，"盯着他。不能让维克托溜了。"她根本不在乎 EON 能否抓住维克托，但她不能让希德妮掉进这个陷阱。"除非你那边需要我。"她补充了一句。

"不需要，"玛塞拉说，"缺了你智慧的光芒，我们还能活得更久一点。"

"你心里是想念我的，"琼说，"梅里特为你建了雕像吗？"

玛塞拉哈哈一笑。"还没有，"她说，"但他们迟早要建。"

琼不敢断定她是在开玩笑。

·· ✝ ··

尾随维克托回家的路上，琼胡乱琢磨着如何当场杀死他。

她知道**不应该**，但是想法本身很诱人。肯定能让事情变得简单些。她有把握杀死他——疼痛不是什么问题，他对人体的操控才是难点。不过，琼热爱挑战。她在路上翻来覆去思考这个问题，就像耍弄一把蝴蝶刀。毕竟，玛塞拉计划把维克托交给 EON。直接杀死他不是更仁慈吗？还有额外的好处，杀死维克托，希德妮就自由了——从她的愧疚和依恋当中解脱出来。

琼还在琢磨时，走过半个街区的维克托忽然打了个趔趄。

他的步伐变了，不复大步流星。琼看见他突然停下来，继而抬腿，步伐更快，更急。

琼加快脚步，但是当维克托走到十字路口时，交通灯变色，行人一哄而上，一辆出租车停得太靠前，在刺耳的喇叭声和拥挤的人群中，琼跟丢了目标。

她咒骂着，原路折回。

她落得不算很远。

他去哪里了呢?

他不在大路上,也就是说他溜进了巷子。琼找了一条又一条,终于在第三条巷子的路口看见了他。维克托背对她,扶着墙,弯着腰。她走了过去,换上一个灰褐色头发的中年女人形象,平易近人,而且难以让人留下深刻印象。她正准备开口,问维克托怎么了,却见他一头栽倒。

他倒地的瞬间,空气剧烈波动,撞上了琼,力道堪比行驶的卡车。只不过这辆卡车不是钢铁打造的,而是气流。

琼向后飞去,重重地摔在路面上,刚才的形象随之脱落。若换成普通人,肯定必死无疑。

事实上,**她感觉到了**。不是刚才的冲击波,而是她的后脑勺狠狠地撞在地上。疼痛犹如嵌进头皮的一根细线,琼坐起身来,揉着脑袋。她收回手时,发现指头被染红了,立刻屏住呼吸,不是因为血,而是手臂,熟悉的苍白皮肤,缀满雀斑。

她变成了自己。脆弱不堪。暴露无遗。

"妈的。"琼挣扎着爬起来,把身体——她的身体——换了一副形象,然后如释重负,随着真身的消失,疼痛也消退了。

然后她想起了维克托。

他浑身瘫软,一动不动,靠着小巷的墙壁。他的脑袋耷拉在胸口。

他病了,希德妮说过。我害他病了。

但他这副模样不像是病了。是死了。没有脉搏,没有血色,没有活着的迹象。

太意外了——琼一直劝说自己**不要杀他**,但他竟然还是死了。

至少,她**认为**他死了。他**看样子**就是死了。

琼小心翼翼地靠近。

她蹲下来,摸了摸他的肩膀,碰到的时候,有什么东西扎进她的手

Part Three · 飞　升

指，在脑海中闪现。记忆。不是全部的记忆，而且不多，就一个片段。一间实验室。一头红发。电流。惨叫。记忆犹如静电流过，惊鸿一瞥，短促，神奇，明艳，然后消失无踪。

琼猛地收手，甩了甩，然后拔枪，枪管抵着对方的额头。不管死亡是真是假，她可以做到板上钉钉。是他送上门来的。也许幸运女神终究眷顾了琼。

她用大拇指拨开保险，指头勾在扳机上。

然后停了下来。

琼可以想到一打杀死维克托的理由，停手的理由却只有一个。

希德妮。

希德妮如果发现了真相，绝对不会原谅她。另外，琼不愿意强行带走女孩。她希望赢得女孩的心，光明正大地赢。她告诉过希德妮，人应该选择自己的家人，她说的是真心话。

琼希望希德妮**选择**她。

于是她放下枪。她刚刚把武器塞进外衣，突如其来、难以置信的事情发生了，维克托**动了动**。

琼惊得差点脱了一层皮。

如今很少有什么事能吓到她，但亲眼看见维克托·维尔颤抖着活过来，实在是太吓人了。他的双手抽搐着，一股细小的波流在皮肤上窜动，清晰可见，然后他深吸一口气，胸膛鼓胀，眼睛睁开，望向上方。

"噢，老天啊，"琼捂着心口，"我以为你死了！"

有那么一会儿，维克托失神地盯着她，像是醉得厉害，或者极度茫然。继而，如火花一闪，他眼里又恢复了神采。

不知道他有没有对自己坐在地上感到惊讶，反正看不出来。

他欲言又止，从齿间拉出一个小小的、黑色的东西。护齿。琼意识到刚才的事情不是第一次发生了。

维克托看着琼，眼神冰冷而锐利。

"我认识你吗？"他的声音既不含混，也不迷茫，完全是在琢磨。

"不觉得。"琼以最快的语速说道，同时庆幸自己更换的形象跟之前一样不招人防备，是去过哈奇办公室的黑发姑娘。"我就是路过，看你躺在地上。要不要叫救护车？"

"不用。"维克托平静地说着，爬了起来。

"无意冒犯，先生，可你刚才的状况不太好。"

"老毛病了。"

放屁，琼心想。癫痫才叫老毛病。她刚才亲眼看见他死了。

"我现在没事了。"他一口咬定。

这一点似乎是真的。无论维克托经历了什么，一切都过去了。此时面前的男人堪称掌控力的化身。他掉头离开，走向大路。

琼可以干脆利落地对准他的后脑勺开枪，但不知为何她心里确信，如果现在拔枪，她绝对开不了火。

力量在空气中嗡鸣，是不属于她的力量。于是琼把手放在腰间，暗自咒骂着，目送维克托离开。

她应该瞅准机会杀了他。

XXI
一周前
惠顿市中心

希德妮·克拉克越来越强大了。

她后来又复活了三只鸟儿,复活所需的残骸越来越少。

她刚刚放飞最新的成就,便听到关门的响声。

维克托回来了。

她还没有把自己获得的成功告诉他——她知道他会引以为荣,也希望看见他骄傲的样子——但她不希望带来不好的结果,不希望被他审视,被他发现进步背后的动机,废寝忘食的原因。

维克托太精明了,一眼就能看穿。

希德妮关上窗户,走向卧室房门,但走到半路,她不自觉地放慢脚步,喉咙堵得难受。

两人的对话虽是隔着门板传来,却听得清清楚楚。

维克托的声音低沉而平静。"他不成。"

米奇的回答带着犹豫。"那是最后一个了。"

希德妮的胸膛一阵刺痛。

最后一个。

她慌忙按着胸骨,似在阻止某种东西坠落。当它从指缝间滑落,她才意识到它是什么。希望。

"我知道。"维克托回了一句。

仿佛是一次不值一提的挫败,而非死亡的丧钟。

希德妮的头抵着卧室房门,复活鸟儿的喜悦已然抛诸脑后。她等到外面彻底安静下来,然后进了走廊。

维克托的房门关着,阳台上有米奇的背影,他垂着头,双肘撑在栏杆上。

厨房的垃圾桶里扔了一张皱巴巴的纸。希德妮捡起来,在柜台上抒平。

维克托所能找到的最后一个超能者的资料。

他最后的线索。

纸上满眼都是黑色的粗线,唯有几个字,零散地分布在不同位置。

治好我。

希德妮屏住呼吸。她依稀看见维克托脚底的湖面裂开了。

XXII
一周前
梅里特市中心

第一周结束时,斯戴尔自知犯了个严重的错误。

在他看到百老汇街的排水口时。在他被叫到第九街坍塌的大楼时。尤其在他踏足欧陆酒店的宴会厅时。

他戴着防毒面罩,走在宽敞的大厅里。宴会厅空高惊人,装饰华丽,是商务人士和豪门权贵举办派对的去处。斯戴尔猜测,昨晚正是这样的情形。因为桌椅都布置到位,薄纱和丝带还在半空中飘荡。

唯独见不着客人。

不,不是见不着。大量的铜绿色尘埃覆盖了目光所及之处。它们是欧陆酒店晚宴名录上四十一位客人最后的残骸。

不必说,诡异的现场触发了梅里特警局的**怪奇事务**警报。

斯戴尔看够了——他回到门厅处,扯下面罩,在手机上拨号。

铃响两声,传来了玛塞拉悦耳的嗓音。"你好,约瑟夫。"

"你要不要告诉我,"斯戴尔嘶声说,"我现在看到了什么?"

"我哪儿知道。"

"那我就告诉你,"他恶狠狠地说,"我在欧陆酒店的一间宴会厅外面。里面活像被一场该死的暴风雪扫荡过。"

"太奇怪了。"

"对于低调行事,你到底哪里不明白?"

"怎么说呢,"她羞答答地说,"我又没在灰尘里签名。"

他捏了捏鼻梁。"你让人很难考虑到别的方向。"

"犯罪活动正在减少,正如我答应你的。"

"不,"斯戴尔说,"是集中爆发。"他在门厅里踱步,压低了声音。"除了这个恶心的焚尸派对,我希望你有能向我交代的事情。最好是符合我们共同利益的。"

玛塞拉叹了口气。"你真是扫兴。我还以为我们可以共进午餐庆祝一番呢,不过既然你现在很忙,我提前告诉你好了。我找到了你要的超能者杀手。"

斯戴尔一怔。"他在你那边吗?"

"不在,"玛塞拉说,"不过别担心。交易就是交易。况且我还有一周时间。"

"玛塞拉——"

"我给你发张照片。当你的下饭菜。"

XXIII
一周前
EON

她真的很聪明,伊莱心想。

他躺在床上伸懒腰,盯着镜面天花板里的自己,翻来覆去地思考问题,犹如在指间把玩硬币。

依靠各种策略和一定的运气,玛塞拉把两个能够相互兼容的超能者安置在身边。他在脑海里排列他们的阵容。

毁灭者。变形者。力场盾。

近距离。远距离。以及其间的衔接。他们携手作战,几乎坚不可摧。不过,只要能找到一个办法离间他们,玛塞拉一样会死。

玻璃钢板外传来脚步声,很快,对面的墙壁变得透明,面红耳赤的斯戴尔出现了。"你是不是早就知道?"

伊莱眨了眨眼,坐起身来。"我不是全知全能的,主管。你得说清楚。"

斯戴尔把一张纸拍在玻璃钢板上。是一张打印纸。一张照片。伊莱翻身下床，走到玻璃钢板前。看到照片上的面孔，他惊呆了。照片上的人，脸庞窄瘦，侧面似鹰，竖起的风衣领子遮挡了下巴。照片拍得不太好，不清晰，但无论如何伊莱都认得出来他。

维克托·维尔。

"两年了，"斯戴尔说，"你花了两年追踪他，玛塞拉花了不到两周就给我一个交代。你隐瞒了。你早就**知道**。"

但伊莱盯着这张照片时，他发现自己此前并不知道，不是真的知情。他希望推断是正确的，希望有十足的把握，但始终存在疑点，一道合不拢的缝隙。此刻，缝隙被堵上，形成了完美的、坚固的事实，足以承受任何压力。

"我猜，你没有烧掉尸体。"

"**该死**，伊莱，"斯戴尔吼道，他摇摇头，"这怎么可能？"

"维克托一直都很讨厌僵死状态。"

"**怎么回事？**"斯戴尔问。

"塞雷娜的妹妹有复活死人的糟心能力。"

"希德妮·克拉克？你把她列在暗杀清单里。"

"严格地说，"伊莱说，"负责干掉她的是塞雷娜。毫无疑问，她临阵退缩了。"

又一件他必须亲自解决的事。

伊莱从照片上移开视线。"你打算怎么处理他？"

"我要找到他。然后你俩各自坐穿牢底。"

"噢，棒极了，"伊莱干巴巴地说，"我们可以做邻居。"

"我他妈的不是开玩笑，"斯戴尔厉声说，"你口口声声说要合作，我就知道是要诈。我就**知道**不能相信你。"

"看在**上帝**的分上，"伊莱揶揄道，"你还要为你的顽固找多少个借口？"

Part Three · 飞　升

"他逍遥法外，一直在杀害普通人和超能者，你早就**知道**。"

"我只是**怀疑**——"

"可你什么都不说。"

"你没有烧掉尸体！"伊莱咆哮着，"我干掉了他，而**你**给了他卷土重来的机会。维克托·维尔依然存在，那之后他造成的死亡——全都归罪于**你的**失败，而不是我的责任。是的，我没有把内心的怀疑告诉你，因为我希望我**错了**，希望你不至于如此愚蠢，不至于失败到人神共愤的地步。如果你真是这样，那么，我便知道，我的警告对你就是耳旁风罢了。你要维克托？很好。我可以**再一次**帮你抓住他。"

他走向底下的架子，从一排文件夹中抽出猎人的档案。

"除非你愿意钻进玛塞拉设的套子。"

他把文件夹丢进敞开的凹槽里。

"我敢肯定，一旦她发现维克托的价值，她会让你倾家荡产。"

斯戴尔一言不发，他缓缓地取出文件夹，面色铁青，犹如一块石头。不过，任何一条裂缝都逃不过伊莱的眼睛。

"我的建议，"他说，"在最后一页。"

斯戴尔默不作声地看完了，抬起头来。"你觉得这样有用？"

"这就是**我**抓他的办法。"伊莱信誓旦旦地说。

斯戴尔转身欲走，伊莱把他叫住了。

"看着我的眼睛，"伊莱说，"告诉我，一旦你找到维克托，你会彻底解决掉他。"

斯戴尔与他四目相对。"我会按我的想法处置。"

伊莱冷冷一笑。"当然了。"他说。

我也是。

XXIV
两天前
惠顿市中心

希德妮回到了冰面上。

冰面向四面八方延伸。隔着嘴里吐出的白气,她看不到岸,眼前除了冰冻的湖水,什么都看不见。

"喂?"她大喊。

她的喊声在湖上回荡。

身后的冰面嘎吱作响,她转身一看,以为是伊莱。

却不见一个人影。

随后,远处传来一个声音。

不是湖面的嘎吱声。声音短促,尖厉。

希德妮坐了起来。

她不记得什么时候睡着的,整个人缩在沙发上,多尔在脚边,稀薄的晨光透进窗户。

尖厉的声音再次响起,希德妮到处找自己的手机,继而发现那个声

Part Three · 飞　升

音来自米奇的电脑。笔记本就在几步之外的书桌上,犹如一闪一闪的灯塔。

希德妮唤醒了电脑。

米奇的黑色屏保出现了,她输入密码——*benedición*[①]。屏幕上出现了一行行代码,完全超出了她此前学过的基础知识。不过,希德妮的注意力转移到屏幕一角,那里的一个小图标正在上下跳跃。

结果(1)。

希德妮点击图标,弹出一个新窗口。

她不敢呼吸。她认出了页面的格式,正如从垃圾桶里找到的那份皱巴巴的资料。是简历。登记照里是一位成功人士,深色皮肤,修剪整齐的白胡子,直勾勾地盯着她。

埃利斯·杜蒙。五十七岁。外科医生,去年发生了意外。他没有改变旧有的生活轨迹——也许正是这个原因,他不在系统里。标记度不够。但接下来——接下来是最重要的部分。自从他回去继续工作以后,他所接诊病人的治愈率直线上升。还有新闻报道的链接,无不是赞美他有着洞察病因、几近未卜先知的能力。

她滚动页面,找到了杜蒙现在的位置。

梅里特中心医院。

希德妮蹦了起来,快步经过走廊。米奇的房间里传出冲凉时的轻柔水声。维克托的房门半掩着,里面一片漆黑。她勉强能看见他躺在床上的轮廓,背对着房门。

她第一次也是唯一一次叫醒他的时候,是从噩梦之中,而他对待希德妮的方式,就像点亮了一棵圣诞树。疼痛在她的神经里徘徊往复了好几个钟头。

[①] 译注:西班牙语,意为祝福。

她知道那种事情大概率不会发生了,但依然很难向前迈步。一朝被蛇咬,十年怕井绳。

"我没有睡着。"维克托轻声说。

他坐起身,转头面对希德妮,眯着眼睛。

"怎么了?"

希德妮心跳加速。"有一样东西你应该看看。"

她坐在沙发扶手上,维克托读着资料,面无表情。她希望能读懂他的心思。该死,她希望能读懂他的表情。

米奇出现了,大浴巾披在赤裸的肩头。"怎么了?"

"收拾东西。"维克托说着,站了起来。

"我们去梅里特。"

XXV
两天前
顶白大厦

玛塞拉靠着椅背,欣赏风景。

城市在落地窗外无边无际地铺张,宛如她脚下的地毯。

很久以前,她爬上大学兄弟会的屋顶,以为可以纵览整个梅里特。但只能眺望几个小小的街区,其余的部分被高楼大厦遮蔽得严严实实。这是真正的风景。这是她的城市。

她转身面对办公桌,卡片放在桌上。

卡片是装在一个漂亮的丝绸匣子里送来的——整整一百张崭新的白色邀请函,正面以浮雕样式印着一个优雅的金色 M。

她从匣子里抽了一张,打开。

邀请函上印着黑色花体字,金色镶边。

玛塞拉·摩根携合伙人

盛邀您出席,梅里特

独一无二的非凡冒险之旅。

城市的未来从现在开启。

老法院大楼。

本周五,23号。下午六点。

本邀请函允许入场两位嘉宾。

玛塞拉微笑着,邀请函在指间翻来转去。

然后呢?琼问。你打算举办一个该死的派对不成?

玛塞拉知道那姑娘是开玩笑,但斯戴尔露了底,在他们见面的那天晚上,亮出一张花牌。

不要搞大动作。城市陷入崩溃对谁都……

当然了,斯戴尔说的不是这个城市。他指的是EON。是的,打一个小小的广告会影响他们的生意。

所以,这正是玛塞拉打算送给他们的见面礼。

她受够了遵循别人制定的规则。受够了躲躲藏藏。如果你活在黑暗之中,那你就会死在黑暗之中。但若置身于光明,让你消失就困难得多。

玛塞拉·勒妮·摩根哪儿都不去。

XXVI
两天前
路上

米切尔·特纳有不祥的预感。

他经常有这种感觉,就像有人犯偏头痛,或者产生既视感一样。

有时候是隐约的、抽象的,那种异样的感觉,犹如渗进屋子的夜色,缓慢,但在所难免。有时候突如其来,强烈到无以复加,就像腰疼。米奇不清楚预感从何而来,但他知道不能掉以轻心。

不祥的预感就是警告,尤其在你运气不好的时候。

米奇这一辈子,运气从来没好过。

霉运害他成为唯一被抓的人。

霉运害他进了监狱。

霉运导致他和维克托有了交集——尽管他当时一无所知。

好比橡皮筋。米奇躲得远远的,然后冥冥中不知怎的,他又会撞见麻烦事。其他人都在霉运到来,好运溜走时感到惊讶。他不是。当米奇有了这种感觉,他就得提高警惕。

如履薄冰。

关注那些易碎的事物。

他瞅了一眼后视镜,看见身着红色飞行夹克的希德妮缩成一团,靴子搁在多尔身上。她戴了粉红色假发,一绺人造发丝搭在眼前。米奇又偷偷地瞟了一眼副驾驶,看见维克托望着窗外,表情一如既往,难以读懂。

梅里特出现在他们前方。

"任何事情都是因果报应。"维克托说。他蓝色的眸子投来冰冷的一瞥。"你还是专心开车吧。"

米奇茫然地皱着眉头。

"如果这次没用,"维克托轻声说道,"就算有用,你带上希德妮——"

"我们不会走的。"后座上的希德妮坐得笔直。

维克托叹了口气。"我早该走的。"他喃喃道。

不祥的预感犹如米奇的影子。跟着他有多久了?几天?几周?几个月?是从那晚在福尔肯·普赖斯工地,他点火焚烧塞雷娜的尸体开始的吗?或者说,它代表了一个简单的事实,即米奇的好运迟早是会耗尽的?

"还有多远?"背后的希德妮问。

米奇回答时觉得喉咙发干。

"我们差不多到了。"

· · ✝ · ·

妈的。

琼睡过头了,被刺眼的阳光唤醒。所以她宁愿杀人,不喜欢跟踪——杀人可以自己安排时间。

她蹦下床,跌跌撞撞地跑到窗前,观察街对面的公寓。阳台上不见

Part Three · 飞 升

希德妮的影子。也看不到里面的维克托和米奇。连日以来，他们都在公寓里走动，或者懒洋洋地躺着，或者出门遛狗。

此刻，窗帘被拉上了，一幅萧条的景象。

琼咒骂着，穿上衣服。

她过了街，正好有人出来，她顺手把门拉着。他们看都不看她一眼——有什么必要？她就是个十三岁的孩子，瘦高个儿，单纯无知。琼三步并作两步爬上楼梯，在来到五楼平台前再次变身，成了一个为政客拉票的大学生。

她叩响他们的房门，但无人应答。

琼把耳朵贴在门板上，里面一片寂静，她再次咒骂着，取出细长的开锁工具，准备闯进去看看。

门开了。

公寓空空如也。

昨日重现的感觉太讨厌了——另一个城市，另一处人去楼空的公寓，搜寻整整一年却徒劳无功——但琼说服自己镇定下来。希德妮已经不是陌生人。她们彼此认识。彼此信任。琼返回自己的房间，从床头柜上拿起手机，长长地吁了口气。

希德妮已经发来短信。

希德妮：你绝对猜不到我们去哪里了。

琼不等收到希德妮的下一条信息就知道了答案。

梅里特。

五分钟后，琼上路了，以超过限速二十迈的速度跟在他们后面，朝着梅里特的方向疾驰。她一边开车一边给玛塞拉打电话。

"他走了，"她差点使用了他们，"去梅里特的路上。"

"这样啊，"玛塞拉说，"不知道是什么让他有了这种想法。"

"不是你？"

"不是，"她似乎有点恼火，"但这样也好。确保他安全抵达。我们张开双臂欢迎他。"

琼皱着眉头，超了一辆半挂卡车。"我以为你要把他交给EON。"

"我从来没有说过，"玛塞拉的口气相当刺耳，"我说的是我尚未决定。现在依然没有定论。你也知道，我喜欢搞清楚手里的选项，我得承认，斯戴尔听说了维克托·维尔之后的反应，激起了我的兴趣。我做了点功课，这个叫维尔的家伙相当有意思。他可能成为资产。也可能不行。但我在有机会见到他之前，绝对不会把他交给EON。"

这家伙从不浪费一件武器，琼心想。

"谁知道呢，"玛塞拉若有所思，"也许他很听话。"

琼发现了维克托的诸多特质——**听话**绝对不在其中。说起来，他似乎相当强硬，如果玛塞拉是烈火，他就是冷烟。不过对立的双方也有可能相互吸引。一定是坏事吗？琼总是假设她必须帮助希德妮逃离维克托的掌控，但也许用不着那样。也许他愿意入伙，三个超能者变成五个。这个数字不错，不是吗？五个人。一个大家庭。

玛塞拉还在说话。

"我要你做中间人，"她说，"安排我们和新朋友见面。我把具体信息发给你。噢，还有，琼？"

"嗯？"

"有人说服了维克托来梅里特，但不是我。"

"我赌EON。"

"你很可能押对了。毫无疑问，我们不能让他们抢先一步得到维克托。所以，不要跟丢了。"

琼再次咒骂着，油门一踩到底。

Part Four

审判日

I
一天前
梅里特

金斯利是一栋高楼,在城市的天际线上拔地而起。

维克托不是因为现代美学而选中它的。金斯利的卖点在于地下停车场,降低了暴露行踪的可能性——一个剃光头、有文身的大汉,一条大黑狗,一个金发小屁孩,即使在梅里特这样的城市里也格外惹眼——还有闭路监控,等他们住下来了,米奇就会黑进系统,以及——希德妮最高兴的——楼顶花园。

米奇把他们的行李放进门内。

"不要太享受了,"维克托说,"我们不会待很久。"

米奇和希德妮根本不该跟来,但维克托早就放弃了劝阻他们。依恋是一件恼人的事,犹如杂草,有害无益。

他早该离开,不等依恋生根。

"等我回来。"他说完,转身走向房门。

希德妮拽着他的胳膊。"小心点儿。"她说。

Part Four · 审判日

真讨厌，维克托心说，却把手放在她头上。

"小心就是对风险的预估，"他说，"我最擅长了。"

维克托脱身离去，迫使希德妮放手，而且他头也不回。

他乘坐电梯来到街上，独自一人沐浴在午后的阳光中，抬腕看表。刚过三点钟。根据米奇所说，梅里特中心医院的医生将于五点钟换班。届时维克托去那里见他。

埃利斯·杜蒙。

换作一个迷信的人，也许会把超能者的突然出现视为神秘力量介入的标志，但维克托从来不指望命运，信仰就别提了。杜蒙出现在搜索算法里本来就令人生疑，梅里特这个地点更是危险信号。

杜蒙不是馈赠，就是陷阱。

维克托倾向于后者。

但他不能拿自己的性命赌它。

他最近一次发作超过了四分钟这个门槛。虽然复活了，但维克托知道，这是一个危险的游戏。概率微妙，风险巨大。

这就是俄罗斯轮盘赌，唯一不同的是，轮到一颗子弹，死得痛快多了。

他考虑过干脆利落地死去。当然不是自杀——是重来一次。但那样就带来了另一个因素，另一种风险。如果他再次死去——真的死去——希德妮能把他救回来吗？如果能，他的力量剩余几何？*他自己剩余几何？*

维克托经过四个街区后，拐了个弯，进了一家健身房的自动门。他更愿意在酒吧见面，但多米尼克·拉舍戒酒已有五年，维克托略为头疼，但还是同意了改在这里碰头。

他一直很讨厌健身房。

他读书时就逃避运动，坐牢时也不去重量训练区，他喜欢通过别的方式锻炼力量。他*一度*喜欢游泳。舒缓的重复性动作，严格控制的呼吸方式，肌肉大小与技巧无关。

此刻，当他经过一群大汗淋漓、正在举铁的壮汉时，他回忆起一群橄榄球运动员游泳的鲜活画面，他们在泳池里扑腾，似要倚仗肌肉开道。水流同他们作对。他们像石头一样沉坠。挣扎着呼吸。灰头土脸地败给了水，这样单纯而自然的造物。

多米尼克在更衣室里等他。

乍一看，维克托差点没有认出这位退役军人。过去的五年时间摧残了维克托，但对多米的影响正好相反。改变之大令人震惊——显然，维克托的变化一样令人震惊。

多米尼克瞪圆了眼睛。"维克托。你看起来……"

"是啊，糟透了，我知道。"他的肩膀抵着铁皮储物柜，"工作如何？"

多米挠了挠头。"总的来说，还不错。不过，你还记得我提过的那个超能者吗？闹得满城风雨的家伙？"

"玛塞拉。"维克托无意记住这个名字，但不知为何，名字及其本尊在他脑子里挥之不去。"她坚持了多久？"

多米摇摇头。"他们还没有抓到她。"

"是吗？"维克托不得不承认自己心生佩服。

"不过问题在于，"多米说，"他们似乎停止了**尝试**。而且她也没有保持低调。她杀了我们六个特工，削了一个狙击手——见鬼，她每天都在闹事。但上头命令我们按兵不动。"他压低声音，"发生了什么事。我不知道具体是什么。毫无疑问，超出了我的工资等级。"

"伊莱呢？"维克托换了个话题。

"还在他的保险仓里，"多米不安地瞅了他一眼，"目前还在。"

维克托眯起眼睛。"什么意思？"

"只是传言，"多米说，"有些高层认为他应该扮演更**活跃**的角色。"

"他们不可能干如此愚蠢的事情。"

话说回来,任何时候都有人干蠢事。而且,伊莱几乎可以魅惑任何人。

"还有别的事吗?"他问。

多米尼克揉着脖子,犹豫片刻。"越来越严重了。"

"我注意到了。"维克托干巴巴地说。

"昨天霍尔茨发现我在壁橱里吐得昏天黑地。上周我在一次培训会议上突然浑身冒冷汗。我解释说是因为宿醉,还有PTSD[①],什么理由都扯了,我觉得我的谎言快到头了。"

而我的生命快到头了,维克托心里想着,离开了储物柜。

"祝你好运。"多米喊道。

但维克托不需要好运。

他需要医生。

. . ✝ . .

希德妮走进金斯利楼顶花园里的阳光。

天空蔚蓝,但空气依然寒冷。她不禁想起十三岁生日那天的湖,融化的水上覆着一层冰。她用力握着手机。她整理行李时收到了短信,区区几个字令她颇为不安。

琼:打我电话。快。

希德妮打了。

铃声响了一遍又一遍,琼终于接听,希德妮的耳朵里充斥着音乐声,太吵了,几乎刺耳。琼轻快的口音从中传来,叫她等等,音乐声很快停

[①] 译者注:创伤后应激障碍。

止，取而代之的是引擎低沉的轰鸣。

"希德妮，"琼的嗓音既高亢又清晰，"我正要找你。"

"嘿，"希德妮说，"我们刚到梅里特。怎么了？你在这里吗？"

"我在回来的路上，"琼说，"出城办了点事。听着，"她继续说，"我需要你帮我个忙。"

琼的语气略为生硬，是希德妮从未听到过的迫切。

"什么？"她问。

对方吐了口气，犹如一阵静电干扰。"我需要你告诉我维克托在哪里。"

仿佛有块石头坠入希德妮的肚子里。"什么？"

"听我说，"话筒那边的女孩立刻解释，"他有麻烦了。梅里特有一帮真正危险的人物，他们知道他来了，他们正在找他。我希望保护他，真的——而且我能做到——但我需要你的帮助。"

保护。希德妮琢磨着这个词。如果维克托遇到了麻烦——可他为什么遇到麻烦，琼又是如何知道的？什么人在找他？EON吗？

她正准备发问，被琼打断了。

琼前所未有地提高了嗓门。

"你相不相信我？"

她相信。她希望能相信。可是——

"他在哪里，希德妮？"

她咽了口唾沫。"梅里特中心医院。"

II
一天前
梅里特中心医院

现在是五点十七分。

医院的停车场里,维克托靠着杜蒙的灰色轿车,一边翻找多米发来的短信,一边等待医生出现。他在阅读最近的几条短信时,脑子里的嗡鸣逐渐增强。

3分,49秒。

3分,52秒。

3分,56秒。

4分,4秒。

"咔哒"一声,车库对面的楼梯间打开了门。

维克托抬头看到了杜蒙,深色皮肤,花白头发,盯着平板电脑走向他的汽车。走向维克托。

维克托一动不动,等着医生迎面走来。

"杜蒙医生?"

那人抬眼一看，皱起眉头。维克托觉得医生脸上掠过一丝异样的表情。绝对不是惊讶，而是恐惧。"需要帮忙吗？"

维克托一边端详着他，一边活动手指。"那是当然。"

杜蒙环顾四周。"我下班了，"他说，"但你可以预约——"

维克托可来不及预约——他捏住了医生的神经，猛地拧动。杜蒙惊呼一声，弯下腰来。他捂着胸口，汗水顺着眉毛滴落。

维克托亮明了观点，见好就收。

杜蒙背靠汽车跌坐下去。"你是——超能者。"

"跟你一样。"维克托说。

"我不——伤害人。"杜蒙说。

"是吗？那你的超能力有什么用？"

杜蒙颤颤巍巍地吐了口气。"我可以看见——人体是怎么损坏的。我可以——看见——怎么让他们还原。"

维克托顿觉神清气爽。终于有希望了。

"好，"他走向医生，说道，"让我见识一下。"

杜蒙摇摇头。维克托正准备再次操纵医生的神经，楼梯间的门又打开了，几个相谈甚欢的护士走了进来。附近的一辆汽车哔哔直响。维克托挪了个位置，挡住她们的视线。

"这里不行。"杜蒙低声说。

"哪里可以？"维克托问。

医生点头示意医院大楼。"我的办公室在七楼——"

"不行。"维克托说。太多眼睛。太多门。

杜蒙揉着额头。"五楼正在装修。那里应该没人。我想不到更好的地方了。"

维克托犹豫不决，但脑子里的嗡鸣开始扩散。他没多少时间了。

"好，"他说，"带路。"

Part Four · 审判日

与此同时,城市另一边……

希德妮不停地给维克托打电话,但每次都转入语音信箱。

琼说他有麻烦了是什么意思?

他们很小心。一直很小心。

你相不相信我?

那一刻,希德妮相信。她希望自己没有做错选择。

身后传来脚步声。希德妮下意识地摸向塞在外套里的手枪,大拇指搭在保险上。

不过她很快听出沉重的步伐是谁的,扭头一看,米奇穿过楼顶花园,大步走来。

"你在这儿。"他高兴地说。

她松开手枪。"嘿,"她说,"我在看风景。"她尽可能让语气轻松自然,但脑子仍然晕晕乎乎的,因为害怕心思写在脸上,她转头背对米奇。"很奇怪,不是吗?城市的变化。眼看楼起楼塌,风景却是一样的——又不一样。"

"就像你。"米奇拨弄着她的粉红色假发,说道。他的动作轻柔又从容,但语气是生硬的,而且,随之而来的沉默重逾千钧。希德妮的心思在维克托身上,但她知道米奇的心思在她姐姐身上。

他们从未谈到塞雷娜到底发生了什么。一切进行得太快了,后来说什么都太迟了。伤口早已自行愈合,尽可能地不留痕迹。

但如今他们重返梅里特,竣工的福尔肯·普赖斯大楼在远处闪闪发光,他们的沉默不语让空气愈发凝重。

"嘿,希德妮。"米奇刚刚开口,就被她打了岔。

"你有没有希望过自己是超能者?"

米奇的眉头拧成一团,这个问题令他猝不及防。他没有立刻回答。他一向深思熟虑,等到精心组织语句之后再开口。

"我记得我第一次遇到维克托的时候,"他终于说话了,"那里的家伙让我很不好过,他就……"米奇在半空中比画了一下,"他很轻松就办到了。我想,对他来说应该很容易。但作为旁观者,我感觉自己……很渺小。"

希德妮笑了。"你是我认识的人当中块头最大的。"

米奇冲她一笑,却隐隐带着哀伤。"有时候就像我在打架,我赤手空拳,另一个家伙拿着刀。但那个拿刀的家伙,最后要面对一个拿枪的人。拿枪的人要对付有炸弹的人。事实就是,希德妮,总有人比你强大。世界就是这样。"他抬头望着光华灿烂的摩天大楼。"无论是普通人对付普通人,还是普通人对付超能者,或者超能者对付超能者,都一样。你尽力而为。战斗,获胜,直到一败涂地。"

希德妮咽了口唾沫,目光再次投向天际线。

"有维克托的消息吗?"她故作轻松地问道。

米奇摇摇头。"还没有。不过别担心。"他按着她的肩膀,"他能照顾好自己。"

··✝··

梅里特中心医院。

他们的脚步声在楼梯上回荡。

"发作到达峰值有什么反应?"杜蒙问。

"神经损伤。肌肉痉挛。"维克托列举症状,"心房颤动。心脏停搏。死亡。"

杜蒙回头看了他一眼。"死亡?"

维克托点点头。

"你知道自己死过多少次吗?我们说的是三四次呢,还是十几——"

"一百三十二次。"

医生拉长了脸。"这……不可能。"

维克托淡淡地看着他。"我向你保证,我每次都做记录。"

"可是考虑到你的身体所承受的负担,"杜蒙摇着头,"你不应该还活着。"

"这正是我们成为超能者的根源和关键所在,不是吗?"

"你经历过认知障碍吗?"

维克托迟疑片刻。"紧接着会在短时间内搞不清状况。现在时间越来越长了。"

"你还能正常说话都是奇迹。"

奇迹。维克托一直很讨厌这个词。

他们到达了五楼,杜蒙推开一扇门。他按下开关,灯光亮起,其中一根灯管闪烁了一阵子,这儿的楼层相当宽敞,而且的确正在拆除和翻修。到处悬挂着充当临时幕墙的塑料膜,设备上覆盖着白色防水布,一时间维克托以为回到了施工中的福尔肯·普赖斯大楼,各种声音在水泥墙板上回荡。

"那边有几间诊断室。"杜蒙说,但维克托拒绝前进。

"就在这里。"

他们周围堆满了乱七八糟的杂物。维克托本来指望能一眼看到出口,但防水布的存在导致他未能如愿。

杜蒙放下随身物品,脱掉外套。

"你成为超能者多久了?"维克托问。

"两年。"医生说。

两年。而他刚刚被他们的搜索算法捕获。

"坐到那里。"杜蒙指着椅子说。维克托依然站着。

"问你一件事,医生。你濒死的时候,最后的念头是什么?"

"我最后的念头?"杜蒙复述了一遍,思索着,"我想到我的家人……我有多么思念他们……我多么不愿意死……"他回答得很吃力,似乎记不清楚了。也许他就是紧张,但他磕磕巴巴的样子,令维克托想起忘了台词的演员。

"你说你的超能力是诊断疾病?"

对不上号。

超能者最后时刻的念头、求生意志,以及最极端、最强烈的愿望,为他们的濒死体验染上了浓烈的色彩。杜蒙最后的时刻、临死的念头,理应塑造了他的超能力,然而——

医生紧张地笑笑。"我是来为你诊断的。"

维克托报以同样的笑容。"是的,当然。请吧。"

然而杜蒙犹豫不前,他拍了拍衬衫口袋。

"有什么问题吗?"维克托问话的同时,悄悄地摸向枪套。

"我忘带眼镜了。"杜蒙转过身,"我应该是落在楼下了。我去——"

但维克托已经来到他身后。

他承担不起使用超能力的后果——疼痛引发叫喊,叫喊则吸引注意——于是维克托用枪管抵着医生的脊椎底部,同时捂着医生的嘴巴。"传统武器的麻烦在于,"他咬着医生的耳朵说,"它们造成的伤害是永久的。如果你敢出声,你就永远不能走路了。你听懂了吗?"

杜蒙点点头。

"你不是超能者吧?"

他飞快地摆了摆手。不是。

"他们在等你发信号吗?"

医生摇摇头，企图说话，但嘴巴被维克托捂着，说得含含糊糊。维克托松开手，医生重复了一遍。

"他们已经来了。"

话音未落，维克托听见开门的响动和杂乱的脚步声。

"我很抱歉，"杜蒙又说，"他们派人到我家里去。盯着我的家人。他们说如果我——"

维克托打断了他的话。"我不关心你的动机。我唯一需要知道的是怎么出去。"他拉开手枪保险。"出口。告诉我。"

"这里有一部货梯——还有几部电梯不停这一层——以及两处消防通道。"

当然，还有他们上来的路线，可以直达——但几乎无遮无挡。

纷乱的靴子踩过附近的油布，明亮的灯光在塑料膜上投下黑影。维克托需要看见目标。但他不需要看*清楚*。

他向距离最近的黑影发起攻击，后者惨叫一声，弯下腰来，敌人突袭的企图落空了，顿时枪声响起，五楼陷入一片混乱。

· · ✝ · ·

维克托动了动手指，又有两个士兵哀号着倒下了，然后他们切断了电源。须臾，他听见打开金属卡扣的响声和嘶嘶声，然后有不少罐子滚过地面，浓烟四起。

"憋气。"他喝令道，然后拽着杜蒙背靠墙壁，与此同时，激光照准器在翻滚的白烟中划出一道道红线。浓烟刺激着维克托的眼睛，破坏他的感官，而能量的噼啪声一直在他身上扩散——警告来了。

现在不行，他心想。*现在不行*。

货梯的门呻吟着打开，维克托一眼瞥见了枪管，其后是黑色装甲和军靴。他放开人质，扭身脱离士兵们的火力覆盖范围。

杜蒙举起双手的同时，维克托抵达了消防通道。

"别开枪！"医生喊话的同时吸了一口浓烟，剧烈地咳嗽起来。

士兵们推开他，维克托冲进消防通道，狂奔下楼。

楼下传来纷乱的脚步声，但维克托占据了地形优势。当第一个士兵看到他时，他们的神经已在维克托掌握之中。他直接调高刻度盘，士兵们犹如断了线的木偶，横七竖八地瘫在地上。

维克托绕过他们，继续下楼。快到三楼平台的时候，第一波痉挛发作了。

一时间，他以为挨了枪子。

继而他惊恐地意识到，时间所剩无几。电流突然发威，唤醒了他的神经系统，他垂着脑袋，依靠扶手保持平衡，然后强行前进。

他挣扎着来到一楼，推开门，迎面就有一个士兵举枪冲了过来。不等维克托抖擞精神、集中意志对付士兵，有人替他解决了麻烦。

一个消音器伸进视野，随着沉闷的三声枪响，枪管正对士兵的脑袋一侧开火。虽然不能击穿头盔，但也打蒙了对方，半秒钟之后，枪手——一个女医生——现身了。她扑到士兵怀中，然后——动作几近优雅——一刀从头盔底下插了进去。

士兵一声不吭地倒在地上，女医生转而面对维克托。

"别傻站着。"她嘶声说道，嗓音竟然有几分耳熟。楼上和楼下都传来脚步声。"**另找一条路出去。**"

维克托心存怀疑，但现在不是提问的时候。

他转身继续下楼，前往医院的地下楼层。他闯进一扇对开门，走廊上空无一人，顶头的牌子上写着"太平间"几个字，字体小得可怜。最前面——则是出口的标志。半路上，又一波痉挛发作，维克托脚步踉跄，肩膀重重地撞上水泥墙。他双膝一软，向前栽倒。

他竭尽全力地爬起来，背后的门轰然打开。

"不许动!"一个士兵喝令的同时,维克托瘫软在地。

"我们逮到他了。"有人说。

"他倒下了。"另一个人说。

他爬不起来,也跑不掉。但维克托还有最后一招。随着电流越来越强,刻度盘也在调高,他拼尽最后一丝力气,强撑着支离破碎的生命,一秒一秒地忍受煎熬,直到眼前出现了几双靴子。

然后,维克托放手了。

任凭最后一波疼痛席卷全身,带走了一切。

· · ✝ · ·

维克托是在黑暗中醒来的。

他的视野时而清晰时而模糊,最后终于聚焦。他躺在一张医院的轮床上,天花板比正常的低矮许多。维克托活动了一下手脚,以为受到拘束,结果发现手腕和脚踝上什么都没有。他试图坐起身来,胸膛疼得厉害。他感觉断了两根胸骨,但不影响呼吸。

"我做了心肺复苏,"一个声音传来,"但我担心造成的伤害过大。"

维克托转过头,看到黑暗中有个人影。

杜蒙。

医生坐在两英尺外的凳子上,半掩在阴影中。

维克托环顾四周,这才发现自己躺在救护车的车厢里。

他发作前几秒钟的记忆恢复了,却是零零碎碎的,不能解释他如何从地下楼层到了这里。

"我找到了你,"医生主动开口,"在太平间外。嗯,我先找到了士兵。"

"你没有把我交给EON,"维克托说,"为什么?"

杜蒙观察着他的手。"你在五楼的时候可以杀死我。你没有。"

不杀他不是因为慈悲。只是没什么意义。

"士兵呢?"维克托问。

"他们死了。"

"我也死了。"

杜蒙点点头。"医学就是计算风险和当机立断。我做了该做的。"

"你可以直接离开。"

"我虽然不是超常能力者,"杜蒙说,"但我是医生。我发过誓。"

附近突然传来刺耳的警笛声,维克托吃了一惊,却发现是另一辆救护车离开了停车区。停车区……

"我们还在医院里?"维克托问。

"当然,"杜蒙说,"我说的是我救了你,不是帮你逃跑。老实说,我开始怀疑做成这两件事的概率了。"

维克托皱着眉头,拍拍口袋,找自己的手机。"我死了多久?"

"将近四分半钟。"

维克托暗暗咒骂。难怪医生还没有把车开走。

"我应该测试一下,"杜蒙掏出一个小手电筒,接着说,"确保你的认知功能没有——"

"没必要。"维克托说。现在杜蒙帮不了他什么——做什么都没用。四分半钟对死亡来说太久了,但对于EON特工执行任务来说不值一提。他们还会来的。援军还有多久到来?

维克托点头示意救护车的前部。"你会开车吧?"

杜蒙犹豫了。"我会。不过……"

"去驾驶席。"

杜蒙一动不动。

维克托没心情折磨他,所以决定晓之以理。"你说他们派人盯着你的家人。如果你现在回去,他们就知道是你在帮我逃跑。"

杜蒙眉头一皱。"开车带你逃跑,我就不是共犯了?"

"你不是共犯,"维克托说着,从工具箱里取出两卷扎带,"你是人质。我可以现在就把你绑在方向盘上,或者晚点儿再说。你来决定。"

医生默不作声地爬上驾驶席。维克托坐在副驾驶上。他拉响了警笛。

"我往哪儿开?"杜蒙问。

维克托琢磨了片刻。"城南的边上有个汽车站。开车。"

杜蒙踩下油门,救护车驶离停车区。过了几个街区之后,维克托关掉警笛和警灯。他背靠座椅,活动着手指。他察觉到医生的目光不时地飘过来。

"看路。"维克托说。

十分钟后,巴士停车场映入眼帘,维克托指着一段空荡荡的人行道。

"那儿。"他说。

当杜蒙驾驶救护车离开道路的时候,维克托伸手抓住方向盘,猛地一转,强行开上人行道。

"别忘了,"他说,"你遇到了麻烦。"不等杜蒙抗议,维克托把他的双手绑在方向盘上。"你带了手机吗?"杜蒙点头示意口袋。

维克托从医生的外套口袋里掏出手机,扔到窗外。

"好了。"他说完,从救护车上下来了。

现在他占据了主动。

Ⅲ
一天前
EON

斯戴尔抱着胳膊,守在大屏幕前,眼看局面失控。桌上的音箱播放着嘈杂的无线电通话声。

"未发现目标。"

"士兵负伤。"

"封锁周边。"

简直是一场灾难,斯戴尔跌坐在椅子上,心想。

伊莱的陷阱成功了,但他的特工失败了。死了三个——地下楼层的两人七窍流血,一楼的一人喉咙里插着刀子——其余的全都废了。

要么维克托识破了计谋,要么他挣脱了钓钩,但有一件事是明摆着的——他并非单独行动。

斯戴尔的好几个特工吃了枪子,枪手分别是男护工、接待员和女医生——但斯戴尔怀疑他们都是同一个人。有特工开枪还击,打中医生的肩膀。与此同时,医院的另一边,一个容貌完全相同的女医生正在做术前清洗，突然倒地流血。

那个变形者——**玛塞拉的变形者**——当时在场。

她竟然帮助维克托逃跑。

斯戴尔拿起手机拨号。

"约瑟夫。"那个悦耳的声音传来。

"维克托·维尔在哪里？"斯戴尔咬牙切齿地问。

"你作弊。"

"我不跟你玩游戏。你答应把他交给我。结果呢，却是因为你，他依然在逃。你打算什么时候兑现你的承诺？"

玛塞拉叹了口气。"男人总是缺乏耐心。可能是因为一辈子习惯了想要什么就有什么。有时候，约瑟夫，你只能等。"

"什么时候？"

"明天，"玛塞拉说，"派对之前。"

斯戴尔胸口堵得慌。"什么派对？"

"你没收到我的邀请函吗？"一摞邮件被冷落在斯戴尔的桌边。他翻找起来。"我决定把他留在手里，等到……"

斯戴尔找到了卡片，挺括，洁白，封面是一个金色的M。没有邮戳。有人亲自送来的。斯戴尔撕开密封。

"这样能保证你不碍我的事，"玛塞拉说，"不过话说回来，我不希望你错过一场大秀……"

玛塞拉·摩根携合伙人……

斯戴尔读了一遍邀请函，然后又读一遍——他不敢相信自己的眼睛。他不愿意相信。

……梅里特独一无二的非凡冒险之旅。

"这完全与低调相反。"他吼道。

"要我怎么说呢？我从不低调。"

"我们达成了协定。"

"没错,"玛塞拉说,"两周时间。两周之后,我们都知道不会续约。但双方停火对我很有好处。我有了打印邀请函的时间。"

"玛塞拉——"

可她已经挂了。

斯戴尔把一个马克杯扫到地上。杯子摔碎了,黑色的咖啡玷污了地板。

没过多久,里奥斯来了。

"长官?"她扫视着破碎的杯子、翻乱的邮件,还有他手里皱巴巴的白色邀请函。

斯戴尔瘫坐在椅子上,伊莱的声音在耳边回荡。

你做了交易?

这么强大的家伙就该入土为安。

让我去。

斯戴尔望向董事会交给他的薄薄的银色公文箱,项圈就在里面。

里奥斯特工沉默不语,还在原地待命。

斯戴尔站了起来。"组织一个运输队明天用。"

里奥斯眉毛一扬。"运送哪个囚犯?"

"卡代尔。"

· · ✢ · ·

斯戴尔发现伊莱坐在床边,垂着头,双手交握,似在祈祷。

或是等待。

听到斯戴尔走近的声音,他抬起头。"主管。我的陷阱起作用了吗?"

斯戴尔迟疑片刻。"还没有。"他撒了个谎。没有理由让伊莱知道维尔脱逃的事实,而瞒着他的理由能找出一大堆。尤其是考虑到他即将肩负的任务。"你一直在研究玛塞拉的问题吧?"

伊莱站起来。"我对她的评估还是不变。"

"我问的不是你的判断,"斯戴尔说,"而是你的方法。你打算如何对付她?"

"我打算如何?"

"你依然相信你是执行任务的最佳人选。"

笑意一闪而过。"是的。"

"我把话说清楚,"斯戴尔说,"我不相信你。"

"没有这个必要。"伊莱说。

斯戴尔摇摇头。他在想什么?"我们还是不知道你能否打败玛塞拉。"

伊莱冷冷一笑。"哈弗蒂花了一年时间,企图搞清楚我重生能力的极限。他一次都没有成功。"

"她的超能力不是唯一的问题,"斯戴尔说,"要知道玛塞拉不是单独行动。"

"我也不是,"伊莱打了个手势,示意监室和 EON 大楼,"最困难的不是干掉三个超能者,主管,是把他们集中到一处,然后隔离他们,让他们不能相互配合。如此一来,你的特工就可以解决另外两个超能者,我负责对付玛塞拉。我向你保证,只要条件得到满足,打败他们不成问题。"

条件。

斯戴尔把玛塞拉的邀请函塞进玻璃钢板的凹槽。"这个有用吗?"

伊莱拿起邀请函,目光一扫而过。

"是的,"他说,"我认为有用。"

Ⅳ
昨夜
梅里特

维克托需要喝一杯。

他看见了一片荒凉而低矮的建筑群,平淡无奇,毫无特色,其中有一家酒吧。他过街的同时,从兜里掏出手机。

响过第二声,米奇接听了。

"我们一直在担心你。杜蒙怎么样?"

"那是个陷阱,"维克托直截了当地说,"他是普通人。"

米奇骂了句脏话。"EON?"

"没错,"维克托说,"我脱身了,但我不能冒险把他们引到金斯利。"

"是他吗?"电话里传来希德妮的声音,"出什么事了?"

"我们要走吗?"米奇问。

是的,维克托心想。但是不行。还不是时候。现在采取行动只能进一步吸引EON的注意。他们在医院里设下陷阱,守株待兔。他们成功地引来了维克托,说明他们找不到他。但不代表他们以后**找不到**。他们是

Part Four · 审判日

否知道了希德妮的存在？如果他们找到了她，事情会怎样？

"待在公寓里，"他说，"任何人敲门都不要回应。别放任何人进去。如果你发现外面有可疑的人或物，给我打电话。"

"你呢？"米奇问。

然而维克托暂时还没有答案，于是他挂了电话，走进酒吧。这个地方档次不高，光线昏暗，大半座位都空着。他点了一杯威士忌，躲进贴着后墙的包厢，以便随时盯着酒吧唯一的门和店里的几个客人。

维克托之前从救护车的控制台上顺了一本破旧的平装书——此刻他掏出书，还有一支黑色油性笔，继而翻开书页，让断裂的书脊压在掌底。

老习惯。笔尖平稳地横移，涂黑了第一行字，然后是第二行。随着一笔笔涂抹下去，文本化作一道道黑线，他感到脉搏逐渐缓和。第一个词总是最难找到的。有时候，他先找一个特定的词，然后涂黑周围的文字，但大多数时候，这种做法带有更多的神秘主义色彩，尽管维克托不愿意承认，哪怕在内心深处。

他放任笔尖画过书页，等着半路杀出一个字来。他画掉**骄傲**、**堕落**和**改变**，终于停在了**寻找**。两行之后，他的笔尖跳过了**一个**，然后顺势而下，直到**办法**。

维克托没了时间，没了线索，但他仍未放弃。

希德妮、米奇和多米尼克——他们似乎都认为屈服是一次赌博，是一个选项。其实不是。维克托偶尔也暗暗希望自己能够停下来，不再反抗，但他就是做不到。最初，便是顽强的求生意志使他成为超能者，如今同样阻止他认命。阻止他认输。

无论你身上发生了什么，无论你受到的是什么伤害，都是你自己造成的。

坎贝尔如是说。那个超能者说的没错。维克托一直都是自身命运的主宰者。他主动爬上台子。他胁迫安吉按下开关。五年前他怂恿伊莱杀死自己，因为知道希德妮能让他复活。

每一次行动都是他亲自设计，每一步都是他亲自迈出。

如果有办法摆脱当前的困境，他一定能找到。

如果没有，那么他就亲手创造一个。

酒吧的门打开了，过了一会儿，维克托听见有人说话，言语被淹没，但口音准没错。

他抬头张望。

一个女人倚着吧台，深肤色，体态娇小，五官酷似狐狸。维克托从未见过对方，但知道是她——在脱衣舞俱乐部撞见的女人。也是在巷子里主动问询的热心人。当然，也是刚刚帮他逃出 EON 之手的医生。维克托认得她不光是听口音。是她的目光扫过来的时候，眼里的神采——应该说**眼底**——是洋溢在她脸上的狡黠笑容。假如那**真**是她的脸。

那人是超能者——太明显了。

在他的注视下，变形者端着酒杯，迎面走来。

"这里有人吗？"他又听到那个轻快的声音。

"看情况，"维克托说，"琉璃塔——是我们第一次见面的地方吧？"

狐狸脸上掠过一抹揶揄的笑意。"是的。"

"但不是最后一次。"

"不是，"超能者说着，在他对面落座，"不是最后一次。"

维克托握着酒杯。"你是谁？"

"当我是守护天使好了。你可以叫我琼。"

"是你的真名吗？"

"啊，"琼伤感地说，"对我这样的人来说，**真实**是一种模糊不清的东西。"

女人倾身凑近，与此同时，她变了。不存在任何转折和过渡——深肤色的女孩消失不见，取而代之的是一个草莓色卷发、深蓝色眼睛、心形脸蛋的女孩。

"喜欢吗?"琼问,仿佛在询问维克托对新衣服的意见,而不是对她现在的形象,他唯一爱过的女孩的拙劣翻版。"我尽力了,毕竟真人已经死了。"

"换掉。"维克托干脆地回答。

"啊,"琼没好气地说,"我可是特地挑选的。"

"**换掉**。"他喝令。

深蓝色的眸子直视着他,带着挑衅和激将的意味。维克托与她对视。他掌握了对方的神经,手指微微颤动,调高她胸腔里的刻度盘——不过这个女人面不改色,很难说有没有感受到疼痛。她的超能力——似乎以某种方式保护着她。

"遗憾,"琼生硬地笑笑,"你伤害不了*我*。"

重音似乎落在最后一个字上。

维克托倾身向前。"我不需要。"

他张开五指,按在破旧的木桌上,也把她的身体钉在椅子上。

琼的眉心出现了轻微的褶皱,是她与维克托对抗的唯一迹象。

"人体有很多神经,"维克托说,"痛感仅仅是其中一种信号。交响乐团里的一件乐器。"

女孩勉强假笑两声。"可你觉得你能控制我多久?一个钟头?一天?直到你下一次死去?我好奇的是,咱俩谁先认输?"

他们陷入了僵局。

维克托卸了劲儿。

琼吐了口气,转了转脖子。同时,草莓色卷发的女孩消失了,换回最初那个深肤色的女人。"好吧。行了吧?"

"你为什么跟踪我?"维克托问。

"有利可图,"琼说,"而且不止我一个。城里有个超能者很有兴趣见见你。也许你听说过她。"

玛塞拉·里金斯。

那个超能者如今把梅里特当做私人游乐场。不可思议的是,那家伙依然气数未尽。

"明白了,"维克托慢吞吞地说,"原来你就是个送信的。"

琼面带愠色。"我可不算。"

"你说我为什么,"他问,"要去见玛塞拉?"

琼耸耸肩。"好奇?反正你也不会有任何损失?或者,也许——你看在希德妮的分上做做好事。"

维克托面色阴沉。"你在威胁我吗?"

"不是。"琼说,这一次彻底收敛了调侃和讽刺的语气。她的表情坦率、诚实。她并未更换相貌,但前后判若两人。"我真的很关心那个女孩的命运。"

"你根本不认识她。"

"人人都有秘密,维克托。包括我们亲爱的希德妮。你以为我今天是怎么在梅里特中心医院找到你的?她关心你的安危,你也应该同样关心她。我知道你病了。我亲眼看见你死了。你我都知道,希德妮的人生还很漫长。如果没有你在身边保护她,她会怎样?"坦诚不复存在,她揶揄地翘起嘴角,眼里闪烁着狡黠的光。"我们的希德妮很强大。你若不在了,她需要同盟,而我们都知道,你已经除掉了她的第一选择。"

维克托低头看着酒杯。"所以,这就是玛塞拉的身份咯?同盟?"

"玛塞拉,"琼尖刻地回应,"非常**强大**。"

"她的超能力到底是什么?"

"你不如亲眼看看。"

琼一把抓过破旧的平装书和油性笔。

"明天,"她把详细信息潦草地写在扉页上,"你要知道,"她起身说道,"玛塞拉提建议,话只说一遍。"她把书推了过来。

"别浪费机会。"

V
昨夜
顶白大厦

电梯上升时,琼轻声哼唱。

等她抵达顶层,她发现两个身着黑色西服的男人守在顶层公寓的门外。他们是新来的,她经过的时候,其中一人不识好歹,企图拦住她。

"你往哪儿去呢?"

琼低头看了看按在肩头的手。等她抬眼望向保安,她已是他,就连毛茸茸的指节和痤疮疤痕都一样。

"我高兴去哪里就去哪里。"他低沉的嗓门夹杂着琼的口音。

保安像被烫了似的慌忙退后。

"我……我很抱歉。"他说话时,脸上的恐惧是发自内心的。这样的表现——这种变化令人愉悦。她见过惊讶、震撼,还有一两次是敬畏,但单纯的恐惧是前所未有的。他们不知道她是**谁**,但很清楚她是**什么**。超能者。他们被吓破了胆子。

也许玛塞拉是对的。也许躲躲藏藏的一方不该是超能者。

"别担心，"琼快活地说，同时变回深肤色的女人。"无心之过。"

他们慌忙打开门，她进入公寓时，发现这次回来有一种异样的舒适感，不禁略为惊讶。

我们真的需要一条狗，她心想。*在你回家时欢迎你。*

她来到开阔的客厅，看见乔纳森捂着眼睛，无精打采地坐在皮沙发上。

"小约翰尼，怎么闷闷不乐的？"她发现地上有一大片红褐色污渍，于是放慢脚步。"啊，新的。"

"是啊，"乔纳森抬头说道，"她一直忙着呢。"

"看得出来。我们天不怕地不怕的老大今晚在哪里？"乔纳森不做声，不需要回答。玛塞拉的声音从她的办公室里飘了出来。

"鲜花有什么好的？"

"这是百合花，"回答的是男人的声音，"我认为它们可以创造一种优雅的氛围。"

"我就是优雅的氛围。"

"如果缺少了柔化环境的那一部分，我担心整体的感觉过于简陋。"

"这是新时代的开端，"玛塞拉厉声说，"不是该死的十六岁花季派对。撤掉。"

男人犹豫了。"……如果您非要……"

琼听见高跟鞋踩在大理石地板上的响声，心知不妙。"嗯，也许你的确知道什么是最好的……"一阵仓促的脚步声，一声喘息，琼进门的瞬间，正好看见那人在玛塞拉手中化为粉末。

"噢，我太想念这样的场面了。"琼愉快地说，与此同时，那人的残骸落在地上。她仔细观察着那堆破烂，里面夹杂着碎裂的丝绸和一枚银袖扣。玛塞拉烧得更热、更快了，而且——据琼所知——她还没有达到自身的极限。

玛塞拉背靠桌子,拿起一块布擦手。"我很讨厌重复说过的话。"她抬头看了一眼,"你不是该去盯着我们的新品吗?"

"我一整天都在当保姆,受够了,"琼说,"我已经转达了你的话。"

"然后呢?"

"他的行为很难预测,但我认为他会来的。"

"但愿如此,"玛塞拉说,"我真的很高兴,你回来得正是时候。"

"怎么了?"琼问。

玛塞拉递给她一张卡片。

琼接过来,翻了个面,目光一扫。她摇着头,既迷惑,又觉得好笑。"老天啊,玛塞拉,有没有人说你疯得厉害?"

玛塞拉撇了撇嘴。"有那么几次,"她说,"男人追求野心勃勃的女人,纯属自取其辱。还有,你别忘了,琼——这可是*你的*主意。"

"我那是开玩笑,你知道的。"琼弹开卡片,"你给多少人送去了?"

玛塞拉扳着手指头数。"市长,警察局长,地方检察官,**EON** 的主管。"她摆摆手。"还有这座美丽的城市里几百位最有权势——*曾经最有权势*——的人。"

琼难以置信地摇头。"吸引那么多人的关注是*非常糟糕的主意*。你让我们成了最大的靶子。"

"已经是了。你没有注意到吗?无论如何,他们都要来对付我们,琼,如果我们躲起来,谁也不知道我们的存在。所以,让他们看到我们。让他们看到我们的能力。"玛塞拉微笑着,笑容灿烂,充满魅力。"承认吧,琼。你内心也渴望站到聚光灯下。不再逃跑。不再躲藏。"

玛塞拉不会理解的,琼必将*永远*躲在暗处。但那个女人说对了一件事。

一直以来,很多人企图征服琼。企图伤害她。企图让她自惭形秽。

也许是时候让他们清楚自己是多么渺小了。琼永远不能成为自己，那个从前的她，但她可以成为某个人。她可以被人看见。

还有，等到EON杀来的时候，反正也抓不住她。

所以真正的问题只有一个。

她要以谁的形象出场？

VI
当天上午
梅里特

希德妮跪了下去,双手撑在冰上。

她试图离开,却被伊莱揪住了外套领子,把她向后拽去。

"好了,希德妮,"他说,"事情已经开了头,我们来完成它吧。"

她坐起身来,大口喘气。

希德妮不记得什么时候睡着的。她翻来覆去,彻夜难眠。不是金斯利的缘故——她五年来早已习惯了睡在陌生的地方。是因为维克托——或者说,因为他不在。

公寓令人感觉不对劲,没了他,格外空虚。

他的存在感很强,哪怕当他像幽灵一样来去无踪,他也从未*彻底*消失。他和希德妮之间连着一根线,无论他在外面待到多晚,她躺在床上就能感到手中的细线在放长,他回来的时候则在收紧。

但维克托昨晚没有回来。

杜蒙是个陷阱,维克托差点掉进去。他跑了,等风头过了才能回来。

他跑了——希德妮知道他得到了帮助。她又一次打开手机，翻看昨晚的信息。

希德妮：谢谢你

琼：不客气;)

希德妮下了床，信步走出房间，发现米奇正在桌前折腾两根电线，把它们装进一个黑色小盒子。希德妮常常惊叹于那双大手可以从事如此精细的活计。

"这是什么？"她问。

米奇微微一笑。"以防万一。"他举起那个装置，说道。她以前见过，至少见过类似的，就在她、米奇和维克托住家的门廊角落里。

"你有他的消息吗？"

米奇点点头。"今早，"他说，"等他回来，我们就走。"

希德妮的心脏被揪紧了。她不能离开梅里特。现在不行。她还没有试过——

她钻进自己的房间，换上衣服，穿好靴子和飞行夹克，然后走向梳妆台，小红罐子就藏在里面。她把罐子塞到口袋最底层，出了房间，走向大门。

"过来，多尔。"她喊道。

大狗懒洋洋地抬头。

"希德妮，"米奇说，"我们需要待在家里。"

"它需要散步。"希德妮抗议道。

而多尔一点儿也不兴奋。

"早些时候我带它上楼顶遛过，"米奇说，"要是园丁看见了肯定不高兴，但只能这样。很遗憾，小姑娘。我也不想被关起来，但出去不安全——"

希德妮摇摇头。"如果EON知道我们的位置,他们早就来抓我们了。"

米奇叹了口气。"也许吧。但我不愿意冒险。"

言语间,饱含不可退让、毫不动摇的决心。希德妮咬着嘴唇,思考着。米奇从未阻止她离开过,从未动手。她不知道米奇会不会那样做。

她不愿意把他逼到那一步。她叹了口气,脱掉外套。

"好吧。"

米奇松了口气,明显如释重负。"好。我去做午餐。你饿不饿?"

希德妮微笑着。"饿着呢,"她说,"我先去冲个澡。"

米奇已经进了厨房,点燃炉子,她溜过走廊,穿上外套。她经过浴室,进了米奇的房间,打开窗户,多尔也跟了进来。

"留下。"她轻声吩咐。

大狗张开嘴巴,似要吠叫,但它的舌头耷拉着。

"好孩子,"她说着,双腿一甩,越过窗台,"保护米奇。"

希德妮正准备爬进消防通道,忽然犹豫了,她摸出一直带在身上的纸牌——很久以前维克托从掉落的牌堆里抽出来的一张,然后偷偷摸摸地塞到她手里。

黑桃K。

如今纸牌已经旧了,塞在屁股兜里五年之久,边缘磨损,中间还有一道折痕。

在他们的游戏里,花牌代表自由。

希德妮告诉自己,她没有破坏规矩——如果她破坏了,至少她不是唯一一个。

她把纸牌扔在地上,关上身后的窗户。

Ⅶ
当天上午
梅里特市中心

维克托站在街上,偷来的平装书打开着,拿在他手中。

他一直在酒吧里消磨时间,过了午夜,他入住了附近的一家汽车旅馆,这种地方最不容易吸引警察的注意。在嘎吱作响的弹簧床垫上辗转反侧几个小时后,他又起来了,步行经过三十四个街区,穿越逐渐苏醒的梅里特市中心,前往琼写在破旧扉页上的地址。

亚历山大街119号。中午12点。

首先,这里是一家美术馆。高大的玻璃橱窗正对人行道,依稀可见里面的画作。临近正午,维克托尚未决定是否进去。

他权衡着各种选项,以及琼说的话。

有可能是另一个陷阱。也有可能是一个机会。不过到了最后,驱使他的完全是好奇心。对那个逃脱了EON天罗地网的超能者的好奇。对那个坚守阵地、决不逃跑的女人的好奇。

维克托过了街,走上三层台阶,进入白厅画廊。

画廊内部比从街上看要大得多——宽敞空旷的展览室一间挨着一间，以拱门相通。抽象派画作分布于墙上，白色打底，染着彩色的斑点。一身黑衣的维克托自觉像一团泼溅的墨水，混迹于街上熙攘的人群毫无问题，但在这种极尽简约的环境里格外惹眼。所以他懒得隐藏身份，也不愿装模作样地欣赏艺术，便直接去找玛塞拉了。

有一群男女在展览室各处游荡，但都不是真正的顾客。维克托瞥见了藏在西服底下的枪套、提着敞口提袋的手。是雇佣枪手，他心想，不知道琼是否混在其中。他尚未发现任何人符合她的特征。

但他找到了玛塞拉。

她在最大的一间展览室里，背对着他。她束着一头黑发，丝绸衬衫开得很低，吊在肩胛骨之间。他一眼就认了出来。不是因为他看过照片，而是她的站姿，不经意之间，尽显捕食者的优雅。维克托早已习惯作为最强大的存在，目睹信心满满者另有其人，感觉既熟悉又不安。

展览室里不光是他们两人。

一个身着黑西装的瘦削男人，靠在两幅画作之间的墙壁上。他梳着背头，双眼藏在墨镜后。纯白的墙壁衬得画廊异常明亮，但还不至于戴墨镜——说明这种做法别有目的。

"我从来不懂艺术，"玛塞拉自言自语地说，声音却不低，维克托知道是对他说的。"我去过上百个美术馆，凝视过上千幅画作，等待醍醐灌顶、肃然起敬或者一见倾心——然而我唯一能感觉到的就是**无聊**。"

当着维克托的面，她伸出一根涂着金色甲油的手指，按在一幅画作的表面。在玛塞拉的触碰之下，画布随即腐烂，继而破碎，残片飘落在地。

"别担心，"她以鞋跟为轴，转过身来，"我拥有这家美术馆，以及里面一切东西。"她眉毛一扬，"当然，不包括你。"她瞥了维克托一眼。"你喜欢艺术吗，维尔先生？我丈夫生前很喜欢。他一向喜欢漂亮的东西。"玛塞拉扬起下巴。"你觉得我漂亮吗?"

维克托打量着她——身姿婀娜,嘴唇艳红,眸子碧蓝,睫毛乌黑而又浓密。他的目光从玛塞拉身上移开,投向地板上的画作残骸,又转了回去。"我觉得你很强大。"

玛塞拉微微一笑,显然颇为受用。

维克托察觉到身后有动静,转头看到一个男人进来了,留着山羊胡子,面带狡黠的笑容。

"我相信你已经见过琼了,"玛塞拉说,"她的某个形象。"

那人眨了眨眼,眼里的神采似曾相识。

"这位是乔纳森。"玛塞拉抬手一指,示意那个靠墙的瘦子。

乔纳森没有回答,只是微微颔首。

"看来,"维克托说,"你收集的并非艺术品,而是超能者。"

玛塞拉红唇轻启,笑容可掬。"你知道我从小到大一直想成为什么样的人吗?"

"总统?"

她笑得更欢了。"强权。"她迎面走来,鞋跟在大理石地板上踩出清脆的响声。"你仔细思考,就会发现任何人都渴望获得强权。曾经,强权取决于血统——家系时代。后来强权取决于金钱——黄金时代。但我认为是时候开创一个新的时代了,维克托。强权时代。"

"我猜,"维克托说,"我不是你的伙伴,就得成为你的敌人。"

玛塞拉"啧啧"两声。"真是非黑即白的想法。我敢说,男人们总是忙着树敌,他们很少想到交朋友,"她摇摇头,"我们为何不能合作呢?"

"我单干。"

玛塞拉心照不宣地扬起眉毛。"好了,我们都知道这不是真的。"

维克托眯起眼睛,但什么都没说。玛塞拉对于掌控局势似乎很满意。

"钱花对了地方,就能得到任何东西。消息。内幕。也许还有伊莱·

伊弗和梅里特警局合作时期的文件。他和塞雷娜·克拉克是一对了不起的搭档，但我觉得你在她妹妹希德妮身上获益更多。"

维克托不动声色，然而另一边的琼呆若木鸡，血色尽失。"玛塞拉——"

女人抬手制止她，金色指甲闪闪发光。

"我听说过你的天赋，"她继续说，"我希望亲眼看看。"

"你要面试我？"

她的嘴唇抖了抖。"怎么称呼随你喜欢。我向你展示了我的。乔纳森的。还有琼的。我认为这样才公平……"

维克托不需要激将。他对着一身西装的瘦子动手了，以为对方必然弯腰——结果惊讶地看见，瘦子面前闪着蓝白色的光芒，以及近似电流的噼啪声。除此之外，什么都没有发生。怪事。维克托依然能感觉到那人的神经，正如之前他试图施加压迫时一样。但在那个瞬间，好像发生了短路，类似闪电打在受到接地保护的目标上。

力场。

玛塞拉笑了。"噢，抱歉。我应该提前说一声的，乔纳森的禁区，"她环顾四周，"搭把手？"

她没怎么提高嗓门，但声音传遍了画廊。维克托之前见过的六个男女冲了进来。

玛塞拉面带微笑。

"谁能让此人下跪，"她说，"我有重赏。"

一时间，谁都不动。

然后，所有人都动了。

一个彪形大汉扑上前来，维克托掌握了他的神经，用力拧动。对方惨叫着弯下腰，与此同时，维克托又放倒了跟在他身后的两人，随后转身面对一个拔刀的女人。

Part Four · 审判日

维克托甩手的姿势犹如乐团指挥，她也乖乖就范。

第五个人在他身边栽倒，痛得缩成一团，第六个人企图掏枪——维克托强迫他的手按在大理石地板上，不断地调高刻度盘，直到六个人浑身痉挛，翻来滚去。

他攫住玛塞拉的目光，等她说**够了**，下达停手的命令。等她流露不安的神色。然而，玛塞拉仅仅静观事态发展，蓝色的眸子明亮而坚毅。

在此之前，她在维克托眼里类似塞雷娜，期待世界屈服于她的意志。但此时此刻，他想到了**伊莱**。眼里狂热的光彩，奔涌的活力，以及毫不动摇的信念。

维克托受够了。

他转而对付玛塞拉。不是那种微弱的影响，而是出其不意、生猛直接的强力打击，烧断神经、撂倒一个人不在话下。她理应当场熄火，直挺挺地摔在冰冷的大理石地板上。然而，玛塞拉只是诧异地吸了口气，随后乔纳森的头以难以察觉的幅度转向她。转头的瞬间，空气噼啪作响，玛塞拉周围闪烁着刚才保护乔纳森的蓝白色闪光。

维克托意识到自己的错误。玛塞拉比他以为的更像伊莱。她离谱的自信源自不可攻破的无敌光环。尽管是假他人之手。

维克托放过了其他人，他们无不躺在地上喘粗气。

力场的闪光消失了，玛塞拉抿着嘴唇。"这就不好玩了。"

"请原谅，"维克托淡淡地说，"我一时疏忽。"他低头看着躺在地上的男男女女。"我恐怕没能通过你的测试。"

"噢，我可不觉得。你的表现……很有启发。"

玛塞拉拿出一个崭新的纯白色信封。

琼上前接过，交给维克托。

"这是什么？"他问。

"邀请函。"

他们对峙了片刻，谁都不愿意背对彼此。

最后玛塞拉露出微笑。"你可以走了，"她说，"但我衷心希望我们还会见面。"

维克托求之不得，但他有种预感，他们还会见面的。

·· ✝ ··

"不错，"玛塞拉目送维克托离开，"很有启发。"

自从玛塞拉提到希德妮之后，琼一个字都没说过，她认为什么都不说为好。此刻，她清了清嗓子。

"你还觉得他有用吗？"

"毫无疑问。"玛塞拉说完，拿出手机。

"要不要我跟着他？"

"不必了，"玛塞拉按下拨号键，"我看够了。"有人接听了电话，玛塞拉说："他住在金斯利的十五楼。不过现在，他往亚历山大区的西边去了。狩猎愉快，约瑟夫。"

琼的心脏猛地一沉。

玛塞拉是怎么知道他们住在哪儿的？是怎么知道**希德妮**住在哪儿的？

她冷冷地看了一眼琼。"你不会以为只有你一个人操心这些事情吧？"

琼吞了吞口水。"随你怎么处置维克托，但不要扯上希德妮。"

"也许本来是扯不上她的，"玛塞拉毫不客气地说，"如果你向我坦白那个女孩的超能力，而不是守着秘密。"她轻蔑地朝着大门的方向甩了甩手，"不过，你去吧。看你能不能抢先一步找到她。"

VIII
当天上午
金斯利

"希德妮!"米奇一边喊,一边翻动平底锅里的烤奶酪。

她没有回答。

前往梅里特途中产生的不祥预感成形了,从隐隐的担忧变成了切实的恐惧。正如若有若无的症状突然恶化成流感。

"希德妮!"他又喊了一声,把平底锅从炉子上端走,免得烧煳了。他走向浴室的途中放慢了步伐,因为发现浴室开着门。希德妮的房间也开着门。

他的房间也一样。

米奇瞥见门内有一条黑色的尾巴来回扫动,多尔趴在地板上,面朝窗户,嘴里咬着一张纸片。

米奇跪下来,从懒洋洋的狗嘴里取出那张纸片,一眼看见纸上的王冠和画像,他惊呆了。一张花牌。

黑桃K。

米奇站起身来，已在拨打希德妮的手机。铃声持续，无人接听。他咒骂着，正准备把手机扔到床上，铃声突然响起。

米奇接听了，他希望是希德妮打来的。

"收拾东西，"维克托下令，"我们准备走了。"

米奇呻吟了一声。

"怎么了？"维克托问。

"希德妮，"米奇说，"她不在。"

电话那边短促地吐了口气。"去了哪里？"

"我不知道。我在做午饭，然后——"

维克托打断了他的话。"去找她。"

·· ✝ ··

希德妮站在路边，仰头张望。

五年前，福尔肯·普赖斯还是一处建筑工地，钢筋混凝土四周是木板围墙。如今，耸立在她面前的，是一栋玻璃和钢铁组成的摩天大楼。那晚所有的罪证都被水泥、石膏板和灰浆所掩盖。

她不知道能指望寻找到什么。感觉到什么。鬼魂？姐姐的残骸？如今希德妮来了，她唯一看见的就是塞雷娜直翻白眼，对她的想法不屑一顾。

希德妮跪在地上，从口袋里掏出她贴身保存了那么久的秘密。她揭开红色铁罐的盖子，翻开布条。五年来，希德妮头一次抚摸那些焦黑的碎骨。指节。肋骨残片。髋关节。塞雷娜·克拉克全部的遗骨。仅剩的一切——除了残留在现场的部分。

希德妮把骨头铺在裹布上，按照一定的顺序放置，为缺失的部分留下些许空间，让那些骨骼在它们应在的地方就位。

她颤颤巍巍地深吸一口气，双手伸向遗骨，手机突然响了，刺耳的铃声打破了寂静。太蠢了。她应该关机才对。如果她已经开始了，如果她的双手和注意力已经深入其中，而手机响了，希德妮势必丢失线头，搞砸唯一的机会。毁掉一切。

她从兜里拿出手机，看到米奇的名字在屏幕上闪烁。希德妮关掉手机，目光回到姐姐的遗骨上。

IX
当天下午
EON

"什么意思,运输计划?"

多米尼克正在更衣室里挨个儿扣上制服的纽扣,霍尔茨突然容光焕发地闯进来了。他终于要参加外勤任务了。准确地说,运输任务。

"他们要放斯戴尔的猎犬了。"他说。

多米闻言一惊。"什么?"

"伊莱·卡代尔。他们放他出笼了——抓捕那个疯狂的黑帮老婆,杀死巴拉的家伙。"

多米站了起来。"不能这样做。"

"已经这样做了。"霍尔茨说。

"什么时候?"

"就现在。主管直接下令。他本来要亲自指挥,但还得去城里负责一个大规模行动——抓捕另一个超能者——斯戴尔风风火火地跑出去了。他临走时叫我们启动开采……"

多米还在思考前一句话。"另一个超能者?"

"是啊,"霍尔茨说着,从墙上取下一套亚光黑色装甲,"就是那个神秘人,杀了不少超能者的。"

多米口干舌燥。

"这种概率有多大?"霍尔茨若有所思地说,"一天之内发生这么多刺激的事。"

霍尔茨绑好带子,转身要走,却被多米尼克拽住了胳膊。"等等。"

对方皱起眉头,看着多米紧抓袖子的手。可是多米能说什么?他能做什么?他无权叫停行动——他所能做的就是警告维克托。

多米勉强放开手。

"当心,"他说,"别像巴拉一样死了。"

霍尔茨报以快活又强硬的笑容,转身走了。

多米尼克数到十,然后是二十,等到霍尔茨的脚步声消失,等到他只能听见自己沉重的心跳声。然后他出了更衣室,右拐,前往斯戴尔的办公室——大楼里唯一的一部电话设在那里。

他保持着正常的姿态,步伐轻松自然——但每前进一步,多米都清楚,他走上的是一条不归路。他停在主管办公室的门前。最后一次转身离开的机会。

多米推开门,走了进去。

·· ✝ ··

维克托知道自己被人跟踪了。

他察觉到他们步伐的力度,感觉到他们目光的引力。起初他以为是琼,或者玛塞拉派来的某个保镖,但当他们加快脚步,一个人的响动变成了两个人的,维克托终于开始怀疑对方另有来头。他原本打算直接返回金斯利。此刻,他转向左边,拐进热闹的梅里特市中心,餐馆和咖啡馆多如牛毛。

他兜里的手机嗡嗡振动。

他不认识来电号码，但还是步履不停地接听了。

"他们来找你了。"多米尼克的声音低沉而急切。

"是的，"维克托说，"多谢提醒。"

"情况很严重，"多米说，"他们放伊莱出去了。"

这句话犹如一把刀子，精准地插进维克托的心脏。

"来抓我？"

"不，"多米说，"我认为是去抓玛塞拉。"

维克托暗自咒骂。"你不能坐视不管。"

"我能怎么阻止？"

"想办法。"维克托说完，挂了电话。

他能感觉到他们紧追不舍。不远处传来汽车关门的响声。

维克托过了街，走进附近的公园，满眼是曲折的跑道、小贩的摊车、开放的草坪和正午阳光下熙攘的人群。他一次也没有回头。他目前辨认不出谁在跟踪他。人多对他们有利，但也可以有利于他。

维克托加快了步伐，刻意表现出一点点急迫。

来吧，他心想。

他听见身后的脚步声越来越匆促，显然以为他准备逃跑。事实上，维克托突然转身。

他在拥挤的跑道上原路折返，反向而行，这样一来，跟踪他的人要么停步，要么后退，或者为了不露馅，迎面走向他。

无人停步。

无人后退。

一般来说，人们都会绕开维克托，他们的注意力犹如被石头劈开的水流。然而此时此刻，在跑者、行人和散步的人群当中，有人依然直勾勾地盯着他。

那人年纪轻轻，身着常服，却有当兵的步态，在他们目光交汇的瞬间，年轻人脸上掠过一抹紧张。他掏出一把枪，但就在抬枪时，维克托动了动手指，狠狠地拉扯无形的线，对方当即跪在跑道上，手枪脱手。维克托脚步不停，人群却躁动起来，一半是因为听到年轻人的惨叫而担忧，一半是因为在公园里发现武器而惊恐。

现场一片混乱，维克托趁机左拐，换了一条跑道，走向公园附近的大街。半路上，又有一个女人追了过来，一头黑色短发。

她没有拔枪，但捂着耳朵，嘴唇翕动。

一群骑自行车的人飞快地绕过转角，维克托抢在他们之前横穿跑道，呼啸而过的自行车为他争取了时间，他顺利地从两辆摊车之间出了公园。

维克托快步前进，穿过车流，走进一条小巷，不一会儿，一辆没有标志的厢式货车拐进了巷子的另一头。货车迎面驶来。他向驾驶席上的人发动进攻，调高刻度盘，直到司机失控，货车转向，轰然撞上一个消防栓。维克托听见纷乱的脚步声，对讲机的嗞嗞声。他一头钻进最近的地铁站，经过旋转门，三步并作两步地跑下台阶，跑向正在进站的列车。

他来到站台的末端，但没有上车，而是越过禁区护栏，进了隧道，整个人贴在墙壁上，与此同时，铃声响起，车门在嘶嘶声中关闭了。

一个男人来到站台上，目送列车开走。

维克托躲在隧道里，看他双手叉腰，扫视着车厢，乌黑的头发已有花白的迹象。

斯戴尔。

时隔五年，维克托依然一眼就认出了他。他看着曾经的警探转过身，跑上台阶。

维克托知道自己应该想办法返回金斯利——不过，他先得找EON的主管聊上两句。

又一辆列车进站，维克托混进人群，跟在斯戴尔身后。

X
当天下午
EON

多米盯着斯戴尔办公室里的大屏幕。

想办法。

他的脑筋转得如同在泥地里打滑的轮胎,视线从办公桌投向房门,又投向对面墙上的监控视频。右上角的窗口,三个全副武装的士兵正在白色走廊里行进。另一个窗口,是伊莱·卡代尔熟悉的身影坐在那里等待。

该死。

多米走向斯戴尔桌上的三块屏幕。他对黑客的技术一窍不通。

但他知道有人懂。

铃响第二声,米奇接听了。"哪位?"

"米奇,我是多米尼克。"

电话那头传来一阵忙乱的响动。"现在不方便。"

斯戴尔办公室外面的走廊里响起脚步声。多米把话筒贴在胸前,屏着呼吸。等脚步声消失了，他拿起话筒，飞快地说道："抱歉，我在执行维克托的命令。"

"谁不是呢。"

"我需要你帮忙黑进计算机。"

拉上拉链的声音。"什么样的计算机？"

"EON 的。"

电话那边安静了，米奇可能在思考，不过多米很快听见笔记本电脑被打开，以及系统启动的声音。"什么样的加密模式？"

"不知道。"他敲了敲键盘，"屏幕上要求输入密码。"

米奇含混地笑了一声。"政府部门。好的。严格按照我说的做……"

他讲起了天书——听起来就像天书一样——不过，多米按他所说的操作，在高度紧张的三分钟之后，屏幕上出现了**允许访问**几个绿字，他成功进入了系统。

多米挂了电话，眼前出现一大排文件夹，每个文件夹都以监室的编号命名。EON 的电脑都有类似的文件夹。所有文件夹都是从 1 室开始命名的。

而斯戴尔的电脑有着不一样的选项——0 室。

多米点了进去，伊莱·伊弗——伊莱奥特·卡代尔——出现在屏幕上，他坐在监室中央的桌子前，翻阅一本黑色文件夹。多米在输入代码时，视力和精神高度集中，好比在战场上一样。时间的流逝似乎变慢了。除了屏幕、指令和在键盘上疯狂移动的双手，一切都消失了。

又一个窗口出现了，带有监室区的控制选项，包括照明、温度、安保、紧急状态和锁闭状态。

多米尼克不能阻止 EON 放伊莱出去。但他可以拖慢他们的速度。他正准备键入米奇交代的代码，让监室进入锁闭状态，忽然有人在他身后清了清嗓子。

多米扭头一看，发现里奥斯特工面无表情地盯着他。他来不及思考她是从哪里冒出来的，甚至来不及**脱离**现实时间——寻求阴影之地的保护——里奥斯手里的警棍就戳中了他的胸口，多米眼前一片雪白。

. . ✝ . .

伊莱有些焦躁不安。

等待斯戴尔的同时，他再次浏览黑色文件夹里的图片。

主管的计划非常清晰——伊莱将在守卫的陪同下离开机构，任务结束后即刻返回监室。如果他在任何时间、任何方式违抗命令，他将被遣送回实验室接受解剖，了却余生。

这是**斯戴尔**的计划。

伊莱有自己的计划。

墙外响起脚步声，他把文件夹放到一边，站了起来，一如既往地等待与斯戴尔见面。结果，等墙壁变得透明了，他看到的是 **EON** 的一队黑衣士兵，他们的面孔藏在光滑且贴合脸部的面罩底下。面罩尚未扣紧，但也只有眼睛暴露在外。一双绿色，一双蓝色，一双棕色。

"小题大做，"绿眼睛打量着他，嘀咕道，"依我看，哪有那么危险。"

"噢，"伊莱走过去，"外面的超能者比我危险多了。"

"可他们杀了多少人呢？"蓝眼睛问，"我猜比你杀得少。"

伊莱耸耸肩。"得看情况。"

"什么情况？"棕眼睛问——听声音是女人。

"看你们是否认为超能者算人。"伊莱说。

"够了，"蓝眼睛走过来，"我们走吧。"

伊莱不搭腔。"斯戴尔主管呢？"

"忙着呢。"

伊莱不相信斯戴尔愿意把如此敏感的任务托付他人——除非真有

急事。

或是私事。

难道斯戴尔找到维克托了?

完美擦肩,伊莱冷冷地想。但他无暇关心维克托·维尔的命运。

"犯人,"蓝眼睛喝令,"靠近隔板,双手伸进凹槽。"

伊莱照做了,感到一副沉重的铁手铐扣在手腕上。

"立刻转身,背对凹槽,跪下。"

伊莱迟疑片刻。这一步不合程序。他谨慎地遵照指示做了,以为接下来是从天而降的黑头套。然而,他等来的却是冰冷的铁环圈在脖子上。伊莱紧张了,当铁环收拢时,他强忍着将其拽开的冲动。

"猎犬有了项圈。"蓝眼睛说。

伊莱站起身来,摸着脖子上的金属圆环。"这是什么?"

棕眼睛举起一个小型遥控器。"别以为我们不拴绳就遛你……"

她按下按钮,一声高亢的调子在伊莱耳中炸响,犹如警示音,后颈顿时刺痛难忍。伊莱眼前发白,浑身瘫软。

"就乖乖趴下了。"当他倒在监室的地板上时,蓝眼睛说。

伊莱动弹不得,金属残片插进他的脊椎,其下的部位失去了知觉。

"好了,萨姆森,"绿眼睛说,"我们有任务在身。"

警示音再次响起,铁片收了回去。伊莱气喘吁吁,胸脯剧烈起伏,与此同时,他的脊椎愈合了,手脚恢复了知觉。他在地上趴了一会儿,然后爬起来。唯有地板上的一摊血迹,是他们所作所为的见证。

棕眼睛晃了晃遥控器。"你企图逃跑,企图袭击我们——该死的,你惹我们生气——我就让你好看。"

伊莱盯着士兵手里的小型遥控器,琢磨它是不是唯一的一个。

"我干吗做那种事?"他说,"我们是同一阵营的。"

"是啊,当然,"绿眼睛说着,把一个头套塞进了凹槽,"戴上。"

Part Four · 审判日

伊莱双手被缚，目不能视，被他们领着出了门，在走廊上行进，两名士兵分别抓着他的左右胳膊。他感觉脚底从水泥变成油布，又变成柏油。空气也有变化，微风轻拂他的肌肤，他渴望取下头套，渴望看看天空，呼吸新鲜空气。但以后有的是时间。走了一段距离，他们停止前进。伊莱被转了个身，调整着方位，直到他的后背靠上了一辆货车的车身。

车门打开，他几乎是被拽上了货车的后厢，对方的动作有点粗暴，强迫他坐上了靠边的长凳。一条带子绑着他的双腿，另一条捆着他的胸膛。他的手铐抵在双膝之间，被锁在长凳上。士兵们纷纷爬进来，关上车门，货车的发动机嘶吼着，驶离了EON。

伊莱在头套里微笑。

他戴着手铐和项圈——但他距离自由又近了一步。

XI
当天下午
福尔肯·普赖斯

几年前，米奇教过希德妮关于磁铁的知识。

整整一天他们都在试验相吸与相斥的效果。希德妮一直以为磁力就是引力，发现它们的推力之大时，她吃了一惊。哪怕一块小小的圆盘都可以对另一块施加那么强劲的力量。

如今，当她把手放在姐姐的遗骨上方时，她感受到同样的排斥。

希德妮拼命把手往下按，内心深处却有什么东西将其推回来。

她为什么做不到？

希德妮必须救活塞雷娜。

她是姐姐。

家人不一定都有血缘关系。

琼说过——琼，从未背叛过希德妮。琼，保护过维克托。但她不是塞雷娜。

如果EON在追捕他们，塞雷娜帮得上忙。塞雷娜无所不能。可以命令其他人做任何事。

这种超能力很可怕——但如果塞雷娜以**错误**的方式复活了,事情会有多么糟糕呢?如果她的超能力支离破碎了,又会是什么样子呢?

一直以来,希德妮以为自己害怕失败。害怕犯错,丢了线头,那样的话,她就失去了唯一复活塞雷娜的机会。

然而,盯着遗骨的时间越长,希德妮越意识到——其实她害怕的是成功。

她为何等了那么久?真的是因为她觉得必须来**这里**吗?回到灵肉分离的地方,反应才最为强烈吗?

或者——只是因为她有了一等再等的借口?

因为希德妮害怕再次见到姐姐。

因为希德妮没有做好面对塞雷娜的准备。

因为希德妮不知道是否**应该**复活姐姐,即使她做得到。

泪水模糊了视线。

她恍然大悟,在全部的噩梦当中,塞雷娜从未救过她。她在场,她在冰湖的岸边袖手旁观,看着伊莱在冰上追杀希德妮。看着他把希德妮摔在结冰的湖面。看着他双手扼住希德妮的咽喉。

塞雷娜那晚没有对希德妮扣动扳机。

但也没有制止伊莱开枪打她。

希德妮怀念姐姐。

但她怀念的是爱她、保护她,让妹妹感受到安全和关切的塞雷娜。那个塞雷娜死在冰水里,而不是烈火中。

希德妮的手终于按在塞雷娜的遗骨上。但她并未向深处探寻,寻找残存的线头。她只是用布条包好了它们,放回红色铁罐里。

她爬起来的时候,双腿都在打颤。

希德妮把铁罐深深地塞进口袋,听见它挨到手枪时金属摩擦的响声。

在另一个口袋里,她摸到了手机。她离开福尔肯·普赖斯,掉头走向金斯利的时候,掏出了手机,看着它开机。她停下脚步。

好多未接听电话。

有几个来自维克托。

十几个来自米奇。

还有琼发来的一条又一条信息。

希德妮开始奔跑。

·· ✝ ··

她给米奇打电话,结果直接转入语音信箱。

打给维克托,但没人接听。

最后,琼接了电话。"希德妮。"

"怎么了?"她问。

"你在哪里?"琼上气不接下气。

"那些电话我都没接到,"希德妮放慢脚步,开始步行,"我谁都联系不上,我——"

"你在哪里?"琼又问了一遍。

"回金斯利的路上。"

"不,"琼说,"你不能回去。"

"我必须回去。"

"太晚了。"

太晚了。什么意思?

"你现在别动,我去找你。希德妮,听我说——"

"抱歉。"希德妮说完就挂了。她走了二十五分钟才到福尔肯·普赖斯。回家只花了十分钟。隔着一个街区和一条街,金斯利终于映入眼帘。希德妮突然停步,因为她注意到有两辆黑色货车守在街角,一辆接近大厦入口，另一辆堵在停车场的出口。车身不见任何标志，但有色玻璃和左右两侧无窗的设计令人感觉不妙。

两只胳膊绕过她的肩膀。

一只手捂住她的嘴。

希德妮挣扎着，正要尖叫，熟悉的声音在耳边响起。

"别动，是我。"

胳膊放开了，希德妮转身看到琼，或者说她的形象之一，松散的棕色卷发，锐利的绿色眸子。希德妮如释重负，放松下来，但琼目光一闪，投向希德妮身后。

"走。"琼抓着她的手说。

希德妮抗拒着。"我不能丢下他们不管。"

"你去了也救不了他们。你要怎么做？冲进去？好好想想。如果你现在去了，你只能被EON抓走，到底有什么好处？"

琼说得对，希德妮痛恨这个事实。痛恨自己的超能力保护不了他们。

"我们需要做个计划，"琼说，"我们一定能想到办法。我保证。"她捏了捏希德妮的手。"走吧。"

这一次，希德妮没有抗拒。

·· ✝ ··

维克托跟着斯戴尔穿过梅里特市中心的街道时，下雨了。

他没有付钱，从街角的伞架上取了一把黑伞，藏在伞下，混在一朵朵黑色伞花之中。半个街区之外，警探在一辆黑色货车和一辆轿车前停步，召来了一群当兵的，他们身着湿漉漉的便服，然而军人的习惯和姿态导致任何伪装都失去了意义。

维克托守在不远处，躲进等车的人群。他看着斯戴尔捋了捋灰白的头发，一副垂头丧气的样子。看着他对士兵们打手势，当兵的回到车上，斯戴尔继续步行。

维克托跟在他身后。

斯戴尔走了十分钟到一刻钟，刷卡进了一栋住宅楼。维克托抢在电梯关门的瞬间拉住了大门。他看着电梯上了一层楼，又一层楼，然后停下来。维克托选择了楼梯，爬上去的时候斯戴尔正在开门，警探这才发现有人在场，眼看着紧张起来。

斯戴尔迅速转身，拔出制式武器，看到维克托的时候惊呆了。

维克托微微一笑。"你好，警探。"

斯戴尔稳稳地端着枪。"好久不见。"

"我很意外，你竟然花了这么久。"

"容我辩解一句，"斯戴尔说，"我以为你已经死了。"

"你知道'以为'没什么价值，"维克托淡淡地说，"我们超能者很难放下自己那条命。"他点头示意那把枪。"既然说到放下了。"

斯戴尔摇摇头，反而握紧了。"做不到。"

维克托收拢五指。"是吗？"他倏地张开，斯戴尔脸上的震惊犹如闪电一掠而过，他松了手，枪落在地上。

"你不是唯一一个长见识的。"维克托说着，走向警探。斯戴尔的喉咙堵得嘶嘶作响，他试图退后，却动弹不得。

"疼痛是一种特殊的感觉，但相对简单，"维克托接着说，"而，操纵一具躯体，使其活动——要求非常精准，刺激特定的神经，拉扯相应的提线。好比提线木偶。"

"你要干什么？"斯戴尔嘶声说道。

我要不再死去，维克托心想。

但斯戴尔帮不上忙。

"我要你把伊莱关在他该死的笼子里。"

警探脸上掠过一抹讶异。"轮不到你发号施令。"

"你怎么如此愚蠢?"维克托吼道。

"有些事情我不得不做,"斯戴尔说,"而且,我当然不用对你——"

维克托握手成拳,斯戴尔痛得弯下腰。他扶着墙,咬牙打了声唿哨,不过转眼的工夫,走廊上的房门全部打开,士兵们端着枪冲了进来。

"我要活口。"斯戴尔下令。

大意了,维克托责怪自己。那个警察以自己为诱饵设下陷阱,他踩了进来。

"你一直喜欢充当捕食者的角色,而非猎物。"斯戴尔说。

维克托咬得牙齿咯咯作响。"是伊莱教你的吗?"

"多少表扬一下我,"斯戴尔说,"不是只有你们这种人才能发现行为模式。"

"现在怎么办?"维克托一边发问,一边判断周围的人数。他必须使多大的力量,才能干翻那些看不到的人?

"现在,"斯戴尔说,"你跟我们走。不必动用武力,"他接着说,"你先跪下,然后——"

维克托不等他说完。他竭尽全力发动攻击。他身后有两人砰然坠地,余光可见的另一个人也弯下腰。

然后斯戴尔对着维克托的胸膛开了一枪。

他打了个趔趄,抬手一摸。胸膛竟然不见血,是一枚红色的注射器,插得很深。一个小药瓶,已经空了。无论里面是什么药物,总之见效很快——维克托拔出注射器的时候,手脚已经开始发麻。

他转动体内的刻度盘,利用痛感保持清醒。

维克托又让两个士兵跪在地上,然后腰部挨了一枪。第三枪打在他腿上,他觉得站不住了。他企图撑着墙壁,但双腿已经瘫软,视野模糊不清,继而暗淡无光。他看见士兵蜂拥而来,然后——

什么都看不见了。

XII
当天下午
城市另一边

距离金斯利三个街区外,琼正在冲调速溶可可,希德妮坐在一家普通旅馆的床边。外面下雨了。希德妮又打了一次维克托的手机,然而已经关机,米奇的也是。她甚至拨了多米尼克的号码,但也无人接听。

琼坦白了一切——EON 的特别行动队,任务是抓捕维克托和希德妮,时间仓促,琼必须很快做出选择,因为她只能顾上其中一方。她担心得要命——等她到了金斯利,EON 的士兵已经在那里了。

也就是说米奇——

琼似乎看出了希德妮的想法。

"大块头能照顾自己,"她端来两个马克杯,说道,"如果他不行,你去了又有什么差别呢?别见怪,希德妮,可是你保护不了他——只会被抓,米奇绝不希望发生那样的事。"她顿了顿,"喝吧,你在发抖。"

希德妮抓着热乎乎的马克杯。琼坐到旁边的椅子上。再次相见,感觉很奇怪。希德妮听她的声音已有三年多了,电话里的声音,但仅仅见过琼一次,当然,也不是她的真面目。甚至不是她此刻的形象。

希德妮不顾饮料烫嘴,灌了一大口,立刻皱起眉头,不是因为温度,而是甜度——琼做得太甜了。

"真正的你是什么样子的?"她吹着热气,问道。

琼眨了眨眼。"抱歉,小姑娘,女孩子都有些秘密。"

希德妮低头看着热可可,摇了摇头。"我现在怎么办?"

"我们,"琼说,"要考虑一些事情。我们得共渡难关。我们只要躲起来,等事情结束,然后——"

"等什么结束?"希德妮问,"我不能待在这里,不管维克托和米奇。"

琼俯身凑近,按着希德妮的靴子。"不止他们可以保护你。"

"这跟保护无关,"希德妮说着,躲开了,"他们是我的家人。"

琼闻言一怔,希德妮已经起身,把喝剩一半的马克杯放在床边。

琼可以拽着她,却没有动手。她目送希德妮走开。

希德妮快到门口了,伸手抓门把手,发现够不到。而且地面也倾斜了。忽然,希德妮所能做的就是避免摔跤。

她紧闭双眼,结果情况更糟了。

等希德妮再次睁眼,琼在身边扶着她。"没事的,"她的声音轻柔悦耳,"没事的。"

但绝不是没事。

希德妮想问一句怎么回事,舌头却沉得动弹不得,她企图挣脱,然而脚步踉跄,头晕目眩。

"你会理解我的,"琼说,"等事情结束了,你会……"

希德妮的视野一片模糊,她正要跌倒,被琼紧紧地搂在怀里。

· · ✝ · ·

货车驶向梅里特,一路颠簸,震动着伊莱的脚板。

开车五分钟后，头套被取掉了，本来黑布蒙头不见天日，换成了无窗的车厢内部。改变不大，但多少强一点。

棕眼士兵坐在伊莱右边。另外两人在他对面。他们沉默不语，伊莱试着一心二用，一边估算距离，一边琢磨这次行动的细节，思考如何解决玛塞拉及其同伴。

他察觉到棕眼睛凌厉的目光。

"你在想事？"伊莱问。

"我搞不明白你这样的家伙是怎么杀死三十九个人的。"

伊莱扬起眉毛。"已经死了的人谈不上杀死。只是处理掉。"

"对你也适用吗？"

伊莱陷入沉思。长久以来，伊莱认为自己是例外，不在规则之内。如今他思考得更加透彻。毕竟，伊莱被赋予了特殊的超能力。一段记忆闪过脑海——跪在地上，一遍又一遍割开手腕，试图获知需要自杀多少次，上帝才允许他死去。

"如果可以的话，我愿意埋葬自己。"

"感觉肯定很不错，"绿眼睛说，"拥有不死之身。"

又一段记忆浮现在脑海——躺在实验室的手术台上，心脏被哈弗蒂捏在手里。

伊莱一言不发。

过了一会儿，货车停在一条繁华的街道上——后车门打开之前，伊莱就听见噪声了，然后斯戴尔爬了上来。"布里格斯，"他点头招呼女兵，"萨姆森。霍尔茨。有没有遇到问题？"

"没有，长官。"他们异口同声地回答。

"你去哪里了？"伊莱问。

"信不信由你，"斯戴尔说，"你不是最重要的。"

他本来意在打击伊莱，但伊莱看到的却是真相，就写在主管脸上的纹路里。

维克托。

货车又开过几个街区，停在一条小巷里，三个士兵下了车——斯戴尔没有。他扭头看着伊莱。"他们先去清查房间。很快，你和我就要下车进去了。你要是借机闹事，那个项圈不过是对付你的**第一招**。"

伊莱把手铐亮了出来。"既然你要保持低调，那就取掉它吧。"

斯戴尔凑近了，却是扔来一件衣服，盖在伊莱的手上，遮挡了手铐。伊莱叹了口气，跟着主管下车。他抬头望着一小片蓝天，五年来第一次呼吸新鲜空气。

斯戴尔揽着伊莱的肩膀，两人在酒店前面的汽车之间穿行，姿势始终不变。

"记好给你的指令。"他们进了大门，从大堂走向电梯的时候，斯戴尔告诫他。

士兵们在五楼待命。

两个守在走廊上，一个还在房间里清查。

为了不引人瞩目，他们摘了头盔，露出三张年轻俊俏的面庞。一个女兵，三十出头，矮小精悍。一个年轻男人，英俊，金发，最多三十岁，在学校里十之八九是校草。另一个男人，下巴宽厚，一副自命不凡的样子，令伊莱想起大学兄弟会的两个家伙，特招人厌，属于那种拿脑袋撞瘪啤酒罐还引以为荣的货色。

进去后，斯戴尔终于解开了伊莱的手铐。

他揉着手腕——其实既不僵硬，也不酸痛，但习惯很难改掉，有这种冲动，以及不经意的小动作，才是世俗的人。普通人。伊莱扫视着房间。酒店套房布置得很讲究，一张大床，两扇落地窗。浴室门上挂着一个衣袋，还有一个铺在床上。一扇落地窗边上摆着一把椅子，另一扇则是一张矮桌，桌上有一沓纸和一支笔。

伊莱动身走过去。

"不要靠近窗户,犯人。"

伊莱不理他,把手放在桌上。"我们就是**因为**这扇窗户才来的。"他握着笔杆,"这里的视野。"

他上身前倾,越过桌子,张望街对面的老法院。

多么完美的选择,伊莱心想。法院是审判之所。正义的殿堂。

他直起身子,把笔塞进袖子,走向浴室。

"你往哪儿去呢?"绿眼睛问。

"冲个澡,"伊莱说,"我也要见人。"

士兵们望向斯戴尔,后者盯了伊莱好一会儿,点点头。"打扫干净。"他下令。

伊莱等待着,士兵们进去清查浴室,确认没有逃生的出口,扫荡一切可能作为武器的物品。仿佛今天伊莱不是他们精心挑选的武器。

等士兵们清查完毕,他取下浴室门上的衣袋,走了进去。他正要关门,被一个士兵挡住了。"开着。"

"随便。"伊莱说。

为保存一点体面,他留了一英尺宽的空隙。挂好西服,打开淋浴喷头。

背对半掩的门,伊莱从 EON 制服的袖口里抽出偷来的笔,咬在嘴里,然后脱掉衣服,扔到脚边。

他钻进淋浴间,关上毛玻璃门。他摸索着金属项圈的表面,寻找可以下手的地方,比如槽线或者卡扣。结果什么都没有。伊莱恼火得嘶嘶吸气。

那么,项圈以后再说。

他从嘴里取出笔,借着水声的掩护将其掰成两截。

不太理想,却是他能搞到手的最接近小刀的武器。

伊莱闭上眼睛，回忆黑色文件夹里的内容。他从头到尾地研究过，哈弗蒂每一次实验的照片和扫描图都记在他脑子里。

记录虽然可怕，但揭示了真相。

伊莱第一次注意到前臂扫描图上的阴影时，他以为是色块，在 X 光片上标识方位的一种记号。但随后它又出现在核磁共振成像里。一个小小的长方形金属片，隐约可见电极。

他很清楚那是什么东西。

伊莱在脊椎下半部分的扫描图上看到了同样的记号。以及左髋。以及头骨底部。以及肋骨。恶心感如排山倒海，伊莱意识到——哈弗蒂每一次割开、撬开或者撑开他的时候，都会留下一个追踪装置。装置的体积很小，所以伊莱的身体没有排斥异物，而是裹着它们自我修复。

是时候把它们弄出来了。

伊莱以笔代刀，压进了前臂。皮肤裂开，鲜血立刻顺着开裂的伤口涌出来，脑子里有个熟悉的声音提醒他，温度和湿度可以起到抗凝血剂的作用，然后他回应对方，他的自愈能力无须考虑这一点。

他紧咬牙关，把塑料片压向深处。

哈弗蒂制造的伤口从来不浅。他每次打开伊莱的身体，都是深可及骨。淋浴的水声可以提供掩护，但伊莱一声不吭。

尽管如此，当伊莱的手指向深处探寻，鲜血汩汩流进下水道的时候，他浑身战栗，感受到了恐惧的余威。哈弗蒂的行为所残留的唯一痕迹。看不见，但暗中为害。

终于，追踪器取出来了，小小一片黑色金属捏在染血的指尖。伊莱抖抖索索地吐了口气，将其放进肥皂盒。

搞定了一个。

还剩四个。

金斯利大厦

米奇翻了个身,吐了一大口血在硬木地板上。

一只眼睛肿得睁不开,断裂的鼻子喘不上气,但他还活着。他可以动。他可以思考。

目前也不能苛求什么。

公寓空了。当兵的离开了。

他们丢下了米奇。

普通人。

一个词——一次判断,一次判决——救了他的命。EON的士兵没时间也没精力处理与任务无关的人。

米奇呻吟一声,勉强跪了起来。他对打斗的过程记不太清楚,但在士兵们说话时意识还算清醒。

我们抓住他了。

过了很久,米奇受伤的脑袋才想起这句话。

维克托。

他艰难地爬起来,环顾四周,看到乱糟糟的公寓、染血的地板和躺在不远处的大狗。

"抱歉,小子。"他嘀咕着,希望能为多尔做点什么。可是如今只有希德妮能帮它,而米奇偏偏不知道她在哪里。他身处一片狼藉,在等希德妮和找维克托之间左右为难,一时间痛苦万分,两股力量似要把他撕成两半。

但米奇无法兼顾两头,他心里清楚,于是他自问,换作维克托会怎么做?希德妮会怎么做?答案是一致的,于是他知道了。

Part Four · 审判日

米奇必须离开。

问题是**去哪里**。

他的笔记本电脑被士兵带走了,贴身的手机被他自己砸烂了,米奇蹲下来——发现疼痛的程度不亚于站起来——在沙发底下摸索,找到黑色小盒子,取出装在里面的一次性手机。

他的**管家**。

在他热爱至今的那些黑白老电影里,总有一位优秀的管家,你视而不见,听而不闻,直到他们在关键时刻出场。其实他们一直都在,融于背景之中,似乎对宅子里的一切了如指掌。

米奇这个装置的理念也是一样的。

他开启手机,看着它读取士兵们的电子追踪数据。通话。信息。位置。

三部手机。来自同一个地方。

抓住你了。

米奇一辈子都在被低估。人们看一眼他的身高,他的块头,他手臂上的文身和剃光的脑袋,就匆忙断言:迟钝,愚蠢,无用。

EON 也低估了他。

米奇环顾四周,找到了希德妮留下的纸牌。他在背面潦草地写下几个字,然后把纸牌放在一动不动的大狗身上。

"抱歉,小子。"他又说了一遍。

然后米奇抓起外套,还有他的钥匙,去营救维克托了。

XIII
当天下午
EON

维克托睁开眼睛，看到的是自己。

他瘦长的手脚，蜡黄色的皮肤，黑色的衣服，映在锃亮的天花板上。他躺在一张靠墙的小床上，墙壁和天花板组成正方体，于是他很快意识到这里是某种形式的牢房。

恐惧如针，在维克托的皮肤底下游走。他在类似的地方待过四年——不，不完全类似，没有这么高级，这么先进——但一样空洞。维克托一度被活活埋葬在那间单人牢房，每天都发誓一旦出狱**决不重蹈覆辙**。

他抬起手来，摸着胸前的伤口，也就是第一枚注射器插进皮肉、深及骨骼的位置。他坐起来，缓了一会儿，等残余的恶心感消退，然后下了床。这里没有钟，不知道他昏迷了多久，随着一分一秒地逝去，除了力量的持续嗡鸣，它的强度和烈度也都在增加。

维克托扫视了一圈，克制着喊叫的冲动，想到喊了也无人应答，只能听见自己的回音,他就颇为泄气。于是,他开始观察环境。墙壁,一开始他以为是石头,实际上是塑料,也可能是玻璃钢。他感到墙壁带有微弱的电流——毫无疑问是故意为之,阻止犯人逃跑。

他抬起头,望着天花板上的摄像头,继而一个熟悉的声音响彻整个房间。

"维尔先生,"斯戴尔说,"我们兜兜转转那么久,结果又回到原点。当然了,区别在于,这一次你出不去了。"

"要是我的话,可不敢打包票,"维克托尽可能以强硬的口气回应,"但我得承认,这一招不怎么光明正大。"

"因为我们不是在比赛。你是杀人凶手,是逃犯,这里是监狱。"

"对我的审判呢?"

"你失去了资格。"

"伊莱呢?"

"他另有用处。"

"他在耍你,"维克托冷笑一声,"等你发现是怎么回事的时候,已经太晚了。"

斯戴尔不接茬,让维克托身处死一般的寂静之中。他的耐心耗尽了,时间也耗尽了。他抬头看着摄像头。维克托身处牢笼,但也早已做了准备。他为自己留了一把钥匙。

问题是——多米尼克·拉舍在哪里?

· · ✝ · ·

多米拽了拽标准制式的手铐,可它们牢牢地固定在桌上。

三年来,他唯一的恐惧就是醒来时发现自己身处 EON 的监室。没想到,他醒来时在一间审讯室里。

他坐在铁椅子里,铐在铁桌子上,审讯室只有他一个人,唯一的门锁上了，墙上的操作面板显示的是一条红线。

惊慌之下，多米不得不提醒自己，他们不**知道**他是超能者。

暂时而已。

他必须尽可能维持他们的判断。

多米真的陷入了困境——他可以摆脱现实时间，但那样做一点儿好处都没有，因为就算时间停止，他依然**被铐在该死的桌子上**。甚至还会因为他**回到**现实时间的那一刻导致局面更糟糕，错位不可避免，他后来出现的位置和此前所在的位置之间存在差异。也许看起来类似一次卡顿、重影和故障。但EON这种地方不存在故障，每一个在屏幕前看他的人都知道这种现象代表着什么。他是什么人。

于是多米等待着，默默计算时间，思考伊莱现在在哪里，希望维克托至少能脱身。

终于，面板从红色变成绿色。

房门解锁，两个士兵走进来。

多米指望看见一张友好的面孔，不料还是里奥斯，跟她一起来的是一个蛮横粗野的士兵，名叫汉考克。当里奥斯身后的房门慢慢关闭，面板再次变红，多米获得自由的希望也变得渺茫了。

该死。

里奥斯走过来，放了一份文件在桌上。多米的档案。

他观察着文件的封面，搜寻回形针、订书钉，任何东西，只要派得上用场就行。

"拉舍特工，"里奥斯说，"你要不要告诉我们，你在主管的办公室里做什么？"

多米没有浪费醒来后的一段时间。他已经做好准备面对审问。"我是在阻止杀人犯逃跑。"

里奥斯眉毛一扬。"你怎么有这种想法？"

多米倾身凑近。"你知道伊莱·伊弗吗?或者说,伊莱奥特·卡代尔,无论他想叫什么名字。你知道他做过什么吗?"

"我看过他的档案,"她说,"我也看过你的。"

"那么你就知道我曾经是他的目标。我到现在都不明白为什么——但我差点死了。也可以说早该死了,如果伊莱找到我的话。所以当我听说斯戴尔打算送他到外面去,我不能允许这种事情发生,不能让那个疯子回到梅里特胡闹。"

"这不是你说了算的,士兵。"

"那就解雇我好了。"多米说。

"这也不是我说了算的,"里奥斯说,"你会被关在这里,等主管回来做决定。"

里奥斯说话时翻阅着文件,多米瞥见一枚订书钉,这时候汉考克的对讲机响了。静电干扰模糊了字句,但有一个词引起了他的注意。

维尔。

汉考克把对讲机拿到耳边的时候,多米极力掩饰自己异样的表情。

维尔……醒了……

"在此期间,"里奥斯继续说,"我建议——"

"你是怎么进入斯戴尔的办公室的?"多米突然换了个话题。她抬起头,脸上掠过一道阴影。多米不依不饶。"那里只有一扇门,我正对着门。但你出现在我身后。"

里奥斯眯起眼睛。"汉考克,"她说,"联系斯戴尔。问他接下来我们怎么做。"

多米尼克打心眼里想听里奥斯的解释,但不如他出去的愿望那么强烈。他等着汉考克刷卡,等着红线变成绿色,门"哗啦"一声打开。

"那么,拉舍特工,"她接着说,"我们来谈——"

他不等里奥斯说完。多米尼克深吸一口气,就像游泳的人准备潜水,猛然后撤，周围的世界分开了，他逃离了现实时间，进入阴影之地。

审讯室处于完全静止的状态，犹如一幅不同灰度涂抹的画作——里奥斯一动不动，看不懂她的表情。汉考克正准备出门。多米尼克依然被铐在桌子上。

他站起身，把那份装订的文件扒拉过来，撬松了订书钉。他取下钉子，掰成长条，然后塞进手铐的扇齿和锁闭装置之间。经过好几次尝试，阴影之地的重力犹如湿漉漉的羊毛裹着多米尼克，他的手腕因为持续压迫出现了红色印痕，好在锁头松动了。他撬开手铐，又在另一个手腕上辛辛苦苦地重复了一遍，终于获得自由。

多米把手铐铐在里奥斯的手腕上，然后钻过汉考克僵硬的胳膊，进入走廊。他顶着海潮般汹涌起伏的空气，抵达了最近的控制室。那里只有一个士兵，名叫林菲尔德的女特工，坐在控制台前，刚刚伸了一半懒腰。多米尼克从她的皮套里取出警棍，抵在她脖子上，然后回到了现实时间。

一道蓝白色光芒闪过，电流的噼啪声中，林菲尔德趴在控制台上。多米把她推下椅子，双手在键盘上飞舞。

他的时间不多。多米在现实世界里多待一秒钟，就意味着暴露了一秒钟，他被发现、被抓捕的可能性多了一秒钟。二级警报陡然响起，士兵们毫无疑问正在冲他而来。不过，尽管他打字时视野在收缩，心脏在狂跳，但他的脉搏依然强健而平稳。他的抗压能力一向很好。

多米没时间搞清楚维克托被关在哪个监室，于是他做了最省事的选择。

他把所有的门都打开了。

·· ✝ ··

就在刚才，维克托还在寂静而空旷的监室里来回踱步，突然整个世界都动了起来,还有声音。尖厉的警报声拉响了,与此同时,距离最远的一堵墙壁轰然落下,坚实的玻璃钢板缩进地底。

头顶白光闪烁,但整座设施不是即将锁闭,而是正在**打开**。分离。维克托听见密闭的金属转轴在转动,四面八方的门锁纷纷开启。

是时候了。

他走出监室,发现自己进入了第二层房间,面积大得多,不是塑料,而是混凝土浇筑的。它的大小堪比小型机库——维克托绕了一圈,找到一扇门。他轻轻一推,门开了,外面是白色的走廊。

他刚刚迈了三步,多米尼克所做的努力突然付诸东流。

门关,锁闭,警报声停止,然后再度拉响,这次不是白光,是动脉血的深红色,犹如变形版的"我说你做"游戏。

但维克托脚步不停。

附近的走廊远远传来一阵枪声时他不停步,靴子踩在平滑的油布上咚咚直响时他不停步,一团团白气从头顶的通风口灌进来时他依然不停步。

走廊前方突然多了一道屏障,维克托只好折返,屏着呼吸绕过转角,迎面撞上两个EON士兵,他们戴着头盔,手持武器。

他们举枪的瞬间,维克托抓向他们的神经,但还是太迟了——在他的超能力碰到他们之前,他们的指头先一步碰到了扳机。

枪声响起,火光一闪,维克托横跨一步,可惜走廊太狭窄了,无处可躲。

一颗子弹——这次不是镇定剂,而是穿透力极强的细小铁块——擦过他的腰间,他的超能力随即迫使他们持枪的手偏到一边。但维克托的控制力也有所松懈,士兵们趁机调转枪口,对准他的头和他的心脏。

士兵们开火了,反击的枪声响彻走廊,维克托只能硬着头皮迎接子弹。

它却迟迟不来。

与此同时,他的肩膀被搂住了,多米尼克犹如一面盾牌护着维克托,然后扭过身来,拽着他进入黑暗。

忽然之间,世界彻底静止。

他们还在那个地方,还在那个走廊,但一切冲突和搏杀都消失了,取而代之的是沉寂和平静。前进中的士兵停留于原地,凝固在时间里,子弹飞过的轨迹悬在空中。

维克托深吸几口气,准备说话,却发不出声音。阴影之地是虚无的空间,不仅吞没色彩和光线,还吞没声音。

多米尼克严肃的面孔就在维克托一英尺外,老兵扯了扯他的袖子,歪着头,无声地下达命令。

跟我来。

XIV
当天傍晚
顶白大厦

玛塞拉又一次选择了金色。

在国家大厦天台上度过的夜晚是一个转折点，此后她一路走到今天，不仅摆脱了丈夫，还抛弃了第一条荷叶边的旧裙子，换成了白金色真丝裙的柔美华彩。裙子犹如液态金属，贴合她的曲线，向上环绕着她的脖颈，向下越过她的肩胛，在后腰汇聚一处。

敬我美丽的妻子。

从某种意义上说，轻软的布料似是另一层皮肤，在赤裸的胴体上柔光闪闪，把她染成了金色。

既然你有漂亮东西，不拿出来显摆有什么意义呢？

玛塞拉把一绺黑发掖到耳后，欣赏金色耳坠盈盈流泻的动感。腕子上戴了一只手镯。指甲的颜色也相得益彰。

如果美貌是一种罪过。

一副白金珠网，犹如繁星点点，戴在头发上。

她穿着警告牌就来了吗？

她的鞋跟，细如刀刃，亦同样锋利。

我妻子，商科专业。

唯一不同的，是她眼里沉静如水的蓝，与唇上鲜活浓烈的红。

闹大了对你没好处。

她伸手摸向镜子。

我一直认为你是厚颜无耻的婊子。

在玛塞拉的触碰之下，镜子变成银白色，好几处烧得焦黑，犹如电影胶卷，腐蚀的范围不断扩大，最后吞没了金色裙子、碧蓝眼睛和笑容可掬的鲜红嘴唇。

乔纳森靠着墙壁，焦虑地摆弄手枪，不断地拆装弹夹，正如马库斯忐忑不安时反复按压笔帽。

咔嗒，咔嗒。咔嗒，咔嗒。咔嗒，咔嗒。

"住手，"玛塞拉喝令一声，转而面对他，"我看起来怎么样？"

乔纳森久久地端详着她。"危险得很。"

玛塞拉微微一笑。"过来帮我拉上拉链。"

他把手枪塞回枪套。"你的裙子没有拉链。"

她指着高跟鞋。他走上前来，跪下，她抬起一只脚，踩在他架好的膝盖上。

"无论今晚发生什么事，"她勾起乔纳森的下巴，"你的目光不要离开我。"

··✟··

希德妮是在空荡荡的浴缸里醒来的。

她侧躺在一个很深的白色浴缸里，缩成一团，身上裹了一条大毛毯，一时间她不知道自己身处何方。然后，她断断续续地想起来了。

Part Four · 审判日

金斯利。琼。酒店,一杯齁甜的热可可。

希德妮爬了起来,头痛欲裂,都怪琼在饮料里添加的东西——好在她喝得不多。她笨手笨脚地离开浴缸,试图打开浴室的门,结果门把手只能转动一点点。

希德妮先是敲门,然后使劲捶门。她撞上门板,感觉阻力不是来自锁头,而是抵在门外的什么东西。希德妮转过身,观察着这个没有窗户的狭小房间,忽然看到水槽上放着一张纸条。

等事情结束后我会解释一切。

务必相信我。

琼

她浑身发抖,不是因为害怕,而是生气。相信?琼都给她下药了。还把她锁在酒店的浴室里。她还以为琼是不一样的,把希德妮当成朋友,当成妹妹,平等对待。但是嘴上说信任,说自立,说要希德妮自行选择,琼还是做了**这种事**。

希德妮必须离开这里。

必须找到维克托,必须营救米奇。

她摸索着手机,却又想起来之前丢在咖啡桌上了。不过,当她把手伸进飞行夹克时,她摸到一边口袋里是盛放塞雷娜遗骨的小铁罐,另一边口袋里则是冰凉的手枪。琼竟然没有想到搜身。到头来,她还是把希德妮当成一个天真的孩子。

希德妮掏出手枪,握住枪柄,瞄准门把手,然后又想了想,移动枪管,指向对侧的合页。

枪声回荡,震耳欲聋,在坚硬的瓷砖和大理石上弹振,堪称惊天动地。

希德妮又开了两枪,然后猛地撞向门板,合页断裂,木门随之脱离。

然后她出去了。

XV
当天傍晚
EON

白色走廊堪称一幅生动的奇景。

士兵们有的跪在角落,有的迈着大步。一个女人浑身浴火,火舌扑向试图接近的士兵。一个男人双膝跪地,双臂扭在背后。一团团毒气被紧急照明灯的红色闪光照亮。

维克托和多米穿过混乱的现场,前往 EON 的出口。过程极为缓慢,慢得令人躁郁,空气如水流,拉扯他们的手脚,维克托像盲人一样拽着多米的袖子——从某个角度说,他就是盲人,对这座迷宫里的道路一无所知。

然后多米尼克不行了。

毫无预兆。一个踉跄都没有打。

他直接瘫坐在地上。

维克托也顺势跪了下来——否则只能放手——而当多米背靠墙壁的时候,维克托看见他黑色的制服前襟又添了一层黑色,闪着湿润的光芒。

子弹撕开了整齐的、硬币大小的血洞。

走廊里的枪击。那一瞬间，多米冲出阴影，把维克托拽进去——

"你这个傻瓜。"维克托无声地呢喃。

他把手按在伤口上，发现衬衫浸透了鲜血。多米尼克如何坚持走了那么远的路，维克托不知道。

多米浑身颤抖，似是因为寒冷，于是维克托切断他的神经回路，说了声："起来。"

但多米尼克听不见他的话。

"起来。"他依然发不出声音。

这一次，多米尼克动了，强行离地一两英寸，结果又坐回地上。他嘴唇翕动，虽然听不见，但维克托理解了。

对不起。

"对不起。"退伍军人说——维克托发现这次他听见了多米尼克的声音。他们周围的阴影正在崩塌，色彩和活力透进裂缝。维克托紧张起来，用力抓着多米尼克的胳膊。然而失手的不是*他*。

是多米。

"坚持住。"维克托喝令，但多米的头耷拉在一边，位于时间夹缝中的无色无声的空间彻底坍塌，混乱和噪声、毒气和枪声卷土重来。

鲜血润湿了维克托的手掌，染红了地板，在他们身后形成一条断断续续的红线，被纯白的环境衬得极为刺眼。

维克托试图把多米尼克拉起来，然而退伍军人太沉重了，他皮肤发灰、变软，双眼睁着，却已失焦。维克托放了下来，让他靠着墙，与此同时，一队士兵绕过拐角冲过来。

这一次，维克托先发制人。

不犹豫，不算计，只有蛮横粗暴的力道。

他干翻了他们，就像石头掉进深水。

维克托跨过他们绵软无力的身躯。

大门近在眼前，他和自由之间仅仅隔着一条空荡荡的长廊。

这时，一个士兵穿过他前面的墙壁。

那里没有移动门，也没有暗道。她直接从墙里走出来，仿佛那是一扇敞开的门。她拦在他面前，不戴头盔，乌黑的眸子目光锐利，手握一根警棍。

一个**超能者**，为EON工作。

维克托没时间惊讶。

士兵扑了过来，警棍顶头的蓝光噼啪炸响。维克托向后一跃，直取对方的神经，尚未得手，她迅速闪开，消失在墙里。

转眼之间，她来到他身后。

维克托急忙转身，在电棍碰到裸露的皮肤之前，攫住了她的手腕。

"你真是讨厌。"他的话语被尖厉的警报声淹没。

他扭转士兵的神经，她疼得直喘粗气，但没有就范。

相反，她飞起一脚，踹中了维克托受伤的腰部。

他重重地摔在白色地板上，她猛然压下——应该说情况本来会这样发展，如果他没有在最后一刻出手，逼停对方的话。

维克托强迫她掉转手中的警棍，对准了自己，但士兵仍在拼命挣扎。她眯着眼睛，专心致志地对抗他的意志，然而，伊莱出狱了，希德妮失踪了，心有不甘的维克托是不可战胜的。

他单手虚握，向自己的胸口挥动，士兵模仿他的动作，把警棍戳到自己的胸膛上。

蓝光闪耀，噼啪作响，超能者瘫软在地，不省人事。

维克托爬了起来，绕过她的身体，走向宽大的玻璃门。但玻璃门并未打开。

他无路可逃了。

米奇不知道该做什么。

雨势越来越大,他的车没有熄火,停在EON综合体的大铁门外,相距一百英尺。

他坐在驾驶席上,正在使用管家的小黑盒子破解大门的密码,追踪信号的任务已经完成。小黑盒子可以带他接近EON,但依然解决不了他如何进去的问题,准确地说,他如何救维克托**出来**。甚至不知道从哪里开始寻找维克托。

大门内的保安亭有一个卫兵当值,天知道里面还有多少人,要想突破EON这种地方的安保系统,一台智能手机和黑客技术是远远不够的。也就是说,如果米奇要进去,他非得动武不可。

他仍绞尽脑汁地在几个糟糕的计划里挑来拣去,雨势有所减弱,米奇终于看清了大楼的前门——门后站着一个独一无二的身影。

维克托。

米奇按下黑盒子的按钮,EON的大铁门开始滑动。他猛踩油门,转上车道,轮胎在雨水中打滑,然后车子摇摇晃晃地驶进大门,径直冲向EON大楼。

维克托闪到一边,米奇的车随即撞上前门。玻璃经过强化,没有破碎,但是弯曲变形了,米奇倒车的同时,维克托扒开玻璃,钻了出来。

他跳上副驾驶。

米奇已经踩上了油门。

保安亭的卫兵跑了过来,但维克托挥了挥手,似在驱赶一只讨厌的臭虫,士兵倒下了。

米奇的车——车头撞得乱七八糟——疾速冲出敞开的大门,驶远了。

他看了看后视镜——暂时没有人跟来。他瞥了维克托一眼。

Part Four · 审判日

"好多血。"

"大多是多米尼克的。"维克托冷冷地回答。

米奇一头雾水。他不想问。没必要。唯一的答案就在维克托闪躲的目光中。

"希德妮在哪里?"他问。

"我不知道。"

"把我放下车之后,"维克托说,"你去找她,然后你们离开这个该死的城市。"

"你在哪里下车?"

维克托从屁股兜里抽出那张邀请函。卡片皱巴巴的,血迹斑斑,但封面上的金字依旧清晰。

"老法院。"

XVI
当天傍晚
梅里特市中心

玛塞拉出门的时候,雨终于小了。

三辆车停在前面的路边,引擎仍在轰鸣,一辆是造型优雅的黑色林肯城市轿车,两边各一辆越野车。保安组守在周围警戒,四个人身着笔挺的黑色西服,举着雨伞,为他们遮挡视线。

玛塞拉绝不冒险。

斯戴尔势必陷入绝望,绝望之人势必孤注一掷。

他们来到轿车边,乔纳森为她拉开车门。只要不是在自怨自艾,他的举止相当绅士。

玛塞拉钻进后座,发现车上另有他人。一个男人坐在她对面,肤色黝黑,一身浅灰色西装,气度不凡。他凝望着窗外,沉浸在阴郁的气氛中。

"怎么样?"玛塞拉问,"你及时找到她了吗?"

那人点点头,说话时带着熟悉的轻快语调。"很惊险,"琼说,"但我还是找到了。"

"好,"玛塞拉随口吩咐道,"你把她交给我,当然了,等眼前的事情办完之后。"

那对不属于琼的眼珠子一转,回答的语气却是波澜不惊。"那是自然。"

乔纳森从另一边上车。玛塞拉能够轻易辨认千变万化的琼——但乔纳森看见陌生人,还是被吓了一跳。

"小约翰尼,"琼柔声安抚,"放宽心吧,咱们的超能者浪子回头了。"

玛塞拉打量着琼。"你就这个形象?"

男人翘起嘴角,面带揶揄的微笑。"我太漂亮了吗?"说话间,他消失了,光滑而又高耸的颧骨随之不见,变成了生着鹰钩鼻子的拾荒女人。"这个更好?"

玛塞拉翻了个白眼,很高兴看到琼恢复了平日的幽默感。

"我相信,"她说,"你有折中的选项。"

琼夸张地叹了口气,化身一个中年男人,髭须修得漂亮,相貌也吸引人,但又不那么容易被记住。"好些了?"

"好多了。"玛塞拉说。

琼意味深长地看了她一眼。"你看起来像杀死王后抢走镜子的白雪公主。"

玛塞拉面露淡淡的微笑。"我就当你是恭维我。"

琼靠着椅背。"请吧。"

· · ✟ · ·

伊莱把头发向后梳,扣好衬衫扣子。

他把断笔扔进马桶水箱里。追踪器塞进他的西服口袋。

重新穿上真实世界的衣服感觉不错,虽说是正装。当初为了干活,他换过上百套不同的服装。他缺少的是一件武器——一把刀,一段电线。不过赤手空拳也可以。他也不是没干过。

伊莱刚刚打好领带,就听到浴室门外一阵骚动,无线电对讲机里的刺耳声音和斯戴尔粗哑的嗓门混杂在一起。伊莱松开领带,重新打结,这一次放慢了动作,侧耳聆听。

"不……该死……是谁?不……我们继续按计划……"

伊莱等到实在没什么可听的了,才出了浴室,观察情况。斯戴尔面红耳赤。他向来不是那种面无表情的人。但唯有一个人能使他如此失态。

维克托。

"一切正常?"伊莱问。

"你只管执行任务。"斯戴尔下令,然后换上西服,捋了捋灰白的头发。**白发日渐增多**,伊莱心想。有些人真的**不适合干这一行**。

盛装的不止他一人。

女兵换上了一条黑色真丝连衫裤,适合走猫步,而非出外勤。

金发小伙子依然一身制服,但方下巴士兵身着黑色夹克,里面是崭新的白衬衫,领口敞开着。

伊莱若有所思地哼了一声。"邀请函上说了,最多两人。"

作为回应,斯戴尔拿出了第二张卡片。

"复制的?"伊莱不禁问出了声。如果真是,复制得可谓完美无瑕。

"不,"斯戴尔说,"是玛塞拉送给地方检察官的。算我们走运,他不在城里。"他把另一张邀请函递给女兵。"霍尔茨,"他点头示意金发小伙子,"在外面待命。"

"总是抽到下下签。"士兵咕哝道。

斯戴尔看了看手表。

"到点了。"

Part Four · 审判日

希德妮返回金斯利时,黑色厢式货车已经不在了。

她发现公寓的门被砸坏了,半掩着,于是掏出手枪,双手握着,走了进去。

希德妮第一眼看到的是血。大片大片的血顺着门厅延伸,硬木地板上则有一小摊血,边上有一个手印。

还有尸体。

多尔。

希德妮慌忙跑向大狗,跪在它一动不动的尸体边。她扫开放在它胸前的纸牌,按在它的毛皮上。闭眼,搜寻,感觉生命的线头跳动着,逃避她的捕捉。一次比一次困难。她一次又一次探寻到更深的地方。希德妮竭尽全力的同时,刺骨的寒意席卷全身,她感到肺部僵硬,呼吸滞涩,随后她终于抓到线头,拽回多尔的生命。又一次。

大狗胸脯起伏,希德妮跌坐在地,大口喘气。

她注意到了那张黑桃K,背面朝上,写有米奇的潦草字迹。

去找维克托了。

希德妮爬了起来,多尔也一样,抖了抖毛,死亡犹如雨水,抖落无踪。它贴在她身边,似在发问,**现在怎么办?**

希德妮环顾四周。她没有手机。

根本不知道他们去哪里了。

但她有**某样东西**——维系在她和她复活的生命之间的无形纽带。

希德妮不知道行不行,但只能一试。她闭上眼睛,搜寻另一根线。感觉它在指间收紧。

"跟上。"她吩咐多尔,绕过地上的血迹。

等他们到了街上,希德妮停下脚步,再次闭眼。她感觉整个世界微微向左倾斜。似乎在说，这边。

她迈开步子。

··✝··

"开快点。"维克托说话时，尽量忽略脑子里的嗡鸣，那是电荷累积的早期信号。

等等再说。只能等等再说。

"为什么？"米奇反问，但他依然加速驶向梅里特。"我们为什么不走，非要被卷进这个烂摊子？"

维克托在后座找到一卷纸巾，压在腰间，好在伤口不深。"伊莱会去那里。"

"那就更有理由不去了。你俩可以没完没了地周旋下去，要想结束，只有一种方法，但是维克托，那样对你不利。"

"感谢你对我那么有信心。"维克托干巴巴地说。

米奇摇着头。"你和你的复仇……"

但这不是复仇。

无论你身上发生了什么，无论你受到的是什么伤害，都是你自己造成的。

坎贝尔说得对。

维克托必须承担责任。对他自己。对他协力创造的怪物。伊莱。

"你就这样进去？"米奇问。

维克托翻动手里的卡片。"我有邀请函。"

但他低头一看。米奇说得在理。

他最喜欢的风衣不见了，丢在斯戴尔家的走廊和他苏醒的牢房之间的某处。他的黑色T恤破了一条细长的口子。他已经拿了一瓶水，尽可能洗掉手上的血，但指甲里还有残留。

Part Four·审判日

他手无寸铁,没有行动计划。

只知道——*确定无疑*——伊莱一有机会必然逃跑。

而维克托将会阻止他。

XVII
当天晚上
老法院

伊莱走进高大的门厅,雨水顺着头发滴落。

里面已是人头攒动,到处是盛装出席的男男女女。梅里特的名流济济一堂。两个士兵已经进去了,与他们隔着几个人的距离,很快消失在人群中。

伊莱和斯戴尔向前走去,被两个带着便携金属探测仪的保安拦下了。

"执法人员。"斯戴尔亮出佩枪,粗暴地回答。

"抱歉,先生,"保安说,"此次活动不允许携带武器。"

真是讽刺,伊莱心里想着,张开双臂,让扫描仪扫遍全身。从头到尾都没有哔哔声。斯戴尔勉为其难地交出手枪。他们经过外衣存放处,伊莱脱掉外套,交给服务生,目送追踪器渐渐远去。还有项圈的麻烦,不过在走出淋浴间、换上西服之前,伊莱有了个点子。

他们进入了法院宏伟的中庭,圆形大厅周围有一圈柱子,上头是穹顶。伊莱抻着脖子,欣赏美景。这是古典建筑风格的典范。顶高,中空,一以贯之的优雅和朴拙。

熟铁壁灯犹如钢铁之花，在每根柱子上盛开。宽大的银盘——正义女神手中天平的复制品——放在光可鉴人的大理石桌上，石桌与地板浑然一体。穹顶的底部设有观景台，可俯瞰中庭，而在中庭正中央的大理石底座上，一尊正义女神的青铜塑像顶天立地，将近两层楼高。

到处都不见玛塞拉的身影，但伊莱不觉得意外。他能够预见到她必将闪亮登场。而乔纳森，据他判断，也离她不远，至于琼，那就无处可寻了，至少在她行动之前是找不到的。

伊莱看到了EON的两个士兵，他们在越来越拥挤的人群中缓步行进，保持警戒。

大厅里荡漾着笑声，光线昏暗，香槟酒杯馥郁芬芳，珠光宝气之间，人们摩肩接踵。监视。移动。干扰。

斯戴尔还在他身边。

"等时候到了，"伊莱说，"你能不能引开那些监视的家伙？"

"我尽力而为，"斯戴尔说，"引开他们的目光怕是不容易。"

伊莱扫视着周围，脑筋飞转。窗户又高又窄，派不上用场，人群太拥挤……不过对他们有利。恐慌容易扩散。就像多米诺骨牌，你所需要做的就是推倒第一块。

"我去去就回。"

斯戴尔抓住他的肩膀。"你去哪里？"

"给你搞一把枪。"伊莱点头示意玛塞拉的保安，他们都是一色的黑西服。"你没发现吗？虽说不许来宾带枪，但她的手下肯定带了。"

斯戴尔不松手。

"到了时候，"伊莱平静地说，"你总要放手的。"

主管严厉地盯了他许久，终于收手。伊莱转身溜进人群，尾随一名保安，他们顺着廊道走向洗手间。伊莱跟着他进去，只见保安消失在隔间,于是等待盥洗池前的另一个人洗完手离开。那人走后,伊莱闩上洗手间的门,然后走向隔间。

隔间的门打开了,伊莱一脚踹上保安的胸膛,踹得他跌跌撞撞地靠在墙上。不等他倒下,伊莱扯住那人的领带,拔出保安的佩枪,枪口紧紧地压在他的胸前,响起沉闷的枪声。

伊莱把尸体放到马桶上。

他很久没有杀过普通人了。不过现在不是讲慈悲的时候。

他回到斯戴尔身边,把抢来的枪亮给主管,动作隐晦而自然,仿佛是朋友之间的握手。斯戴尔盯着他,惊讶之情不加掩饰。显而易见,武器在伊莱手上,伊莱的指头更接近扳机。但他掉转枪身,把枪柄而不是枪管递给斯戴尔。

略一踌躇,斯戴尔接过了枪,伊莱转身从路过的托盘上拿起一杯香槟酒。享受一下派对有何不可。

· · ✝ · ·

"最后提醒一次,你再考虑一下,"琼咕哝道,"或者说,再提醒一次你,最后考虑一下。"

林肯城市轿车停在老法院门外,雨点敲打着车顶,咚咚作响。

"别搞得那么严肃,"玛塞拉说,"派对而已。"

"简直是疯了。"琼反驳道。

玛塞拉扯了扯嘴角。"至少疯得很有章法。"

这当然是一场赌博。一次冒险。一出野心勃勃的戏码。

但她告诉过马库斯,世界不属于胆小怕事的人。

不冒险,就没有收获。

如果玛塞拉的计划破产了,那么她就拉着全城的人垫背。

她下车的时候,宽大的雨伞再次撑开,把她送到老法院等待已久的

Part Four · 审判日

青铜大门外。

里面传来冰块碰撞、觥筹交错的响声，人们热切的低语和美妙的音乐。她抚摸着锃亮的青铜，五指张开贴在其上，金色指甲闪闪发光，与此同时，琼和乔纳森跟了过来。

玛塞拉微微一笑。

"演出开始了。"

· · ✣ · ·

伴随着尖厉的啸叫，米奇的车刹停在老法院门前。

维克托下车时腰疼得厉害，但他不敢降低痛感，因为下一轮发作正在骨子里蓄势。

"维克托——"米奇开口说道。

他回头一看。"记住我的话。找到希德妮，然后离开。"

维克托几步跨上台阶，一手推开青铜大门，一手尽可能自然地扶在腰上。他把邀请函交给西装革履的保安，后者看到乳白色纸张上的血迹，愣了一下。

他盯着维克托，维克托冷冷地盯着他，同时压迫保安的神经，直到他眉间隐隐流露不适。

保安摆摆手，放他进去了。

维克托走向中庭，瞥见外衣存放处便又折回来。他的目光扫过客人存放的大衣和披肩，落在左边的一件黑色羊毛风衣上，它是高领的，黑皮镶边。

维克托招呼服务生。"我的票丢了，"他说，"我是来取外套的。"他点头示意那件风衣。

那个孩子——真的还是孩子——面露难色。"我……我很抱歉……我不能不收凭证就还衣服——"

维克托强迫小男孩闭上嘴巴，只见他动弹不得，瞪大眼睛，眼中充满惊讶、迷茫和恐惧。"我不用动一根手指，就能折断你的骨头，"他若无其事地说，"你要不要见识一下？"

小男孩的鼻孔扩张着，惊慌失措地摇头。

维克托放手了，服务生喘着粗气，跟跄退后，颤抖着手从架子上取下风衣。

他穿上风衣，在兜里摸到一张二十块钱的票子。"谢了。"他说着，塞进了矮胖的玻璃罐。

中庭已是宾客满堂，人声喧哗。维克托缓缓地绕圈，顺着外围在宾客之间穿梭，扫视着人群。

然后，隔着廊道，隔着人群，他看见了一张熟悉的面孔。

十五年未变分毫的面孔。

伊莱。

一时间，热闹的场面成为背景，一切细节和声音都消散了，唯独一人依然醒目。

维克托情不自禁地向前迈步，突然有人把他拽了回来，拉到附近的一根大理石柱子背后。维克托正要攻击来人的神经，一眼看见对方粗壮的胳膊上布满熟悉的文身。

"我不是叫你开走吗？"维克托说，却发现米奇眼中闪着狡黠的光，嘴型也很奇怪，漫不经心的招呼背后，带有熟悉的轻快口音。

琼。

"放开我。"维克托喝道。

琼没有照做。"你必须阻止她。"

"我的目标不是玛塞拉。"

"你应该对付她，"琼说，"她盯上了希德妮。"

"都是因为你。"

Part Four · 审判日

"不,"琼矢口否认,"我从来没有告诉过她。可她知道了,现在她要得到希德妮。据我所知,玛塞拉——"

忽然,众人让开一条道,一个金色的身影登上了中庭正中央的石座。

维克托挣脱了琼的手,望向伊莱刚才所在的位置,人却不见了。**该死**。他扫视着人群,在西装革履的海洋里捕捉动静。绝大多数人都站立不动,目不转睛地聚焦于拾阶而上的玛塞拉。伊莱则像一条鲨鱼在人群中穿梭,目标同样明确。

维克托配合着伊莱的路线,两人相向而行,同时接近石座、雕像和那个金色的女人。

终于,伊莱看到他了。

那对冰冷的、乌黑的眸子越过玛塞拉,望向维克托。伊莱脸上浮现一抹讶异,随即收敛,换上了冷峻的笑容,与此同时,一把枪抵在维克托的腰椎,斯戴尔粗哑的嗓音在他耳边响起。

"到此为止了,维尔先生。"

··✝··

玛塞拉一辈子都在展示自我。

不过直到今晚,她才觉得**受到瞩目**。

当她登上石座,每一双眼睛都聚焦在她身上,明亮又好奇,饱含强烈的期待,因为他们知道这次派对非同寻常。不止于美貌,不止于魅力。无论他们知道还是不知道,他们都是来见证力量的。

玛塞拉开口说话时,有大理石拼砌的厅堂和静悄悄的人群助力,声音远播,激荡四方,人们扬起脸庞,好似向阳的花朵。

"我很高兴,"她说,"诸位今晚应约而来。"

玛塞拉一边说,一边缓步绕行,享受着对全场来宾的掌控,包括梅里特最有权势的大人物——至少他们**自认为如此**。

"我知道这份邀请带了一点点神秘感,但我可以保证,最好的东西值得等待,我为诸位献上的大礼绝对比我说的……"

· · ✝ · ·

琼一步两级地爬上楼梯。

她换下米奇的大块头,变成一个瘦子,迈着敏捷的步伐跑上观景台,将拥挤的中庭尽收眼底。正中央,玛塞拉在雕像的石座上缓缓绕行。

琼发现乔纳森在暗处观看这一幕大戏。他的胳膊肘撑在熟铁栏杆上,全神贯注地盯着光彩照人的玛塞拉。

"诸位当中,有人家财万贯,"玛塞拉的声音响起,"有人一言九鼎。有人生来就拥有权力,有人则是白手起家。但诸位云集于此,皆是因为诸位非同凡响。诸位是律师、媒体人、高官、执法者。诸位领导这座城市。塑造这座城市。保护这座城市。"

"你看到那人了吗?"琼说着,指向在人群中移动的淡金色脑袋。

"维克托·维尔。"乔纳森不咸不淡地说。

"是啊。"

既然维克托不愿意主动帮她,琼只能逼他出手。

他的自我保护意识很强。

他们都一样。

"如果他太接近玛塞拉,"她说,"开枪打他。"

乔纳森从西服底下的枪套里拔出手枪,目光一刻不离玛塞拉。

"别杀他,"琼又说,"除非万不得已。她不希望他死。"

乔纳森耸耸肩。琼一直看不惯他自以为是的态度,但好在这次他没有质疑。

"谢了,小约翰尼。"她说完,从楼梯上下去了。

Part Four · 审判日

"斯戴尔。"维克托咬牙切齿地说,另一边,伊莱顺着廊道,仍在有条不紊地缓慢接近石座,玛塞拉还在那里发表演讲。

"诸位非常清楚力量有多么重要,"她说,"但诸位尚未明白,**那些对力量的认知已经过时。**"

斯戴尔的枪口戳在维克托背上。"我不会让你碍事的。"

"是吗?"维克托扫视人群。

"所以我来到这里,"玛塞拉继续说,"让诸位开开眼。"

伊莱快走到石座的时候,她抬起手,扶在青铜雕像的长袍上。"见证何为真正的力量——"

维克托随便挑了一个人,扭转他的神经。

一声惨叫陡然响起,瞬间淹没了玛塞拉的声音,吸引了人们的注意力。同一个瞬间,维克托转过身,挥肘击打斯戴尔的脑袋。

斯戴尔开枪了,但维克托已经不在弹道上,而是果断地冲向玛塞拉,以及伊莱。听见枪声,紧张的人群立刻陷入恐慌。宾客犹如退散的潮水,争先恐后地涌向出口。唯独维克托和伊莱逆向而行,朝着大厅正中央的金色人影。

维克托快走到时,又是一声枪响,子弹打在一英尺开外的大理石地板上,火光一闪。他抬头发现乔纳森在观景台上,刚识破超能者的意图,对方开了第二枪。

子弹洞穿了维克托的肩膀,痛感极其强烈,鲜血瞬间喷涌。

他咒骂着,不等乔纳森开第三枪,全力攻向对方的神经。

维克托得手了,随即调高刻度盘,正如他在美术馆里一样,而结果也和当时一样,乔纳森的力场盾闪着蓝白色的光芒,将他护在当中。维克托感到快要抓不住了,但这次他没有放手。

万物都有临界点,韧度终有极限。

只要压力够大,破裂在所难免。

XVIII
当天晚上
老法院

五年了，维克托·维尔一直活在伊莱的脑海里。最初是鬼魂，后来是幻觉。然而伊莱如今发现了，两者都存在巨大的偏差，死对头的形象仿佛嵌在琥珀里，一成不变——就像他一样。**真正**的维克托身上刻满了五年来时光流逝的痕迹，以及对他的消磨。他看起来生病了——正如伊莱所怀疑的。无关紧要。

他负责拨乱反正。

不过首先——是玛塞拉。

她从雕塑的底座上下来了，五官扭曲，不是因为恐惧，而是愤怒。她迎面走向伊莱。"是你捣的乱吗？"

"抱歉，"他说，"我太想见你了。"

"你会后悔的。"玛塞拉冷笑着，走近了。

伊莱伸手抓她，结果蓝白色的闪光隔在两人之间，弹开了他的手。他被排斥了，但对**她**没有影响。玛塞拉走到他面前，抚摸他的脸颊。

"你真的应该跟他们一起逃跑。"她说话时,手掌发红。

伊莱脸上一阵剧痛,随着皮肉溶解,牙齿和下颌裸露在外,疼得撕心裂肺。但在腐烂扩散的同时,他也感觉到逆转的过程,肌肉和皮肤正在愈合。玛塞拉眼里和唇边愉悦的笑意收敛了,取而代之的是意外和震惊。

"我为何要跑?"伊莱说道,他的脸颊恢复如初,"我就是来杀你的。"

玛塞拉退后几步,忽然不知所措。

他很是怀念——他们死前的表情。天平起起伏伏,最后恢复平衡。仿佛超能者早就知道——他们是错误的存在,他们的生命——他们所以为的生命——是窃取的。是时候做个交代了。

附近传来一声枪响,又一声,几秒钟后,蓝白色的闪光出现在上方,噼啪作响。维克托站在那里,仰头张望,伊莱顺着他的视线,发现乔纳森位于风暴中央。维克托十指张开,气浪翻滚,上方的超能者消失在视野中。

玛塞拉一脸震惊的表情破裂了,恐惧暴露在外。

伊莱有个想法。他决定试试。

趁着乔纳森自身难保,伊莱一手掐住了玛塞拉的喉咙。

这一次她周身没有闪光,没有力场盾的反弹,在他的掌底,只有柔软而雪白的肌肤。

玛塞拉举起手来,抓着伊莱的胳膊,他的袖子立刻粉碎。皮肤脱落,随即愈合,然后再度脱落。

但伊莱始终不肯放手。

对面的廊道上,斯戴尔和士兵们正在驱散受惊的人群,而雕像的另一边,维克托还在全力攻击乔纳森,仿佛另一个超能者是会过载、会烧断的电路。

考虑到这一点,从某个角度说,两人再次携手合作。就像过去一样——或者说，就像他们本来可以做到的一样。

此情此景竟有些浪漫，伊莱心想，旋即看到一个EON的士兵出现在维克托身后。

"不！"伊莱大喊。

不过没人听他喊话，听到了也不在乎。士兵逼近维克托，锁住他的咽喉，拽向后方，他的注意力当即分散。

乔纳森的蓝白色闪光本来已经消失，转眼间重新出现，立刻保护了玛塞拉。

一声巨响——犹如炸雷——震耳欲聋——伊莱被甩飞了。他撞上最近的柱子，离地数英尺之高，背部剧痛难忍。但伊莱竟然没有落下去。他低头一看，壁灯的一截铁条从他的胸口戳了出来。

伊莱紧咬牙关，向前挣扎，试图脱离那根铁条。

玛塞拉走了过来，揉着自己的喉咙。

"你一定是伊莱·伊弗，"她嗓音嘶哑，"大名鼎鼎的超能者刽子手。我不得不说，"她把手按在他的肚子上，"太令我失望了。"

玛塞拉把伊莱推了进去，铁条擦过他的内脏，后背抵在柱子上。

他怒吼一声。

"你好像没有愈合，"玛塞拉举起鲜血淋漓的手掌，说道，"还要杀死我吗？"

"是的。"伊莱嘶声说，鲜血从齿间滴落。

玛塞拉打了个响舌。

"男人啊。"

她的指甲抠进他破裂的肚子。剧痛之下，伊莱的皮肤和肌肉层层脱落，脏器萎缩，死亡终于降临。

··╬··

伊莱惨烈的叫声响彻大理石厅堂的同时,维克托被压在地上。

"你看不见就伤不了人。"他背后的EON士兵说,但此话并不准确。尤其是当他们愚蠢地用手臂锁住他的咽喉时。

士兵放声尖叫,似乎胳膊被折断了。当然是感觉到的。锁着维克托咽喉的手臂一松,他立刻翻身跃起,面对士兵,驾轻就熟地略一抖手,就解决了对方。

士兵瘫软在大理石地板上,不省人事,维克托的目光投向伊莱,发现他被铁条钉在数英尺高的地方。

枪声在法院里激荡。斯戴尔似乎发现了乔纳森独特的超能力与视觉相关,于是对准观景台上的超能者打光了所有子弹。蓝白色光芒不断地闪耀,然后斯戴尔的手枪"哗啦哗啦"地空响,弹夹已经耗尽,乔纳森开始反击,接连开火,逼得维克托和斯戴尔都躲到附近的柱子后面。

维克托真是左右为难。

如果他干翻了乔纳森,伊莱也许能够杀死玛塞拉。

反之,玛塞拉也许能够杀死伊莱——维克托求之不得。

他依然希望亲自动手。

最后,维克托决定对付乔纳森,原因不在伊莱,也不在玛塞拉,而在琼。

琼再次换上米奇的形象,出现在他面前,拿枪抵着自己的脑袋。"我好生求你,你不听。"

琼的手指扣在扳机上。

"杀死玛塞拉,"她下令,"不然他就没命了。"

琼的表现,从毫不动摇的手势,到淡定的眼神,都在告诉维克托,开枪打死米奇以表达她的态度根本不算什么,况且她还有所要求。

"等事情结束了,"维克托说,"我们要谈谈。"

说完,他从柱子后面转了出来,攻向乔纳森的神经。力场盾再次闪现,蓝白色闪光固若金汤,维克托身上开始冒汗。他从未这样倾尽全力对付一个人,而因为用力过猛,自身的神经也在破裂和振响,怕是有永久短路的可能。

不过,力场盾终于开始瓦解了。

..✟..

玛塞拉抓得更深了,伊莱的视野一片模糊。

但他还能看见她背后的观景台上光芒闪耀。

伊莱嘴唇翕动,似在哀求,等玛塞拉凑近了,他的额头用力撞向她的正脸。失去了乔纳森的保护,他结结实实地撞了上去,玛塞拉捂着脸颊,踉跄后退。她转身一看,乔纳森的力场盾正在破裂。于是她撇开钉在柱子上的伊莱,转而冲向维克托。

熟铁条依然戳在伊莱胸前,但已经被玛塞拉腐蚀了大半——连同他的肚子。伊莱一拳砸向生锈的铁条,它应声而断。

他抬脚蹬向身后的柱子,借力脱离了残余的铁条,摔在地上。伊莱的肚子血肉模糊,但没了铁条从中作梗,伤口已经开始愈合。器官闭拢,组织缝合,恢复了干净而光滑的皮肉。

震耳欲聋的炸裂声响彻法院,乔纳森的力场盾终于粉碎了。超能者翻下栏杆,从高空坠落,随着一声闷响,砸在地板上。

维克托晃晃悠悠地跪在地上,累得气喘吁吁。他没有发现玛塞拉正在接近,后者大步如飞,双手都在发光。

伊莱追了上来,贴着她的后背,死死地将其抱住。

"说真的,"她吼道,"知难而退吧。"

她的超能力发威了,来得飞快,热得可怕,伊莱痛得眼前发白。两人开始较劲。

当初在实验室里，哈弗蒂测试过伊莱的恢复效率，惊叹于他自愈的速度从未减慢，犹如永远耗不尽的电池。然而，哈弗蒂的任何一次实验，都比不上此刻玛塞拉的超能力对伊莱造成的巨大压力。

她仰头靠在他肩上。"你玩得开心吗？"

她的意志力之强，空气都在震颤。

玛塞拉的超能力已不仅仅是从双手释放的了。它环绕二人，向外辐射，扭曲了附近的石桌，导致他们脚下的大理石地砖越来越薄，出现了细小的裂缝。超能力吞噬了他的西服和她的裙子，不断地熔解、毁坏、消灭周围的一切，直到两人身处浅浅的沙坑，脚下的地板仍在脆化，而伊莱的双臂——从皮肤、肌肉到骨骼依次剥落，然后愈合，周而复始——依然抱着玛塞拉赤裸的胸脯。

"如果你指望我的羞耻心，"伊莱说，"你应该知道，那玩意儿我可所剩无几。"

伊莱紧紧地贴着她，脑袋向前拱去，怪异的姿态几近于爱人拥抱。终于，他脖子上的金属项圈被腐蚀了，掉落了。

伊莱在痛苦中展露笑颜，他打破了最后的锁链。

地板受到的侵蚀肉眼可见。伊莱还在用力抱紧，浑身疼得难以忍受。"我杀了五十个超能者，"他嘶声说道，"你离最强的宝座还差得远呢。"

玛塞拉的超能力划破了空气。十几英尺外的青铜雕像也开始锈蚀、崩塌。柱子东摇西晃，整个建筑都在震颤，随时有倾覆的可能，他们脚下的大理石地板持续塌陷，和伊莱的身体一样，一层一层地剥落。

大理石地板如同冰块一样融化，一开始是半透明的，然后变得透明。

"看样子，"玛塞拉说，"我们势均力敌。"

"不，"伊莱说话时，地板正在破碎、开裂，"死的还是*你*。"

伊莱一脚跺上脆弱不堪的大理石，它立刻土崩瓦解。

Part Four · 审判日

..✝..

维克托按着受伤的肩膀，尚未完全起身，地板突然陷落。他跌跌撞撞地退后，慌忙寻找坚实的地面，与此同时，崩塌的威力波及整个建筑。

直到维克托逃过了一劫，他才看明白发生了什么。

类似一次收缩式的爆炸，一次内爆。

刚才伊莱和玛塞拉还纠缠在一起，被中庭正中央的光芒淹没，一转眼他们就消失了，犹如陨石坠落，穿透了大理石地板。崩塌形成的冲击波引起了连锁反应。墙壁震颤。柱子倾斜。玻璃穹顶破裂，粉碎。

洞口很大，深达二十乃至三十英尺，底下是坚硬的石板。

维克托找不到琼，但看见斯戴尔在不远处，昏迷不醒，一只脚被压在一截柱子底下。

整个建筑停止了颤抖。维克托来到洞口，向下张望。玛塞拉四仰八叉地躺在深坑底部，身上覆盖碎石，黑发散开，脑袋以不可思议的角度歪向一边。

碎石滚落，伊莱在她身边晃晃悠悠地爬了起来，赤身裸体，血迹斑斑，等他起身，断裂的骨头已经归位。他低头看着玛塞拉的尸体，画了个十字，然后仰头望向破损的地面。

他和维克托的目光相遇了，一时间，谁都没有动。

跑啊，维克托心想，然后他在伊莱蓄势待发的身姿中看到了回应。

抓我啊。

伊莱的脚边有块石头松动了，顺着石堆滚落，然后两人同时开始行动。

伊莱迅速转身，手脚并用地翻过废墟，维克托则掉头寻找一条下去的路。距离最近的台阶已经垮塌，电梯则没有反应。他终于找到一个楼梯井，一步跨过两级乃至三级四级台阶，冲到最底层，冲向废墟和玛塞拉·摩根的尸体。

等维克托赶到的时候，伊莱已经不在了。

XIX
当天晚上
老法院

整个建筑已是惨不忍睹,伊莱爬出废墟时,碎石还在滚动、掉落。他撬开一扇门,灰尘和玻璃如雨一般落下,后面有一个完好无损的楼梯井,于是他爬了上去。顶头的门外是停车场。他赤身裸体,大步流星,穿过停车场,走向邻近的巷子。

割舍维克托绝非易事。

以后还有机会。不过首先,伊莱需要尽可能远离法院——以及EON的触手。

"打扰了,先生,"一个保安上前制止,"你不能——"

伊莱一拳打中了对方的下颌。

保安像块石头一样砸在地上,伊莱扒光了他,换上一身制服,绕过停车场的道闸杆,拐进巷子里。

伊莱被捕已有五年,距离他上次需要人间蒸发的时候更久。令人惊叹的是,他很快就上道了。伊莱心静如水,胸有成竹,想法一个接一个地冒出来，畅通无阻。

现在，他只需要——

肋部突然一阵刺痛。

伊莱疼得龇牙咧嘴，低头一看，肋部插着一根注射器。他将其拔了出来，迎着光举在半空中，眯起眼睛观察，发现瓶子里残留着铁蓝色的液体。他没来由地打了个寒战，胸口堵得慌。

背后传来缓慢而稳健的脚步声，伊莱转过身，看见了一个鬼魂。

一头怪物。

一个身着实验室白大褂的魔鬼，那双深陷的眼睛藏在圆眼镜后面窥视。

哈弗蒂医生。

伊莱嗓子发干。他瞬间回忆起血淋淋的手术台，感觉到那双手伸进他敞开的胸腔，尽管喉咙里胆汁上涌，伊莱还是强自镇定。

"我们相处了那么久，"他说着，扔掉了注射器，"你真的认为这种东西有用？"

哈弗蒂歪着脑袋，眼镜闪闪发光。"我们拭目以待。"医生突然举枪，对着伊莱的胸脯击发第二枚注射器。

伊莱低头一看，以为是液态氪，却发现药瓶里的液体是清澈的。他拔出注射器。

"我不睡觉，"他将其扔到一边，"可我做梦。我经常梦到杀死你。"

他举步迎向哈弗蒂，但提到一半的膝盖使不上力。它收缩起来，似乎睡着了。一时间天旋地转，伊莱当街跪下，手脚突然变得迟钝，头也昏昏沉沉的。

不对。

一切都不对。

他现在躺在地上，哈弗蒂医生跪在身边，摸他的脉搏。伊莱企图挣脱,但身体不听使唤。

接着,十三年来破天荒头一遭,伊莱·伊弗昏迷了。

· · 中 · ·

维克托跑上楼梯,冲进停车场,背后的铁门哐当直响。他的肩膀还在流血,在水泥地上留下斑斑血迹。更可怕的是,嗡鸣已经扩散到全身,脑子里的音调越来越尖厉。他的时间所剩无几。

他扫视着停车场——伊莱是开车,还是步行?临街的一层没有空车位,伊莱不可能浪费宝贵的时间去更高的楼层。

那就是步行。

他跑到出口,发现保安靠着保安亭,瘫坐在地上,衣服被扒光,只剩短裤和袜子。维克托绕过保安,进了巷子。

岔道太多,伊莱可能逃跑的方向太多,维克托每选错一次,伊莱就离他更远一点。

有什么东西在不远处闪光,维克托俯身捡起来。是一支注射器。

他抬头一看,发现高处安装着一对监控探头。

他摸索着别人的外衣口袋,居然找到一个手机。他拨打米奇的电话,头一次希望那家伙没有听从他的命令。

铃声响了两次,三次,然后米奇接听了。"法院垮了!到底出了什么事?"

"你在哪里?"维克托问。

犹豫片刻。"隔着两个街区。"

他松了口气。

"我还没有找到希德妮。"

"好吧,既然你还在附近,"维克托望向监控探头,说道,"我需要你黑进一个系统。"

斯戴尔紧咬牙关，霍尔茨和布里格斯帮他把腿从废墟里解救出来。

他知道腿断了，但还算幸运的。法院的地面层塌陷了一大半，萨姆森被埋在废墟底下，死不见尸。残存的建筑也摇摇欲坠。

"还有一辆救护车在路上。"布里格斯说话时，呼啸的警笛声愈来愈近。

事故发生时，霍尔茨在外面负责阻拦人群，尽可能减少目击者的数量。不过现在，各方救援组织正在火速赶来，围观的人群好奇心旺盛，一如既往地妨碍公务，要求回答，要求解释，要求提供伤亡人数。

斯戴尔苦思对策，但他只有几分钟时间收拾现场。

玛塞拉·摩根的尸身落在深深的地底，下面堆积的大理石碎块，正是她毁天灭地的超能力的证明。

在大洞最远处的边沿，趴着另一个超能者——乔纳森——他的一只手臂吊在洞口，像布娃娃一样。

不见琼的踪影。

还有维克托。

还有伊莱。

"启用追踪器。"

"已经启用了。"布里格斯神色严肃。

她把伊莱的外套递给斯戴尔，另一只手上有五个微型追踪装置。

斯戴尔心里一沉。

"还有更糟心的。"霍尔茨说着，拿出了伊莱的项圈，已被严重锈蚀，破烂不堪，彻底失效。

斯戴尔一巴掌拍掉霍尔茨手里的残片，它们纷纷撒落在损毁的地板上。

"召集我们的全部人手，"他下令，"搜寻卡代尔。"

XX
当天晚上
地点未知

伊莱最先注意到的是气味。

实验室的消毒水味儿，但除此之外，还有某种甜腻的气味。类似腐臭。或者氯仿。他的感官逐渐恢复，看见了刺眼的光亮。暗淡的金属。他脑袋里似乎塞满了棉花，乱糟糟的难以思考。伊莱不记得醉酒的感觉——很久以来，任何东西都影响不了他——但他觉得宿醉应该比现在这样强多了。现在这样——口干舌燥，头痛欲裂，恶心反胃——实在难受。

他试图坐起身来。

做不到。

他躺在板条箱上，底下垫了一块塑料膜，手腕和板条绑在一起。一根带子捆在嘴巴上，让他的脑袋抵着板条箱。伊莱摸来摸去，只能摸到塑料膜。

"条件不如我以前的实验室，我知道，"哈弗蒂的形象逐渐清晰，"不过只能这样了。将就一下吧。"医生离开了伊莱的视野,但没有停止说话。"我在EON还有朋友,你知道,当他们告诉我你被放了出来,嗯——我不知道你是否相信命运,卡代尔先生——"他听见铁盘里哗啦作响,"但我相信我们的重逢能让你感受到冥冥之中的缘分。说起来,你是我取得突破性进展的原因所在。你也理应成为我第一个**真正意义**上的实验对象。"

哈弗蒂手持针筒,再次出现在伊莱的视野里。针管里荡漾着同样的铁蓝色液体。

"这是,"他说,"你也许猜到了,超能力抑制剂。"

哈弗蒂把手术刀举到伊莱胸前,压了下去。皮肤破开,鲜血涌出,但在哈弗蒂收刀之后,伊莱**还在流血**。疼痛也在持续,是一种隐隐的悸动,最后,伊莱感到伤口慢慢地愈合了。

"啊,我知道了,"哈弗蒂若有所思地说,"我错在以小剂量作为开始。我给上一个实验对象打得太多太快,结果他有点儿……崩溃。不过,你瞧,所以你才是经受这种考验的完美人选。"哈弗蒂举起针筒,"你一直都是。"他把药水推进伊莱的脖子。

很痛,就像冰水在血管中奔流。

但最奇怪的不是疼痛的感觉。是记忆的闪现——浴缸里满是噼啪炸裂的冰块。苍白的手指划拉着冰冷的水。收音机播放着音乐。

维克托·维尔,靠着盥洗池。

你准备好了吗?

"现在,"哈弗蒂的话把伊莱拉回了现实,"我们再试一次。"

XXI
当天晚上
仓库区

维克托在一栋浅灰色的建筑前停步。这是一间仓库。两层恒温储物仓，大小堪比房间，可收纳闲置的家具、艺术品和旧衣箱。米奇对监控探头的调查结果，只能把维克托引导到这里。不过已经够了。

还有一个男人，根据米奇的说法。戴眼镜，一身白大褂。伊莱被他拖在身后，不省人事。

米奇描述的画面太荒唐。伊莱转变的那晚，维克托亲眼看着伊莱疯狂灌酒，但求一醉。但酒精对他完全不起作用。

在他死后，什么都影响不了他。

维克托走过第一层储物仓，寻找没有上锁的卷帘门。他肩上的枪伤停止了流血，但还是很疼——他没有抑制痛感，他需要所有的感官都保持敏锐，尤其是电荷已在体内累积，随时可能爆发。

维克托听见一个男性的声音——对他而言很陌生——是从左边的储物仓传出来的。他跪了下来，弯曲手指，探进铁门的底部，那人还在说话，语气轻松自然，似在聊天。他把卷帘门抬起了一英尺，然后两英尺，屏着呼吸，等待着不可避免的吱嘎声或者哐啷声。然而，里面的人说个不停，完全没有注意到外面的响动。

维克托从卷帘门底下钻进去，然后直起身子。

一股恶臭扑面而来，略带刺激，甜腻过头。化学药水。当他看到眼前的一幕，这种气味立刻被抛之脑后。

一个托盘里装着医用器械，一个身披白大褂的男人背对维克托，戴着鲜血淋漓的手套，俯身在一张临时手术台上忙活。被绑在手术台上的，是伊莱。

鲜血从十几道浅浅的伤口流出，顺着两边淌下。

他没有**自愈**。

维克托清了清嗓子。

医生没有被吓得跳起来，似乎对维克托的到来一点儿都不意外。

他仅仅放下手术刀，转过身来，只见他面庞瘦削，戴着圆眼镜，眼窝凹陷。

"你一定是维尔先生。"

"你是什么人？"

"我是，"那人说，"哈弗蒂医生。进来，请——"维克托握手成拳。医生应该弯下腰，跌在地上哀号才对。他至少应该脚步踉跄，疼得吸气。但他什么反应都没有。医生面带微笑。"……坐。"他说完了最后一个字。

维克托糊涂了。难道他是另一种类型的超能者，超能力就是让别人碰不到他？答案是否定的——维克托能够感觉到琼的神经，只是不能对它们造成影响。此人不一样。维克托探向医生的身体时，什么都感觉不到。他感觉不到对方的神经。忽然，维克托发现自己的也感觉不到了。

就连正在酝酿的发作，随时可能爆发的负载电荷，此刻也消失不见。

他的身体像是……死了一样。

沉重。笨拙。别无其他。

"应该是因为气体,"医生解释道,"很厉害,不是吗?当然,严格来说不是气体,是压缩成气态的超能力抑制剂,我正在卡代尔先生身上测试。"

维克托发现医生身后有动静,但视线还是集中在哈弗蒂身上。如果医生此刻转身,他会发现伊莱伸长手指,在手术台边沿摸索——哈弗蒂会发现他一时大意放下的手术刀被摸到了。但哈弗蒂的注意力全在维克托身上,所以他没有看见伊莱挣脱了束缚。

"我翻阅过你的档案,"医生接着说,"也听说过你迷人的超能力。我很想亲眼看看,不过如你所见,我正在忙——"

终于,哈弗蒂转过身,抬手示意手术台上的伊莱,伊莱却不在那里。他已经站了起来,手术刀在荧光灯下闪着寒光。

伊莱动手了,一刀划破空气——以及医生的喉咙。

哈弗蒂捂着脖子,跌跌撞撞地退了几步,但伊莱下手从不含糊。刚才那一刀来得既快又深,切断了静脉和气管,医生双膝跪地,嘴巴张张合合,活像一条鱼,底下的水泥地上聚起一摊血泊。

"他说起话来没完没了。"伊莱说。

维克托非常清楚伊莱有刀子,而他手无寸铁。他的目光投向装着医疗器械的托盘,那里有好几把手术刀、骨锯和夹钳。

伊莱一脚蹬在哈弗蒂背部,把医生的尸体翻了个面。

"这家伙活该在地狱里烈火焚身。"他乌黑的眸子抬了起来。"维克托,"他顿了顿,"你应该死了才对。"

"那就是你想错了。"

伊莱脸上掠过冷冷的笑意。"我不得不说,你气色不好。"他握紧了手术刀,"不过别担心,我会让你——"

维克托冲向托盘,伊莱却抬手将其打翻。

器械散落一地，不等维克托随便抓起一样，伊莱就抱住了他的腰，两人重重地摔在地上，伊莱的手术刀插向维克托受伤的肩膀。千钧一发之际，他挡开伊莱的胳膊，手术刀刺在水泥地上，火花四溅。

伊莱不能自愈，维克托不能伤人——他们终于公平了。

也不是绝对公平。

伊莱的体格堪比二十二岁的橄榄球四分卫。

维克托则是三十五岁的虚弱病号，行将就木。

眨眼之间，伊莱强行抬起手臂，抵在维克托的喉咙上，维克托不得不拼尽全力，一面招架持刀的手臂，一面对付企图压断他气管的另一只手臂。

"归根结底是要走到这一步的，不是吗？"伊莱说，"你我二人。我们的所做——"

维克托猛地提起膝盖，顶上了伊莱受伤的腹部，伊莱晃晃悠悠地翻到一边。维克托挣扎着爬起来，踩在哈弗蒂的血泊里，脚底打滑。他抄起一件掉落的医疗器械，一把细长的刀，与此同时，伊莱再次扑来。维克托退开半步，踢中了伊莱的膝盖。他身子一歪，抓着手术刀的手撑在地上，维克托趁机狠跺一脚，把伊莱的手和手术刀都踩在脚下，同时挥刀刺向他的胸膛。

然而伊莱及时抽出手来，一刀插进他的手腕，插得很深，前后洞穿。维克托惨叫一声，试图挣脱，却被伊莱死死地钳住了，然后一拧。维克托当即失去平衡，伊莱顺势压到他身上，刀也握在手中。伊莱举刀下刺，维克托抬手抓住他的手腕，血淋淋的刀子悬在两人之间。

伊莱趴在他身上，全身的重量压着刀子。维克托的胳膊抖得厉害，却在一点一点地退却，最后，刀尖刺破了他咽喉处的皮肤。

Part Four · 审判日

..✝..

每一个结束可能是新的开始,但每一个开始都有结束的时候。

伊莱·伊弗压在他老朋友身上时,非常清楚这一点。

维克托·维尔,疲惫不堪,流血不止,病入膏肓,理应入土为安。

送他归葬,是仁慈之举。

"我的大限终将到来,"他手下的刀尖割开维克托的皮肤,"但你的大限已至。这一次,"他说,"我要你彻底地——"

一声巨响在铁皮仓库里回荡,突如其来,震耳欲聋。

伊莱失去了力气,与此同时,撕心裂肺的剧痛和灸热洞穿了他的后背——洞穿了皮肤、肌肉,以及更深处的东西。

维克托依然躺在他身下喘气,却还活着,伊莱试图做个了断,刀尖却迟迟不落。他感觉不到刀子。什么都感觉不到,除了胸口的疼痛。

他低头一看,一大片血色在他胸前扩散。

他呼吸急促,嘴里充满铜锈味,然后他回到了洛克兰漆黑的公寓地板上,坐在一摊血泊里,在胳膊上划开一道道口子,一次次向上帝发问,恳请在他不需要时收回天赐之力。

此刻,他的视线从胸前的血洞上移开,看到了那个女孩,熟悉的浅金色头发和冰蓝色眼睛,就在枪管的后面。

塞雷娜?

然而,伊莱随即坠落——

却没有落在地上。

XXII
当天晚上
储物仓

希德妮站在储物仓门口,握着手枪。

多尔在她身后呜咽,不安地走来走去,但希德妮的武器始终对准伊莱,等他爬起来,转身面对她,摇头耻笑她的武器,以及她徒劳的举动。

伊莱没有起来。

维克托起来了。他挣扎着爬起来,摸了摸咽喉处的皮肉伤,然后说:"他死了。"

不对,不可能。维克托似乎也不相信,希德妮当然一样。

伊莱是——永恒的。他是不死的鬼魂,是怪物,潜行在希德妮的每一场噩梦里,年年月月,不断地折磨她,直到无人可求,无处可逃。

伊莱·伊弗不会死。

死不了。

但他确实躺在地上——毫无生气。为了确认,她对准他的后背又开了两枪。然后维克托来了,把手枪从她发白的指间取走,以缓慢而平稳的语速重复了一遍刚才的话。

"他死了。"

希德妮从伊莱的尸体上移开视线,打量着维克托。他的咽喉在流血。肩上有枪眼。手臂压着肋部。

"你受伤了。"

"是的,"维克托说,"但我还活着。"

不远处有车门关闭的响声,维克托紧张起来。"EON。"他咕哝道,挡在希德妮前面。脚步声越来越近,但多尔一动不动地张望着,等待着,卷帘门升到了顶,来人不是士兵,而是米奇。

他面色苍白地看着仓库里的情形,临时手术台,地上的两具尸体,维克托身上的伤,还有希德妮手里的枪。"EON在我后面不远,"他说,"我们必须走了。快。"

希德妮动身了,但维克托没有跟上。她使劲拽他的胳膊,发现他痛苦的表情时立刻后悔了,这里的血有不少都是他流的。

"你能走路吗?"她哀声问道。

"你们先走一步。"他语气生硬。

"不,"希德妮说,"我们不分开。"

维克托转过身,跪在她面前,面有难色。

"有件事我必须做。"希德妮开始摇头了,但维克托伸出手来,抚着她的脸颊,这个动作是那么陌生,那么温柔,驱散了她心中的寒意。

"希德妮,"他说,"看着我。"

她注视着他的眼睛。历经千难万险,那双眼睛依然温暖,依然安稳,像家一样。

"这件事我非做不可。不过等我办完了,就去找你们。"

"哪里?"

"在我最初找到你的地方。"

那个地点刻在希德妮的记忆里。城外的州际公路。

路标上写的是梅里特距此23英里。

"我们午夜再见。"

"你保证吗?"

维克托与她对视。"我保证。"

希德妮知道他在撒谎。

她总能识破他的谎言。

她也知道自己阻止不了他。不会阻止他。于是她点点头,跟着米奇出去了。

..✟..

维克托时间紧迫。

等米奇和希德妮消失在视野中,他便返回了储物仓。他强打精神,忍着疼痛,绕过伊莱的尸体。

尸体像一块磁铁,始终吸引着维克托的目光,但他要求自己不要止步观望。不要思考伊莱·卡代尔真正的死亡意味着什么。不要重温令维克托措手不及的事实。不要顾虑终于打破的平衡。

不要缅怀已然消失的,势均力敌的对手。

维克托的视线转向哈弗蒂的医疗器械,然后开始干活了。

离去

I
后来
斯戴尔的公寓

维克托按亮手机屏幕。

晚上11时45分。

一刻钟之后就是午夜,他没有出城的意思。

维克托窝进一张陈旧的扶手椅,拨动自身的神经刻度盘,测试力度。哈弗蒂的药剂在几个钟头前失效了——犹如身体恢复知觉,一开始神经麻木到无以复加,继而回落到正常状态。

然后,维克托的超能力回来了,他脑子里的嗡鸣也回来了,噼啪作响。又一次发作启动了。却也是刚刚启动。很奇怪——在进入储物仓之前,他体内的嗡鸣相当厉害,电流很快就会压垮他。哈弗蒂的药剂抑制了他的超能力,也抑制了他的发作。在维克托神经系统的深处,有什么东西重启了。

他从外衣口袋里掏出一个药瓶——是他从哈弗蒂的仓库里搜罗到的六瓶之一。药瓶里的液体是铁蓝色的,在漆黑的公寓里也看得清楚。

离 去

它代表一种极端的解决方案,但也代表事情有了进展。

他必须留个心眼——维克托每一次使用药剂,都是将一次死亡替换为脆弱的窗口期,一段失去超能力的时间——但他已经做好了笔记——应该说,规划。

也许,剂量合适的话,他可以找到平衡。这个**也许**是维克托耗费很长的时间和精力也未必能做到的。

手机屏幕亮了——他已经调成静音,但依然闪着耀眼的光,熟悉的号码出现了。

希德妮。

维克托没有接听。

他盯着屏幕,直到它再次变黑,把手机放进口袋里,与此同时,门外响起脚步声。几秒钟后,钥匙插进锁孔,斯戴尔一瘸一拐地走了进来,一只脚穿着康复鞋。他把钥匙扔进杂物碗里,也不开灯,跛着脚走进厨房,斟了一杯酒。

EON主管还没有把酒杯送到嘴边,终于发现家里还有别人。

他放下酒杯。

"维克托。"

值得称赞的是,斯戴尔毫不犹豫地拔枪瞄准维克托的头。或者说,他是这样打算的。但维克托停止了他的动作。

斯戴尔痛苦地对抗着操纵手指的无形力量。可惜在意志的对抗中,维克托永远更胜一筹。

维克托抬起手,转来转去,斯戴尔就像木偶一样,做出同样的动作,直到手枪抵住自己的脑门。

"没必要搞成这样的结局。"斯戴尔说。

"你两次把我关进笼子,"维克托说,"我希望事不过三。"

"你杀了我又能怎样?"斯戴尔厉声说,"你阻止不了EON的崛起。它的使命大于我个人,而且它每天都在壮大。"

"我知道。"维克托说着,引导斯戴尔的手指钩住扳机。

"该死,听我说。如果你杀了我,你就成了EON的头号敌人,他们的头号目标。他们不抓到你誓不罢休。"

维克托冷冷一笑。

"我知道。"

他握手成拳。

枪声刺耳,维克托收手,斯戴尔直挺挺地倒在地上。

维克托深吸一口气,稳住心神。

然后他从口袋里掏出一张纸。是那本破旧平装书里的一页,语句都涂黑了,只剩七个字。

有本事就来抓我。

维克托离开时没有关门。

等他走进夜色,他从口袋里掏出手机。

手机又在振动,黑暗中,希德妮的名字白得醒目。维克托关掉手机,让它顺着手指滑落,飞进身边的垃圾桶。

然后他竖起衣领,走了。

II
后来
梅里特城外

希德妮把手机贴在耳朵上,听到铃声停止,转入自动语音邮箱,然后是哔的一声。

午夜已经过了一刻钟,不见维克托的影子。引擎空转的汽车停在路牌前——梅里特距此23英里——米奇紧张地坐在驾驶席上,多尔的脑袋探出后座车窗。

希德妮在野草茂密的路肩上踱步,打算最后一次给维克托打电话。

结果直接转进语音信箱。

希德妮挂了电话,准备给琼发短信——忽然想起自己的手机早就不见了。也就是说,希德妮没有琼的电话号码。就算她有……

希德妮把一次性手机塞进兜里。她听见车门打开的声音,然后是米奇踩过草地的沉重脚步声。

"嘿,小姑娘。"他说。他的语气格外轻柔,似乎害怕告诉她真相。但希德妮已经知道——维克托走了。她盯着远处的梅里特,双手插进口袋,摸到了姐姐的遗骨,还有手枪。

"该走了。"她说完,掉头走向汽车。

米奇打燃引擎,汽车开上高速路。道路在前头延伸,一马平川,无穷无尽,就像夜晚冰冻的湖面。

希德妮强忍着回头的冲动。

维克托也许真的走了,但纠缠在他们生命之间的那根线还在。它带着希德妮找到了他,也还会再一次指引她的方向。

无论多久,无论多远。

或迟或早,她终会找到他。

希德妮也许一无所有,但她至少还有时间。

Ⅲ
后来
EON

.

霍尔茨抖如筛糠,不是因为担架上的尸体,而是因为冷。

冰库太他妈冷了。

"现在没那个狠劲了。"布里格斯喃喃道,一团白气从她嘴里吐出。

的确如此。

清冷的白光下,躺在担架上的伊莱奥特·卡代尔是那么……年轻。一直以来,他的年纪都隐藏在那双鲨鱼一样冷淡无神的眼睛里。但如今眼睛闭上了,卡代尔反而不太像超能者连环杀手,更像霍尔茨的弟弟。

霍尔茨一直对身体和尸体的差别感到好奇,到底是从哪里开始的,一个人不再是他或她或不管什么性别,从而变成了它。伊莱奥特·卡代尔的样子还是一个人,尽管皮肤惨白得瘆人,弹孔依然闪着血光——不大,边缘是锯齿状的黑圈。

谁也不知道哈弗蒂是如何把伊莱变成普通人的——或者说,变成终有一死的血肉之躯。正如他们不知道是谁开枪打死了超能者,又是谁杀死了EON的前任科学家——不过，所有人都推测是维克托·维尔干的。

"霍尔茨，"布里格斯厉声说，"我快冻僵了，你还对着尸体发什么呆。"

"抱歉，"霍尔茨说话时白气蒸腾，"我在思考。"

"那就别思考了，"她说，"帮我装进去。"

两人一起把卡代尔的尸体运进冰库，实际上是一排永久储藏柜，位于EON综合体的地下室，用来无限期安置已故超能者的遗体。

"搞定一个，"她说着，在写字板上做记录，"还有一个。"

霍尔茨望向另一具尸体，它依然耐心地躺在铁制担架上，等候处置。

拉舍。

霍尔茨尽可能避免看他的老朋友。不仅仅是因为陈旧疤痕上刺眼的铅灰色枪伤，还因为他不敢相信自己的眼睛——多米尼克什么困难都熬过来了。他们共同服役四年，又在这里并肩工作三年。

相处那么久，霍尔茨从来不知道拉舍的身份。

里奥斯常常告诉他们不要想当然，超能者不是鸭子——*作为超能者，他们走路、说话、散发的气味不是一个模子刻出来的*。

然而，远在天边，近在眼前。

"太疯狂了，不是吗？"他喃喃道，"天知道外面有多少。*这里有多少*。如果我是超能者，相信我，我最不想待的地方就是这里。"

布里格斯充耳不闻。

不怪她。

EON如今处于非常时期。他们很快恢复了戒严状态，但还是失去了四个超能者，三分之一的士兵在接受治疗——五人死亡。出席派对的外勤任务成了一场彻头彻尾的灾难，EON囚禁的第一个永生不死的超能者死了，很可能是他们曾经的雇员造成的，而且，今天主管都没来上班。

霍尔茨需要喝一杯定定神。

离 去

　　布里格斯关闭了冷库的门,然后他们返回地面层。
　　霍尔茨刷卡出门,庆幸自己终于要下班了。
　　他的车在停车场的员工区。是一辆造型优雅的黄色跑车,通身散发着野性之美——它不光是代步工具。它可嗫声,亦可嘶吼,可沉声咆哮,亦可呼噜作响,虽然 EON 的士兵们不屑一顾,但霍尔茨退伍后所求不多——无非跑车和美女——而他只愿意为其中一样付钱。
　　他爬上驾驶席,引擎令人愉悦地转动起来,与此同时,他打开暖气,试图驱散冷库里的寒意,以及一整天的惊恐不安。开出大门后,霍尔茨打开收音机,企图掩盖行驶在碎石车道上的响声。他摇着头——他觉得 EON 当然有钱铺设他们的私有路段,但他们显然不欢迎外面的车辆驶过来。假如你是普通市民,驾车驶进这个区域,碎石就是你走错路的信号。
　　但有人居然收不到这个信号——比如那边的混账,霍尔茨望着前方,心想。
　　一辆车停在路肩,是底盘很矮的黑色双门轿车,尾灯耀眼,车盖掀了起来。
　　霍尔茨放慢车速,不确定要不要管闲事,但随即看到了那个女孩。她低头盯着发动机,当他把车停在旁边时,她直起身子,揉着额头。
　　金发。红唇。紧身牛仔裤。
　　霍尔茨放下车窗。"这里是私人地盘,"他说,"你怕是不能在这里停车。"
　　"我也不想停,"她说,"这个蠢家伙上来就**死**这儿了。"
　　霍尔茨听到对方说话带口音,优美、轻快。天啊,他最喜欢口音了。
　　"还有,"女孩一脚踢在轮胎上,接着说,"我对汽车懂个狗屁。"
　　霍尔茨打量着低矮的黑色野兽。"对于狗屁不懂的人来说,这辆车可真不赖。"
　　她闻言一笑,笑得很是灿烂,酒窝都有了。"怎么说呢?"她的语调还是那么悦耳,"我对漂亮的事物毫无抵抗力。"她撩起脖子上的头发。"你可以帮忙?"

霍尔茨对车也是狗屁——狗屎——不懂,但他不打算承认。他下了车,卷起袖子,走到引擎跟前。他想起了在基础训练时拆除的炸弹模型。

他这里拨一下,那里戳一下,"嗯啊"了好一会儿,女孩在他身边,散发着夏日和阳光的气息。然后,有如奇迹一般,霍尔茨的指头擦过一根软管,发现它脱落了。他将其接上。

"启动一下试试。"他说,很快,引擎轰隆隆地运转起来。女孩开心地叫了一声。

霍尔茨关上车盖,得意极了。

"你是我的英雄。"她的语气诚意不足,但情意满满。她在钱包里翻找起来。"拿着,我给你……"

"这就不必了。"他说。

"你救了我,"她说,"我得表示一下。"

霍尔茨犹豫了。他自知高攀不上,不过——管他呢。

"你可以让我请你喝一杯。"

拒绝在所难免,他做好了准备,女孩果然摇摇头。"不,"她说,"这可不行。我要请你喝一杯。"

霍尔茨笑得像个傻子。

他现在就要去,让黑车停在路边,她想去哪里都行,但她表示抱歉——车子故障,害她耽搁太久——问他是否愿意改天。

明晚?

他答应了。

她伸出手,掌心朝上。"有电话吗?"

他递上手机,她的指头在他手上略作停留,他不禁面色微红,肌肤的触碰轻若羽毛,却很来电。她在他的通讯录里添加了自己的名字和号码,然后还回手机。

"那就明天见?"她一边说,一边转身走向自己的车。

"明天见……"霍尔茨看着手机里的信息,"阿普丽尔。"

她回头,透过浓密的睫毛看着他,眨了眨眼,然后霍尔茨钻进自己的黄色跑车,开走了,还盯着后视镜里的阿普丽尔。他等着她消失,可始终没有。有时候生活就是奇怪而又美妙。

明天,他有个约会。

· · ✝ · ·

琼目送黄色跑车消失在远方。

蠢货,她心说,然后上路了,这次是步行。

在抵达 EON 的大门之前,她已经掌握了基本信息,包括全名本杰明·霍尔茨,观察与控制组,二十七岁。爱弟弟,恨继父,海外服役的噩梦依旧困扰着他。

"怎么了?"保安亭里的保安起身询问。

"破车坏了。"她咕哝道,尽可能模仿霍尔茨的东北口音。

"哈!"保安笑道,"这就是你讲究华而不实的下场。"

"是啊,是啊。"琼说。

"你需要的是一辆实用的中档轿车——"

"快让我进去吧,我开辆货车把我的破车拉回来。"

大门打开,琼进去了。轻而易举。她步行穿过停车场,看到大楼的前门时不禁吹了声口哨。惨不忍睹,像是被车撞过。里面有类似扫描仪的设备,一个士兵抬头看她。

"这么快就回来了?"他起身问道。

"钱包忘拿了。"

"不带那玩意儿寸步难行。"

"可不是。"

闲聊是一门艺术，聊上几句，对方就不会仔细看你。要是不说话，他们可能就会起疑心。但要是跟他们不咸不淡地扯上半天，他们眼睛都不会眨一下。

"你知道程序。"士兵说。

琼不知道。这完全属于细枝末节的内容，轻轻一碰很难获取。她猜了个大概，走进扫描仪，一动不动地等着。

"得了，霍尔茨，"士兵说，"不要刁难我。抬起胳膊。"

她翻了个白眼，但还是张开双臂。感觉像是站在复印机里，一束白光从头扫到脚，然后"嘟"了一声。

"行了。"士兵说。

琼敬了个礼，一甩手，进了走廊。她需要找一台电脑。在这么高级的地方应当不难，可门廊的样子都差不多。甚至可以说一模一样。一模一样的门廊里是一模一样的房门，而且门上几乎都没有标牌，琼进得越深，回头的路也越远。为了避免麻烦，她转而走向最近的一扇门。走到半路，门开了。一个女兵出来了，瞥见霍尔茨，送上一个白眼。

"忘东西了？"

"老毛病。"琼说。她步履如常，却在房门关闭之前伸手拉住。琼溜了进去，房间很小，操作台上有四台电脑。只有一台正在使用。

"终于来了，"士兵说，"我憋了一个钟头……"

他的椅子转向琼，但她早已靠近，单臂锁住他的咽喉。她将其压在椅子里，让他出不了声，喊不了救命。他拱起后背，极力挣扎，同时挥拳反击，却因为措手不及和突然缺氧，只是一通乱打。不过，本杰明·霍尔茨不是软蛋，琼也杀过不少男人。士兵摸到了一支笔，反手插进琼的大腿，当然，实际上不是她的大腿。

抱歉了，本，她心里想着，用力收紧胳膊。

474

离 去

很快，士兵停止了反抗。他的身子瘫软下去，于是琼放了手，推开他的转椅，以便操作他的电脑。琼一边在键盘上敲打，一边哼着歌。

她不吝赞美 EON。他们的系统非常友好，半分钟后她就找到了所需的文件。文件名为六月[①]。她浏览了一遍，对他们收集的资料感到好奇——实在不多。但专程来一趟是值得的。

"再见。"她低声说道，同时从系统里删除了文件——删除了自己。

琼原路返回。

她穿过走廊，路过保安和大门，回到那辆黑色轿车前。琼拉开车门，爬上驾驶席的时候，她又恢复了原样。

不是双腿细长的深肤色女人，不是瘦巴巴的少女，也不是任何一个最近换过的形象，而是一个活泼的姑娘，有一头草莓色卷发，高高的颧骨，星星点点的雀斑。

琼保持着这个形象，用自己的肺呼吸，用自己的眼睛看。只是为了记住这样的感觉。然后她启动引擎，换上了某个更稳妥的形象。那种你绝不会看第二眼的人。丢在茫茫人海就拎不出来的那种。

琼对着后视镜，打量一番自己的新面孔，开车上路了。

[①] 译者注：英文中的琼和六月是同一个单词，此处为小写，非人名。

未 完

来自维克托·维尔的信息

I

　　　　　　　　　　维克托

　　　　看着
　　　　　　　　他的
　能力

未　完·来自维克托·维尔的信息

　　　　　　　　　　　　　损坏
　
　
胸腔　　　　　　　电流
　
　　　　　　　手
　　握
　
　　　　　　　　一把
枪
　
　
　　　　　　　　　　痛感
　剧烈
　
　
　
　
　
　
　
　
　到
　死

翻过这一页
还有一个
发生在超能宇宙的
番外

求同存异

四年前
废墟中的城市

这次任务是例行公事。
或者说，在交战区白热地带的例行任务。
里奥斯整了整防弹衣，拉动步枪的枪栓，对讲机里传来队员们的声音。
"法伦，就位。"
"门德斯，就位。"
"杰克逊，就位。"
他们的声音太响，夜晚太安静。几个钟头前，炮击停止了，现在她的小队奉命行动，任务不是疏散平民或者追击撤退的叛军，而是突袭一栋大宅，一处已知的恐怖分子活动的据点，缴获一切可缴获的。武器。情报。
"里奥斯，"她说，"就位。"
她所在的位置，是大宅的侧门。
虽然经受了长达一周的炮火攻击，三层大宅的主体基本完好。完好，但没人。当天早些时候，无人机监测到叛军的撤离活动。

未　完·来自维克托·维尔的信息

她推开门,步枪上的瞄准镜探进黑暗,同时,听见另外三个士兵踩着同样的步点,按照既定路线进了大宅。

里奥斯负责一楼,一间房一间房地搜索,头盔上的摄像头拍下了钉在墙上的残破地图,矮木桌上的文件。她差不多绕了一整圈,然后听见了那个声音。

一声呼啸。

啸叫声划破空气,越来越响,震耳欲聋。里奥斯清楚那是什么声音,他们都清楚。

"趴下!"她大喊,紧接着炮弹就落了下来。

天摇地动,里奥斯瞬间被冲击波推翻,耳朵里轰轰作响。她翻了个身——爆炸撕开了楼顶,二楼的残渣碎块纷纷落向一楼。

落向她。

眼看石块和木头崩裂,天花板垮塌,里奥斯慌忙爬起来。她冲到一张桌子底下,感到木板裂开继而折断,石块和瓦砾把她压在地上。天崩地裂的一秒钟是如此漫长。

然后停了下来。

里奥斯试图移动,但做不到。她的头盔破了,手脚被桌子压死,桌子被废墟掩盖。她的肋骨因为胸膛所受的压力而濒临断裂。里奥斯试图吸气,但空气中满是灰尘和碎屑,她开始咳嗽,干呕。她的肺烧得厉害。她觉得快憋死了。

耳鸣消失了,代以静电的噪声。

"法伦,回话!"她气喘吁吁地说。

没有回答。

"杰克逊!"

没有回答。

"门德斯?"

没有回答。

宅子在呻吟。在颤抖。她必须出去。必须在完全坍塌之前离开。可是她动不了。不能呼吸。

整个建筑摇摇欲坠，透过破裂的头盔，她看见瓦砾滚落，石块滑移。里奥斯闭上眼睛，使劲地推——推桌子，推瓦砾，推石块，期望它们挪开，恳求它们放她出去。她疲惫不堪，空气所剩无几，力气也所剩无几，远远不够。石头纹丝不动。桌子纹丝不动。疼痛撕心裂肺，后来连疼痛都消退了，她感觉自己在滑动。感觉自己被黑暗包裹。

然后——

里奥斯坠落了。

五英尺，十英尺——她撞上了坚实的地面，内心既震惊又迷茫。

她身下的地板肯定破裂了。她抬起手臂，准备抵挡掉落的碎石，结果什么都没有，里奥斯抬眼一看，上面的天花板是完整的。那她是怎么来的？这是哪里？里奥斯东张西望，发现自己身处地下室。

"起来。"她命令自己。

她做到了，虽然疼得要命，但她站了起来，她不愿意倒下。里奥斯勉强来到一边的木制楼梯前，吃力地爬上去，推开楼梯尽头的门。

门板移动了一英寸，然后卡住了，碎石抵在外面。

里奥斯咆哮着，用力撞上门板。应该说，她是打算这样做。然而，她伤痕累累的身子没有碰到门板，而是跌跌撞撞地冲向前去，趴在一堆碎石头里。背后的门板依然卡在原处。

"到底怎——"

喊声四起，里奥斯直起身子，以为能看见杰克逊、门德斯或者法伦，但喊声是从大宅外面传来的。她高声回应，嗓音嘶哑，喊得肺部生疼。

他们花了整整两天时间清理碎石。杰克逊和门德斯死了。法伦还活着，但昏迷不醒。而里奥斯——里奥斯脱身了。遍体鳞伤，但还活着。

未　完·来自维克托·维尔的信息

问题在于，她不知道是如何做到的。

..✝..

好吧，她也不算完全脱身。

里奥斯有脑震荡。断了五根肋骨。七处应力性骨折。一动就疼，呼吸也疼，思考太费力也疼，于是以上三件事她尽可能不做。大概正因为如此，好几天后她才注意到有些地方不对劲。不是她自己——那件事她很快就发现了——而是这家医院不对劲。

她被空运到一家军区医院——她是这样认为的。然而，等止疼药的药效过了，她恢复了正常的感知，她发现这个地方应该是私营医院。医生太多，病人太少。

我当初应该撒谎，她心想。

"你当时在一楼，"军士问过她，"你是怎么出来的？"

里奥斯因为疼痛和受到惊吓，神志不怎么清醒，尽管如此，她也知道事实太不可思议，所以考虑过撒谎。但她一向不擅长撒谎，而且，无论他们信不信——她可以现场**展示**。

无论如何，她就是这样想的。

其实她不知道还能不能重现，也不知道如何开启和关闭，如何把握可通过和不可通过的时机——但最后发现，她不需要想那么多。无论答案是什么——都已经在她心里。

于是她在军士面前展示了，让自己的手直接穿透吉普车的车皮，军士目瞪口呆，下巴都惊掉了。

后来的事情她不大记得了。

"里奥斯下士。"

她抬头一看，一个男人站在门口。他头发灰白，眼含倦意。"我是这个机构的主管，"他说，"我的名字是乔瑟夫·斯戴尔。"

里奥斯挣扎着坐起来。

她胸前的绷带缠得太紧，仿佛还有一栋楼压在她身上。

"请便，"斯戴尔说，"不必勉强。"他四处张望，却没有找到客人能坐的椅子，于是他只好来到床边。"你能活下来是很幸运的，士兵。"

"他们一直这样说。"

他会意地看了她一眼。"你觉得不止运气？"

里奥斯没有回答。他的提问意味深长。他不是来闲聊的。他*知道*。知道她对长官说过的话，展示过的能力。

"你知道自己在哪里吗？"斯戴尔追问。

"我知道这里不是普通医院。"里奥斯说。斯戴尔没有否认。

他点点头，环顾四周。"这个地方是专为你这样的人设立的。"

"士兵？"

"超能者。"

他说出这个词，似乎意有所指。但是事与愿违。她内心的困惑当然被他看出来了，因为他接着说了下去。

"超能力是一件武器，下士。你清楚武器有多么危险。我的工作就是确保那些武器不伤害任何人。"

里奥斯摇摇头。"听着，我当时在执行任务。我不知道那里发生了什么——*我*发生了什么——但确实发生了，我很高兴。救了我的命。让我变得强大。把我送回去吧，让我——"

"我不能那样做。"斯戴尔插嘴道。

"你打算把我关在这里？"她问。

"我不知道我们能否做到，"他承认，"更重要的是，我不知道我们是否需要。我希望，里奥斯下士，你和我达成一个协议。这是前所未有的。你瞧，你是第一个主动交代的超能者。"

"我应该怎么做呢？"

"处在你这个位置，大多数人会选择逃跑。"

"为什么？"里奥斯问，"我又不是罪犯。"她挺起胸膛，尽管很疼。"我一辈子都在**冲锋陷阵**。现在我就应该停下来？投降？因为我侥幸活了下来？不，我不觉得。"

出乎意料的是，斯戴尔微微一笑。"你说得对。你的天赋使你变得强大。使你……有能力面对不同程度的危险。如果你依然愿意为国效力——"

"那是我唯一的想法。"里奥斯打断他的话。

"那么，也许，"斯戴尔说，"有一条路你可以走。"